总有一天会长大

布鲁克林有棵树

青少版

[美国]贝蒂·史密斯 著 张 芸 译

时代出版传媒股份有限公司
安徽少年儿童出版社

图书在版编目（CIP）数据

布鲁克林有棵树 ：青少版 / (美) 贝蒂·史密斯著 ；张芸译. -- 合肥 ：安徽少年儿童出版社，2025. 6. (总有一天会长大). -- ISBN 978-7-5707-2528-1

Ⅰ. I712.45

中国国家版本馆CIP数据核字第2025GV5628号

ZONG YOU YITIAN HUI ZHANGDA BULUKELIN YOU KE SHU QINGSHAOBAN

总有一天会长大·布鲁克林有棵树（青少版）

[美] 贝蒂·史密斯 著

张 芸 译

出 版 人：李玲玲　　策划统筹：张春艳　　责任编辑：张春艳

责任校对：张姗姗　　责任印制：郭 玲　　特约编辑：朱 莹

封面绘图：吴素珊　　内文插图：二十六度五工作室

出版发行：安徽少年儿童出版社　E-mail：ahse1984@163.com

新浪官方微博：http://weibo.com/ahsecbs

（安徽省合肥市翡翠路1118号出版传媒广场　邮政编码：230071）

出版部电话：（0551）63533536（办公室）　63533533（传真）

（如发现印装质量问题，影响阅读，请与本社出版部联系调换）

印　制：安徽新华印刷股份有限公司

开　本：635 mm × 900 mm　1/16　插页：4　印张：22.5　字数：350千字

版　次：2025 年 6 月第 1 版　2025 年 6 月第 1 次印刷

ISBN 978-7-5707-2528-1　定价：49.80元

那是一个阳光灿烂的午后，微风慵懒地吹着，夹杂着温暖的海洋气息，树叶在白色枕头上映照出变幻的图案。院子里没有人，真好。弗兰茜呼吸着温暖的空气，看着树叶舞动，读着书，吃一口脆饼，啜一口冰水。

弗兰茜和尼利把他们搜集的废品装进一个粗麻布袋里，一人提起布袋的一个角，在街上拖着走。

睡觉之前，弗兰茜和尼利必须看一页莎士比亚的作品，这是规定。在他们小的时候，妈妈会为他们读，后来他们长大了，就自己读。

很快，他们走到了那所学校，弗兰茜骄傲地指给爸爸看。傍晚的阳光暖暖地照在颜色柔和的砖墙上，小窗格的窗户似乎在阳光下跳舞。

艾薇姨妈给姐弟俩合送了一件礼物：一盒多米诺骨牌。爸爸向他们展示怎么玩这个游戏。尼利觉得不好玩儿，于是爸爸跟弗兰茜一起玩。

弗兰茜走出门，最后看了一眼这破旧的小图书馆。她知道以后再也见不到它了。眼睛一旦看到了新事物，视野就变了。以后她如果还会回来，用新的眼光看待一切事物，那又和现在不同了。她想记住它现在的模样。

一棵神奇的树

安武林（儿童文学作家、诗人、评论家）

《布鲁克林有棵树》……

当我看到这本书的名字时，我对这本书的内容和作者一无所知。我深深地吸了一口气，感觉真好。不带任何目的地开始阅读一本书，收获完全是个人的阅读心得和阅读体验，这种感觉妙不可言。至少，没有先入为主的压力。

那么，让想象力开始飞一会儿吧。

布鲁克林，位于美国的纽约州。我喜欢看电影，警匪片、枪战片、动作片，关于布鲁克林的影片或者说故事发生在布鲁克林的影片没少看。电影中的布鲁克林给人的感觉是混乱的、肮脏的。不过，那都是布鲁克林的历史和布鲁克林的过去。“布鲁克林有棵树”，有棵什么树呢？我对植物学是很感兴趣的。一棵树的奇遇？一棵树的历史？一棵树的浪漫？无数个疑问纷至沓来，让我迫不及待进入本书的文字世界之中。

几十年的阅读经验让我坚信一个认识：一本长篇叙事文学书，无论是小说还是童话，第一页和最后一页是最重要的，大可以多读几遍。贝蒂·史密斯的《布鲁克林有棵树》的第一页告诉了我什么，我发现了什么，有什么值得我反复回味的？我想，还是这棵树，因为它不是一棵寻常的树，而是一棵神奇的树，它被称为“天堂树”。也许，这是民间的一种称呼，也许，这仅仅是作者的个人叫法，但这并不重要。重要的是，我明白了这本书并不是写植物的，而且和树的关系不大。这棵树，作为一种象征意义而存在。它象征着顽强的生命力，它象征着在底层生活的弗兰茜·诺兰一家人的命运。

并不遥远的过去，温馨的过去，开始呈现在弗兰茜的面前。她、街道、她的弟弟、那些小伙伴、小商人……深情而又娓娓道来，我笑了一声，看来美国人也是如此。弗兰茜家原先有四口人，爸爸妈妈，她和弟弟，她还有两个姨妈——她的妈妈来自一个庞大的家族。弗兰茜的爸爸是一个艺人，有浓郁的音乐家的气质。弗兰茜的妈妈想象力丰富，非常注重对弗兰茜姐弟俩文学艺术的培养。如同大多数母亲一样，她希望自己的孩子能够受到良好的教育。但是，生活在贫民区，弗兰茜一家人的生活捉襟见肘，常常会有断粮的危险。尽管如此，妈妈绝对不会忘记让弗兰茜阅读《莎士比亚全集》，而这，也正是弗兰茜所喜欢的。可以说，童年和少年时代最贴近弗兰茜心灵的，最能给她抚慰的，也就是这本书了。

我不得不提醒一下亲爱的小读者，我们读任何外国文学作品，不能用单一的道德标准去评判书中人物的语言、心理以及行为。比如说弗兰茜的姨妈茜茜，在我们眼里，她就是一个见异思迁的女性，但我们别忘了，这是在美国，在布鲁克林，尤其她还是弗兰茜的姨妈。作者的深情、理解、宽容和爱，把这位女性美化了。她没有独立生活的能力，也没有独立生活的经济条件。但她善良、开朗、聪明，是惹人喜爱的。尽管弗兰茜的妈妈非常害怕茜茜姨妈给弗兰茜的成长造成不好的影响，但我们欣喜地看到，弗兰茜接受的都是好的方面。

弗兰茜·诺兰的成长，受家庭影响巨大。比如说，爸爸的艺术气质，妈妈的乐观和坚定。他们是一个极度贫困的家庭，但是妈妈常常会让他们体验一下“奢侈”生活。环境对一个人成长的影响不容小觑，弗兰茜的人生经历便是一个很好的证明。令我感动的是，弗兰茜很爱自己的父母，爱自己的弟弟，爱自己的姨妈。尤其是她的弟弟，无论长相还是气质，都和她的爸爸很相像。更令我惊奇的是阅读对弗兰茜的影响。《莎士比亚全集》影响和改变了她的人生。毫无疑问，弗兰茜表现出了文学的才能，这注定她未来走的是一条文学之路。我还注意到一个很重要的细节，那就是老师让她分辨编故事和谎言之间的区别。

这本书是以弗兰茜的少年时代的结束而结束的，故事的时间跨度类似于一个人从出生到中学毕业这段时间。贫困让人悲伤，但弗兰茜很少悲伤。贫困让人早熟，这一点对弗兰茜很合适。她过早地踏上了人生之路，或者说独自谋生之路。父亲去世后，她担负起了养活全家的责任，为母亲，为弟弟，为刚出世的妹妹，开始打工赚钱。我读这本小说，是一边读，一边心里发热，竭力控制自己的眼泪不要流出来。浓浓的亲情，生活的辛酸，无论哪一个，都能让人潸然泪下。天堂树，我明白了天堂树的意义，它是弗兰茜一家人生活和命运的见证者，也是这个家庭的一个重要成员。他们生活在最底层，但生命力也最顽强，乐观、向上、不屈不挠，从不向悲惨的命运低头。天堂树，是一棵神奇的树！

合上书本，我查询了一下本书和作者的资料，呀，和我的判断不谋而合。这是一本很著名的书，一本影响力很大的书，而且写的就是作者自己的故事，是一部自传性作品。这是一种很有意思的阅读方法，每个人都可以试试，让想象力先飞一会儿。

目录
Contents

第四卷

第五卷

第一卷

弗兰西家院子里的那棵树，
既不是松树也不是铁杉。
它翠绿的枝条从树干向四周发散开来，
柔软的细枝上布满了尖尖的叶子，
整棵树有如一把把撑开的绿伞。
有人称之为“天堂树”。
不论它的种子落在哪里，都会长出一棵树来，
向着天空奋力生长。

第一章

你可以用“宁静”这个词来形容纽约的布鲁克林，特别是1912年夏天的布鲁克林。“阴沉”这个词大概更恰当些，不过对布鲁克林的威廉斯堡不大适合。大草原美好，仙纳度[①]悦耳，这些形容词都不适合用来描述布鲁克林。“宁静”是唯一恰如其分的形容词，尤其是在夏季一个星期六的下午。

午后，太阳斜照在弗兰茜·诺兰家布满青苔的院子里，把破旧的木栅栏晒得暖暖的。弗兰茜望着一束束阳光，心头涌上一种美好的感觉。每当回忆起在学校背诵过的一首小诗，她也会升起同样的感觉。

这是一片原始森林，
松树和铁杉，喃喃低语，
苔藓如须，身着绿衣，
在朦胧的暮色中伫立，
如德鲁伊[②]老僧。

弗兰茜家院子里的那棵树，既不是松树也不是铁杉。它翠绿的枝条从树干向四周发散开来，柔软的细枝上布满了尖尖的叶子，整棵树有如一把把撑开的绿伞。有人称之为“天堂树”。不论它的种子落在哪里，都会长出一棵树来，向着天空奋力生长。这棵树可以生长在篱笆覆盖的地方，生长在无人在意的垃圾堆中，它还是唯一能

①仙纳度：位于弗吉尼亚州的国家公园。
②德鲁伊：凯尔特人时期的知识分子与僧侣阶层，包括医生、教师、先知、法官等。

从水泥地里生长的树。它生长得很茂盛，而且只在廉租房附近生长。

星期天下午，你散着步，来到一处高雅、精致的居民区，透过通向某家院子的一扇铁门，如果看到了这样一棵小树，你就知道布鲁克林这一带很快要沦为廉租房居民区了。这棵树知道,它先来一步。之后就会有贫穷的外国人陆续搬来，把破旧的褐石老房屋铲平盖起廉价公寓楼，把一床床羽毛垫褥放到窗台边晾晒。天堂树蓬勃生长。它就是这样一种树——它喜欢穷人。

弗兰茜家院子里的那棵树正是这种树，它伞状的叶子卷曲着缠绕在公寓三楼太平梯周围。一个十一岁的女孩坐在太平梯上，想象着自己住在一棵树上。夏季的每个星期六下午，弗兰茜都是这么幻想的。

弗兰茜的星期六，是从去废品回收站开始的。和其他布鲁克林的孩子一样，她跟弟弟尼利会在外头捡些破布、纸张、金属、橡胶等废品，把它们囤积在上了锁的地下室里，或者藏在床下的盒子里。星期一到星期五，每天放学回家弗兰茜都走得很慢，她紧盯排水沟，搜寻香烟盒的锡纸和口香糖的包装纸，回头她会把这些放在罐子里熔化。废品回收站的人不收未熔化的锡球，因为很多小孩把铁圈藏在锡纸中间增加废品重量。有时尼利找到一个苏打水瓶，弗兰茜会帮他把瓶嘴弄下来，熔化后获得里面的铅。废品回收站的人怕苏打水公司的人来找麻烦，不敢回收完整的瓶嘴。其实瓶嘴是好货，熔化后可以卖五分钱。

每天晚上弗兰茜和尼利都会去地下室，把升降送货机架子上面当日收的废品全倒出来。两个小孩能有这样的特殊待遇，是因为他们的妈妈是公寓的清洁工。他们把架子上的纸张、破布和能回收的瓶子统统拿走。纸张不值什么钱，十磅才换一分钱；一磅布头儿能换两分钱；一磅铁能换四分钱；铜是好东西——一磅换一毛钱。有时候，弗兰茜会撞上大运，找到废弃的煮衣锅锅底。她会用开罐器把它掰下来，折叠，捶打，再折叠，再捶打。

星期六早上九点一过，孩子们就从大街小巷钻出来，纷纷拥到主干道曼哈顿大道上。他们沿着曼哈顿大道，慢慢地走到斯科尔斯街。有的孩子把废品抱在怀里；有的拖着木质肥皂包装盒，盒子下面装有坚固的木头轮子；还有的孩子推着婴儿车，里面装得满满的。

弗兰茜和尼利把他们搜集的废品装进一个粗麻布袋里，一人提起布袋的一个角，在街上拖着走。他们沿着曼哈顿大道，经过莫耶街、艾克十号街、斯塔格街，最后来到斯科尔斯街。这些街道样子丑陋，却有着好听的名字。每条小巷都会有衣衫褴褛的孩子钻出来，汇入浩浩荡荡的队伍，前往卡尼的废品回收站。在去的路上，他们会遇见一群空手而归的孩子。这些孩子已经卖掉了废品，换来的钱也花得一分不剩了，此刻正大摇大摆地往回走，嘲笑其他孩子。

“捡破烂的！捡破烂的！”

听到这种奚落，弗兰茜的脸立刻就涨红了。哪怕她知道这些嘲笑她的人自己也是捡破烂的，心中仍没觉得安慰。其实过一会儿弟弟也会空着手，大摇大摆地走回来，跟他的伙伴们一同嘲笑后来的人。这仍安慰不了她，弗兰茜就是觉得丢脸。

卡尼在一个破旧的马厩里经营废品回收生意。转过街角，弗兰茜见两扇门被钩子钩住，热情好客地敞开着。那台体积庞大，样子普通的磅秤的指针晃动了一下，弗兰茜想象那是欢迎的手势。卡尼就站在磅秤旁边，他的头发、胡须、眼睛无一不是铁锈色的。

弗兰茜出了回收站，跟弟弟汇报：“他给了我一毛六分钱。”

“八分钱存起来。”尼利说，“四分钱归你，四分钱归我。”这是规定，不管从哪儿挣到的钱，都得将一半收入存进储蓄罐里——那是一只钉在衣橱最阴暗角落里的锡质储蓄罐。

弗兰茜用手帕把存入储蓄罐的钱包好。

尼利把粗麻布袋卷起来，夹在腋下，冲进了查理便宜店里，弗兰茜跟在他身后。查理便宜店是卡尼废品回收站旁边的一家廉价糖果店，专门为废品回收站的顾客而开的。每个星期六结束后，店里的收银盒里就装满了绿色的硬币。根据某个不成文的规定，只有男孩才能进入这家店，所以弗兰茜没有进去，她就站在门口等。

这些男孩的年龄从八岁到十四岁不等，都穿着松垮的灯笼裤，戴着磨破了的鸭舌帽。他们散漫地站着，手插在口袋里，瘦削的肩膀不自然地前倾。这些男孩长大之后还会是这个样子，在别的地方扎堆，也同样这么站着。

现在，这帮男孩不安地来回晃悠，瘦小的脸庞一会儿看看查理，一会儿望望彼此，又再看看查理。弗兰茜注意到，有的男孩已经因夏天的到来，把头发剃得短短的。那些还没剃头的男孩，头发卷曲，像小娃娃一样拖到颈后。他们为此很害羞，就把帽子使劲往后扯，盖住耳朵，这让他们看上去像女孩。

查理便宜店的东西其实不便宜，店主也不叫查理。他只是用了这个名字，而且商店门口遮阳篷上也标着这个名字，弗兰茜就这么信了。只要你出一分钱,查理就让你抽一次奖。柜台后面是一张木板，上面有五十个标了数字的钩子，每个钩子上都挂着奖品。有那么几个奖品还是不错的：溜冰鞋、棒球手套、头上是真发的布娃娃等。其他钩子上挂着记事本、铅笔等一分钱就可以买到的便宜货。弗兰茜在边上看着,尼利来抽奖了,他从破信封里拿出一张脏兮兮的卡片。二十六！弗兰茜满怀希望地朝木板看去，原来尼利抽到的不过是一分钱的笔擦子。

“你是要奖品还是糖果？”查理问他。

“当然是糖果。不然呢？”

结果总是如此。弗兰茜从没有见过任何人抽到一分钱以上的奖品。那双溜冰鞋的轮子都生锈了，布娃娃的头发上也蒙了一层灰，它们好像在那里等待了很久，就像蓝衣小男孩布鲁[1]的玩具狗和小锡兵那样。弗兰茜暗下决心，等有朝一日她攒够五毛钱，一定要去抽所有奖，赢回木板上的全部奖品。她算了算，觉得很划算：溜冰鞋、棒球手套、布娃娃，还有剩下的小奖品，五毛钱就可以全部拿下。因为，单是溜冰鞋的价钱就是这个价钱的四倍！等到那激动人心的一天，尼利一定要跟来看看，因为女孩很少光顾查理便宜店。

弗兰茜穿过马路，来到对面的吉姆佩糖果店。弗兰茜在纠结要不要牺牲一分钱，去买吉姆佩家特有的奖品袋。偶尔和她一起玩的小伙伴莫迪·多纳文就要买一个了。弗兰茜推开人群，挤到莫迪的身后，假装自己也要消费。莫迪犹豫再三之后，指了指陈列柜里一个鼓鼓的袋子，弗兰茜紧张地屏住了呼吸。如果要她选的话，她会选一个小一些的奖品袋。弗兰茜的目光越过朋友的肩膀，只见莫迪从袋子里掏出几颗过期的糖果，再仔细查看自己的奖品——一条粗麻布手帕。弗兰茜有一次抽到一小瓶香水。她又犹豫要不要花一分钱碰碰运气。哪怕那些糖果不能吃，偶尔得到一份惊喜也是好的。可弗兰茜最终劝说自己，莫迪刚才买奖品袋让她惊喜过了，这感觉也一样良好。

弗兰茜沿着曼哈顿大道前行，大声朗读她途经的那些好听的街名：斯科尔斯街、梅塞罗尔大道、蒙特罗斯大道、约翰逊大道。最后两条大道是意大利人聚居区。犹太城街区从西格尔街开始，囊括了摩尔街、麦吉本街，最后经过百老汇。弗兰茜朝百老汇那边走去。

布鲁克林威廉斯堡的百老汇大道上有什么？什么也没有——除了全世界最棒的五分一毛便宜店！这家店铺很宽敞，闪闪发亮，里面全世界的东西都有……至少在一个十一岁女孩的眼里是这样的。弗兰茜有四分钱，她有这个能力。她可以买商店里的任何东西！这

①蓝衣小男孩布鲁：美国诗人尤金·菲尔德所创作的同名儿童诗歌中的人物。

是全世界唯一能让她有这种感觉的地方。

到了店里，她在货架之间的过道里走着，随心所欲地触摸自己心爱的商品。她把一件商品拿起来，在手中把玩一会儿，感受它的轮廓，摩挲它的表面，再小心地放回去。这是多么美好的一种感觉啊！她有四分钱，故而有权享受这些。店员如果走过来问她要不要买点儿什么，她可以说是的，就买这个，然后把那个东西买下来，让店员见识一下自己也是可以买得起的。过足了把玩东西的瘾之后，弗兰茜照计划买了粉白相间的、薄荷味威化饼干，花了四分钱。

她沿着贫民区的格雷厄姆大道走回家，看到满载的手推车——每辆手推车都像一个小型商店，周围有讨价还价、情绪激动的犹太人，还有这个街区特有的气味：烤鱼、刚出炉的黑麦面包，还有闻起来像煮沸的蜂蜜的一种东西。这一切都让弗兰茜很兴奋。她望向那一个个不起眼的小商店，闻着桌上那摊胡乱堆放的布料的气味。她注意到从窗户里鼓出来的羽毛垫褥，东方式色彩艳丽的衣服晾晒在太平梯上，还有些光着上身的孩子在排水沟里玩耍。

弗兰茜回到家时已经中午十二点了。不久，妈妈拎着扫帚和水桶进来了，“砰”的一声把它们扔到角落。这个举动意味着，直到下个星期一，她都不会再碰这两件东西了。

妈妈二十九岁，她有着一头乌黑的头发、一双褐色的眼睛，手脚勤快，身材也不错。她是清洁工，把三套公寓楼打扫得干干净净。谁会相信这样一位女士靠擦洗地板养活了一家四口？她身材娇小，容貌秀丽，活泼开朗，对生活充满了热情。虽然她的手由于长期浸泡在苏打水里而红肿、开裂，可是这双手还是很美，那指甲被修剪成可爱的、弯弯的椭圆形。每个人都说，像凯蒂·诺兰这样一个娇小美貌的女子出去擦洗地板，真是可惜了。不过他们又说，可是她嫁了那样一个丈夫，不擦洗地板又能做什么呢。他们还承认，不管怎么看，约翰尼·诺兰都是个帅气、可爱的家伙，比整个街区的任何男人都出色，不过他终归是个酒鬼。人们都这么说，这也是实情。

弗兰茜要妈妈看着她把那八分钱放进锡质的储蓄罐。母女俩猜测着罐子里究竟攒了多少钱，就这么猜着猜着，度过了愉快的五分钟。弗兰茜觉得里面应该有差不多一百块钱了吧。妈妈说，八块钱应该更接近些。

妈妈交代弗兰茜出门买午饭："从那豁口杯里拿八分钱，去买四分之一条黑麦面包，一定要买新鲜的！再拿五分钱，去索尔温的铺子，买一块舌根肉。"

"可是得有点儿门路才能买到哇。"

"你就告诉他，这是你妈妈的吩咐。"凯蒂坚定地说。她又想了想，说："我们要不要买五分钱的甜面包呢，还是把这钱存起来？"

"啊，妈妈，今天是星期六呀，整整一周，你都在说我们星期六可以吃甜点。"

"好吧，那就买甜面包。"

小小的犹太人熟食店里，挤满了来买黑麦面包的人。弗兰茜看着店员把她的四分之一条面包塞进纸袋里。这面包外皮酥脆，里面松软。弗兰茜心想：要是新鲜的话，这面包可以轻而易举地成为世界上最好的面包。她不情愿地走进索尔温的铺子，对于买舌根肉，索尔温有时很好说话，有时又不然。切成片的舌头只有富人才买得起，等到舌头快卖光的时候，能花五分钱买到舌根肉，不过这要看你和索尔温先生的关系。当然了，舌根部位也没有多少肉，主要是软软的、小小的骨头，还有一些带着肉香记忆的软骨组织。

这天恰巧是索尔温先生好说话的一天，他对弗兰茜说："舌头昨天就卖完了，不过我给你留了一点儿，因为我知道你妈妈喜欢吃舌头。你回去把这话转告给她，听到没有？"

“好的，先生。”弗兰茜小声说，她低着头看地板，只觉得脸颊在慢慢发热。她讨厌索尔温先生，不会把他刚才说的话告诉妈妈。

在面包店，她精挑细选了四个面包，都是含糖量最多的。尼利在店铺外跟她碰头，往袋子里偷看了一眼，高兴得跳了起来。虽说这天早上尼利吃了一些糖果，可他还是很饿，便催促弗兰茜一路跑回家。

爸爸没有回来吃午饭。他是个自由职业者，在餐厅做演唱侍应生，不常有工作。通常，每个星期六的早晨他都守在工会总部，等别人找他干活儿。

弗兰茜、尼利和妈妈美美地吃了一顿，每人都吃到一块厚厚的舌头肉、两片气味香甜的黑麦面包（涂了无盐黄油）、一个甜面包，还喝了一杯又浓又烫的咖啡，边上搭配着一茶匙甜甜的炼乳。

说到咖啡，这是属于诺兰家独创的点子，也是这家人的一大奢侈享受。每天早晨，妈妈都会煮上一壶咖啡，到了午饭和晚饭的时候热一热，一天下来，咖啡越煮越浓。这一壶里面只有很少的咖啡，大部分是水，不过妈妈在里面放了一大块菊苣，增加咖啡的浓香和苦味。家里每人每天可以喝三杯加牛奶的咖啡，而黑咖啡可以随时享用。有时，外面下着雨，家里什么吃的也没有，一个人待在家里，哪怕只能喝上一杯又黑又苦的咖啡，也会感到些许欣慰，毕竟家里还有点儿什么。

尼利和弗兰茜都酷爱咖啡，但喝得不多。跟往常一样，尼利今天没有把炼乳加到咖啡里，而是抹在面包上吃了。出于礼貌，他啜了一小口咖啡。妈妈给弗兰茜倒了一杯咖啡，加了牛奶，尽管她知道弗兰茜不会喝。

弗兰茜喜欢闻咖啡的气味，也喜欢咖啡那热热的感觉。她吃着面包和肉，一只手握着咖啡杯，感受着咖啡的温暖，还时不时地去闻一下那带着苦味的香甜气味，这胜过把咖啡直接喝下去。一顿饭结束后，她的那杯咖啡会被倒进洗碗池里。

妈妈有两个姐姐，茜茜和艾薇，她们常过来串门。每次看到倒掉的咖啡，她们都要数落妈妈浪费。

妈妈解释："弗兰茜和家里其他人一样，每一餐可以喝一杯咖啡。如果她觉得倒掉比喝下去更好，那就随她去好了。我认为，像我们这样的人家，偶尔能有点儿东西浪费也不错，好歹能体验一把手头有钱、不必东拼西凑的感觉。"

这种奇特的视角妈妈很满意，弗兰茜也很满意。这把出手阔绰的富人和一贫如洗的穷人连接到一起了。这个女孩觉得，就算她比威廉斯堡其他人都穷，在某种意义上，她也比他们更富有，因为她还有东西可以浪费。弗兰茜慢慢地吃着甜面包，舍不得一口气消耗完全部的甜味，而手边的咖啡在慢慢变冷。她把咖啡倒入洗碗池的时候，觉得自己很潇洒、很奢侈。此后，她就要去洛舍面包房，买下足够全家吃半周的过期面包了。妈妈告诉她可以拿五分钱去买一块过期的馅儿饼，只要没被捣得太碎就行。

洛舍面包工厂是供应附近社区商店的生产商。这家工厂生产的面包不用蜡纸包装，很快就会变质。洛舍面包房就从商家那里收来过期面包，再半价卖给穷人。面包房的门面就挨着烘焙房。面包房的门面一边是又长又窄的柜台，另外两边是两排又长又窄的凳子。柜台后面有两扇对开的大门，现在敞开了。面包货车倒过来，直接把面包卸在柜台上。这里的面包五分钱两块，面包卸下来的时候，人们会一拥而上，争相购买。买的人太多，面包太少，有些人要等卸完三四车才能买上。因为价格低，顾客得自己带包装纸。来买面包的多数是小孩。有的孩子把面包夹在胳膊下，大摇大摆地走回家，让全世界都知道他们很穷。一些自尊心强的孩子会把过期面包包起来，有的用报纸，有的用或脏或干净的面粉袋。弗兰茜带了一个大纸袋。

弗兰茜没打算一进去就买面包，而是坐在长凳上看着。柜台边一群孩子推搡着、叫嚷着，对面的长凳上坐着四个老人在打瞌睡。这些老人靠补助金生活，他们不是被安排跑腿就是在家照看孩子，这也是威廉斯堡这些风烛残年的老人唯一能做的事情了。他们在这里能等多久就等多久，因为洛舍面包房的烘焙香气闻着舒心，阳光从窗户透进来照在他们的后背上，这感觉也很好。他们就坐在那里，打着盹儿，几个小时就过去了。这等候的时间给了他们短暂的生活目标，让他们又成了有用的人。

弗兰茜盯着年纪最大的那个老人。她在玩最喜欢的游戏，那就是琢磨人。那老人稀疏卷曲的头发和凹陷的脸颊上的短胡茬儿，都是脏兮兮的灰白色，干了的唾沫粘在他的嘴角。他打了个哈欠，嘴里没有牙齿，他把嘴合上的时候，嘴唇一直往里面抿，抿到整个嘴巴都不见了，下巴几乎能碰到鼻子。她还注意到，老人的鞋子破烂不堪，脚趾都露出来了，一只鞋上系着打了很多死结的鞋带，另一只鞋上系着一条又短又脏的带子。她不禁浮想联翩……

弗兰茜一直盯着他的脚想：他很老，一定年过七十了。他曾经也是个婴儿。那个时候的他一定干净又可爱，妈妈会亲吻他幼嫩的粉色脚趾。夜里打雷时，她会来到婴儿床边，给他盖好毛毯，还在他耳畔轻声说妈妈在，别害怕。她会抱起他，脸贴着他的头，说他是自己的心肝宝贝。童年时的他也许就跟我弟弟一样，在家里跑进跑出，把门摔得砰砰响。然后，他长成了小伙子，身强力壮，无忧无虑。走在街上，女孩们冲他微笑，纷纷转头看他，他也会还以微笑。我猜，他后来结婚了，也有了孩子，孩子们觉得他是世上最棒的爸爸，因为他辛勤工作，常常给他们买礼物。如今，他的孩子们也长大了，有了自己的孩子，不想要老人了，只等着他死。但是他不想死。他想活下去，哪怕他这么老了。

四周安静下来。夏日的阳光斜照进来，照到地板上，光里灰尘在舞动。一只绿头苍蝇就在这阳光里飞舞。此刻，这里就剩下她自己和那些打盹儿的老人。等面包的孩子们去外面玩耍了，远处传来他们的尖叫声。

突然，弗兰茜跳了起来，她的心跳得很快。她感到一阵恐惧。她没来由地想到一只被拉到最大限度的手风琴，只因为有人想拉出一个美妙的音调。然后她想到了手风琴收缩……收缩……再收缩……想到无数可爱的婴儿降临人世间，有朝一日都会变成眼前老人的这副样子，一股莫名的恐慌涌上心头。她得离开这地方，不然她也会经历这样的人生。突然间，她感觉自己似乎变成一个只剩牙龈没有牙齿的老妇人，一双脏兮兮的脚引人厌恶。

就在这时，柜台后面的两扇门被撞开了，面包货车倒了过来。一个男人走过来站在柜台后面，货车司机把面包扔给这个男人，他接住后再堆放到柜台上。此刻弗兰茜已经站到了柜台前，那些在街边玩耍的孩子听到门被撞开的声音后，便一窝蜂地拥了进来，围在她身边挤来挤去。

“我要买面包！”弗兰茜大声喊道。一个高个子女孩狠狠地推了她一把，想教训教训她，那架势是在说“你以为你是谁”。“没事！没事！”弗兰茜说。“我要六块面包，还有一个馅儿饼，不要太碎的！”她大叫道。

柜台后的男子被她的执着打动了，将六块面包和最完好的回收馅儿饼推到她面前，收了她两毛钱。弗兰茜在熙攘的人群中奋力挤出一条出路时，不小心掉了一块面包，可是人太挤，她根本无法蹲下来去捡。

出了门，她坐在街边，把面包和馅儿饼装进纸袋里。一个女人推着婴儿车走过，车里的婴儿晃动着双脚。弗兰茜看了一眼，可她看到的不是婴儿的小脚，而是穿在破烂鞋子里的一双丑陋的大脚。恐慌再次袭来，她一路跑回了家。

家里没人。妈妈打扮了一番，跟茜茜姨妈一起去看日场演出了，她们花一毛钱买了最便宜的大众票。弗兰茜把面包和馅儿饼取出来放好，把纸袋叠得整整齐齐，以备下次再用。她走进自己和尼利共用的那间小小的、没有窗户的卧室。一片漆黑中，她坐在自己的小床上，等待那惊恐的情绪离开她的身体。

过了一会儿，尼利进来，钻到他的小床底下，掏出一只破旧的棒球手套。

“你要去哪里？”弗兰茜问。

“去空地打球。”

“我可以跟你一起去吗？”

“不行。”

她跟着尼利下楼走到街上。他的三个小伙伴已经在等着了：一个男孩拿着球棒，一个男孩拿着棒球，第三个男孩什么也没拿，倒是穿了条棒球裤。他们走到格林庞特社区附近的一块空地，尼利知道弗兰茜跟在自己身后，也没说什么。她仍旧跟着他们，在社区图书馆下午两点开门之前，她都无事可做。

孩子们慢慢地走着，偶尔停下来，深深吸口气，闻一闻纽敦溪传来的气味。这条狭窄、弯曲的溪流沿着格兰德大街，流经好几个街区。

“天哪，真臭！”大男孩说。

“是啊！”尼利说着，语气十分满足。

“我打赌，这是世界上最臭的气味。”另一个男孩吹牛说着。

“是的！”

弗兰茜也轻轻地说了声“是啊”。她对这股气味感到骄傲。闻到这气味，她就知道附近有河流，即使这么脏臭，可它终将汇入河流，流向大海。对她来说，这股恶臭味暗示的是远航和冒险，因而她闻到这气味倒是很开心。

孩子们到了一块空地，这是一块用脚踩出来的不规则菱形场地。一只黄色的蝴蝶飞过杂草丛，男孩们的天性大概就是喜欢捕捉一切会跑的、会飞的、会游的、会爬的东西，于是他们追起那只蝴蝶来。人还没跑到，倒是把破棒球帽先扔了过去。尼利抓到了蝴蝶。男孩们只看了一眼就失去了兴趣，开始玩起自己发明的四人棒球赛来。

弗兰茜看了一会儿球赛就厌倦了，她知道这帮男孩会一直打打闹闹地炫耀球技，直到该回家吃晚饭才结束。现在已经两点了，图书管理员该吃完午饭回来了。弗兰茜怀着愉悦的期盼，转身朝图书馆走去。

第二章

图书馆又小又破，弗兰茜却觉得它很美。她推开门，走了进去。她喜欢旧皮革封套、图书馆糨糊和新鲜借书戳油墨混杂在一起的气味，觉得这很好闻。

弗兰茜认为这个图书馆里收藏了全世界所有的书，她打算把全世界的书都读个遍。她按照字母的排列顺序，每天读一本书，而且不跳过那些晦涩难懂的书。她记得读的第一本书的作者名叫阿博特（Abbott）。每天读一本书的习惯她已经保持很久了，到现在仍在读字母B开头的书。她已经读完关于蜜蜂（Bee）、水牛（Buffalo）、百慕大（Bermuda）假日、拜占庭（Byzantine）建筑的书了。她尽管读书的热情高涨，不过也不得不承认有些字母B开头的书真的很难读进去。弗兰茜天生喜欢读书，她阅读一切可以阅读的东西：既有垃圾作品，也有经典著作，还有时间表、杂货店的价目表。有些书读起来很愉快，比如路易莎·梅·奥尔科特[①]的作品。她打算，等把字母Z开头的书读完了，就把路易莎·梅·奥尔科特的所有作品全部从头再读一遍。

星期六就不一样了，她不按照字母顺序来读，以此犒劳自己。那天，她会叫图书管理员推荐一本书给她看。

进来后，弗兰茜轻轻地关上门——这是图书馆的规矩——她快速扫了一眼图书管理员办公桌一端那只小小的、金棕色的碗。看看这个碗就可知道时节。秋天，碗里插着南蛇藤；到了冬天，会换成

①路易莎·梅·奥尔科特：19世纪美国小说家，其最著名的作品是《小妇人》。

冬青。当她看到碗里的褪色柳，即使地面还覆盖着白雪，她也知道春天就要来了。今天是1912年夏天的一个星期六，那碗里放的是什么呢？她的目光顺着碗缓缓向上移动，掠过细细的绿茎和小圆叶，然后她看到的是……金莲花！红色、黄色、金色，还有象牙白色。如此美丽的景象让她的印堂部位都发痛了。此情此景她一辈子都不会忘记。

她想：等我长大了，我要买一个棕色的碗，在炎热的八月，我会往里面放进金莲花。

她把手搁在光滑的桌面上，这触感让她心生欢喜。她看到摆放得整整齐齐的削好的铅笔、干净的绿色记事本、白色的大肚子罐里面的糨糊、整齐叠放的卡片，还有待放回书架的书籍。那支笔尖上方有日期戳的神奇铅笔，被放在了记事本边上。

“是的，等我长大了，有了自己的房子，我可不要毛绒椅子和蕾丝窗帘，也不要橡胶植物。我要在我的客厅里放上这样一张书桌，还要把墙面刷得雪白。每个星期六的晚上，我要有一本干净的绿色的记事本；一排闪亮的黄色铅笔，削好放一边准备随时取用；还要有一个金棕色的碗，里面放着一朵花，或是几片叶子，或是一些浆果；还有书……书……书……”

她要挑一本星期天读的书，是一个名叫布朗（Brown）的作者写的。弗兰茜估计自己读布朗的书已经好几个月了吧。看完布朗的书就看布朗宁（Browning）的书。她有些烦闷地哼了一声，迫不及待地想去读字母C开头的作者的书，因为她以前看了几页玛丽·科雷利（Marie Corelli）的书，很喜欢。要到什么时候才能看到这一本呢？也许她应该每天读两本书，也许……

她在桌前站了很久，图书管理员才屈尊过来招呼她。

“有什么事？”那位女士没好气地问。

“这本书，我想借这本书。”弗兰茜将一本书推向前，她把书从封底翻开，从里面的小封袋里抽出一张卡片。图书管理员训练孩子们借书的时候要这么做，这样她就不必自己每天翻开几百本书，也不必从每本书的封袋里抽出几百张卡片。

她拿过卡片，盖好戳，放入书桌的一个槽子里，又在弗兰茜的卡片上盖了戳，再把卡片推回给弗兰茜。弗兰茜拿起卡片，但是没挪动步子。

“还有什么事？”图书管理员连头都懒得抬。

“你可不可以推荐一本适合女孩读的好书呢？”

“多大年纪？”

“十一岁。”

每周弗兰茜都提同样的要求，而每周图书管理员都问同样的问题。借书卡上的名字她漠不关心，再说她也从不抬头看孩子的脸。对这个每天借一本书，到了星期六借两本书的小女孩，她不屑去了解。她如果能微笑一下，说句友善的话，弗兰茜会多么开心啊！她是那么喜爱图书馆，爱到连图书管理员也要崇拜。可惜，图书管理员的心思不在这儿，她讨厌小孩。

当女管理员把手伸到桌子底下去拿书的时候,弗兰茜满怀期待,浑身颤抖。书拿上来了，她看到书名是《如果我是国王》，作者是麦卡锡。棒极了！上周她推荐的是《格劳斯塔克的贝弗利》，两周前她推荐的也是这本。麦卡锡这本她只看过两回。图书管理员来来回回都只推荐这两本书。也许她自己只读过这两本书，也许什么榜单上推荐过这两本书，也许她真心觉得这两本书正是十一岁的女孩应该看的。

弗兰茜把书紧紧抱在胸前，小跑着赶回家。一路上她都想找个台阶，赶快坐下来阅读，可她还是抵挡住了这股冲动。

终于到家了，这可是她盼望了整整一周的时刻：可以坐在太平梯上看书。她拿了一小块毯子铺在太平梯上，又从房间里拿了枕头，靠在扶梯上。幸好冰箱里还有冰块，她铲了一小块冰，放进一杯水里。她把那天早晨买的粉白相间的威化饼干掰碎放入一个小碗。尽管小碗有了裂痕，但那颜色很漂亮。她把杯子、小碗和书整整齐齐地摆放在窗台上，然后爬出去坐到太平梯上。到了这儿，她就等于住在树上了。楼上、楼下和对面的人都看不到她。她却可以透过树叶，洞悉一切。

那是一个阳光灿烂的午后，微风慵懒地吹着，夹杂着温暖的海洋气息，树叶在白色枕头上映照出变幻的图案。院子里没有人，真好。弗兰茜呼吸着温暖的空气，看着树叶舞动，读着书，吃一口脆饼，啜一口冰水。

弗朗索瓦·维庸[①]的故事，每读一遍，她就越发喜欢。有时候她会担忧，万一图书馆把这本书弄丢了怎么办，那她就再也无法读到这本书了。她曾经在一本两分钱买来的笔记本上抄写这本书。她实在是太想拥有一本书了，她想，抄写也是个办法。只是，用铅笔抄下来的一页页纸，看起来不像，闻起来也不像图书馆的书，最后她只好作罢，并安慰自己：长大后努力工作，拼命存钱，把自己喜欢的书都买下来。

她读着书，与世界和谐共处，心里很高兴。一本好书，一些零食，独自在家，树叶的光影在舞动，一个下午就这么溜走了，这是一个小女孩的完美时光。大约到了四点，弗兰茜家对面的出租公寓开始活跃起来。透过树叶，她看到一扇扇敞开没拉窗帘的窗户。人们拿着啤酒桶出去，灌满了带着白泡沫的冰啤酒回来。孩子们跑进跑出，往返于肉店、食品店、面包房之间。女人们提着鼓鼓囊囊的包裹从当铺跑回来，赎回了男人们的西服。到了星期一，这些西服又要被

①弗朗索瓦·维庸：法国中世纪杰出的抒情诗人。《如果我是国王》的主人公。

送回当铺放上一周。光是星期一到星期五收取的利息，就够当铺赚得盆满钵满了。这些西服会被擦拭干净，挂起来，放入樟脑丸以防虫蛀。西服在星期一送进去，星期六取出来。蒂米大叔收取一毛钱利息。就这样，抵押和赎买周而复始。

当弗雷伯家的马车进到隔壁院子里时，弗兰茜停止了阅读，因为看着那匹漂亮的马就跟读书一样愉快。隔壁院子铺了鹅卵石，院子的尽头还有一座漂亮的马厩，两扇大铁门将院子和街道隔开，鹅卵石的边缘是一块肥沃的土地，上面长着一株可爱的玫瑰和一排鲜红的天竺葵。那个马厩比附近的房子都要精致漂亮，院子也是威廉斯堡最漂亮的。

弗兰茜听到大门“咔嗒”一声关上了。首先映入眼帘的是一匹毛色闪亮的棕色骟马，它的鬃毛和尾巴都是黑色的。马拉了一辆栗色的马车，车的两侧用金色的油漆写着“牙医弗雷伯医生”和诊所地址。这辆漂亮的马车既不拉货也不送货，而是整天在街头缓慢地走着，为的是给弗雷伯医生打广告。这是一个梦幻般的活动广告牌。

每天早晨，一个叫弗兰克的年轻人驾着马车出去，下午再驾着马车回来。这个脸颊红润的年轻人就像儿歌里唱的那样——那美好的青春啊。他每天的工作就是驾着马车在街上缓缓地行驶，让人们看见广告牌上的名字和地址。这样人们需要拔牙或安装假牙的时候，自然就想到马车上的弗雷伯医生的名字和地址。

弗兰克悠闲地脱下外套，围上皮围裙，这匹叫鲍勃的马耐心地等在一旁，四只蹄子轮换在地上踩着。弗兰克取下马具，将皮革擦拭干净，挂在马厩里。接下来，他用一块黄色的湿海绵给马清洗身体。马非常享受这个过程，斑驳的阳光晒在它的身上，有时它的蹄子踩着地，踩踏到一块石头，会迸出一个小火花。弗兰克把海绵里的水挤到棕色的马背上，然后顺势擦下去，整个过程中他一直跟马聊天。

“站稳了，鲍勃。这才是个好小子。再回来擦这边，好了！”

鲍勃不是弗兰茜生活中唯一的一匹马。艾薇姨妈的丈夫威利·弗利特曼姨父也有一匹马，名叫“鼓手”，它拉的是一辆送牛奶的马车。威利和“鼓手”可不是朋友，不像弗兰克和他的马那样。威利和“鼓手”都想着法子互相伤害。威利动不动就把“鼓手”骂一通。要是听了他说话，你就会觉得这匹马整晚都不睡觉，在牛奶公司的马厩里想着法子折磨它的主人呢。

弗兰茜喜欢玩一个游戏：想象主人和他们的宠物对调。在布鲁克林，人们最喜欢养的宠物是白毛贵宾犬。养这种狗的女人通常身材矮小，白胖胖、脏兮兮的，眼睛像贵宾犬那样湿湿的。妈妈的音乐老师蒂莫尔小姐——身材小巧，长得就像她家挂在厨房笼子里的那只金丝雀。弗兰克如果可以变成一匹马，应该会是鲍勃的样子。弗兰茜从没见过弗利特曼姨父的马，不过她能猜到它的样子。“鼓手”应该跟威利一样，瘦小黝黑，一双紧张的眼睛露出过多的眼白。它一定还跟艾薇姨妈的丈夫一样，整天哭丧着脸。弗兰茜让自己尽量不去想弗利特曼姨父。

第三章

爸爸五点回家了。到了这时候，马和马车都被锁进了弗雷伯家的马厩；弗兰茜的书读完了，零食也吃完了。她注意到黄昏的阳光照在旧篱笆上，显得那么苍白，那么稀薄。她的枕头被太阳晒得暖暖的，被风吹得十分清新，弗兰茜用脸贴了贴枕头，才把它放回她的小床上。爸爸走进公寓时，唱着他最喜欢的民谣《莫莉·马隆》。上楼的时候，他总是唱着这首歌，听到这歌声，大家就知道他回来了。

弗兰茜笑盈盈地开门迎接爸爸。

“你妈妈呢?”进屋时他总要问这么一句。

“她跟茜茜姨妈一起去看演出了。”

“哦!”他的语气听起来有些失望。凯蒂如果不在家，他总是很失望。“今晚我要去克洛默酒吧帮忙，有人办婚庆派对，排场不小呢。”他用外套袖子擦了擦圆顶礼帽，然后把礼帽挂起来。

“你是去做侍应生，还是唱歌?”弗兰茜问。

“两个都做。弗兰茜，有没有一条干净的侍应生围裙?”

“有一条是干净的，不过还没熨烫。我现在给你熨一下。”

她用两把椅子架起熨衣板，然后加热熨斗。围裙是一块带有褶皱的方形厚布料，系带是亚麻宽边布带。她往围裙上喷了点儿水。等着熨斗升温的工夫，她热了热咖啡，给爸爸倒了一杯。爸爸喝了咖啡，吃了他们留给他的甜面包。因为晚上有工作，那天天气又好，爸爸的心情很不错。

“遇到这样的日子，就像有人给你送了礼物一样。”他说。

“是啊，爸爸。”

“热咖啡真好哇！真不知道咖啡没发明出来的时候，人们是怎么过的？！”

“我喜欢闻咖啡的香气。”

“这些甜面包是在哪里买的？”

“温克勒的店里。怎么了？”

“他们越做越好了。”

“还剩一些面包，就一片了。”

他接过面包，翻了个面，看到底下贴着工会的标签。“不错！好面包，由工会面包师精心制作。”他把标签撕下来，突然想到了什么，“我的围裙上也有工会标签！”

“在这里呢，缝到围裙接缝里了。我会把它熨平整的。”

“标签就像一个装饰品，”他解释道，“好比你把玫瑰戴在身上。看看我的侍应生工会徽章。”那徽章颜色淡淡的，绿白相间，别在他的外套翻领上。他用袖子擦了擦，说：“加入工会以前，老板们想付给我多少钱就付多少钱，有时甚至一毛不拔。他们说我挣小费就够了。有的地方甚至还要我倒贴钱才让我上班，他们说小费丰厚得很，侍应生岗位拿来出售都可以。后来我加入了工会，可你妈妈总是吝啬出这笔会费。其实工会给我找到的工作，雇主必须付一定的工资，有没有小费不影响。所有行业都应该组织工会。”

“是啊，爸爸。”弗兰茜开始熨烫衣服。她喜欢听爸爸聊天。

弗兰茜想到了工会总部。有一次，她到那里给爸爸送围裙和车票钱，好让他去上班。她看见他跟一帮男人坐在一起。爸爸总是穿着无尾晚礼服，那也是他唯一的正式衣服。他头戴一顶黑色的圆顶礼帽，帽子得意扬扬地翘起。看到弗兰茜进来，他便赶紧摘下帽子。

“这是我女儿。”他自豪地说。在场的侍应生们看了一眼这个穿着破旧裙子的瘦小女孩，互相交换目光。这些人跟约翰尼·诺兰不同，他们在星期一到星期五都有固定的侍应生工作，星期六晚上出来不过是挣点儿外快。约翰尼没有固定工作，四处找活儿干。

“伙计们，我想告诉你们，”他说，“我有个漂亮的老婆和两个可爱的孩子。我还想告诉你们，我配不上他们。”

“想开一点儿啦。”一个朋友拍拍他的肩说。

弗兰茜无意中听到侍应生圈子之外的两个男人在谈论他的爸爸。矮个子男人说：“你得听听这伙计是怎么说他的老婆和孩子的。可真精彩啊！这小子真滑稽,工资拿回家交给老婆，小费都自己留下。他跟麦加里蒂达成了一个搞笑的约定。他把所有小费如数上交，让麦加里蒂给他酒喝。到现在他也不知道到底是麦加里蒂欠他呢，还是他欠麦加里蒂。不过这个办法适合他。”说完，两个男人走开了。

弗兰茜感到心痛。不过，当她看到站在爸爸周围的几个人那么喜欢他，那么热切地听他讲话，时而微笑时而大笑，她心里的痛又缓解了些。这两个人是例外，她知道大家都喜欢爸爸。

是的，人人都喜欢约翰尼·诺兰。他是个可爱的歌手，会唱情歌。跟他一起当侍应生的伙计们喜欢他，雇用他的老板们喜欢他，老婆和孩子们也喜欢他。他依旧年轻、英俊、活泼。老婆还没有对他心怀怨恨，孩子们也懵懵懂懂，不知以他为耻。

弗兰茜收回自己的思绪，不去想她去工会总部那天的经历。她继续听爸爸絮叨，他开始回忆了。

“说说我自己吧，我一无是处。”他平静地说，“那年，土豆都吃不上，我的父母从爱尔兰来到这里。经营轮船公司的伙计说船票钱他先帮忙垫上，日后从父亲的工资里扣。就这样，我的父母来到美国。我父亲跟我一样，没有一份工作能做得长久。”他沉默了一会儿。

弗兰茜一声不吭地熨烫着衣服。她知道爸爸只是在自言自语。他不指望女儿能明白这些。他不过希望有人可以听他絮叨罢了。他几乎每个星期六都说同样的话，一周其他时间里，他从家里进进出出，很少讲话。不过今天是星期六，正是他说话的时候。

“我父母不识字。我自己也只读到六年级——父亲去世后，我不得不辍学。你们这些孩子很幸运，我会确保你们能把书念完。”

“好的，爸爸。”

“那年我才十二岁，在酒吧为醉汉唱歌，他们朝我身上扔硬币。然后我就去酒吧、餐厅工作……当侍应生……”他陷入了沉思，好一会儿没说话。

“我一直都想当一名真正的歌手，打扮得像模像样，登台表演。可是我文化水平不高，不知道怎样才能成为一名舞台歌手。我母亲说，好好工作吧，你不知道有份工作多幸运。于是我干起了侍应生兼歌手这一行。这不是什么稳定的工作，我要是当个一般的侍应生，收入还好些。”他前言不搭后语地说。

弗兰茜抬头看着他，好像有问题要问，不过她什么也没说。

“我没有前途，这我自己知道。我无法像其他男人那样去开卡车，我这身板也当不了警察。我想唱歌，但是干得也不怎么样。我又无法承担责任。”他停顿了好一阵，然后低声说：“我过得不快乐。我有老婆有孩子，可我偏偏不是个努力工作的男人。我从来不想有家室。”

弗兰茜的心又一次隐隐作痛。爸爸不想要她，还是尼利？

“像我这样的男人成家做什么？可我爱上了凯蒂·罗姆利。哎，我不是怪你妈妈。”他匆忙加了这一句，“然后我娶了你妈妈，我们生了孩子。弗兰茜，你妈妈是个好女人，永远别忘记这一点。”

弗兰茜当然知道妈妈是个好女人，她从前就知道。爸爸也这么说。那么，和妈妈相比，她为什么更喜欢爸爸？这是为什么呢？爸爸一无是处，他自己都这么说。但她就是更喜欢爸爸一些。

“对，你妈妈工作很辛苦。我爱老婆，也爱孩子。”他深情地说。弗兰茜的心情又好了起来。随后，他摇了摇头，说：“但是作为男人，难道不该有更好的生活吗？兴许有一天，工会不但给大家找工作，还能安排闲趣让他们打发时间。不过，我这辈子是看不到了。现在，要么辛劳一生，要么当个懒汉……没有中间地带。等我死了，大家很快就会把我忘了。不会有人说：‘这个男人爱他的家庭，信任工会。’他们只会说：‘太糟糕了，不管你怎么看，这人都一无是处。’是啊，他们会那么说我的。”

房间里安静下来。约翰尼·诺兰有种不祥的预感：他的人生将匆匆而过。他看着面前的这个小女孩低着头，在熨衣板上安静地熨烫着衣服。她那瘦削的脸上带着一抹淡淡的忧伤，刺痛了他的心。

“听着！”他走到弗兰茜跟前，伸出一只手搂着她的肩膀，“如果我今晚能挣到很多小费，我就把钱拿去下注一匹马，星期一开赛。等我赢了十块钱，就拿这十块钱再下注另一匹马，赢一百块钱。只要我动动脑筋，手气又好的话，我就可以赢五百块钱。”

还没跟女儿讲完，他自己都觉得这是做白日梦。

“要是有钱了，你觉得我会怎么做呢？小歌后？”弗兰茜听到爸爸用“小歌后”这个绰号称呼她，开心得嘴角扬起。在她婴儿时期，爸爸就给她起了这个绰号，他信誓旦旦地说，她的哭声音域宽广，音色亮丽，与女高音歌唱家无异。

“不知道，你会做什么？”

“我要带你去旅行。就你和我，我的小歌后。我们到南边去，去那棉花盛开的地方。”说完这句，他很得意，就又说了一遍，“去那棉花盛开的地方。”然后，他记起来这是一首歌的歌词。他把双手插进口袋，吹起了口哨，跳起了华尔兹，唱起了歌：

一片雪白的田野上，

听黑人们低沉轻柔的歌声。

我心之所向，有人为我守候，

在那棉花盛开的地方……

弗兰茜轻轻地亲了一下他的脸颊。“啊，爸爸，我真爱你！”她低声说。

爸爸将她抱紧。他又一次感受到扎心的痛楚。“啊，老天！”他一遍遍对自己重复，有着难以忍受的痛苦，“我算什么爸爸啊！”不过，当他再度开口的时候，他的语气恢复了平静。

“聊那么久了，我的围裙还没熨好吗？”

“已经熨好了，爸爸。”她小心地把围裙叠成一个规整的方形。

“家里还有钱吗，宝贝？”

弗兰茜看了看架子上那个豁口杯：“有五分钱，还有几个分币。”

“你可以拿七分钱帮我买件假衬衣和纸衣领吗？”

弗兰茜去布店给爸爸买星期六晚上要穿的行头。假衬衣是用浆过的平纹细布做成的前襟，用领扣扣在脖子四周，然后用背心把它固定在适当的位置。它是衬衫的替代品，穿一次就得扔掉。纸衣领其实并不是纸做的，这么叫是为了区别于穷人穿的赛璐珞衣领。这种衣领便于清洁，只需用湿布擦拭。纸衣领其实是用浆过的薄亚麻布做的，质地硬挺，也只能穿一次。

弗兰茜回来时，爸爸已经刮好胡子，把头发打湿，擦了鞋子，还换上了干净的汗衫。那汗衫没有熨烫，背面还有一个大洞，不过闻起来很香，也很干净。他站到椅子上，从厨架的最顶层取下一个小盒子，这里头装着一对珍珠装饰纽扣，是凯蒂送给他的结婚礼物，花了她一个月的工资。这对纽扣是约翰尼的心爱之物，哪怕诺兰家再困窘，它也决不会被送进当铺。

弗兰茜帮他把这对珍珠装饰纽扣扣到假衬衣上。他用一颗金纽扣将领子扣上。他十分专业地在黑色丝绸领带上打了一个蝴蝶结。其他侍应生都用现成的附在松紧带上的领结。约翰尼·诺兰是不会这么做的。其他侍应生穿着脏兮兮的白衬衫，或者洗干净却熨烫得马马虎虎的衬衫和赛璐珞衣领，但约翰尼·诺兰绝对不会这样。他的穿着无可挑剔，哪怕只是一套临时的行头。

打扮完毕，他金色的鬈发散发着闪亮的光泽，因为梳洗过也刮了胡子，所以他浑身散发出清爽干净的味道。他穿上外套，欢快地扣上扣子。虽然那身晚礼服的缎面翻领有些开线，不过这身衣服穿得如此合身，裤缝笔直，谁又会注意翻领上那点儿瑕疵呢？弗兰茜看到他那双擦得锃亮的黑皮鞋，注意到他的直筒裤从后面盖住了脚后跟，从前面盖住了脚背，十分潇洒协调。没有谁的爸爸能把裤子穿得这样优雅，弗兰茜为爸爸感到骄傲。她用一张干净的包装纸，小心翼翼地把那件熨烫好的围裙包起来。

她陪爸爸一起走到电车站。女人们一开始纷纷冲他微笑，直到注意到他牵着一个小女孩，才赶忙收敛了笑容。约翰尼看起来更像一个帅气又随性的爱尔兰大男孩，看不出他有个当清洁工的老婆和两个常常饿肚子的孩子。

父女俩经过加布里埃尔的五金店，停下脚步看着橱窗里的溜冰鞋。妈妈从不会在这里驻足，爸爸的语气似乎透露出，有一天他会给弗兰茜买一双溜冰鞋。他们走到街角，格雷厄姆大道的电车开来了，他顺着电车减速的节奏，一个大步跨上了站台。电车启动时，他站在车后，抓着扶手，身体倾斜着冲弗兰茜挥手。没有哪个男人会像爸爸这样英俊潇洒、风度翩翩，她想。

第四章

傍晚六点的时候，妈妈和茜茜姨妈一起回来了。看到茜茜姨妈，弗兰茜很开心。她是弗兰茜最喜爱的姨妈。茜茜的生活总是那么丰富多彩、令人激动。她年方三十五，结过三次婚，生过十个孩子——这些孩子全都在出生后不久就夭折了。茜茜常说，弗兰茜就是她十个孩子的总和。

茜茜在一家橡胶厂工作。她有一双明亮闪烁的黑眼睛，留一头乌黑亮丽的鬈发。她喜欢在头发上打一个樱桃色的蝴蝶结。今天妈妈则戴了一顶翡翠绿色的帽子，衬得她皮肤白皙，如同奶酪；一双棉手套遮住了她漂亮却粗糙的手。她和茜茜进来的时候，有说有笑地重复着她们在那场演出中听到的笑话。

茜茜给弗兰茜带了一份礼物，一根玉米棒子做的烟斗哨。你朝里面吹气，就会蹦出一只橡胶母鸡。你吹得越猛，母鸡就胀得越大。

弗兰茜很希望茜茜能够留下来吃饭。只要茜茜在，家里的气氛都是热闹欢快的。弗兰茜觉得茜茜理解小女孩。别人都认为孩子是可爱又淘气的讨债鬼，茜茜却把他们当作大人来对待。尽管妈妈再三挽留她吃饭，茜茜还是不肯留下。茜茜临走前，答应下个月的一号会再带着杂志过来。她的现任丈夫在一家大众杂志社工作，每个月，他都会收到杂志社所有出版物的样刊。这些杂志都有色彩鲜艳的封面，他从库房里拿到时还用一根崭新的黄麻绳捆着。茜茜一拿到杂志，就把它们带给弗兰茜。弗兰茜先津津有味地读一遍，再半价卖给附近的文具店，把钱存进妈妈的锡质储蓄罐里。

茜茜走后，弗兰茜跟妈妈讲了她在洛舍面包房看到的那个双脚脏兮兮的老人。

“胡说，”妈妈听完后说，“变老才不是什么悲剧。如果他是这世上唯一的老人——那才是悲剧。但是，还有其他老人跟他做伴啊。老人未必就不幸福，只是我们想要的东西，他们已经不想要了。他们只想穿着暖和的衣服，吃点儿软糯的食物，彼此叙叙旧。你别再犯傻了。如果有一件事是确定的，那就是我们每个人都会变老。你最好早点儿接受这个事实。”

弗兰茜知道妈妈说得对。不过……她还是宁愿听妈妈说点儿别的。母女二人计划着接下来的一周要用过期面包做些什么菜。

诺兰一家就靠着过期面包过日子，凯蒂可以变着花样用它做各种神奇的美食！她会拿一条面包，浇上开水，把面包揉成糊状，加入盐、胡椒粉、百里香、碎洋葱和一个鸡蛋（如果鸡蛋卖得便宜的话），然后放进烤箱烘烤。待面包烤至焦黄时，她会用半杯番茄酱、两杯开水、调味料和少许浓咖啡混合，再用面粉勾芡，调一个酱汁，浇在烤好的焦黄的面包上。这样的一顿饭很好吃，热乎乎的，不仅有味道，还回味无穷。吃不完的，第二天切成薄片用热培根油煎着吃。

妈妈还会做很可口的面包布丁。材料就是过期的面包片、糖、肉桂和切成薄片的便宜苹果。面包布丁被烤到焦黄的时候，她就把糖溶化开，浇到上面。有时候她还会做一道菜，就是用本来要扔掉的面包屑制成的东西。妈妈将面包屑浸入面粉、水、盐和鸡蛋调制而成的面糊中，然后放入热油中煎炸。在煎炸的过程中，弗兰茜会到糖果店买一分钱的棕色冰糖，拿回家用擀面杖压碎，吃的时候把碎糖撒在油炸面包屑上，那时冰糖还未完全化开，入口的感觉好极了。

星期六晚上，全家人可以吃一顿丰盛的节日大餐。诺兰一家人可以吃到炸肉！拿一条过期面包用热水调成糊状，再加入一毛钱的碎肉，拌入碎洋葱，再用一分钱的欧芹和盐调味，把面糊做成小丸子，在热油里炸，就着番茄酱吃。这些肉丸子也有个名字，叫弗兰尼利丸，是将弗兰茜和尼利的名字组合在一起的幽默名词。

他们一家的食物主要就是过期面包、炼乳、咖啡、洋葱、土豆，还有一分钱的调味品。他们偶尔能吃到一根香蕉，但弗兰茜想吃橙子和菠萝，尤其是橘子。

有时候，如果手头多一分钱，弗兰茜就拿去买碎饼干。食品店的人会用一张卷纸做个喇叭角，在里面装上卖不出去的碎饼干。妈妈的规定是：如果有一分钱，不要买糖果或蛋糕，去买苹果。可是苹果算什么呢？弗兰茜认为，生土豆吃起来跟苹果的味道差不多，而且生土豆不用花钱就可以弄到。

第五章

尼利回到家，被妈妈打发和弗兰茜一起出门买周末吃的肉。买肉是诺兰家的大事，妈妈总是千叮咛万嘱咐。

“从哈斯勒的店里买五分钱的汤骨，但是别在他家买碎肉。碎肉要去沃纳的店里买。买一毛钱剁碎的后腿肉，别买已经装在盘子里的碎肉。带个洋葱去。”

弗兰茜和弟弟在柜台前站了好久，屠夫才注意到他们。

“你们要买什么？”他总算发问了。

弗兰茜开始跟他商量：“要一毛钱的后腿肉。”

“要剁碎的肉吗？”

“不要。”

“刚才来了位女士，买了两毛五分钱的后腿肉，我剁得多了一些，这盘子里有剩的，刚好一毛钱的量。没骗你，我刚剁的。”

这是妈妈一再告诉弗兰茜要小心的陷阱。不管屠夫怎么说，决不买他盘子里的碎肉。

“不要那个。我妈妈说了要买一毛钱的后腿肉。”

屠夫气呼呼地砍下一块肉，称重之后，重重地摔在一张纸上，正要准备包起来，弗兰茜颤抖着声音说：“啊，我忘了，妈妈说要把肉剁碎。”

“真见鬼！”他把肉胡乱剁了几刀，然后塞进碎肉机里。又被耍了！他愤愤地想。红色的新鲜碎肉旋转而下，他拢在手里，正要甩到纸上……

“妈妈说把这洋葱也切碎了放进去。”她怯生生地把一颗剥好的洋葱从柜台对面推了过去。尼利站在一旁，什么也没说，他的作用就是跟着来，给予弗兰茜精神鼓励。

“我的天哪！”屠夫发出一声怒吼。不过他还是操起了两把刀，把洋葱剁碎后混进了肉里。弗兰茜看着他剁肉，很享受刀剁下来的像鼓点一样的声音节奏。屠夫再一次把碎肉拢到一起，狠狠地甩在包装纸上，瞪着弗兰茜。她倒吸了一口凉气，最后一项要求是最不好完成的。屠夫也猜到了接下来她要提什么要求，站在那儿，内心直哆嗦。弗兰茜终于一口气说了出来：“还要一块跟肉一起炒的板油。”

屠夫愤愤地低声骂了一句。他割下一块板油，为了泄愤，故意把板油掉在地上，再捡起来摔在那堆碎肉上。他怒气冲冲地把这些包好，一把抓过弗兰茜手里的一毛钱，递给老板结账。他骂老天爷没给他好命，让他当了倒霉的屠夫。

买碎肉这一关过了，他们去哈斯勒的店里买汤骨。哈斯勒卖的骨头不错，但是他的碎肉质量就难说了。他都是关起门来剁碎肉，谁知道买到的肉里面掺了什么。尼利拿着刚买的碎肉在店外等着，因为如果被哈斯勒发现你买了别家的肉，他就会傲慢地告诉你：在哪里买的肉，就还上那里买汤骨吧。

弗兰茜花五分钱要了一块不错的骨头，上面还带着一点儿肉，这是星期天用来炖汤的。哈斯勒没有立刻把骨头给她，而是让她等一会儿，听他讲那老掉牙的笑话：有个人买了两分钱的肉给狗吃，哈斯勒问他是要包起来还是在店里吃呀。听到这里，弗兰茜羞怯地笑了。哈斯勒得意地走向冰柜，回来时手里拿着一根亮闪闪的白骨头，骨筒里是奶白色的骨髓，骨头根部还带着一丝丝红肉。他要弗兰茜好好看看这块汤骨。

“等你妈妈煮了这骨头，”他说，“叫她把骨髓都掏出来，抹在面包上，撒上胡椒粉、盐，给你做个好吃的三明治。”

“我会转告妈妈的。”

“等你吃了，你这一身皮包骨也能长出点儿肉来，哈哈哈。”

将骨头包好，收了钱，他切下粗粗的一段碎肝香肠递给弗兰茜。弗兰茜想到自己骗了他到别家买了肉，觉得有点儿对不起哈斯勒。奈何妈妈就是信不过他剁的碎肉，可惜了。

天色还早，街灯还没亮起来。那个卖辣根的女士已经坐到了哈斯勒的店门口，摆弄起那些辣根了。弗兰茜从家里带了个杯子递过去，老妇人收了两分钱，装了半杯辣根。买肉的重任终于完成，弗兰茜心情舒畅，又去蔬菜店买了两分钱的做汤用的蔬菜。她买到了一根干瘪的胡萝卜，一棵无精打采的芹菜，一个软塌塌的番茄和一束新鲜的欧芹。妈妈会拿这些东西跟骨头一起煮，煮出浓郁的骨头汤，上面漂浮着星星点点的肉，汤里还会加点儿自家做的宽面条。香喷喷的骨头汤，再加上抹了骨髓的面包，就是星期天的大餐了。

吃完油炸肉丸、土豆、碎馅儿饼，喝完咖啡后，尼利就上街找小伙伴们玩去了。

莫迪·多纳文来找弗兰茜一起去逛街。二人揽着对方的腰走在街上，像其他布鲁克林的女孩一样。莫迪有一分钱，她买了一个冰激凌，请弗兰茜吃了一口。莫迪很早就得回家，因为姨妈不许她过了晚上八点还在街上游荡。

“别忘了，”莫迪一边倒退着走，一边对弗兰茜说，“今天是我来找的你，下周轮到你来叫我了。”

“忘不了的。”弗兰茜向她保证。

弗兰茜到家的时候发现客厅有客人，是艾薇姨妈和她的丈夫威利·弗利特曼。弗兰茜喜欢艾薇姨妈。她和妈妈长得很像，也很风趣，她能像电视里的人那样说笑，把你逗乐，还会惟妙惟肖地模仿世界上任何一个人。

弗利特曼姨父将他的吉他带了过来。他正在弹着，其他人在唱歌。弗利特曼是个身材瘦小，皮肤黝黑的男子，他的头发乌黑顺溜，小胡子如丝般光滑。他的右手没有中指，考虑到这个因素，他的吉他弹得算是很好了。每当需要用右手中指弹奏某个音符的时候，他就猛拍一下吉他以代替本来该弹奏的音符。这样一来，他弹的曲子听起来节奏总是怪怪的。等弗兰茜到家时，他的曲目已经快要弹奏完毕。她正好赶上了最后一首。

睡觉之前，弗兰茜和尼利必须看一页莎士比亚的作品，这是规定。在他们小的时候，妈妈会为他们读，后来他们长大了，就自己读。他们这样读了六年，《莎士比亚全集》读到了《麦克白》。姐弟二人匆匆完成了当天的读书任务。到了十一点，诺兰一家都上床准备睡觉了，除了还在上班的约翰尼。

每个星期六的晚上，弗兰茜可以睡在客厅。她把两把椅子搬到窗前，拼在一起，这样她可以看街上往来的行人。躺在那里，她可以听到夜间公寓的声息。人们进了公寓楼，回到自己的公寓。有人疲惫不堪，拖着沉重的脚步；有人轻手轻脚，快速走上楼梯；有个人跌了一跤，咒骂着大厅里破旧的油布毯子；有个婴儿哭一会儿停一会儿；还有楼下一个醉汉在数落他的老婆。

凌晨两点，弗兰茜听到爸爸轻声唱着歌走上楼来。

甜美的莫莉·马隆，
推着她的独轮车，
穿过大街小巷，
眼泪哗哗地流……

唱到“哗哗地流”那里，妈妈就把门打开了。这是爸爸和家里人约定的一个小游戏，如果在他唱完歌之前他们把门打开，算他们赢；

如果他在走廊已经唱完了歌他们才开门，爸爸就赢了。

弗兰茜和尼利从床上跳起来，一家人都围坐在餐桌边吃爸爸带回来的夜宵。爸爸把三块钱放到桌上，给了两个孩子每人五分钱，妈妈要他们把这钱放到储蓄罐里，说因为他们当天卖废品已经拿过钱了。爸爸拿回来一纸袋的食物，都是婚宴上剩下的，因为有的客人没来，新娘把没吃的食物分发给几个侍应生了：半只冷却的烤龙虾、五只已凉透的炸牡蛎、一小浅口罐的鱼子酱和一小块羊乳干奶酪。孩子们不喜欢吃龙虾，冷炸牡蛎味道寡淡，鱼子酱又太咸。但是他们太饿了，把桌上的食物一扫而光，并且在当晚就都消化了。

尼利又回到床上，继续酣睡。弗兰茜去了黑漆漆的客厅，坐在窗前，没有一丝睡意。爸爸和妈妈坐在厨房里，他们会在那里一直聊到天亮。爸爸给妈妈讲述当晚工作的情形：遇见了什么人，他们的模样如何，谈吐如何。诺兰一家总是得不到足够的人生故事，他们努力把自己的生活过得丰富，可这远远不够，他们还要去了解那些生活中接触到的人的生活经历。

约翰尼和凯蒂整晚都在聊天，他们的声音高低起伏，在漆黑的夜里让人感觉安全和舒心。到了凌晨三点，街上很安静。弗兰茜向窗外看着。

一阵清新的微风从海面吹到布鲁克林。遥远的北边，是意大利人群居的地方，他们在院子里养鸡，那边传来公鸡的鸣叫。鸡一叫，狗也汪汪地叫起来。还有那匹叫鲍勃的马，在马厩里舒舒服服地睡了一晚，也发出了一声嘶鸣，似乎在询问什么。

弗兰茜喜欢星期六，因为不想它结束，所以迟迟舍不得入睡。未来的一周让她感到担忧和害怕。她要把这个星期六的记忆深深地刻入脑海。除了看到那个等待买面包的老人，这个星期六十分完美。

此刻还是星期六，一切都还是那么美妙。星期一还离得很远呢，这中间隔着一个平静的星期天。她可以在这段时间去想那金棕色碗里装的金莲花，想那匹站在阳光和树荫下被擦洗身子的马。她渐渐感到睡意袭来，听了一会儿凯蒂和约翰尼在厨房的对话。他们在回忆往昔。

“认识你的时候，我才十七岁，”凯蒂说，“那会儿我在卡瑟编织厂上班。”

“我那年十九岁。”约翰尼回忆道。

芬芳的暖风轻轻吹过弗兰茜的头发。她双手趴在窗台上，脸贴着胳膊，一抬头就能看见公寓屋顶上高悬的星星。没过多久，她就进入了梦乡。

第二卷

弗兰茜身上还有些东西既不来自罗姆利家，
也不来自诺兰家。有些东西在她身上与生俱来，
只属于她——这是她区别于两个家族成员的地方。
这是每个生灵独有的——一种独一无二的特质，
让这世界上没有两个人拥有相同的指纹。

第六章

时光倒退十二年，那是1900年，也是在布鲁克林的一个夏日，约翰尼·诺兰认识了凯蒂·罗姆利。

他们谈了一阵子恋爱后订婚了，于1901年新年的第一天举办了婚礼。他们从认识到结婚，不到四个月。

托马斯·罗姆利至今没有原谅这个女儿。事实上，因为女儿们的婚事，他没有原谅过任何一个女儿。关于孩子，他有一套简单又功利的育儿思想：养育孩子，要尽量少花钱也少出力。等孩子长到十几岁的时候就放她们出去工作，为父亲赚钱。凯蒂只工作四年就结婚了，所以他觉得这个女儿还欠着他钱。

罗姆利憎恶一切人和一切事，没人知道这是为什么。他高大英俊，一头铁灰色的鬈发盖在头上。为了逃避被征召入伍，他带着新婚妻子一起逃离了奥地利。他听得懂英语，也会说，但说不说全看他的心情。别人跟他讲英语，他懒得搭理，还禁止孩子们在家里讲英语。他的女儿们几乎不懂德语。（她们的母亲要孩子们在家只说英语，理由是，她们对德语懂得越少，对父亲的残酷就了解得越少。）因此，四个女儿成长过程中都很少与父亲交流。他几乎从不跟她们说话，除非他要破口大骂时。他痛恨奥地利，也痛恨美国。这个人就是弗兰茜的外公。弗兰茜同她的妈妈和两个姨妈一样厌恶他。

他的妻子，即弗兰茜的外婆，没读过书，连自己的名字都不会认不会写，但她能记住一千多个故事和传说。这其中有些是她自己编造用来哄孩子的，有些是她从自己的母亲和祖母那里听来的。她熟知许多古老国家的歌曲，还懂得所有民间智慧谚语。

她的眼睛是柔和的棕色，清澈又纯洁。她把闪亮的棕色头发从中间分开，拖下来遮住耳朵。她的皮肤白皙透亮，嘴唇柔嫩。她说话的声音低沉、轻柔，温暖悦耳的声调能让听者平静下来。她的女儿们和外孙女们都继承了她这种声音特质。

她跑到三个女儿就读的公立学校，用结结巴巴的英语告诉老师，必须鼓励孩子们只说英语，不允许她们说德语，哪怕一个单词、一个短语都不行。她用这样的方式保护孩子们不受父亲的伤害。孩子们念完六年级就不得不辍学去打工时，她伤心不已。女儿们嫁给没出息的男人时，她也伤心。女儿们又生了女儿时，她同样感到伤心。

茜茜是罗姆利家的大女儿。她是在父母抵达美国三个月后出生的。茜茜没有上过一天学，她到学龄时，玛丽不知道像他们这样的人是可以获得免费教育的。法律规定了儿童的受教育权，只是没人为了执法去找到这些无知的父母，提醒他们让孩子入学。等其他几个女儿到了学龄，玛丽才知道她们可以享受免费的公立教育，可是茜茜那时候年龄太大了，不可能跟一群六岁的孩子从头开始读书。于是，她只能留在家里，帮妈妈干活儿。

她结婚很早，嫁给了一个名叫吉姆的消防员。茜茜生了四个孩子，全都是死婴。为此，夫妻俩争吵不休，消防员后来不告而别。

后来茜茜认识了另一个想娶她的男人。这个男人到底叫什么名字，她的家人都不知道，因为茜茜从一开始就叫他约翰。她的第二次婚礼办得很简单。离婚是件麻烦又费钱的事。她想，反正她和吉姆是在市政厅办理的结婚手续，也没举办正式的仪式，这婚就不算数，何必放在心上？于是，茜茜用着吉姆的夫姓，却对第一次婚姻只字不提，去市政厅找了个跟上回不一样的办事员，就把第二次结婚手续办了。

茜茜的第二次婚姻又给了托马斯一个折磨妻子的理由，他总是威胁她，说要去报警，告诉警察茜茜犯了重婚罪。还没等到他真这么做，茜茜的婚姻又走到了尽头。她和第二个丈夫已经结婚四年了，又生了四个孩子，依然全部是死婴。她就断定这第二个约翰也不适合自己。于是，她果断地把这段婚姻关系又给解除了。

每一次产下死婴，她对孩子的爱就越发强烈。她有时候情绪很糟糕，觉得此生要是没个孩子来爱，自己会疯掉的。她将这无处安放的母爱一股脑地倾注在她两个妹妹——艾薇和凯蒂以及她们的孩子身上。弗兰茜很喜欢她，尽管弗兰茜听人背地里说过茜茜是个坏女人，但她依然深深地喜欢这个姨妈。艾薇和凯蒂也想对这屡屡犯错的姐姐发脾气，但茜茜对她们太好了，她们也恼火不起来。

弗兰茜十一岁生日后不久，茜茜第三次在市政厅登记结婚。她的第三任丈夫在一家杂志社上班，就是通过他，弗兰茜每个月能看到崭新精美的杂志。为了这些杂志，弗兰茜期望茜茜的第三段婚姻不要破裂。

玛丽和托马斯的第二个女儿叫伊丽莎，她既没有其他三姐妹的美丽容貌，也没有她们的火暴性格。她平凡、无趣，对生活缺乏热情，十六岁就进了修道院。

艾薇是罗姆利家的三女儿。她也很早就结婚了。她嫁给了威利·弗利特曼。这是一个英俊的男子，黑头发，嘴上留着顺滑的小胡子，眼睛水汪汪的，像个意大利人。弗兰茜觉得他的名字很滑稽，每次想到这个名字，她都想笑。

弗利特曼算不上好，但不能说他没出息，他就是个软弱的男人，成天喋喋不休地抱怨。不过他会弹吉他。罗姆利家的女人有个共性：对那些有创意或是有表演才能的男人毫无抵抗力。在她们看来，任何一种音乐、艺术或者讲故事的才华都是令人赞叹的，都值得去培育和守护。

艾薇是一家人中较有文化修养的那一个。她在一个高档社区租了一间便宜的地下室公寓，在这里琢磨着如何过上更好的生活。

她想要成为某个人物，也想要自己的孩子得到自己不曾享有的机遇。她生了三个孩子：大儿子取名随了父亲，女儿叫布洛瑟姆，小儿子叫保罗琼斯。

艾薇热爱音乐，却缺乏这方面的才能，于是她积极地在孩子们身上寻找音乐才华。她希望小威利可以学钢琴，布洛瑟姆可以学唱歌，保罗琼斯可以拉小提琴，可是三个孩子对音乐都没多少兴趣。艾薇迎难而上，他们愿意也好，不愿意也罢，都得喜欢音乐。如果才华不是天生的，也许可以一小时一小时地培养出来。她给保罗琼斯买了一把二手小提琴，给他找了个老师，将学费讨价还价到每小时五毛钱。这个老师自称"快板教授"，教小威利拉琴如拉锯，到了年底教了他一首完整的曲子，名叫《诙谐曲》。艾薇觉得很不错，他可以拉一首曲子了，总比一直练习音阶要好……嗯，要好那么一点儿吧。然后，艾薇的野心越发大了。

弗利特曼姨父是有些音乐才华的，除此之外，他十分无趣。在家里，他唯一的话题就是那匹拉送奶车的马是怎么对待他的。弗利特曼和这匹马已经争斗了五年，艾薇希望他们什么时候可以做个了断。

艾薇很爱她的丈夫，可她总是忍不住要去模仿他的言行举止来嘲笑他。她会站在诺兰家的厨房里，假装自己是那匹叫"鼓手"的马，然后她模仿弗利特曼姨父试图把饲料袋放到马身上的样子。

"马就这样站在路边。"艾薇俯下身，头垂在膝盖上，"威尔[①]带着饲料包来了，正要挂到马脖子上，马头突然一扬。"说到这儿，艾

①威尔：威利·弗利特曼的昵称。

薇会像那匹马一样昂首挺胸，嘶鸣一声。“威尔就等着。马头又垂下来了，低到它好像永远也抬不起头来，看着就像没有骨头似的。”艾薇做出低头的样子，那头低得惊人，“威尔又带着饲料进来了，马头又扬起了。”

“然后呢？”弗兰茜问。

“然后我去把饲料包挂上去。”

“它让不让你挂？”

“它让不让我挂？”艾薇回了凯蒂一句，然后转向弗兰茜，“它会跑到人行道上来迎接我，我的饲料袋子还没有提起来，它就自己把头伸进去了，你说它让不让我挂？”她气呼呼地嘀咕着。然后她转向凯蒂，说：“你知道吗，凯特，有时候我觉得威尔嫉妒那匹马，因为‘鼓手’喜欢我。”

凯蒂张大了嘴巴，盯着她看了一会儿，然后放声大笑。艾薇和弗兰茜也大笑起来。两个罗姆利女孩和算是半个罗姆利女孩的弗兰茜站在那里大笑不止，这是她们三人共享的快乐，也是关于弗利特曼弱点的秘密。

这些就是罗姆利家的女人：母亲玛丽，她的三个女儿艾薇、茜茜、凯蒂，还有外孙女弗兰茜。长大后的弗兰茜又是一个罗姆利家的女儿，虽然她姓诺兰。她们这群纤细、瘦弱的生物，眼睛里充满好奇，嗓音轻柔又急迫。

但她们都是用看不见的薄钢炼成的。

第七章

罗姆利家净出个性要强的女人，诺兰一家则净出软弱却有才的男人。约翰尼·诺兰的家族快要绝种了。诺兰家的男人一代比一代英俊，却也越来越脆弱，越来越迷人。他们总是坠入情网，又总是逃避婚姻。这也是这个家族快要绝种的主要原因。

露丝·诺兰和她年轻英俊的丈夫婚后不久就一同从爱尔兰来到美国。他们生了四个儿子，露丝把安迪、乔治、弗朗基、约翰尼四个孩子拉扯到念完六年级。每个人到十二岁时都得辍学，出门打工挣钱。

儿子们长大了，个个英俊，会玩乐器、跳舞、唱歌，女孩们都为他们疯狂。虽然诺兰一家住在爱尔兰镇上最破旧的房子里，但这家的男孩们是附近穿得最讲究的。他们家的熨衣板放在厨房里，总有一两个男孩不是在熨裤子，就是在熨领带，熨衬衫。他们是棚户区的骄傲：这几个男孩高大英俊，留着金发，他们的鞋子擦得发亮，健步如风，他们的裤子总是那么平整，帽子神气地扣在头上。可是他们在三十五岁之前都死了——四个都死了，只有约翰尼留下了后嗣。

安迪是四兄弟中最年长也是最英俊的那个，他五官精致，留一头金色带点儿红色的鬈发。他得了肺痨。他跟一个名叫弗兰茜·梅兰妮的女子订婚了。他们一直推迟婚期，想等他好起来，可是他再也没能好起来。

诺兰家的男孩都是唱歌侍应生，以前他们结成了诺兰四重唱乐队，后来安迪病重无法工作，余下的三兄弟组成了诺兰三重唱乐队。

他们没挣到多少钱，还把大部分收入都花在了消遣上。

安迪最后一次上床睡觉的时候，三兄弟花七块钱给他买了一个真正的天鹅绒枕头，他们希望他在死前享受一回。安迪觉得这个枕头棒极了，用了两天，突然吐了一口鲜血，把枕头染成了铁锈一般的褐色。然后，安迪就死了。他妈妈在他的尸身前哭了三天，弗兰茜·梅兰妮发誓永不结婚，活着的三个诺兰家的男孩发誓永不离开他们的母亲。

六个月后，约翰尼娶了凯蒂。露丝痛恨凯蒂。她只想把四个儿子都留在身边，直到自己死或是他们死。到目前为止，诺兰家的男孩都在逃避婚姻。可是这个女孩——这个叫凯蒂·罗姆利的女孩，竟然嫁给了诺兰家的男孩！露丝认定，约翰尼是被迷昏了头才娶了她。

乔治和弗朗基对凯蒂印象不错，但是他们觉得约翰尼在耍滑头，他自己成家了，把母亲丢给他们照顾。不过他们还是打算送给约翰尼和凯蒂一个结婚礼物，最后决定把那个买给安迪、用了不久的枕头送给他俩。他们的母亲缝了个新枕套，遮住了安迪临终前留在上面的血污。这个枕头就这样传给了约翰尼和凯蒂。夫妻俩觉得这枕头太贵重了，平时舍不得用，只在家里有人生病的时候才拿出来用。弗兰茜称这个枕头为“病人枕”，她和凯蒂都不知道这曾经是死人枕的。

约翰尼结婚后大约一年，弗朗基——许多人觉得弗朗基比安迪更英俊——在一场酒会派对中喝得酩酊大醉，回家途中他路过一处喜欢田园的布鲁克林住户。这户人家在门外一尺见方的草坪四周围上了铁丝网，用一根根尖头木棍撑着。弗朗基绊倒在铁丝网上，一根尖头木棍刺穿了他的肚子，他竟然挣扎着站起来，晃晃悠悠地回到家。当天晚上他就死了。

不过一年多的时间，露丝·诺兰就失去了三个儿子，两个死了，一个结婚了。她为这三个儿子感到悲痛。乔治，那个从未离开她的儿子，三年后也死了，年仅二十八岁。那年，约翰尼二十三岁，是诺兰家唯一幸存的男孩。

以上就是诺兰家的男孩们。他们全都死得早，死得突然。死因不是他们鲁莽冒失，就是糟糕的生活方式。约翰尼是唯一一个活过三十岁的。

而弗兰西·诺兰这个小孩，既继承了罗姆利家族的特征，也继承了诺兰家族的特征。她有贫穷的诺兰一家对美的向往和致命的弱点。她同时拥有外婆那神秘、讲故事的天分，对弱者的同情。甚至她还有外公那样的坚韧意志、艾薇姨妈模仿的才能、露丝·诺兰身上的那股占有欲、茜茜姨妈那种对生活的热爱。她继承了父亲约翰尼的多愁善感，却没有他俊俏的模样。她有母亲凯蒂身上那股温柔，却只有凯蒂一半的坚强。弗兰茜的性格综合了所有亲人的优缺点。

造就她的还有更多——图书馆里读过的那些书、图书馆那金棕色碗里的花、院子里长得高大茂盛的那棵树，还有她和疼爱的弟弟的争吵、凯蒂暗中绝望的哭泣……

弗兰茜身上还有些东西既不来自罗姆利家，也不来自诺兰家。在她身上有些东西与生俱来，只属于她——这是她区别于两个家族成员的地方。这是每个生灵独有的——一种独一无二的特质，让这世界上没有两个人拥有相同的指纹。

第八章

约翰尼和凯蒂结婚后，住在威廉斯堡一条名叫波加特的偏僻的街道。街道是约翰尼选的，他觉得这名字听上去有点儿黑暗，有点儿让人兴奋。他们在那里度过了婚后幸福的第一年。

夫妻二人一起找到了一份工作，看管一所公立学校，他们做得很开心。其他人都上床休息了，而他们的一天才刚开始。

这所学校小小的、旧旧的，但很温暖。他们期待在那里过夜。他们手挽手走着，他穿着一双漆皮舞鞋，她穿着一双系带高筒靴。那些霜冻严寒、满天繁星的夜晚，他们跑跑跳跳，一路嬉笑。他们用私人钥匙打开校门,这让他们感觉自己是某个重要人物。到了夜晚，学校就成了他们的世界。

他们工作的时候玩游戏。约翰尼找一张课桌坐下来，凯蒂假装自己是老师；他们在黑板上互相给对方写信；他们把像卷帘一样卷起的地图拉下来，用橡皮棒的教鞭指地图上那些外国。一想到陌生的土地和未知的语言，他们的心中就充满了好奇。那一年他十九岁，她十七岁。

他们最喜欢打扫会议室。约翰尼掸去钢琴上的灰尘，顺便用手指滑过琴键，弹起一些和弦。凯蒂坐在前排，请他唱一首歌。他唱给她听。住在附近的人被这歌声从午夜的睡眠中吵醒，他们就躺在温暖的床上，睡眼惺忪地听着，跟身边人低声说："那个家伙，不晓得是谁，他这是浪费时间啊，太浪费了。他应该上台表演。"

有时，约翰尼会在一个小讲台上跳一段舞，假装这是舞台。他是那样英俊优雅，充满了爱，充满了活力。凯蒂望着他，觉得自己幸福得哪怕死去也在所不惜。

到了夜里两点，他们会去教师午餐室，那里有煤气灶，他们会在煤气灶上煮咖啡喝。他们在橱柜里放了一罐炼乳。夫妻俩享受热气腾腾的咖啡和弥漫在整个房间的咖啡香气。他们带来的黑麦面包和腊肠三明治的味道也很好。晚饭过后，他们有时会去教师休息室，那里有一张印花棉布沙发，他们就在这沙发上相拥着躺一会儿。

他们最后要做的是清空纸篓。凯蒂会留下那些长一点儿的粉笔头和铅笔头，她把它们带回家，攒在一个盒子里。弗兰茜长大的时候，看到有这么多粉笔和铅笔，她觉得自己非常富有。

黎明时分，他们已经把学校擦洗得干净如新，可以交接给白天的看门人了。下班回家的路上，他们看着天空的繁星一点点消失。他们经过面包店，阵阵新鲜出炉的面包的香味从面包房地下室的烤房里飘来。约翰尼会冲下去,花五分钱买刚出炉的热面包。回到家，他们喝一杯热咖啡，吃掉热面包，这就是一顿美妙的早餐。然后约翰尼出门买一份早报回来，凯蒂在旁边打扫卫生，他读报纸上的新闻给她听，还时不时发表评论。到了中午，他们会吃上一顿热腾腾的炖肉或面条。饭后，他们就去睡觉，一直睡到上班的时候。

他们每个月能挣五十块钱，这对他们这个阶层的人来说，算是很不错的收入了。夫妻俩的生活舒适、美好——快乐之中也穿插着小小的冒险。

他们那么年轻，那样深爱对方。

几个月后，凯蒂发现自己怀孕了。他们浑然不觉，发现后又惊慌失措。凯蒂告诉约翰尼,她“有了”。约翰尼一开始觉得迷惑不解，不想让她继续去学校上班。她说自己怀上有一阵子了，只是不敢确定，上班也不会造成什么影响。她说服他工作对她有益，他也就妥协了。她继续工作，直到身子太沉，无法打扫桌子底下的灰尘为止。又过了一阵子，她只能去陪他做个伴，躺在那张过去他们用来休息的沙发上。他一个人担下了所有清扫工作。凌晨两点，他笨拙地为她做了三明治，还把咖啡煮过头了。他们依旧幸福，不过随着时间推移，约翰尼一天比一天忧心。

当十二月一个寒冷的夜晚即将结束时，凯蒂开始阵痛了。她躺在沙发上，忍着痛，等到约翰尼把工作都完成了才告诉他。在回家的路上，一阵撕心裂肺的疼痛袭来，她再也忍不住了，痛苦地呻吟起来。约翰尼知道孩子要出生了。他把她扶回家，让她和衣躺下，给她盖上暖和的被子，就飞奔出去找接生婆金德勒太太，求金德勒太太快点儿去接生。金德勒太太倒好，不紧不慢的，要把约翰尼逼疯了。

他们赶到的时候，凯蒂正痛苦地尖叫。公寓里挤满了邻家妇女，她们站在那里一边祈祷，一边回忆自己当年生孩子的场景。

“我生文森特的时候，”其中一个妇女说，“我……”

另一个妇女说：“我当时比她块头还小呢，那会儿……”

“他们没想到我能活下来，”第三个妇女自豪地说，“但是……”

她们欢迎接生婆的到来，却一齐把约翰尼赶了出去。他坐在台阶上，凯蒂每大叫一声，他就浑身发抖。事情来得太突然了，他还没回过神来。已经早上七点了，即使窗户关着，她的尖叫声仍不断传来。赶着上班的男人们经过这里，看看那扇传来尖叫声的窗户，再看看蜷缩在门口台阶上的约翰尼，他们的脸上露出忧郁的神情。

凯蒂生了一整天，约翰尼什么忙也帮不上——他也确实帮不上忙。到了晚上，他实在受不了了，就去了自己妈妈那里找安慰。他妈妈得知凯蒂在生孩子的那一刻，号啕大哭，差点儿把屋顶掀翻。

“现在她把你拿捏得死死的了，”他妈妈哭着说，“你再也不会回到我身边了。”她哭个不停，约翰尼怎么安慰她也没用。

约翰尼去找哥哥乔治，等乔治下班，他全然忘记此刻应该去学校上班。兄弟俩在外面晃荡，跟每个人倾诉约翰尼现在的遭遇。那些男人同情地听着，安抚约翰尼，说他们自己也经历过同样的困难。

黎明时分，兄弟俩一起回到妈妈家，约翰尼惴惴不安地睡着了。这一睡，麻烦就来了。早上九点醒来，他有一种不祥的预感，好像有什么大麻烦。他想起凯蒂，还想到这时候自己应该去学校上班了，但为时已晚。他赶紧洗漱，穿好衣服，往家里赶。路上经过一个摆着牛油果的水果摊时，他给凯蒂买了两个牛油果。

他压根儿不知道，头一晚妻子忍受了莫大的痛苦，经过将近二十四小时的努力，生下了一个瘦弱的女婴。唯一值得一提的是，婴儿出生时头顶有胎膜，听说头顶有胎膜的孩子长大后会有出息。

就在约翰尼昏睡过去的那个夜晚，他不知道深夜气温骤降，学校里应由他照料的火炉熄灭了，水管随之爆裂，学校的一楼和地下室被淹了。

他回到家，看见凯蒂躺在阴暗的卧室，婴儿就睡在她旁边那个安迪用过的枕头上。屋子里异乎寻常的整洁，是那几个邻里妇女帮忙打扫干净的，房间里还残存着石碳酸和门农牌滑石粉的气味。接生婆已经走了，她临走前说："一共五块钱，你丈夫知道我住哪儿。"

接生婆走了，凯蒂把脸转向墙壁，想忍住不哭。那一晚，她劝自己相信约翰尼肯定在学校工作，她指望约翰尼能在夜里两点吃饭的间隙回来看看她。现在天都亮了，他应该到家了，也许他下班后去他妈妈那里睡了一会儿吧。她要让自己相信，不管约翰尼在做什么都没关系，只要他好好解释，她就安心了。

接生婆走后不久，艾薇就过来了，是一个邻居男孩去报的信。艾薇带了些甜黄油、一包苏打饼干，还给凯蒂泡了茶。凯蒂觉得味道特别好。艾薇仔细看了看婴儿，觉得不怎么样，不过她什么也没对凯蒂说。

约翰尼到家了，艾薇准备教训他一顿。但当她看到他惊恐失色的样子，想到他不过是个二十岁的孩子时，她哽咽了，把那些话咽了下去，只是亲了亲约翰尼的脸颊，叫他别担心，还煮了一杯咖啡给他喝。

约翰尼都没好好看看刚出生的孩子。他手里捏着那两个牛油果，跪在凯蒂的床前，恐惧又担忧地哭起来。凯蒂也跟他一起哭起来，那天晚上，她多么希望约翰尼可以陪在她的身边，而现在，她恨不得自己当初跑到什么地方偷偷地把孩子生了，等办妥，再回来告诉他一切安好。她已经遭受痛苦了，那痛感如同被扔到油锅里煎，令她求生不得，求死不能。这还不够吗？为什么也要让他跟着一起受苦？她生来是受苦的，但他不是啊。两小时前她刚生了个孩子，身子虚弱至极，头都没法抬离枕头。她却安慰起了约翰尼，叫他别担忧，还说她会照顾他的。

约翰尼感觉好多了。他跟凯蒂讲，这没什么，他从别人那里了解到，很多丈夫都要“闯过这一关”。

“现在我也‘闯过这一关’了，”他说，“我是个男子汉大丈夫了。”

他这才抱起婴儿又摸又亲。他建议用哥哥安迪的未婚女友弗兰茜·梅兰妮的名字，作为婴儿的名字，凯蒂同意了。

他把牛油果削皮，去核切块，用橄榄油和醋拌了拌，把这份沙拉端给凯蒂。凯蒂对这寡淡的味道感到失望。约翰尼说，牛油果就像橄榄一样，吃着吃着就习惯了。为了不扫他的兴，也因为被他的惦念感动，凯蒂把沙拉吃完了。凯蒂还催着艾薇尝了几口，艾薇吃过后说她宁可吃西红柿。

约翰尼在厨房喝着咖啡，这时一个男孩从学校过来，带来校长的一张纸条，大意是约翰尼因为玩忽职守被学校解雇了。校长叫他过去一趟，把欠他的工资结算了。纸条结尾还说，学校不会为他写任何推荐信。约翰尼读完纸条，脸都白了。他给了那孩子五分钱，谢谢他带来纸条，并让他带信给校长，说自己会去一趟。他把那张纸条揉碎扔了，跟凯蒂一个字都没说。

约翰尼找到校长，试图跟他解释。校长告诉他，既然知道自己快要当爸爸了，就应该对工作更上心一些。出于善意的考虑，校长告诉约翰尼，不会叫他承担修理爆裂水管的费用，这笔钱由教育委员会支付。约翰尼感谢了他。校长自掏腰包结算了约翰尼剩下的工资，要他签了一张凭证，保证下回工资到了之后转付给校长。总而言之，校长尽力了，他用自己的方式妥善地解雇了约翰尼。

约翰尼付了工钱给接生婆，又付了下个月的房租。想到他们现在有了孩子，凯蒂的身体还很虚弱，很长一段时间都不能上班，夫妻俩工作也没了，他有点儿害怕。不过，他转而安慰自己，房租已经付过了，他们接下来的三十天有地方住。至于以后，船到桥头自然直。

下午，约翰尼去岳母家，告诉岳母孩子出生的消息。途中，他去了一趟橡胶厂，在门口找到茜茜的领班，让他转告茜茜，凯蒂生孩子了，叫她下班后去看看。领班说他会转告的，说着眨了眨眼，戳了戳约翰尼的肋骨，说："不错啊，伙计。"约翰尼咧嘴笑了笑，给了他一毛钱。

领班拍了拍约翰尼的手，再次答应会带话给茜茜的。

玛丽·罗姆利听到外孙女出生的消息后哭了。"可怜的孩子！这个可怜的小家伙。"她一个劲儿地哀叹，"生在这个悲惨的世界，生来就是为了受苦受难。唉，就算能享一点儿福，更多的还是受苦受难啊，唉！唉！"

约翰尼把岳母护送到他家之后，就出门去找工作了。

看到自己的母亲，凯蒂很高兴。生孩子的疼痛还记忆犹新，现在她知道妈妈生她的时候遭过什么罪了。想到母亲生了七个孩子，把他们辛苦拉扯大，再看着三个孩子死去，活着的几个孩子又注定要挨饿受困，她预见到，这个刚出生不到一天的孩子也要经历这样的过程。她担忧得发狂。

"我懂什么呢？"凯蒂问母亲，"我什么也教不了她，我自己懂的就少。妈妈，你一直很穷。约翰尼和我也穷。这孩子长大也会是个穷人。我们就这样了，翻不了身了。有时候，我觉得咱们过得真是一年不如一年。日子这么过下去，我和约翰尼越来越老，情况只会更糟糕。我们现在还年轻，还能出些力气工作。时间久了，我们也做不动了。”

接着，她意识到一个更为残酷的事实。她想：我得工作，我不能指望约翰尼。我一辈子都得照顾他。啊，老天，别再让我生更多的孩子了，不然我没有办法照顾约翰尼，我必须得照顾他啊。他无法照顾他自己。

这时，玛丽开口了，打断了她的思绪："我们在老国家有什么？什么都没有。我们那时是农民，吃不饱饭。好吧，我们来到这里，也不比从前好，除了你爸爸不会像在老国家那样被带走服兵役。除了这一点，生活其实更艰难。我想念家乡，想念那些树、宽阔的田野、熟悉的生活方式，还有那些老朋友。”

“如果你们没有什么盼头，为什么要来美国呢？”

“为了我的孩子们啊。”

“但你的孩子们也没有过得很好呀，妈妈。”凯蒂苦笑。

“这里有老国家没有的东西。就算日子苦，人生地不熟，但是有希望。在老国家，就算一个人再努力，顶多也就达到他父亲的水平。父亲是个木匠，他只能当个木匠，当不上老师，也当不上别的。他或许可以爬升——但也只是到父亲的水平。在这片土地上，一个人只要心思纯正，勤勤恳恳工作，不走歪路，就可以成为自己想成为的人。”

“也不是这样啊。你的孩子们也没有超越你。”

玛丽·罗姆利叹了口气，说："这也许是我的错。我不知道怎么去教育我的女儿们，因为几百年来，我的祖辈都是在农田上为地主工作，我一无所有。我没有送第一个孩子去上学，因为我无知，不知道在这个国家像我们这样的人家的小孩也可以接受免费教育。所以，茜茜没有机会超越我。但是其他三个女儿……你们都去上学了啊。”

“我只读完了六年级，如果这也能算受教育的话。”

“还有你家那位约尼也上过学，知道吗？”（她总把约翰尼说成约尼）她的声音兴奋起来，“已经开始有转机了，会越来越好的。”她抱起婴儿，把她紧紧地搂在怀里。“这孩子的父母能读书能识字，”她直率地说，“在我看来，这已经是一大奇迹了。”

“妈妈，我还年轻。妈妈，我有力气。我可以苦干。但是我不想让这孩子长大也去做苦力。我要怎么做，才能让这孩子有个更好的环境呢，妈妈？我要从哪里开始？”

“秘诀就在于阅读和写作。你会阅读，记得每天要找本好书，给孩子读一页。每天都要坚持，直到孩子可以自己阅读。等她自己能读书了，也要让她坚持每天阅读。这就是我知道的秘诀。”

“我会为她读书的，”凯蒂承诺，“什么书是好书？”

“莎士比亚的书是好书。我听说他的书里囊括了一切生命奇迹。人们对美的理解，对智慧和生活的理解，都被他写在书里了。我还听说，这些故事都被搬上了舞台，变成戏剧。那些看过他的书的人，我一个都不认识，但我听我们老国家的地主说，那书里的有些内容都能当歌唱呢。”

“莎士比亚的书是用德语写的吗？”

“是用英语写的。我听到我们的地主跟他儿子讲莎士比亚的书，当时他儿子很快就要动身前往海德堡大学了。莎士比亚的书，你每天都要读一页，读给孩子听——哪怕你不明白书里的内容是什么，或是发音发错，你还是要坚持这么做，这样孩子长大后就会知道世界不只是威廉斯堡的出租屋这么大。还要记得给你的孩子讲神话故事——过去我的妈妈讲给我听，她的妈妈讲给她听，代代相传。你要给孩子讲我们老国家的神话故事，讲那些不生活在地球上，只生活在人们心中的角色——仙女、精灵、小矮人，等等。”

“妈妈，我知道世上没有鬼怪，也没有仙女。你让我给孩子讲这些，难道是让我跟孩子撒谎吗？”

“即便不存在，你还是要教孩子相信。”

“为什么啊？我自己都不相信呢。”

“因为，”玛丽·罗姆利直截了当地说，“孩子必须有一种宝贵的东西，叫想象力。孩子要有一个属于自己的神秘世界，那里面住着从未有过的生物。她必须得相信这个神秘世界，这很重要。她得从相信这个不真实的神秘世界开始。这样，等这个世界变得丑陋不堪，撑不下去的时候，孩子可以躲到想象的世界里。我到了今天这个年纪，也常常需要回忆圣人的生活，回忆这地球上发生的奇迹。脑海里有了这些内容，我才得以超越日复一日的困窘。”

“孩子长大后会发现事情的真相。她会知道我欺骗了她，到时候会失望的。”

“这就是所谓‘了解真相’。自己去探知真相是件好事。一开始全然相信，然后不相信，这也很好。它让你的情绪饱满，并得以延展。等她长大后，如果生活和周遭的人令她感到失望，她就不会经受不住，因为已经失望过了。教导你的孩子，吃苦也是好事，它能让一个人的性格变得丰富饱满。”

“如果真是这样，”凯蒂痛苦地说，“那我们罗姆利家的人可真富有哇。”

“是的，我们很穷。我们的日子过得很苦，前面的路很难走。但正是因为我刚才说的这些，我们才成为更好的人。我不识字，我告诉你的这些都来自我自己的生活经验。你要把这些教给你的孩子，并加上你自己的生活经验。随着年龄的增长，你也会不断收获新的阅历，这些都要教给你的孩子。”

“我还要教给孩子什么？”

“在你去世之前，一定要拥有自己的土地——也许是一块带有房子的土地，这样你的孩子们可以继承。”

凯蒂忍不住笑了：“我自己的土地？一座房子？我们能付得起房租就不错了。”

“即便如此，”玛丽斩钉截铁地说，“你还是要照我说的做。几千年来，我们都是农民，在别人的土地上劳作，在老国家我们就是这么生活的。在这里，我们用双手在工厂劳作，这比在农田干活儿要好一些。现在，每天我还能有一点儿时间可以供自己自由支配。这很好，但是能有一块自己的土地就更好了。有一块土地能传下去给孩子们……我们在这世上的生活就更上一层楼了。”

“我们这辈子怎么才能拥有自己的土地呢？我和约翰尼两个人虽然都工作，可是挣的钱少得可怜。有时付了房租和保险费，剩下的钱都不够买吃的，哪里还有多余的钱攒下来买土地？”

“你去找一个空的炼乳罐子，好好洗干净。”

“罐子？”

“把罐子的顶部剪下来。把罐子剪成金属条，每条像手指这么长，这么宽。”她两根手指并拢，示意给凯蒂看，“把这些剪开的金属条往后扳。这样，罐子看起来就像个粗糙的星形。在罐子底部开个细长的口子，然后把罐子钉在你衣柜里最阴暗的角落，你要在每根金属条上都钉个钉子。每天你往里面放五分钱。三年以后，你就有一笔可观的积蓄了，五十多块钱呢。你拿这些钱去乡下买一块地。要拿到凭证，白纸黑字证明这块地是你的。”

“一天五分钱，看起来很少，但是这钱从哪里来？我们现在挣的都不够花，而且又添了一张嘴要吃饭……”

“你就这么办——你去蔬菜店，问胡萝卜多少钱一把，店主会说三分钱。你就继续找，直到找到一把不那么新鲜的，也不那么大的，跟他说：‘这把不太好，两分钱卖给我好不好？’说得理直气壮些，你就可以用两分钱买到那把质量稍次的胡萝卜。这省下的一分钱你可以投进储蓄罐。再举个例子，到了冬天，你要花两毛五分钱买一蒲式耳[①]煤，天很冷，你得在炉子里生火。但是等等！你等一小时再生火，受一小时冻，围一条围巾，告诉自己：我现在受冻，是为了存钱买地。这一小时，就可以帮你省下三分钱的煤。这三分钱也存入储蓄罐。晚上一个人的时候，不要点灯，待在黑暗里做一会儿梦吧。算一算你节省了多少煤油，把同等价值的钱存入储蓄罐，这样钱就一点点积攒起来了。有一天，那罐子里会有五十块钱，你就可以在布鲁克林买块地了。”

“这办法真的管用吗？这样存钱？”

“我发誓，管用。”

“那你为什么一直没有存够买地的钱呢？”

“我存够了。来美国的第一年，我就做了一个星形储蓄罐。我用十年才存了五十块钱。我拿着那笔钱找到社区的一个男人，听别人说他可以帮人买地，价钱也公道。他带我看了一处好地方，用德语告诉我‘这是你的了’。他收了我的钱，给了我一张纸。我不识字，不知道上面写的是什么。后来，我看到一群人在我的那块地上盖房子，我把那张纸拿去给他们看。他们嘲笑我，怜悯地看着我，因为那人根本无权买卖那块地。这件事……用英语怎么说来着……是个……”

“骗局。”

“唉，像我们这样的人从老国家过来，是新手，常常被这样的人骗，因为我们不识字。但你不一样，你受过教育。你先要看清楚，确认那块地是你的，再付钱。”

“你后来又存钱了吗，妈妈？”

“存了，从头开始。第二次更难了，因为有很多孩子要抚养。我

---

①蒲式耳：英美制容量单位，1蒲式耳相当于8加仑。英制1蒲式耳约合36.37升，美制1蒲式耳约合35.24升。

一直存钱，可在搬家的时候，你爸爸发现了这个储蓄罐，把钱都拿走了。他不肯拿钱买地。他喜欢鸡，就买了一只公鸡和许多只母鸡，养在院子里。”

“哦，那些鸡啊，我想起来了，”凯蒂说，“那是很久很久以前的事了。”

“他说母鸡能下蛋，这些蛋可以在邻里之间换钱。唉，男人啊，就喜欢做白日梦！当天晚上，就有二十多只饥饿的猫翻进篱笆，吃了很多只鸡。第二天晚上，一些意大利人翻过篱笆又偷走了不少。第三天，警察来了，说在布鲁克林一带的院子里养鸡是犯法的。我们不得不付了他五块钱，免得他把你爸爸带到警局去审问。剩下的几只鸡被你爸爸卖了，买了金丝雀，可以放心养，不必担惊受怕。就这样，我辛苦存下的第二笔钱被败光了。不过我又开始存钱了。也许有一天……”她静静坐了一会儿，然后起身披上披肩，说，“天色晚了。你爸爸要下班回来了。”

茜茜下班后立刻赶过来了，她还没来得及把蝴蝶结发饰上沾的灰色橡胶粉掸掉。看到婴儿，她亢奋不已，激动得语无伦次，宣告这个婴儿是全世界最美丽的宝宝。约翰尼将信将疑地看着她。婴儿看上去皱巴巴的，皮肤还泛青，他觉得八成是有什么毛病。茜茜给孩子洗了澡（这孩子第一天怕是洗了十几回澡），又跑到熟食店，好说歹说让店主同意她赊账，到星期六发工资的时候偿还，她买了两块钱的美食：切片猪舌、熏三文鱼、奶白色的烟熏鲟鱼和脆皮卷。她还买了一袋煤球，把火烧得很旺。她给凯蒂送了一盘晚餐，然后和约翰尼坐在厨房里一起吃。屋子里混杂着各种气味，暖暖的，有美食的香气、脂粉的馨香，还有茜茜身上飘散的一股浓烈的糖果味，那味道来自她脖子上佩戴的一根仿银心形项链里面镶嵌着的一个类似粉笔质地、又硬又白的小圆盘。

约翰尼吃完晚饭，盯着茜茜看，一边看一边琢磨她。他好奇人们在给其他人贴上“好”或“坏”的标签时，用的是什么标准呢？就拿茜茜来说吧，她看上去坏坏的，但她是个好人。有人说她是个坏女人；但也有人觉得无论她走到哪里，哪里就会变得生机勃勃。有她在的地方，生活就是美好的、温柔的；有她在的地方，就有一股势不可当的活力，生活充满乐趣。他希望自己刚出生的女儿，将来拥有茜茜这样的性格。

茜茜宣布她要留下来过夜。凯蒂发愁了，因为家里只有一张床。于是约翰尼说自己要到学校去上班。

他不敢告诉凯蒂自己丢了工作。他去找了当晚在上班的哥哥乔治。幸运的是，那个酒吧当晚正好缺一名侍应生，中间还需要献唱。约翰尼得到了这份工作，老板还许诺接下来的一周还有活儿给他干。就这样，他又重新做回了唱歌侍应生，并从那时起，再也没有做过别的工作。

茜茜跟凯蒂躺在一张床上，姐妹俩大半个夜晚都在聊天。凯蒂说起她对约翰尼的担忧，对未来的忧虑。她们聊起了母亲玛丽·罗姆利，对艾薇、茜茜、凯蒂来说，她真是一位好母亲。她们还聊到了父亲托马斯·罗姆利。茜茜说他是个老怪物，凯蒂批评她，说她应该对父亲更尊重些。茜茜说：“啊，胡扯！”惹得凯蒂笑起来。

凯蒂还把那天和母亲的谈话跟茜茜讲了。储蓄罐的主意让茜茜着迷，她当即从床上起身——尽管已经是半夜了——把一罐牛奶倒进碗里，当即就做了一个储蓄罐。她爬进那狭窄拥挤的壁橱里，把储蓄罐钉在角落里。凌晨三点的敲打声吵醒了四邻的租户。楼上的租户跺着地板，楼下的租户敲着天花板，以示抗议。茜茜在壁橱里咕哝，明知道这屋里有个刚生产的女人，这些租户竟胆敢如此吵闹！这话又引得凯蒂咯咯笑个不停。“他们怎么睡得着？”她这么问着，把最后一颗钉子狠狠地敲了下去。

储蓄罐固定好了，她往罐子里放了五分钱，就这样开启了将来的土地购买“账户”。茜茜回到床上，凯蒂跟她讲到读书时，她兴奋地听着。她对凯蒂许诺，一定会弄到莎士比亚的书，就当作给新生儿的礼物。

弗兰西出世后的第一个晚上，就在妈妈和茜茜姨妈之间美美地睡了一觉。

第二天，茜茜就着手张罗寻找书了。她去了趟公共图书馆，问图书管理员怎么能拿到莎士比亚的书，自己留存。图书管理员说档案室里有一本翻烂了的《莎士比亚全集》，正要扔掉，茜茜要的话可以拿去。这是本破烂的书，里面有莎士比亚的全部戏剧和十四行诗。书上有密密麻麻的脚注和详细的释义，有作家的传记、照片，还有描绘每部戏剧场景的钢版画。书的纸张很薄，字体很小，每页分成左右两栏。茜茜花两毛五分钱把它买了下来。

弗兰西·诺兰就这样开始藏书了。

第九章

弗兰茜是个不起眼的宝宝，瘦瘦小小的，脸色灰暗，看上去生命力不够旺盛。凯蒂坚持给弗兰茜喂奶，可是一个邻家女人一直告诫凯蒂，说她的奶水对孩子不好。

弗兰茜三个月时就停吃母乳，改喝奶粉，因为凯蒂的奶水没了。

凯蒂这才知道自己又怀孕了。她告诉了约翰尼，约翰尼又开始担心起来。他很高兴做回了唱歌侍应生，常有活儿干，还算稳定，也没怎么喝酒，赚的钱大部分也交给家里了。现在得知要有第二个孩子，他觉得自己要被困住了。他们都还这么年轻，就已经被生活打败了。

那年秋天，布鲁克林的天气热得反常，在冬天来临之前突然回暖。凯蒂坐在门廊上，抱着病恹恹的孩子，让她贴着自己的大肚子，肚子里是另一个即将出生的孩子。邻居们充满同情，路过时驻足，向弗兰茜表达怜悯。

“这孩子你是养不活的，”他们说，“你看她的脸色不好，如果老天爷收了她，那是最好不过了。本就是穷人家，又来一个病孩子，这可怎么办？世界上的孩子已经够多了，没有空间容得下这些病弱的孩子。”

“别这么说。”凯蒂抱紧了孩子，“去死也不是好的选择。谁愿意去死呢？万物都在挣扎着活下来。你看那棵从栅栏里长出来的树，它晒不到一点儿阳光，只有下雨的时候才能得到灌溉。它虽然是从酸土中长出来的，但是很强壮。这样艰难的生存环境造就了它。我的孩子会像那棵树一样。”

“哎呀，那棵丑树早就应该被砍掉了。”

“如果世界上只有这一棵树，你就会觉得它很美。”凯蒂说，“可是世界上有千千万万棵树，你就看不到它的美了。看看那些孩子，”她指了指一群在排水沟里玩耍的孩子，他们都脏兮兮的，“你可以随便领回去一个孩子，把他梳洗干净，好好打扮一番，让他坐在一栋漂亮的房子里，你就知道他其实很漂亮。”

“你的想法很好，可是你的孩子病得很重啊，凯蒂。”她们对她说。

凯蒂坚定地回击：“这个孩子会活下来的。我保证她会活下来的。”

弗兰茜果然活下来了，哭哭啼啼地度过了她生命的第一年。

弗兰茜周岁生日后的一周，弟弟出生了。

这一次，阵痛来临时，凯蒂没有在工作。这一回，她死死咬住了嘴唇，不再因痛苦而尖叫。她已经痛得没有办法了，却还拼命地忍着，以保存体力应对即将到来的更深重的苦痛。

她生下了一个健康的男孩，这孩子一出生就号啕大哭，仿佛在抱怨出生的过程太不堪。接生婆把婴儿放到凯蒂的胸口时，她看着这个孩子，心中生出无限柔情来。此时，弗兰茜在旁边的婴儿床里呜咽起来。对比这个刚出生的俊美的儿子，凯蒂看着那个一年前出生的病弱的女儿，突然对她生出一丝轻蔑。但很快她就为自己的轻蔑感到羞愧，她知道这不是女儿的错。她暗下思忖：我得好好提醒自己注意言行。我会爱这个儿子胜过女儿，但是我决不能让女儿知道。我应该平等地爱每一个小孩，可我无法控制自己啊。

凯蒂给男孩取名为科尼利厄斯，这名字来自她看过的一部舞台剧中的一个英雄人物，扮演这个角色的男演员十分帅气。随着男孩一天天长大，他的名字被布鲁克林口音同化，简化成了“尼利”。

男孩成了凯蒂的全世界，这既不来自狡猾的心计，也没有复杂的情感掂量。约翰尼排第二名，弗兰茜在妈妈的心中排在末席。凯蒂深爱这个男孩，因为他是完完全全属于她的，约翰尼和弗兰茜则不是。尼利的样貌和约翰尼几乎一模一样。凯蒂可以把他打造成约翰尼本该成为的样子。他将拥有约翰尼的所有优点，她会鼓励他往这方面的发展。若是他身上暴露出约翰尼的缺点，她会将其逐一消灭。他会长大，成为一个让妈妈骄傲的孩子；等她到了晚年，儿子也会照顾她。儿子是她要竭尽全力培养的人，弗兰茜和约翰尼得过且过就行了，但这个儿子决不能马马虎虎地养大，凯蒂不会让儿子勉强混过一生。

随着孩子们一天天长大，凯蒂逐渐丧失了温柔的性情，取而代之的是人们常说的一个叫“品格”的东西。她变得能干、坚强、有远见。她非常爱约翰尼，但那过去狂野的迷恋已不复存在。她也爱她的女儿，因为她心怀歉意。她对弗兰茜的感情与其说是爱，不如说是同情和义务。

约翰尼和弗兰茜察觉到凯蒂的变化。儿子越长越强壮，越长越英俊，相比之下，约翰尼却越来越虚弱，身体一天天走下坡路。弗兰茜也察觉到母亲对她的情感。作为回应，她变得更加坚强，心渐渐地也对母亲硬了起来。说来也怪，正因为这样，母女二人反倒更接近了，因为她们是这么相似！

尼利周岁时，凯蒂已经不再靠约翰尼养家了。有人给约翰尼工作，他就去做，工资都带回家里，但小费全都留下来买醉。对约翰尼来说，生命匆匆而过，还很年轻的时候，他就已经有了老婆和两个小孩。约翰尼觉得自己未老先衰。他的生活还没来得及开始，就已经结束了。他这辈子就这样了，这一点没人比约翰尼·诺兰自己更清楚。

凯蒂同约翰尼一样吃苦受难，她还比他小两岁。可以说，她这辈子也注定完了。她的生活也是还没来得及开始，就已经结束了。但这两个人的相似之处仅此而已。约翰尼知道自己不会有未来，他接受这个现实，而凯蒂不肯接受。她的旧生活到哪里结束，新生活就从哪里开始。

她用温柔换取了能耐。她放弃了自己的梦想，勇敢直面严峻的现实。

凯蒂有着极强的生存意志，这将她变成一个斗士。约翰尼渴望的是不朽的名声，这使他成为一个一无是处的空想家。他们深深地爱着对方，却又如此不同。

第十章

约翰尼到了法定投票年龄的那个生日，是用大醉三日的方法来庆祝的。三天后，凯蒂把他关进了卧室。可是约翰尼并没有清醒过来，反而开始疯疯癫癫地说胡话，他说他很痛苦。凯蒂说痛苦是好事，痛苦能让他振作起来，能给他点儿教训。可是约翰尼振作不起来，他越来越软弱，一会儿哀哭，一会儿尖叫。

邻居们猛敲他家的门，叫凯蒂为这个可怜的男人做点儿什么。凯蒂咬了咬嘴唇，冷冷地叫他们少管闲事。可即使跟邻居对着干，她心里也清楚，不到这个月底他们就得搬走。约翰尼把全家的脸丢光了，他们无法继续在这条街住下去了。

其实这里许多邻居的丈夫并不比约翰尼好到哪里去，然而凯蒂也不愿跟这些人去比较，她希望诺兰家的人出人头地，而不是和大多数人一样庸庸碌碌。还有，钱也是个问题。其实这个问题不必说，他们本来就穷，现在又添了两个孩子。凯蒂四处寻找新住处，一个能用工作抵扣房租的住处，这样至少一家人有个落脚的地方。

她找到一处房子，不收租金，条件是她得打扫公寓楼的卫生。约翰尼发誓他不会让自己的妻子做清洁工。凯蒂用前所未有的泼辣口气告诉他，要么做清洁工，要么就没地方住，因为他们现在每个月越来越难凑齐房租了。约翰尼最后只好妥协，还承诺打扫卫生的活儿他全包了，等他找到一份稳定的工作，到时候他们再搬家。

凯蒂收拾了他们的物品：一张双人床，一张婴儿床，一辆破旧的婴儿车，一套铺着绿色丝绒面料的客厅家具，一块印有粉色玫瑰的地毯，一对挂在客厅的蕾丝窗帘，一株橡胶植物，一株玫瑰天竺葵，一只养在镀金鸟笼里的金丝雀，一本精致的相册，一张餐桌和几把椅子，一纸箱盘子、各种锅具，一个装满了衣服的洗衣篮，一卷铺盖，一摞约翰尼的乐谱，还有《莎士比亚全集》。

这些少得可怜的东西，他们找了个送冰人，一车就装完了。送冰人的一匹羸弱的马拉着这些家当和诺兰一家四口，一道去了新家。

凯蒂在老房子被搬空后做的最后一件事，就是把那个储蓄罐取出来。她做这件事的时候眯着眼睛，就像一个没戴眼镜的近视眼。储蓄罐里有三块八毛钱，遗憾的是，她要付给送冰人的一块钱搬家费得从这里面出。

到了新家，趁着约翰尼帮送冰人一起把家具搬进来的工夫，凯蒂做的第一件事就是把储蓄罐钉进壁橱里。她往里面放了两块八毛钱，又打开自己破旧的钱包，从里面掏出一毛钱放了进去。这一毛钱本来是要另给送冰人的小费。

在威廉斯堡，搬完家之后，按规矩主人应该请搬家工人喝一杯。不过凯蒂心想：反正我们再也不会见到他。再说，一块钱就足够了。想想看，他得送多少冰才能挣到一块钱啊。

到了晚饭时间，他们收拾妥当了。约翰尼照看孩子们，凯蒂去食品店开了个赊账的户头。她问店主，自己刚搬到附近，能不能赊账买几样食物，到星期六发薪日再来付款？店主答应了。他给了凯蒂一袋食物，里头还有个小本子，记着她赊的账。他告诉她，以后每次来用“信用”采购时，都要把这个小本子带着。这个小小的仪式结束后，凯蒂一家的食物有保证了，他们能挨到下次领钱的时候了。

晚饭过后，凯蒂给孩子们读书来哄他们睡觉。她读了一页《莎士比亚全集》的引言，到目前为止，她只读了这么多。至于书里说的是什么意思，她和孩子们都不明白。凯蒂读得昏昏欲睡，但还是坚持读完了两页。她给两个孩子盖好被子，然后和约翰尼也上床睡觉了。才晚上八点，他们都困了，白天搬家可把他们累坏了。

诺兰一家睡在位于洛里默街的新家里，那里仍然属于威廉斯堡，不过就快到格林庞特的边界了。

第十一章

洛里默街比波加特街要高一个档次。这里住的是邮递员、消防员，还有一些店铺老板。这些店铺老板都比较富有，不必挤在店铺后面的房间里住。

这套公寓楼里有一间浴室。浴缸是一个长方形的木头盆，内衬是用锌做的。浴缸里盛满水的时候，弗兰茜觉得太神奇了，她从没见过这么大一盆水。在一个孩子的眼中，它就像一片汪洋大海。

他们很喜欢这个新家。凯蒂和约翰尼把地下室、走廊、屋顶和人行道打扫得一尘不染，以此抵了房租。这里没有通风井。每间卧室都有窗户，厨房和客厅分别有三扇窗户。搬到这里之后的第一个秋天是宜人的，阳光每天都照射进来。第一个冬天，他们在这里过得也很暖和。约翰尼的工作还算稳定，一家人还有钱买煤烧。

夏天到来，孩子们白天大部分时间都消磨在户外，坐在台阶上。整栋公寓楼里除了诺兰家的两个孩子，没有别的小孩，所以台阶上总有地方坐。弗兰茜快四岁了，得帮忙照看快三岁的弟弟尼利。她在台阶上一坐就是好几个小时，用纤细的胳膊抱着纤细的双腿，任由棕色的直发被风吹起。微风中弥漫着海水的咸味，海离得这么近，可她从未去过。尼利在台阶上爬上爬下，她一边盯着他，一边坐在台阶上摇晃着身体，思考许多问题：风是怎么吹起来的？草是什么？为什么尼利跟她不一样，是男孩而不是女孩？

有时候，弗兰茜和尼利面对面坐着，大眼瞪小眼。他们的眼睛轮廓和深度相同，不过尼利的眼珠是明亮透明的蓝色，而弗兰茜的眼珠则是幽暗清澈的灰色。两个孩子常常你一言我一语地交流，尼利话很少，弗兰茜话很多。有时候弗兰茜说着说着，这个性情温和的小男孩身体还坐得笔直，头已经靠在铁栏杆上睡着了。

弗兰茜在那个夏天学做了“刺绣”。凯蒂花一分钱给弗兰茜买了一块小方巾，大小如同女士手帕，上面印着一个图案：一只蹲坐着的纽芬兰犬，吐着舌头。凯蒂还花一分钱买了一小卷刺绣用的红色棉线，花两分钱买了一对刺绣用的小铁环。弗兰茜从外婆那里学会了如何穿针引线。很快，这孩子就能熟练地刺绣了。路过的女人们会停下脚步，发出啧啧声，既同情又钦佩地看着这个小女孩。弗兰茜眼窝深陷，右眉内侧已显现出一道深深的线条。她把布料绷紧，熟练地在上面飞针走线。尼利靠在她身上，看着那根明亮的银针像魔法一样消失，又穿过布料重新出现。茜茜给了她一个擦针用的布草莓，小小的、胖胖的。尼利烦躁不安的时候，弗兰茜就让他拿针从布草莓里穿过。一个人要缝制一百多块这样的小方巾，才能把它们缝合到一起做成一张床罩。弗兰茜听说有的妇女就是这样做出床罩的，于是这成了她的远大抱负。整个夏天，她断断续续地绣着，可到了秋天发现只完成了一半。看来，缝合出一整张床罩的计划，只能等到以后再说了。

又一个秋冬来临，春去夏来，如此往复。弗兰茜和尼利一天天长大，凯蒂越来越忙，约翰尼的工作越来越少。凯蒂仍坚持给孩子们读书，有时候她累了，会跳过一页，但大多数晚上她都会按照原计划为孩子们朗读。他们已经读到了《裘力斯·凯撒》，凯蒂看不懂舞台说明里标注的“号角声”。她想这可能与消防车有关，所以每次读到这个词，她都会叫“当当、当当”，孩子们觉得特别好玩儿。

储蓄罐里的零钱越来越多。有一次，弗兰茜腿上扎了一根生锈的钉子，凯蒂不得不打开储蓄罐，取出两块钱付给药剂师。有十几次，她们掰开了一个金属条，用小刀掏出五分钱给约翰尼付上班的路费。不过规矩是，他拿到小费，要往储蓄罐里放入一毛钱。这样，“银行”

还是获利的。

天气暖和的日子里，弗兰茜会独自在街上或台阶上玩。她渴望能有几个玩伴，却不知道怎么跟其他小女孩交朋友。别的小孩都躲着她，因为她讲话很古怪。凯蒂每晚都给她读书，导致弗兰茜说的话听起来确实怪怪的。有一次，一个小孩嘲弄她时，她回嘴："你根本不知道你自己在说什么。你充满了喧嚣与愤怒，却没有任何意义。"这是弗兰茜从母亲给她朗读莎士比亚作品的过程中学到的句子，她在和邻家女孩吵架时生硬地背诵出来。

有一回，她想和一个小女孩交朋友，就对她说："你在这里等一下，我回去，得我的绳子，我们一起玩跳绳。"

"你是说，你要回去'拿'你的绳子吧。"小女孩纠正她。

"不是，我要回去'得'我的绳子。你不能说'拿'东西，而要说'得'东西。"

"你说话就像个怪人。"

"我才不像怪人。"弗兰茜哭了起来。

"那你为什么说话这么奇怪呢？"

"我妈妈给我读这些东西。"

"原来你妈妈是个怪人啊。"小女孩恍然大悟道。

"总之，我妈妈不像你妈妈那样，又脏又邋遢。"弗兰茜想不到别的话，就蹦出了这么一句。

这话小女孩听过很多次了。不过，她够精明，知道不在这个话题上辩论下去才是明智的，于是说："好吧，我宁肯要一个脏兮兮的懒鬼做我的妈妈，也不要一个疯女人做我的妈妈。我宁愿没有爸爸，也不要一个酒鬼做我的爸爸。"

"邋遢鬼！邋遢鬼！邋遢鬼！"弗兰茜怒吼道。

"疯子！疯子！疯子！"小女孩喊着。

"邋遢鬼！脏兮兮的邋遢鬼！"弗兰茜自知吵不过对方，边哭边喊。

小女孩跳着走开了，一头浓密的鬈发在阳光下跳动着。她唱起了歌，声音嘹亮："棍棒和石头能打我，叫我绰号才伤不到我。倘若有一天我归了西，你要为我流泪哭泣。"

弗兰茜哭了。倒不是因为被对方骂了难听话，而是因为没人跟她玩，她好孤单。那些粗野的孩子觉得弗兰茜太安静，乖孩子又都排斥她。弗兰茜隐约觉得这都不是自己的错，而是和总来串门的茜茜姨妈有关。茜茜姨妈打扮招摇，经过社区时，人们总是对她议论纷纷。大概还因为爸爸有时回家走不稳，在人行道上东倒西歪。还有那些邻家妇女常常想套她的话，问她爸爸、妈妈和茜茜姨妈的事，她们的问题看似随意即兴，其实都充满了套路。不过这骗不到弗兰茜，妈妈告诉过她了："不要让那些邻居欺负你。"

就这样，在温暖的夏日，这个孤单的孩子独自坐在台阶上，假装自己看不起那群在人行道上玩的小孩。弗兰茜在脑海中幻想出一帮玩伴，安慰自己这些想象中的玩伴可比现实中的这些孩子好多了。但与此同时，她看到那群孩子手拉手围成一圈唱歌的时候，她的心就随着这凄美悲伤的歌曲节奏一起跳动起来。

孩子们还玩十字叉游戏[①]，两个小女孩坐在台阶上就能玩。弗兰茜只能自己玩，先当自己，再扮演对手。她会跟想象中的玩伴对话，会说："我抓三，你抓二。"

还有个游戏叫"跳房子"，通常由男孩发起，女孩来玩。几个男孩会在电车轨道上放上一个锡罐，然后坐在路边，用专业的眼光看着电车车轮驶过，把罐子碾平。他们把罐子折叠后，再次放到轨道上碾平。再折叠，再碾平，如此反复，他们就得到一块扁平、沉重的四方形金属块。这时，他们会在人行道上画好方格，标上数字，然后就轮到女孩了，她们得单脚跳着，把那金属块从一个方格踢到

①十字叉游戏：道具为十字叉、橡皮球。参与游戏的人把橡皮球扔下，在球弹起后落地之前去抓取地上的十字叉。

另一个方格，谁能以最少的步数跳过所有方格，谁就获胜。

弗兰茜自己做了一个小金属块。她把锡罐放到电车铁轨上，像那些男孩一样皱着眉，看着电车碾压过去。听到罐子被碾压发出嘎吱嘎吱的声音，她耸了耸肩，感到既兴奋又害怕。她寻思：电车司机如果知道我利用了他开的电车给自己办事，会不会生气？她画好了方格，可是她只会写“1”和“7”两个数字。她一个人从头跳到尾，多期望有人可以和她一起玩这个游戏。因为她确信自己跳的步数最少，世界上任何一个小女孩来玩，她都能赢对方。

有时，街上会有音乐表演。弗兰茜觉得欣赏音乐表演无须同伴相陪。有一支三人乐队每周都要来一次，他们穿着普通西装，戴着滑稽的帽子——就像电车司机戴的帽子，只不过顶部被压扁了。弗兰茜一听到孩子们大喊“乐队来啦”，就冲到街上，有时候还带上尼利。

乐队由小提琴手、鼓手和短号手三人组成。他们演奏维也纳的老曲目,演奏水平欠佳,但至少音乐足够响亮。夏日温暖的人行道上，女孩们一圈圈地跳着华尔兹。总有两个男孩模仿女孩们跳舞，故意跳得荒诞可笑，还总是撞到女孩。

弗兰茜不像有的孩子胆子大，敢搞恶作剧。他们不去跳舞，而是站在短号手旁边，大声吮吸一根滴水的腌黄瓜。短号手看到这一幕，会流口水。口水流进短号里面，他会火冒三丈。小孩如果老这么挑衅他，他会用德语骂人。

弗兰茜对乐队收钱的环节很着迷。唱过两首歌后，小提琴手和短号手继续演奏，鼓手则把帽子端在手里，觍着脸去讨赏钱，众人则一分一分丢过来。在街上收了钱，他会站在马路边，抬头看看房子上的一扇扇窗户。女人们会把两分钱包在报纸里面，扔下来。把钱包在报纸里是必须的，因为任何散落在地上的钱都被视为谁能抢到就归谁，男孩们会争先恐后地来抢，抢完就一溜烟儿跑走，害得乐手在后面愤怒地狂追。而那些被报纸包住的钱他们不会去抢，有时候还会捡起来递给乐队的人。什么钱归什么人，他们似乎早就约定好了。

如果钱收够了，乐手们还会加演一首歌。钱少的话，他们会换个地方，期待下一处能有好运。弗兰茜常常拖着尼利，跟在这群乐手后面，走走停停，从一条街到下一条街，直到天黑，乐手们也要散伙回家了为止。除了弗兰茜，还有一群孩子就像被花衣魔笛手[①]招了魂似的，跟在乐队后面跑。许多女孩还牵来自己的小弟弟和小妹妹，把他们放在自制的小推车上拉着走，或放在破旧的婴儿车里推着走。她们被音乐施了魔法，忘了吃饭，忘了回家。那些婴儿哭了，尿了裤子，睡了，醒来又哭，又尿裤子，继续再睡，如此往复。那首《蓝色多瑙河》被演奏了一遍又一遍。

弗兰茜觉得乐手们一定过着美好的生活。她计划着，等尼利长大一些，他俩就一起上街表演，他弹奏“热热”（尼利给手风琴取的名字），她敲手鼓，人们会朝他们扔钱。等他们有钱了，妈妈就不必这么辛苦地工作了。

弗兰茜会跟在乐队后面跑，不过她更喜欢街头风琴表演。每隔一阵子，就会有个男人来这附近，拉着一架小风琴，风琴上坐着一只猴子。那猴子身穿镀金红外套，头戴一顶红色的筒状女帽，帽带系在下巴上。它的下身穿着一条红裤子，后面恰到好处地开了一个洞，方便它把尾巴露出来。弗兰茜特别喜欢这只猴子。为了看猴子行脱帽礼，她情愿把自己买糖果的那一分钱给猴子。妈妈在的话，还会拿出本该放入储蓄罐的一分钱，交给猴子的主人，严肃地告诉他不要虐待猴子，要是被她发现，她会去举报的。那意大利人听不懂她

①花衣魔笛手：传说德国普鲁士的哈梅林曾发生鼠疫，一位花衣魔笛手吹起魔笛赶走了镇上的老鼠。村镇首脑曾承诺给予他财宝作为报酬，却失信了。魔笛手再次吹起了神奇的笛子，引走了全村的小孩。

在说什么，却总是做出同样的回应。他会摘下帽子，毕恭毕敬地鞠上一躬，弯着小腿，热情地喊着：“是的，是的。”

那架风琴的阵势可不一般。每次它出现，街上就像过节似的。拉风琴的是个男人，他有一头乌黑的鬈发、一口洁白的牙齿。他身穿一条绿色绒布裤子，一件棕色灯芯绒夹克，夹克上还别着一条红色方巾，耳朵上戴着一只圆形耳环。帮他抬风琴的女人身着一条旋转式的红裙子，一件黄色上衣，耳朵上戴着一对大大的圆形耳环。

音乐声叮叮咚咚地响起，曲子来自《卡门》或是《吟游诗人》。女人无精打采地拿着一个脏兮兮的挂有装饰带子的小手鼓，不时地跟随节拍用胳膊肘敲一下。一曲结束，她会突然转起圈，露出腿上穿的脏兮兮的白裤袜和贴身穿的五彩衬裙。

弗兰茜从未注意过她的肮脏和倦怠。当听到音乐响起，看到五颜六色闪过眼前，她感觉那女人就像从画里走出来似的，充满了魅力。凯蒂警告弗兰茜不要跟着这样的风琴乐队跑，她说这些穿成这样演奏风琴的人都是西西里人。他们会带走小孩，留个条子说，让人带一百块钱去某个墓地赎人。这些风琴乐队的人，在妈妈口中就是这样的。

风琴乐队走了之后的好些天，弗兰茜还想象自己是个风琴手。她记得那首威尔第的曲子，不时地哼唱，还用胳膊肘去碰一只旧馅儿饼盒子，想象那是一个手鼓。

有时候弗兰茜会举棋不定，不知道长大了是当个乐手好，还是当个风琴手更好。要是她和尼利可以得到一架风琴和一只可爱的猴子，那该多好哇！他们可以整天跟猴子逗乐，不用花一分钱就可以看猴子行脱帽礼。围观群众还会给他们很多钱，猴子可以陪他们吃饭，说不定晚上还能陪他们睡觉。这是多么让人向往的职业啊，弗兰茜忍不住告诉了妈妈。凯蒂听完却向她浇了一盆冷水，劝弗兰茜别犯傻，还说猴子身上有跳蚤，凯蒂绝对不允许猴子来睡家里干干净净的床。

弗兰茜也想象过自己当手鼓女。可是要当手鼓女，她得是西西里人，还要绑架小孩，她可不愿意干这勾当。

街上总有音乐。在那遥远的夏日，布鲁克林的街上总有人唱歌跳舞，日子是欢快的，但那夏日总是带着一丝忧伤。孩子们的脸上还有些许婴儿肥，身体却瘦瘦小小的，他们围成一圈，玩着环形数字游戏，唱着单调而悲伤的歌。他们只有四五岁，却已经早熟，懂得照顾自己，这也是一种悲哀。那曲《蓝色多瑙河》被乐队演奏得如此拙劣，却又如此悲伤。那只猴子在红帽子之下的一双眼睛也透着哀伤。风琴手的演奏那么轻快嘹亮，可基调仍是忧伤的。

甚至那些来后院唱歌的吟游诗人，唱着：

如果我有办法，
你将永不老去。

这歌听起来也叫人难过。他们是一群饥饿的流浪汉，并无写歌的天赋，唯一能做的，就是斗胆站在人们的后院，手拿一顶帽子，大声歌唱。可悲的是，他们也知道，哪怕有一腔勇气，他们在这世上也无处可去。当一天就要结束时，他们和布鲁克林的其他人一样陷入迷茫。那时候阳光仍旧明亮，但光线已经稀薄，即使照在身上，也感觉不到温暖了。

第十二章

诺兰一家在洛里默街上的生活是愉快的。如果不是茜茜姨妈好心办坏事，他们会在这条街上一直住下去。茜茜因为三轮车事件，让诺兰家没脸继续在这里待下去了。

有一天，茜茜下班了。她决定到诺兰家来，趁凯蒂上班的时候，照看弗兰茜和尼利。在离他们家还有一个街区的地方，茜茜见路边停着一辆漂亮的三轮车，黄铜色的车把在阳光的照耀下闪闪发光，晃得她睁不开眼睛。这种三轮车如今可不容易见到了。它后面的皮革座椅能坐下两个小孩，座椅有靠背，车杆是铁质的，和小小的前轮相连，车身后面还有两个大轮子。转向杆顶部是实心黄铜把手。踏板在座椅前面，小孩可以舒服地坐在座椅里，靠着后背，踩着踏板，握着膝盖上方的车把掌握三轮车的方向。

茜茜见这辆三轮车停在台阶前无人看管，就毫不犹豫地把车拉走，一路拉到了诺兰家。她把两个孩子叫出来，让他们坐车玩。

弗兰茜感觉棒极了！她和尼利坐在车座椅上，茜茜拉着他们绕着街区到处转。真皮座椅被太阳晒得暖烘烘的，散发出浓郁而昂贵的气息。烈日照射在铜把手上，晃来晃去的光线像在跳舞，也像一团火焰。弗兰茜想:要是她触碰一下铜把手,准会烫到手。就在这时，麻烦来了。

一个歇斯底里的女人和一个大喊大叫的男孩，带着一小群人朝他们冲了过来。为首的那个女人冲着茜茜大喊“小偷”，并顺势抓住了车把要把三轮车拉过去。茜茜紧紧握住车把不松开，弗兰茜差点儿没被甩出去。此时，在附近巡逻的警察见状也冲了过来。

“闹什么呢？闹什么呢？”警察接手了。

“这女人是个小偷，”那个女人跟警察告状，“她偷了我儿子的三轮车。”

“我没有偷，警官。”茜茜用她那温柔动听的声音说，“这辆三轮车一直放在路边没人动，我只不过是借来让两个孩子坐着兜个风。他们从没坐过这么好的三轮车。你懂的，小孩多么向往骑车兜风。对小孩来说，这体验就像在天堂。”警察看了看后座上两个不出声的孩子。弗兰茜害怕得直发抖，但还是冲警察咧嘴笑了笑。“我只是准备带孩子绕这街区骑一圈，然后就把车子还回去。我说的全是实话，警官。”茜茜接着说道。

警察的目光落在了茜茜美丽的脸庞上。警察转身对那个恼羞成怒的母亲说：“我说女士，你干吗这么小气？让她带孩子们绕街区兜一圈有什么大不了的。这又不会让你脱层皮。让她带孩子们兜一圈，我向你保证把三轮车安全地拿回来。”

听到警察这么说，那个女人能怎么办？警察给了她哭闹的儿子五分钱，让他闭嘴。看热闹的人群也很快被他驱散了。他告诉他们，要是不快散开，他就把警车叫过来，把他们统统拉到警局去。

人群散去。警察挥舞着他的警棍，英勇地护送茜茜和她的两个小乘客在街上兜风。茜茜抬头看看他，冲他笑了笑。于是他把警棍别在腰上，坚持要帮她拉三轮车。茜茜穿着一双高跟鞋，跟在他身边，小碎步快走。他们绕着街区走了三圈，路上的人们看到一个身穿制服的警察如此投入地陪伴茜茜，不禁掩面微笑，警察只装作没看见。

三轮车事件之后，人们议论纷纷。在这之前，他们就在背后说闲话，现在他们又多了一个嚼舌根的话题，所以凯蒂想搬家。如今就像在波加特街上的生活重现，邻居们对他们家的事知道得太多了。

凯蒂在威廉斯堡的格兰德街找到了一份清洁工的工作，同样可以以工抵租。搬走的时候，她取出了那个储蓄罐，里面有八块多钱。两块钱付给了搬家工人，剩下的放回储蓄罐，然后再把储蓄罐钉到了新住处。一家人重新安顿，凯蒂再次去了临近的杂货店开赊账户头。

新家比不上洛里默街上的住处，他们尽管后悔，也只得认命。这次他们没住一楼，而是搬到了顶楼。这儿的一楼没有台阶，位置被一个临街商店占了。房间里没有浴室，厕所在走廊里，两家共用。

唯一的亮点是屋顶属于他们家。根据一条不成文的规定，屋顶归住在顶楼的人，院子归住在一楼的人。住在顶楼还有一个好处，就是不会有人在楼上震得地动山摇，导致威尔斯巴赫牌子的煤气灯罩被震碎。

凯蒂正在和搬家工人争论，约翰尼趁这个工夫带弗兰茜去了屋顶。站在这里，她看到一个全新的世界：不远处就是美丽的威廉斯堡大桥。东河对岸，高楼大厦耸入云霄，清晰可见，如同银光纸搭建出的一座梦幻之城。再远一点儿是布鲁克林大桥，它和近处的威廉斯堡大桥遥相呼应。

“真美啊，”弗兰茜说，“跟那些乡村风景照片一样美。”

“我有时上班会经过那座桥。”约翰尼说。

弗兰茜不可思议地看着爸爸。他越过了那座神奇的桥，却还是这样说话，还是这般模样？她简直不敢相信。她伸出手，摸了摸爸爸的胳膊。至少穿过那座桥的美妙体验会让他摸起来不一样吧。可是他的胳膊摸起来还是那样，弗兰茜有点儿失望。

她伸手抚摸爸爸胳膊的时候，爸爸一把搂住她，笑眯眯地看着她问：“你多大了，小歌后？”

“六岁多，快满七岁了。”

“这么说，你九月就要上学了。”

“不。妈妈说我得等到明年。等尼利也到了入学的年龄，我们一起上。”

“为什么？”

“我们在一起互相有个照应，如果别的孩子欺负我们，好过一个人孤孤单单的。”

“你妈妈考虑得真周全。”

弗兰茜转过身，看了看四周建筑的屋顶。临近的一座楼顶上有个鸽子笼，鸽子都在笼子里被关得好好的。鸽笼的主人是个十七岁的小伙子，他手里拿着一根竹竿，站在屋顶边上。那根竹竿的末端有一块破布，小伙子挥舞着竹竿转圈。又有一群鸽子飞过来，绕着圈，其中一只离开了鸽群，去追那块飞舞的破布。小伙子小心地把竹竿放低，那只鸽子只知道跟着那块破布走。小伙子一把抓住它，塞进了鸽笼。见到这一幕，弗兰茜很沮丧。

“那人偷了一只鸽子。”

“明天就会有人来偷他的一只。”约翰尼说。

“可那只可怜的鸽子被迫和亲人分开。也许，它也有小鸽子宝宝。”泪水涌出了她的眼眶。

“我可不会哭，”约翰尼说，“也许那只鸽子想离开它的亲人呢。如果它不喜欢这个新笼子，等它出来的时候还可以飞回到旧笼子里去啊。”听爸爸这么说，弗兰茜略感安慰。

父女俩沉默了许久。他们手拉着手，站在楼顶边上，眺望河对岸的纽约城。终于，约翰尼开口说话了，像是自说自话：“七年了。”

“你说什么，爸爸？”

“你妈妈和我已经结婚七年了。”

“你们结婚的时候我在吗？”

“没呢。”

“不过，尼利出生的时候我在。”

“对。”约翰尼又开始自说自话了，“结婚七年，我们住了三个地方。这里会是我最后一个家。”

他说这是“我”最后一个家，而不是“我们”最后一个家。不过弗兰西没有留意。

第三卷

在那个星期六的阳光下，
这个街区显得古老、静谧、安宁，
似有一种忧郁沉思的品质，那是一种和谐的感觉，
其中交织着安静、深沉、永恒、破败。
弗兰茜很开心，如同爱丽丝无意间走入魔镜，
来到仙境。

第十三章

新住处有四间房，一间连着一间，由此得名“铁路屋”。厨房又高又窄，正对着一个院子。院子四周是一条石板路，围在中间的是水泥一般的酸土，按理说，那里不会有什么东西长出来。

可偏巧，有棵树就长在这院子里。

弗兰茜第一次看到它时，这棵树只有两层楼高。她可以从窗户那里俯瞰。那棵树就像一群高矮胖瘦不一的人，站在雨中撑着的一把把伞。

后院有一根细长的晾衣杆，上面有六根晾衣绳，通过滑轮连着六扇厨房窗户。绳子从滑轮上脱落时，邻家的男孩们就爬上晾衣杆将它重新安好，靠这来挣一点儿零花钱。据说这些孩子会趁夜深人静时爬上晾衣杆，故意把绳子从滑轮上解下来，以保证第二天可以挣一毛钱。

如果阳光好，又起了风，晾衣杆倒是自成一道风景。白色的被单被风吹得鼓起，就像故事书里写的船上扬起的帆。那一件件红色的、黄色的、绿色的衣服被木头夹子固定在晾衣绳上，随风飘起，仿佛它们都有生命一般。

晾衣杆靠着一面砖墙，墙背面是社区小学，那是学校没有窗户的后墙。弗兰茜如果仔细看，就会发现没有两块砖是一模一样的。层层砌起的砖头似有一种舒缓的节奏，中间可见剥落的白灰泥，阳光照上去的时候闪闪发亮。这砖墙闻起来有一股温暖的气息，弗兰茜把脸贴上去的时候，还能感觉到墙面的坑坑洼洼。下雨的时候，这面墙首先被淋湿，一块块红砖散发出一股潮湿的泥土气味，那气味如同生命本身。到了冬天，第一场小雪降落。雪花落在人行道上，很快就化掉了，却能粘在粗糙的砖墙上，就像仙境里的白色花边。

学校院子有四英尺的地方正对着弗兰茜家的院子，中间用铁丝网相隔。弗兰茜只在院子里玩过几次（院子总是被住在一楼的男孩霸占着，他在的话，别人就不能进去），都是在学校课间休息的时候去的，这样就可以看到成群的孩子在院子里玩耍。所谓课间休息，不过是把几百个小孩像赶鸭子一样赶到这个小院子里，过一会儿再把他们赶出去。孩子们到了院子里，他们连游戏的空间也没有。孩子们愤怒地在这里挤来挤去，扯着嗓子叫个不停，能持续五分钟，声音只高不低。上课铃响时，尖叫声戛然而止，就像被一把锋利的刀切断了。之后的片刻是死一般的沉寂，所有动作都僵住了。接着，挤来挤去变成了你推我搡，孩子们先前如何奋力地挤到院子里，现在就如何奋力地挤出去。在他们推搡着身边人奋力挤出去的过程中，先前的高声尖叫变成了低沉的呜咽声。

一天下午，弗兰茜在院子里玩时，看到一个小女孩独自跑出来，郑重其事地把两个黑板擦碰在一起，拍掉上面的粉笔灰。弗兰茜脸贴着铁丝网，看到这一幕，觉得这简直是最令人神往的工作。妈妈告诉她，能做这个差事的孩子都是老师的“宠物”[①]。弗兰茜理解的宠物是猫、狗、小鸟等小动物。她发誓，等她可以上学了，她要学猫喵喵叫，学狗汪汪叫，学小鸟叽叽喳喳叫，这样，她就可以成为老师的“宠物”，拿着黑板擦去外面拍灰了。

这天下午，她艳羡地看着那个拍黑板擦的小女孩。小女孩也知道弗兰茜在羡慕地看着她，于是更加卖力地炫耀。她把黑板擦放到砖墙上拍拍，在石板路上拍拍，最后还放到身后拍拍。她还问弗兰茜：“想不想凑近看看？”

弗兰茜害羞地点点头。小女孩把黑板擦拿到铁丝网跟前，弗兰

①老师的“宠物”：指被老师喜欢而受到特殊照顾的学生。

茜伸出一根手指穿过铁丝网。黑板擦上沾满了粉笔灰，上面一层层颜色都混为一团。弗兰茜想捏一捏那柔软的毛毡层，就在她即将触摸到时，那个小女孩突然将黑板擦收回，还朝弗兰茜脸上吐口水。弗兰茜倍感受伤，心里又苦又涩，但她紧闭双眼，强忍着不让眼泪流出来。小女孩站在那里，好奇地看着她，等着她哭。不见弗兰茜流一滴眼泪，她嘲弄道："你为什么不哭出来？"

弗兰茜转身走进了地下室，在黑暗中坐了很久，直到那潮水般的痛苦不再淹没自己。这是她第一次体验到幻灭，随着她的感知力越来越强，今后还有许多幻灭在等着她。从那之后，她就再也不喜欢黑板擦了。

厨房除了用来做饭，还用作餐厅和客厅。厨房的一面墙上有两扇狭窄的窗户，另一面墙上嵌着一个煤炉。煤炉上方的凹槽是由珊瑚色的砖块垒的，上面抹了乳白色的灰泥。墙上有一个用石头做的壁炉架和一块炉底石，弗兰茜可以拿粉笔在上面画画。煤炉旁边是热水炉，生火的时候，热水炉也跟着升温。在天冷的日子里，弗兰茜从外头冻坏了跑回家，会用双手抱着热水炉，把冰冷的脸颊贴在那温暖的银白色热水炉上，心中充满感激。

热水炉旁边是一对滑石洗衣盆，上面有带铰链的木头盖子。两个盆之间的隔板可以拆下来，合二为一成为一个洗澡盆。这洗澡盆不怎么好使，有时候弗兰茜坐在里面，木头盖子会砸到她的头。盆底坑坑洼洼的，坐在这湿漉漉的粗糙的盆子里洗澡，弗兰茜并没有浑身舒爽的感觉，而是感到浑身酸痛。她还有四个水龙头要对付，不管弗兰茜怎么提醒自己，那里有四个不会挪动位置的水龙头，每次她突然从肥皂水里起身，背部都会被水龙头碰到。弗兰茜的背上总有一道"愤怒"的划痕。

厨房后面是两间卧室，从一间可以通向另一间。两间卧室中间有个通风井，尺寸、形状颇像一口棺材。卧室房间里的窗户又狭小又灰暗。用凿子和锤子或许能打开通风井的窗户，不过得到的却是一阵寒冷潮湿的空气。通风井的顶部是个小小的、倾斜的天窗，是用厚重的皱纹花玻璃制作的，上头有铁丝网保护，以免破损。通风井的四周是波纹铁板条，这样的布置在设计之初是为了给卧室提供阳光和空气，但是由于玻璃厚重，上面是铁丝网，四周是铁板条，灰尘厚重，阳光根本照不进来。侧面的开口被灰尘、煤烟和蜘蛛网堵住，空气也进不来，可是雨雪能渗进来。有暴风雨的时候，通风井下头的木板就会湿漉漉的，还冒烟，散发出一股坟墓的气息。

客厅或者叫前厅，是家里的主屋。它有两扇又高又窄的窗户，正对着热闹的街道。三楼毕竟离地面远，下头的噪声传上来，已经弱了许多，反倒成了让人感到舒适的背景音。客厅是个体面的地方，有自己的门通向长廊。家里若来人，可以直接进到客厅，无须经过厨房，穿过卧室。客厅的墙壁很高，上面贴着深棕色墙纸，有着金色的条纹。窗户内侧是用木条做的百叶窗，中间开阔，两头逐渐变窄，能自由伸缩。弗兰茜在这里度过了许多美好时光，她喜欢拉开百叶窗，再用手触碰，看着木条收缩回去。这百叶窗是看不厌的奇迹：放下来能盖住整扇窗户，遮挡风吹日晒；收起来只占一小块地方，只见整齐的木条，赏心悦目。

客厅的暖炉比较低矮，镶嵌在黑色大理石壁炉里面，只露出前半部分，看上去就像个被对半切开的西瓜，圆形的那一面朝外。暖炉是由许多片云母玻璃做成的，外面有薄薄一层带雕花图案的铁架子。只有到了一年中最重要的日子，凯蒂才舍得在客厅的暖炉生火，屋子里的小窗户在火苗的映照下闪闪发光。弗兰茜坐在那儿，享受着炉火的温暖，看着一扇扇窗户上的光影随夜色渐变，从玫瑰红变成琥珀色，这是一种巨大的喜悦。凯蒂进来后，点燃了煤气灯，驱散了阴影，火炉里的光似乎变暗了。她这么做，仿佛犯了大罪一般。

客厅最美妙之处在于那架钢琴。这堪称一个奇迹，就算他们许愿一辈子，也未必能得到。不过，这架钢琴就摆在诺兰家的客厅里，算是个真正的奇迹，因为他们既没有祈祷，也没有许愿，就得到了它。钢琴是之前的租户留下的，由于付不起搬运费，他们就把钢琴留在了这里。

在那个年代，搬运钢琴是个浩大的工程。没有钢琴能从狭窄陡峭的楼梯上搬下来。钢琴必须捆绑好，用绳索吊出窗外，通过屋顶安装的巨大滑轮才能放下去。在这个过程中,搬运老板得戴上铜帽，挥舞胳膊，大声呼喊着指挥。街道得用绳子围起来，警察把人群赶开。每逢有人家要搬运钢琴，孩子们都会逃学过来围观。最精彩的瞬间莫过于那一刻：这体积庞大的东西被捆绑好，刚刚被吊出窗户的那一瞬间，总是先在空中旋转片刻，让人头晕目眩，过一会儿才正过来。接下来是钢琴缓慢、惊险的下降过程，围观的孩子们发出阵阵欢呼。

搬钢琴要花十五块钱，这价钱是搬其他家具的三倍。所以，这架钢琴的主人就问凯蒂，能不能把钢琴留下，凯蒂是否可以照看。凯蒂欣然同意。那个女人又恋恋不舍地嘱咐凯蒂，不要让钢琴受潮受冻，冬天的时候要让卧室门开着，这样厨房的暖气能流过来些，钢琴才不会变形。

“你会弹钢琴吗?”凯蒂问她。

“不会，”女人忧伤地说，“我家里没人会弹。我好希望自己会弹啊。”

“那你为什么买它呢?”

“这钢琴原属于一家有钱人，他们要便宜处理掉。我太想拥有它了。尽管我不会弹，但是单是看着它就觉得很美好……它让整间屋子都变得高级了啊。”

凯蒂承诺会好好照看这架钢琴，直到女人有钱了再过来将它搬走。只是那女人后来一直没有来搬，于是这个美丽的物件就一直在诺兰家待着。

钢琴不大，是由黑色抛光木制作而成的，发出幽暗的光泽。正面的装饰板薄薄的，有美丽的镂空图案，镂空的装饰板后面有一块深玫瑰色的丝绸。琴盖不像其他立式钢琴那样分段翻上去，而是整个翻上去，靠在装饰板上，看上去就像一个抛光的贝壳，深沉又美丽。钢琴的两边各有一个烛台，你可以在里面搁上纯白色的蜡烛。借着烛光弹奏，能看见烛光在乳白色的象牙琴键上投下梦幻般的阴影，也能看见琴盖上投射的键盘的影子。

诺兰家在租下房子之后第一次进屋四处查看时，整间屋子里弗兰茜只看得到那架钢琴，对其余一切都视而不见。她张开双臂想抱住它，可是钢琴太大了，她只好抱一抱那褪色的玫瑰锦缎凳子。

凯蒂望了望钢琴，眼里光芒闪烁。她注意到楼下公寓的窗户外面有张白色卡片，上面写着“钢琴课”。她想到一个主意。

约翰尼坐在琴凳上弹起了钢琴。那琴凳有魔法，可以根据演奏者的体形升高或降低，还能旋转。当然，约翰尼不会弹钢琴，他压根儿就不识谱，不过略懂几个和弦。他可以唱着歌，时不时弹奏几个和弦，听起来就像是跟着音乐伴奏在唱歌。他弹了个小调和弦，看了看女儿，咧嘴笑了。弗兰茜也用微笑回应，她的心里充满期待。约翰尼再次按下那个小调和弦，没松手，在钢琴轻柔的回声中，他用他那干净清晰的声音唱起来：

麦克维顿，山峰秀丽，
露水早早地浸润了山谷。
（弹奏和弦——和弦）
那不就是安妮·劳丽，
给了我她的承诺。

（和弦——和弦——和弦——和弦）

弗兰茜把脸转到一边，不想让爸爸看到她的眼泪，怕他会问自己为什么要哭，她说不出原因。她爱爸爸，也爱这钢琴。为什么泪水会轻易滑落，她也不知道。

“约翰尼，这是爱尔兰歌曲吗？”凯蒂开口了。她的声音带着几分从前的温柔，约翰尼过去一年里很少听到这种温柔的语调了。

“苏格兰民歌。”

“我从没有听你唱过。”

“是没有唱过，不过我知道这歌。我上班的地方喧闹得很，没人会喜欢听这种歌。他们没喝醉的时候喜欢听《下雨的午后来找我》，喝醉了就喜欢听《甜美的阿黛琳》。”

很快，一家人在新家安顿下来。熟悉的家具摆放在这里，看起来竟有些陌生。弗兰茜坐在一把椅子上，惊讶地发现，坐这把椅子的感觉和在洛里默街时一模一样。她的感觉已经变了。为什么那把椅子没有变呢？

在爸爸妈妈装饰一番之后，客厅看起来很漂亮。地上铺着一块绿色的印着大朵粉色玫瑰的地毯。窗户上挂着奶白色的蕾丝窗帘，房间中央有一张大理石台面的桌子，屋里还放着一组三件套绿丝绒沙发。角落里的一个竹架上放着一本绒面相册，里面是罗姆利三姐妹婴儿时的照片，比如有一张上面，她们趴在一张毛皮地毯上，旁边站着一群表情安详的曾姑妈，她们的丈夫坐在椅子上，个个都留着浓密的小胡子。小架子上放的是纪念品杯子：这些杯子有粉色的、蓝色的，上面有镶金边的蓝色“勿忘我”和红色玫瑰图案，杯子上诸如“请记得我”“真正的友谊”这些字样都被涂成金色。这些小杯子、小碟子是凯蒂用来纪念从前的好闺密的，她不允许弗兰茜拿它们玩过家家游戏。

架子底层放的是一个卷曲的骨白色海螺壳，海螺内部是精致的玫瑰色。孩子们非常喜欢这个海螺，还给它起了个可爱的名字：吐翠。弗兰茜拿它贴近耳朵时，海螺会传出大海的歌声。有时，约翰尼为了逗孩子们，会听听海螺，然后夸张地把它举在一臂之远，目光温柔而专注。他会开口唱道：

在海边，我发现了一只贝壳，
我把它贴在耳边。
它唱着歌，我喜悦地听。
那是大海的歌，
甜美又清晰。

后来，约翰尼带孩子们去了一趟卡纳西[①]，弗兰茜第一次看到了大海。大海的声音听起来和那个叫“吐翠”的海螺里传出的甜美的呼啸声如出一辙。这在弗兰茜看来，是大海唯一的卓越之处了。

①卡纳西：位于布鲁克林东南部的一个地区。

第十四章

社区商店是城市儿童生活的一个重要组成部分，除了提供维持生活的基本物资，还供应孩子们梦寐以求的东西，不过有些东西是孩子们可望而不可即的。

弗兰茜最喜欢的是当铺——倒不是因为那铁栅栏后面的窗户堆积了大量的宝贝，也不是因为那些披着披肩的女人从侧门偷偷溜进去，像在进行不可告人的冒险活动，而是因为当铺上方挂着三个金色的大球。它们在阳光的照耀下闪闪发亮，起风时，还会在空中慵懒地晃荡，有如沉甸甸的苹果。当铺旁边有一家面包店，售卖夏洛特蛋糕[①]，生奶油上放一些红色樱桃蜜饯。这种蛋糕只有富人才买得起。

当铺的另一边是格林德油漆店。店门口有个架子，上面挂着一个盘子，盘子上有一块明显修补过的裂缝，底部有个洞，洞里穿着一根链条，下面拴着一块沉重的石头。此举是用来证明“少校水泥”有多么结实。有人说，那盘子其实是铁做的，外面粉刷过，刷成开裂的瓷器的样子。但弗兰茜宁可相信，这是个真正的瓷盘子，摔破后被水泥奇迹般地修复好了。

最有意思的商店在一间棚屋里。印第安人在威廉斯堡出现的时候，这间棚屋就存在了。它夹杂在公寓房之中，显得颇为奇怪。它的窗户很小，隔板很小；屋顶是斜的，很陡峭；店内有一个凸窗，凸窗后坐着个气派的男人。他坐在桌边卷雪茄——那深棕色的细长雪茄，四支卖五分钱。他一手拿着烟草，仔细挑选出外侧的烟叶，

①夏洛特蛋糕：一种形如皇冠的糕点，用手指饼干围成模，填入丝滑的蛋奶冻，加以水果装饰。

熟练地在里面填上深浅不一的棕色烟草，然后把它卷起来，卷得又细又紧，两端都有方形的角。作为一个老派手艺人，他瞧不上那些新鲜事物。他拒绝在店铺里摆放煤气灯，有时天黑得早，雪茄还没有卷完，他就会点上蜡烛继续工作。他的店铺外面有一个木质的印第安人雕像。它站在木头底座上，一副气势汹汹的样子——木雕一只手拿着战斧，另一只手拿着烟草，头戴一顶无边帽，下身穿着一条短裙，脚上穿的是罗马凉鞋，鞋带一直系到膝盖。木雕一身的穿戴都被涂成鲜艳的红色、蓝色、黄色。卷雪茄的男人每年要给它涂四次新油漆，下雨的时候还会把它搬到屋子里去。附近的孩子都称这个印第安木雕为“麦米阿姨”。

弗兰茜还有一家很喜欢的店铺。那是一家专卖茶叶、咖啡和香料的商店。这是个令人醉心的地方：一排排漆桶散发着奇异浪漫的香味，充满异国风情。店里有十几个猩红色的咖啡罐，上面用中国墨水写着几个新奇的名字：巴西！阿根廷！土耳其！爪哇岛！混合装！茶叶装在小一些的罐子里。罐子上有斜拉的盖子，罐身上的字样是：乌龙茶！阿里山茶！锡兰红茶！中国黑茶！杏花茶！茉莉花茶！爱尔兰茶！香料放在柜台后面的迷你罐子里，它们的名字在货架上排成一溜：肉桂、丁香、生姜、混合香料、肉豆蔻、咖喱、胡椒、鼠尾草、百里香、墨角兰。客人购买的胡椒都是店主用一个小胡椒磨现场研磨出来的。

店里还有一个大型手转咖啡研磨机。店主把咖啡豆放进一个闪亮的黄铜料斗，再用双手转动巨大的轮子，芬芳的咖啡粉窸窸窣窣地落下，掉入研磨机后面一个红色勺子状容器里。

（诺兰家在家里磨咖啡。弗兰茜喜欢看着妈妈坐在厨房里，兴高采烈地磨咖啡。她把咖啡机夹在膝盖之间，左手猛摇手柄，一边磨，一边抬头和爸爸兴致勃勃地说话。屋子里充满新鲜研磨的咖啡那浓郁宜人的香气。）

卖茶叶的店主有一架奇妙的天平：两片发亮的黄铜盘。二十五年来日日打磨，如今又薄又精致，看起来就像是抛光过的金子。每次弗兰茜会买一磅咖啡或几盎司的胡椒，她看着店主把一只小小的银秤砣放到天平的一边，再用一个银勺子把散发着香气的咖啡或胡椒舀到天平的另一边。弗兰茜屏住呼吸，看店主拿着那个勺子往里面加一点儿，或是轻轻舀出来一点儿。两个金盘子达到平衡，一动不动了，那是一个美丽而平和的时刻。在那一刻，世界似乎保持了完美平衡，什么坏事都不会发生。

对弗兰茜来说，最神秘的莫过于那家中国人开的只有一个橱窗的店。那个中国人穿一双黑色的毛毡拖鞋，默默地来回走动，耐心地听着顾客嘱托他该如何清洗自己的衬衣。弗兰茜和他说话的时候，他把双手交叉放进宽大的淡黄色棉褂袖口里，眼睛看着地面。弗兰茜觉得他很聪明，爱好沉思，用心倾听。但其实他根本不懂英语，弗兰茜说的话他一句也没听懂。他只知道两个词：票据和衬衫。

每回弗兰茜把爸爸穿脏了的衬衫拿到店里，他接过去放到柜台下，拿出一张纹理神秘的正方形纸片一角，用毛笔蘸一点儿印度墨水，在上面画几下，收了脏衣服，把这张神奇的纸片给她。弗兰茜觉得，这样的物物交换很不错。

店里散发着干净、温暖又微弱的气味。这气味若有若无，就像炎热的房间里没有气味的花朵。他一定是在什么隐秘的地方洗衣服，而且都是在晚上洗，因为整个白天，从早上七点到晚上十点，他都在店里，站在干净的熨衣板旁边，推着一个沉重的黑熨斗，来回熨烫着衣服。那熨斗里面有个汽油装置，让它保持高温。弗兰茜不知道这一点。他从未在炉子上加热熨斗，却能用它这么长时间熨衣服，她认为这一定是他这个民族自带的什么奥秘。她有一个模糊的猜想，大概这个中国人没在衣服和领口里放浆粉，而是放了别的什么东西来产生热量。

弗兰茜拿来一张票据和一毛钱，把它们推到柜台那头，店主便给她一件包好的衬衫和两颗荔枝。弗兰茜喜欢这些荔枝。荔枝外面是酥脆易碎的壳，里面是软软甜甜的果肉，果肉里包着一颗坚硬的果核，还没有小孩咬碎过。据说这硬核里面包着一块小硬核，小硬核里面还有更小的硬核……如此循环。人们还说，那里头的硬核很快就小得只有用放大镜才能看见，而再往后，里面层层包裹的核越来越小，无法用肉眼看见，但它们还是会一层一层地出现，一个包着一个。这是弗兰茜第一次接触到无限的概念。

最精彩的时刻是这个中国人找零钱的时候，他会拿出一个小小的木框子，里面有细细的木杆，每根木杆上都穿着红的、黄的、蓝的、绿的珠子。他沿着细细的铜杆子上下拨动那些珠子，迅速思考一下，再把珠子全部弹回原位，最后宣布："三毛九分。"这些小珠子告诉他该收多少钱，该找零多少。

弗兰茜心想：自己如果是个中国人多好，可以有这么漂亮的玩具帮忙计算，可以尽情地吃荔枝，可以知道为什么熨斗不放在炉子上就能加热。噢，还有，可以像他那样握住一支轻轻的毛笔，快速转动手腕就能画出那些字符，然后画出像蝴蝶翅膀那样清晰又纤细的黑色印记！这就是布鲁克林神秘的东方色彩。

第十五章

钢琴课！魔法般的词！诺兰一家安顿下来后，凯蒂就按照钢琴课广告牌上的联络方式，去拜访钢琴老师。对方是两位小姐，都姓蒂莫尔，丽齐小姐教钢琴，麦吉小姐教声乐。每节课收费两毛五分钱。凯蒂提出一个交易：她为两位蒂莫尔小姐做一小时家务，抵每周一节课学费。丽齐小姐很不情愿，她说她的时间比凯蒂的时间更值钱。凯蒂则说时间就是时间，都一样。最后，她终于说服了丽齐小姐，双方约定好时间和地点，一切安排妥当。

第一节钢琴课来临了，这一天颇具历史意义。凯蒂指挥弗兰茜和尼利在客厅坐好，嘱咐他们用眼睛好好看，用耳朵好好听。她还搬出一张椅子给老师，要两个孩子在钢琴另一侧肩并肩坐好。凯蒂紧张地把椅子挪了又挪，然后三个人坐好了，等老师到来。

蒂莫尔小姐下午五点准时到达。她虽然就住在楼下，但还是穿了一身正装，脸上罩着一层紧绷的圆点面纱。她头上戴的帽子就像一只红色小鸟的胸部和翅膀，被两根帽针刺穿。弗兰茜一直盯着那顶“残忍”的帽子。妈妈把弗兰茜带到卧室，解释说那不是真鸟，只是一些羽毛粘在一起罢了，还叮嘱她不要一直盯着它看。她相信妈妈的话，可还是忍不住去看那只“小鸟”。

除了钢琴，蒂莫尔小姐把什么都带来了。她带了一个廉价的闹钟和一个破旧的节拍器。闹钟显示五点，她把闹钟调到六点，放到钢琴上。她磨磨蹭蹭，耗费着宝贵的一小时。她先是脱下珍珠灰的小手套，朝每个手指吹吹气，摩挲下手指，再两手交叉几下，让手指做了热身活动，最后把手放到钢琴上。她掀开面纱，搭在帽子后面，瞟了一眼闹钟，很得意自己已经耗掉了足够的时间，便打开节拍器，坐下来开始上课了。

弗兰茜对那个节拍器很着迷，难以集中注意力听蒂莫尔小姐讲课，也没认真看她是怎么把妈妈的双手放在琴键上的。在那单调、舒缓的敲击声中，不一会儿她就睡着了。尼利呢，他那双大大的蓝眼睛跟随节拍器的摇杆来回摆动，直到把自己催眠了。他的嘴巴张着，脑袋耷拉在肩膀上，随着呼吸，鼻子上的鼻涕泡膨胀一下，再收缩一下。凯蒂不敢叫醒他，以免蒂莫尔小姐察觉到她教了三个学生，却只收了一份钱。

节拍器如梦似的来回敲击，闹钟发牢骚般地嘀嗒作响。蒂莫尔小姐似乎不太相信节拍器，她自己数着节拍："一、二、三，一、二、三……"凯蒂用她那因为长年劳作而肿胀的手指，吃力地弹奏她的第一个音阶。时间一分一秒过去，房间里渐渐暗下来。突然，闹钟响起，声音震耳欲聋。弗兰茜的心猛地一跳，尼利从凳子上摔了下来。第一节课就这么结束了。凯蒂连声道谢："哪怕我不再上钢琴课了，您今天教我的也很受用。您教得真好！"

蒂莫尔小姐虽然喜欢听这奉承话，但还是对凯蒂直言相告："我不会因为孩子们收取额外的费用，我只是想让你知道，你骗不了我。"凯蒂羞红了脸，孩子们因为被戳穿也倍感羞愧，低头看着地板。蒂莫尔小姐说："孩子们可以旁听。"

凯蒂再次感谢了她。蒂莫尔小姐起身等待。凯蒂和她确认了给她做家务的时间，她仍然站着不走。凯蒂觉得对方似有所期待，最后她开口问："请问，还有其他事吗？"

蒂莫尔小姐的脸红了，但还是傲气地说："我教的那些女士……我上完课……嗯……她们都会给我沏一杯茶。"她把手放在胸口，含糊其词，"这楼梯可不好爬。"

"您喝咖啡可以吗？"凯蒂问，"我们家没有茶。"

"非常乐意！"蒂莫尔小姐如释重负地坐下来。

凯蒂跑进厨房去热咖啡，炉子上本就放着咖啡，只需要加热一下就好了。热咖啡的时候，她拿出一个甜面包和一个勺子，放在一个小小的圆形的托盘上。

与此同时，尼利已经在沙发上睡着了。蒂莫尔小姐和弗兰茜坐着对视，终于，蒂莫尔小姐发问了："你在想什么呢，小姑娘？"

"胡思乱想。"弗兰茜回答。

"有时候我看你在路边的排水沟上一坐就是好几个小时，那会儿你在想什么呢？"

"没想什么。我给自己讲故事。"

蒂莫尔小姐抬起手，指着她，口气严肃："小姑娘，你长大了要当个作家，写小说。"她这话听起来不像是陈述句，更像是一道指令。

出于礼貌，弗兰茜回答："好的，老师。"

凯蒂端着托盘走进来了。"这些可能不如别人家招待您的东西高档，"她带着歉意说，"不过我们家就只有这些，请担待。"

"这很好了。"蒂莫尔小姐斯文地说，然后她努力克制自己不要把眼前的茶点狼吞虎咽下去。

实话实说，蒂莫尔家的两位小姐是靠课后在学生家的"茶点"过活的。她们一天就上几节课，一节课收费两毛五分钱，赚不了多少。付过房租之后，就没有多少钱买吃的了。大部分她教授的女子给的都是淡茶和苏打饼干，虽然她们知晓礼数，会端上一杯茶来，不过她们可不打算付了两毛五分钱之后还要供应一餐饭。于是，蒂莫尔小姐开始期待来诺兰家教课的这一小时了。那咖啡暖胃暖心，凯蒂总是搭配一个小圆面包或一块腊肠三明治，让她可以填饱肚子。

每节课结束后，凯蒂会把她学到的内容教给孩子们，让孩子们每天练习半小时。一段时间后，三个人都学会了弹钢琴。

约翰尼得知麦吉·蒂莫尔教声乐课，他觉得自己也不比凯蒂差，可以和她一样用工作来交换。他提出帮蒂莫尔姐妹修理坏掉的窗框绳，以此给弗兰茜换两堂声乐课。其实约翰尼一辈子都没见过窗框绳，更不懂如何修理。他拿了一把锤子和螺丝刀，将整个窗框卸下来，看着断裂的绳索，不知该如何修。各种方法他都试过了，还是一无所获。他好心帮忙，可是技术不行，没能解决问题。他思索着先把窗户放回去，以免寒冷的冬雨吹进房间里来，日后再想办法修理断绳，这过程中又打碎了一块玻璃。这场交易就此泡汤。蒂莫尔小姐只得叫修窗户的人来。为此，凯蒂不得不给她们家免费打扫卫生两次，算作赔偿。弗兰茜的声乐课则永久搁置了。

第十六章

弗兰茜热切地期盼着上学的日子。她想：一上学，我就能看见很多新鲜事物了吧。她是个孤单的孩子，渴望其他孩子的陪伴。她想在学校院子里的饮水台那里喝水。学校饮水台的水龙头装在下面，水从上面喷出来，她想从那里出来的应该是苏打水而不是自来水吧。她之前就听爸爸妈妈说过学校的教室，她想去看看教室里那张可以像百叶窗一样下拉的地图。她最想要的是"学校提供的文具"：一个笔记本、一本信纸簿，还有一个带滑盖的铅笔盒，里面装着崭新的铅笔、一个橡皮擦、一个小小的大炮形状的卷笔刀、一个笔刷和一把六英寸的软木尺子。

入学前，学龄儿童必须接种疫苗，这是法律规定的，却搞得大家很恐慌！当卫生局的人员费尽口舌向这些贫穷的文盲父母解释：疫苗就是给孩子接种一种没有危害的天花病毒，好让他们的身体产生抗体，可以避免感染天花病毒。可这些父母怎么也不相信。他们唯一听懂的就是：病毒会被注射进一个健康儿童的身体。一些外国移民父母拒绝让孩子接种疫苗。如此一来，这些孩子无法入学，政府就向其父母追究孩子失学的责任。一些母亲擦着眼泪，把哭哭啼啼的孩子带到卫生中心注射疫苗，好似在把无辜的孩子送往屠宰场。孩子们一看到针头，便号啕大哭起来。等待的母亲坐在客厅，把披肩盖在头上，也哭天喊地，像哭丧一般。

这一年，弗兰茜七岁，尼利六岁。凯蒂让弗兰茜晚入学一年，这样姐弟俩可以一同入学，彼此有个照应，不被那些大孩子欺负。在那个可怕的八月的某个星期六，凯蒂出门做工前来到孩子们的房间，叫醒了他们，千叮咛万嘱咐。

“听好了，你们起床之后，把自己梳洗干净，到了十一点就去转角处的卫生中心，告诉他们你们要接种疫苗，九月要上学。”

弗兰茜害怕得发抖。尼利哭了起来。

“你和我们一起去可以吗，妈妈？”弗兰茜恳求。

“我得上班去。我要是不上班，谁替我做事呢？”凯蒂心有愧疚，她这么反问，是在用恼火掩盖自己的内疚。

弗兰茜没有再多说什么。凯蒂知道他们很失望，可是她没办法啊，她真的没办法。是啊，她应该陪他们去接种疫苗，母亲在场，能给孩子们提供心理安慰和精神依靠。可是她知道自己受不了这样的折磨。他们必须接种疫苗，她陪不陪着都无法改变这一点。既然这样，那为什么不让三个人之中少一个人受折磨呢？她安慰自己说，这世界本来就艰难又辛酸，孩子们得早点儿适应，让他们在小时候吃苦变得坚强，学会自己照顾自己。

“那爸爸会带我们去吗？”弗兰茜满怀希望地问。

“爸爸在工会总部等活儿干。他一整天都不在家。你们都不小了，可以自己去的。再说，打针不痛的。”

尼利的哭声比先前又高了几度。凯蒂实在无法忍受了。她太爱儿子了。她不想去还有个原因，就是不忍心看到儿子受苦……哪怕是被针头扎一下都不行。她差点儿没忍住要跟孩子们一起去了。可是不行啊，她去的话就要误半天工，就得用星期天的上午去补。而且，她去了之后肯定难受得会生病，孩子们没有她也能对付过去。这样想着，她匆匆离家去上班了。

弗兰茜想安抚尼利，他吓得不轻。几个年长的男孩吓唬他，说一被送到卫生中心，他们就会把小孩的胳膊砍下来。弗兰茜想让他忘掉这件事，就带他去院子里，拿泥巴做馅儿饼玩。玩着玩着，他们忘记了妈妈的吩咐——要他们梳洗干净。

两个孩子差点儿忘了时间，因为用泥巴做馅儿饼这游戏可太让人痴迷了。他俩的手和胳膊上都沾了泥巴，脏兮兮的。到了十一点差十分钟时，加迪斯太太从窗户里探出头来，冲两个小孩喊，说凯蒂叫她快到十一点的时候提醒姐弟俩。尼利哭着做完了最后一个泥巴馅儿饼，泪花洒在泥巴上。弗兰茜牵起他的手，两个人慢慢地向街角走去。

他们找到一条长凳坐下来。旁边坐着一位妈妈，怀里抱着一个六岁的男孩，她啜泣着，时不时低下头狂吻着儿子的额头。还有几个母亲坐在那里，脸上那一道道皱纹饱含着痛苦的心情和坚强的意志。这可怕的折磨就发生在那扇磨砂玻璃门背后，那里不断传来孩子号啕大哭的声音，间或有一阵刺耳的惨叫，接着又是号啕大哭的声音，然后一个脸色苍白的小孩走出来，左胳膊上缠着一段白纱布。这时，小孩的母亲会冲上前抱住他，一边不知用哪国语言骂上两句，一边冲着那磨砂玻璃门挥舞一下拳头，然后匆匆地把孩子带出这折磨人的地方。

弗兰茜颤抖着走了进去。在短短的人生里，她还没有见过一个医生或护士。他们身穿白大褂，一个个闪亮、残酷的器具放在垫了纸巾的托盘上，到处弥漫着消毒水的气味，还有那印着血红色十字的消毒器，上面雾气腾腾的，这一切都让弗兰茜害怕得说不出话来。

护士捋起弗兰茜的袖子，在左胳膊上擦出一块干净的地方。弗兰茜看到那白衣大夫走过来，手里拿着的针头很吓人。他越走越近，直到他的身影跟针头混为一体，成为一个巨大的针头。她闭上眼睛，等着死去。什么也没发生，她什么也没感觉到。她慢慢地睁开眼睛，不敢相信疫苗已经打完了。她痛苦地发现，医生还在，手里还拿着针头。他正嫌弃地看着弗兰茜的胳膊，弗兰茜也看了看，只见自己的胳膊上到处是脏兮兮的泥巴，有一小块干净的区域。她听到医生跟护士说话。

“脏死了，脏死了，脏死了，从早到晚都脏兮兮的。我知道他们穷，但是起码要洗干净啊。水不要钱，肥皂也便宜。护士，你看这胳膊。”

护士看了看，吃惊得咂了咂嘴。弗兰茜站在那里，羞愧得脸上有如一团火在烧。那医生是哈佛毕业生，在社区医院实习。他每周都有一天要在免费诊所工作几小时。等实习期一结束，他就要去波士顿一家上等诊所工作。

护士是威廉斯堡本地女孩，从她的口音就能听出来。作为一个贫穷的波兰移民的孩子，她有着远大志向，白天在某个血汗工厂工作，晚上去夜校读书，接受了医疗护理培训。她希望有一天能嫁给一个医生。她不想让别人知道自己是从贫民窟出来的。

医生大动肝火之后，弗兰茜低下头站着。她是个肮脏的女孩，医生的话就是这个意思。他说话小声了些，问护士这种人是怎么活下来的。

她看了看护士。在她眼里，所有女性都像她的妈妈或者茜茜姨妈、艾薇姨妈一样。她以为护士可能会说“也许这小女孩的妈妈要去工作，今天早晨没能抽时间把她洗干净”，或者“医生，你知道的，孩子就是会玩泥巴”之类的话。可护士实际上说的是：“是啊，可不糟糕吗？我完全理解你，医生。这些人没理由这么脏兮兮的。”

一个通过艰苦奋斗走出了社会底层的人，通常有两种选择：脱离了原生环境，忘掉原本的不堪；或者，挣脱了原生环境，仍不忘却本心，在内心深处对那些在苦苦挣扎中失败的人充满同情和理解。护士选择了第一种——忘本。不过，她站在那里，心里清楚多年后，自己一定会陷入愧疚，良心不安，悔恨自己面对那个瘦小挨饿的小女孩时，没有说一句安慰的话，没有为拯救自己的灵魂做些积德的事。她知道自己人微言轻，但是，没有做出第二种选择，完全是因为没有勇气。

针头扎进皮肤的时候，弗兰茜完全没有感觉。但是医生的话给她带来阵阵刺痛，侵袭了她的全身，麻痹了她的其他感知。护士熟练地在她胳膊上缠上白绷带，医生把针放进消毒器，再拿出一根新针。这时，弗兰茜说话了："我弟弟是下一个。他的胳膊跟我的一样脏，你们不必吃惊，也不用告诉他了。你们已经告诉过我了。"医生和护士惊讶地盯着眼前这个口齿伶俐、表达清晰的小孩。弗兰茜的声音有些哽咽，"你们不要跟他说这些。再说也没什么用，他是个男孩，脏也不在乎。"说完，她转身，脚步踉跄地走出了房间。

门关上的时候，她听到了医生吃惊地说："我完全没想到她听懂了我的话。"她还听见护士叹了口气，说："唉，算了。"

孩子们回来时，凯蒂正在家里吃午饭。她看了看孩子们胳膊上缠着的纱布，眼里露出痛苦的神色。弗兰茜激愤地说："为什么啊，妈妈，为什么？他们给人打针，为什么……为什么要讲难听的话？"

"疫苗，"妈妈见疫苗已经打过了，口气坚定地说，"是个好东西。它能让你分清左右手。你们上学要用右手写字，如果你用左手写字，痛的那条胳膊就会告诉你，不，不，不用这只手，用另一只手写字。"

弗兰茜对这个解释很满意，因为她从来分不清自己的左右手。她吃饭和画画都是用左手。凯蒂总是纠正她，让她把左手握着的粉笔或缝衣针换到右手。妈妈解释了为什么要打疫苗之后，弗兰茜觉得这也是件好事。它把一个复杂的问题简单化，让自己能分清左右手，自己付出一点儿代价也值了。接种疫苗后，弗兰茜写字和画画不再使用左手，转而使用右手，之后也一直没什么问题。

当天晚上，弗兰茜发热了，打针的地方奇痒难忍。她告诉了妈妈，妈妈大惊失色，严格嘱咐："你不能挠它，不管多痒多难忍。"

"为什么不能挠？"

"因为你要是挠的话，整条胳膊会肿起来，然后变黑，最后直接断掉。所以，不能挠。”

凯蒂并不是想吓唬孩子，她自己也吓得够呛。她真的相信，碰到胳膊会引起血液中毒。她想让孩子害怕，这样才不会去挠它。

弗兰茜不得不屏气凝神，努力不去挠那个瘙痒难忍的地方。第二天，她整条胳膊传来阵阵剧痛。睡觉之前，她看了看绷带下面，发现针头注射的地方肿了起来，变成深绿色，还流出黄色的液体，这可把她吓坏了。她听了妈妈的话没有挠哇！她确定自己没有挠。等等！也许头天晚上她在睡梦中挠过？一定是这样的。她不敢告诉妈妈，妈妈肯定会说："我告诉过你吧，你就是不听话，看看现在！"

那是星期天的晚上，爸爸在外工作，她怎么也无法入睡，于是从小床起身，走去了客厅，靠在窗边坐着。她把头靠在胳膊上，等着死亡的到来。

凌晨三点，她听见格雷厄姆大道上的电车在拐角处嘎吱一声停了下来。这说明有人下车了。她从窗户探出身去看。是的，正是爸爸。他迈着舞者轻柔的小碎步，慢悠悠地在街上晃悠，嘴里哼着歌。他身穿晚礼服，戴着圆顶礼帽，把侍应生围裙卷得整整齐齐地夹在胳膊底下。这幅画面在弗兰茜看来，充满了生气与活力。他一走到门前，弗兰茜就上前迎接他。爸爸抬起头，风度翩翩地碰了碰帽子。弗兰茜把厨房门打开了。

"小歌后，你怎么这么晚还没睡？"约翰尼说，"今天可不是星期六晚上哟，你知道的。"

弗兰茜悄声回答："我靠窗户坐着，等着我的胳膊断掉。"

约翰尼忍住不笑出声来。弗兰茜跟他讲了胳膊的前因后果。他关上从厨房通向卧室的门，调亮煤气灯，解开了纱布，看到红肿流脓的胳膊，觉得一阵反胃。不过，他没有表现出来，也不会表现出来的。

“哦，宝贝，这不算什么，根本不算什么。你应该看看我当年打了疫苗之后的胳膊，肿得有你的两倍大，又红又白又青，不像你这样泛绿泛黄。可你看看，现在我的胳膊多结实。”他勇敢地撒着谎，其实他根本没有打过疫苗。

约翰尼在盆子里倒了些热水，往里面滴了几滴石炭酸，一遍又一遍地清洗那丑陋的脓包。弗兰茜感到刺痛的时候，身体就会瑟缩一下，但爸爸说刺痛意味着伤口在愈合。他一边清洗伤口，一边唱着一首傻傻的、煽情的歌：

他从没想过要离开炉火，

他从没想过要闲逛或漫游……

他四下寻找一块干净的布头当纱布用，结果什么都没找着，便脱下自己的外套和假衬衫，将里面穿的汗衫从头上脱下来，动作夸张地扯下一块布条。

弗兰茜抗议道：“那是你的好汗衫啊！”

“没关系，反正也破了好多洞。”

他把弗兰茜的胳膊缠起来。这布条散发着约翰尼的味道，很温暖。这气味对孩子有安抚的功效，那是被爱、被保护的味道。

“好啦，我帮你把它收拾好了，小歌后。你是怎么想到胳膊会掉下来的呢？”

“妈妈说的，如果我去挠它，胳膊就会掉下来。我也没想去挠，我猜我是在睡梦中挠的。”

“也许吧。”他亲了亲她瘦削的小脸，“你现在可以去睡了。”弗兰茜回到床上，那一晚睡得安稳又香甜。到了早上，那一阵阵疼痛已经止住了，又过了几天，胳膊就全好了。

弗兰茜睡下之后，约翰尼才慢慢脱了衣服，上床睡觉。凯蒂睡得迷迷糊糊的，隐约感觉到他的存在，把手搭在他的胸前。他轻轻地拿开她的手，往床边挪了挪，尽量躺得离她远一些。他靠墙躺着，双手交叉放在脑后，盯着无边的黑夜，一夜无眠。

第十七章

弗兰茜对学校抱有莫大的期待。自从接种疫苗教会了她区分左右手，她觉得学校能带来的奇迹就更多了。她以为，去上一天学，回来就会读书和写字了。没想到第一天结束，她就带着流血的鼻子回家了。那天她去学校的饮水台喝水，一个年长的孩子摁住她的头往水槽的石沿上撞，把她的鼻子撞出血了。她还发现，水龙头里喷出的根本就不是苏打水。

本来一个人坐的桌椅,却要和另一个女孩合用,弗兰茜感到失望。她很想要一张属于自己的课桌。上午，她骄傲地接过班长递给她的铅笔，可到了下午三点，她就得把铅笔交回给另一个班长，这让她很不情愿。

弗兰茜只上了半天学，就意识到她永远不可能成为老师的宠儿。这份优待是极少数女孩才享有的……她们留一头清爽的鬈发，身穿干净的无袖连衣裙，头上戴的是崭新的蝴蝶结。她们是附近有钱的商店老板的孩子。弗兰茜注意到，老师布里格斯小姐一见到她们就满脸堆笑，还让她们坐在教室前排最好的位置，她们也无须和别的同学合用课桌。布里格斯小姐跟这几个幸运儿说话的时候，声音温和轻柔，而面对大多数脏兮兮的学生，她开口就咆哮。

第一天，弗兰茜和同类的孩子挤在一起，学到的东西比她想象的要多得多。她发现，在这儿，人竟也分成三六九等。老师的态度既让她困惑，也让她受伤。很明显，老师憎恶她这类学生，无非因为他们出身贫寒。老师表现得好像他们根本就没有权利来上学，她被迫要忍受这群孩子，因此对待他们毫无善意。她吝啬教他们，只不过扔点儿零碎的知识喂喂这些穷孩子。

按照常理说，这些不受老师待见的孩子应该团结一致，形成一股力量,反抗那些对他们不公的人。可事实并非如此。老师憎恶他们，他们彼此也相互憎恶。这些孩子互相之间说话的时候，都模仿老师大吼大叫。

总有一个倒霉的孩子被老师揪出来当替罪羊。这个可怜的孩子就是被唠叨、被折磨的那个，还是老师发泄情绪的对象。一旦哪个孩子被认作这个倒霉蛋，那么其他孩子都会效仿老师的做法，一起来折磨这个孩子。他们还会去讨好那些被老师偏爱的宠儿。他们觉得这样做，或许就能离老师的恩宠近一点儿。

在学校，使用厕所的雅称是“离开教室一趟”，这成了一个难题。学校规定，孩子们要在每天早上离家上学之前上厕所，到了学校就只能等到午饭时间才能上厕所。

理论上说，一个孩子提出要上厕所的请求，老师是可以准许的。学校有个隐晦的规矩：孩子竖起一根手指说明想出去小便，竖起两根手指表明需要长一点儿的时间解大便。可那些老师铁石心肠，也厌烦了这些学生，她们共同认定，孩子打手势不过是找个借口逃课罢了。她们认为孩子们在午休和课间休息时有足够的时间解决如厕问题，于是私下决定，忽略孩子们如厕的请求。

当然，弗兰茜注意到，那些坐在前排，衣着光鲜，被老师额外照顾的孩子——老师的宠儿，随时都可以离开教室。她们的待遇另当别论。至于其余的孩子，一半学会了控制自己的排尿功能，以顺应老师的指示，另一半控制不住的孩子只有长期尿裤子了。

帮弗兰茜解决了在学校如厕问题的，是茜茜姨妈。自从凯蒂和约翰尼不准她再去他们家后，她很久没见到两个孩子了，很是想念。得知孩子们已经上学了，她想知道他们是否适应学校的生活。

到了十一月，经济萧条，茜茜下岗了。趁着放学时间，她晃荡在学校那条街上，心想：孩子们回家如果跟爸妈说遇见了茜茜姨妈，听起来也像是巧遇。在人群中，她首先看到了尼利。一个大孩子抢走了他的帽子，扔在地上踩了两脚，然后跑开了。尼利转身对一个比他小的孩子做了同样的举动。茜茜一把抓住尼利的胳膊，但尼利嗓子沙哑地哭喊了一声，挣脱了茜茜的手，沿街边跑走了。茜茜有些伤感，她意识到尼利长大了。

弗兰茜看到茜茜，当街冲上去抱住她，亲吻她。茜茜带她去了一家小糖果店，给她买了一分钱的巧克力苏打汽水，然后她要弗兰茜坐在商店门口的台阶上，讲讲学校里的事。弗兰茜给她看了入门识字书和自己写有大字的作业本。茜茜看了很钦佩。她久久注视着孩子瘦削的脸庞，发现弗兰茜正不停地发抖。已经十一月了，天气渐寒，可她穿得很单薄：一件破旧的棉质连衣裙，一件破烂的小毛衣，一双薄薄的棉袜。茜茜把弗兰茜搂过来，用自己的体温温暖她。

“弗兰茜宝贝，你颤抖得像一片树叶。”

弗兰茜从未听过这种形容，这让她陷入了沉思。她看着房子一侧的水泥地上长出的那棵小树，树上还挂着几片干枯的叶子，其中一片叶子在随风抖动，沙沙作响。颤抖得像一片树叶，她把这个比喻句记在了脑海里，颤抖……

“你怎么了？”茜茜问她，“你浑身冰凉。”

弗兰茜一开始不愿意说。经过茜茜的一番哄劝，她才把发热的脸埋在茜茜的脖子里，凑在她耳边低声说了些什么。

“哦，天哪！”茜茜说，“难怪你这么冷。你为什么不要求去……”

“我们举手的时候，老师从来不看我们。”

“哦，好吧。别多想了，这事在谁身上都可能发生，英国女王小时候也尿裤子呢。”

但是女王是否会因为尿裤子感到这般羞耻，这般敏感？弗兰茜伤心地哭了，声音低沉，流下了夹杂着羞愧和恐惧的眼泪。她不敢回家，怕妈妈嘲笑她，看不起她。

“你妈妈不会责骂你的，这样的事可能发生在任何一个小女孩身上。别说是我说的啊——你妈妈小时候也尿裤子，你外婆小时候也不例外。这不是什么新鲜事，你也不是第一个尿裤子的人。”

“可我已经是大孩子了，只有小孩才尿裤子。妈妈会在尼利面前数落我，让我难为情的。”

“在她发现之前，你主动告诉她，保证不会再犯，她就不会数落你了。”

“这我可保证不了，因为老师不让我们去厕所。”

“从现在开始，你的老师会准许你在任何想上厕所的时候离开教室。你相信茜茜姨妈，对吗？”

“是的。但是，你有什么办法？”

“我会去解决这个问题。”

茜茜姨妈的承诺让弗兰茜感到些许心安。弗兰茜到家后，凯蒂例行责骂了她一通，不过弗兰茜想到茜茜姨妈告诉她，家里人都尿裤子的事，她也就做好心理准备了。

第二天早晨，上课前十分钟，茜茜已经在教室里等着和老师直接谈话了。

茜茜先发制人：“你班上有个小女孩叫弗兰茜·诺兰？”

布里格斯小姐纠正道：“弗朗西丝·诺兰。”

“她聪不聪明？”

“聪……明。”

“她是个乖孩子吗？”

“她最好能乖一点儿。”

“我在问你，她是不是一个乖孩子？”茜茜把脸凑近布里格斯小姐，压低了声音，语调比先前更柔和，但不知为何，布里格斯小姐后退了一步。

“是的，是的。”老师连声说。

“我是她的妈妈。”茜茜撒了个谎。

“你不是！”

“我就是！”

“关于孩子的学习情况，您想知道什么，诺兰夫人？”

“你知不知道，”茜茜开始撒谎，“弗兰茜有肾病？”

“肾病？”

“医生说了，她要上厕所的时候如果有人不许她去，她就可能因为肾脏超负荷立刻倒地而死。”

“这话太夸张了吧。”

“你想看到她在你的教室里倒地身亡吗？”

“当然，我不想，可是……”

“要是警车把你拉到警局里，你要站在医生和法官面前，跟他们说是因为你不让这孩子去上厕所，你觉得会怎样？”

茜茜是在说谎吗？布里格斯小姐也没法判断。这件事可真有点儿诡异。面前这个女人说着这样耸人听闻的事，语气却这么平和、温柔，她从未听谁用这样平静的口吻说话。这时，茜茜正好望向窗外，看到一个身材魁梧的警察在附近踱步。她指了指外面。

“看到那个警察了吗？”茜茜问道，布里格斯小姐点点头。茜茜笑着说：“那是我丈夫。”

“弗兰茜的爸爸？”

“不然还能是谁？”茜茜打开窗户，对着外面大叫，“喂！约翰尼！”

那警察吃了一惊，抬起头。茜茜冲他抛了个飞吻。一时间，他有点儿受宠若惊，于是，作为回应，他还她一个飞吻，还捏了捏拳头，殷勤地摘下帽子行礼，然后继续在街上悠闲地踱着步子。

布里格斯小姐惊讶地睁大了眼睛。那可是个相貌英俊，身体壮实的警察。此时，班里一个受宠的小女孩进来了，带了一盒糖果给老师，盒子上面还扎着缎带。布里格斯小姐笑得合不拢嘴，亲了亲那孩子粉嫩的脸。茜茜的脑子灵敏得很，比刚磨过的剃刀还好使。刹那间，她看清了风向，她还看清了这风向对弗兰茜这样的孩子是不利的。

“喂，”她说，“我猜，你觉得我们家没什么钱。”

“我从来没有……”

“我们不是那种爱显摆的人家。现在节日快到了……”她想收买老师。

布里格斯小姐也让步了：“也许，弗兰茜举手的时候我偶尔没看到吧。”

“她的座位在哪里？你为什么看不见她？”老师指了指教室后排一个黑漆漆的位置，说，“要是她坐得靠前一些，你就看得清了。”

“每个学生的座位都安排好了。”

“节日快到了。”茜茜隐晦地提醒她。

“我来想想办法吧。”

“那你想想办法吧，保证她坐到你看得见的位子。”茜茜走到门口又转身，说，“我丈夫是警察，要是你对弗兰茜不好，他会过来把你痛揍一顿。”

这次谈话之后，弗兰茜再没有尿过裤子了。不管她举手的样子多么怯生生，布里格斯小姐都会碰巧看到。有一阵子，她还被布里格斯小姐安排在前排的第一个座位。可当节日来临，布里格斯小姐并没有收到什么贵重的礼物，弗兰茜又被安排到了教室阴暗的后排。

弗兰茜和凯蒂都不知道茜茜去学校找老师的事。不过，弗兰茜再没有因为尿裤子而感到羞愧，即使布里格斯小姐对她不好，至少也没再辱骂她。当然，布里格斯小姐也知道那个女人说的是一派胡言。不过，何必冒险呢？她虽然不喜欢孩子，但也不至于是个邪恶的人。她可不想班里某个孩子死在自己面前。

几周后，茜茜叫同车间的一个姑娘为她代笔，写了张明信片给凯蒂。她请求妹妹放下过去，允许自己偶尔过去串串门，看看孩子们。凯蒂对这张明信片置之不理。

玛丽·罗姆利来为茜茜说情。她问凯蒂："你跟你姐姐之间有多大的矛盾，有什么过不去的呢？"

"我没法跟你说。"凯蒂回答。

"原谅，是一份无价之宝，而且一分钱都不用花。"

"我有自己的处理方式。"凯蒂说。

"唉。"玛丽深深地叹了口气，不再说什么了。

凯蒂嘴上不承认，其实她很想念茜茜。凯蒂想念茜茜直率时又灵敏的判断力，想念她总能直截了当地解决问题。艾薇来看凯蒂时从不提起茜茜，玛丽·罗姆利自从那次劝和失败后，也不再提起茜茜了。

凯蒂是通过一位家庭官方认证的记者——保险经纪人，得知茜茜的消息。罗姆利一家都在同一家保险公司买保险，每次都是同一个保险经纪人去三姐妹那里收取零碎的保险费。他就像一只知更鸟信使，在罗姆利家族成员之间传播消息。有一天，他带话说茜茜又生了个孩子，可惜他没办法为这孩子上保险，因为孩子出生两小时后便夭折了。凯蒂终于为自己记恨茜茜这么久感到羞愧。

"下次你见到我姐姐的时候，"凯蒂告诉来收费的保险经纪人，"叫她有空来坐坐。"保险经纪人把这谅解的话捎了过去，茜茜又回到了诺兰一家的怀抱。

第十八章

从孩子们上学的第一天起，凯蒂就开始了对抗害虫和疾病的战斗。这场斗争是激烈的，也是短暂的，而结果是成功的。

孩子们密集地挤在一起，毫无防范之下，难免滋生害虫和虱子，彼此传染。这不是他们的过错，但他们要遭受对一个小孩来说最为屈辱的经历。

学校的护士每周来一次，背对窗户站着。小女孩们排成一排站好，走到护士身边时，转过身，撩起粗大的辫子，弯腰给护士看。护士把一根细长的棍子探入头发里查看，如果发现哪个小孩头发上有虱子或虱子卵，她会勒令那个小孩站到一边去。检查完毕后，这些头上有虱子的小孩会被要求站在全班同学面前，护士会发表一通宣讲，控诉她们是多么的肮脏，叫其余的同学远离她们。然后，护士会遣送这些小孩回家，叫她们去奈普药店买一种“蓝色软膏”，让她们的妈妈拿这膏药涂在她们头上。这些孩子回到学校后，会被同学毫不留情地嘲弄。每个头上有虱子的孩子在回家的路上，后面都会跟着一群孩童，大声唱着：“虱子啊！你头上长了虱子！老师说你脏，只得回家去啊，只得回家去，都是虱子！”

那些感染了虱子的小孩在下次检查的时候，头上可能干净了。那样的话，她们会折磨那次被判“有罪”的同学，全然忘了自己曾经受到的伤害。她们经受了痛苦，却没有从痛苦中学会同情，因此，她们的痛苦都白受了。

凯蒂的生活太过忙碌，哪里容得下多余的麻烦和担忧，她可没心思对付这些。弗兰茜放学回家的第一天，跟妈妈汇报，说坐在她旁边的那个女孩头发上有虫子在爬。凯蒂听完立即采取行动，她用一块清洁工专用的黄肥皂给弗兰茜洗头。这肥皂手感粗糙，直到弗兰茜的头皮刺痛了，凯蒂才停下来。第二天早上，她把发梳浸入一碗煤油里，用力地梳着弗兰茜的头发，再编成一股股辫子，编得很紧，弗兰茜的太阳穴那里都暴起青筋了。凯蒂叮嘱她不要接近煤气灯，然后就打发她上学去了。

整个教室都弥漫着弗兰茜头上的浓烈气味，跟她共用课桌的同学挪得远远的。老师写了张字条让她带回家，禁止凯蒂以后再往弗兰茜头上涂煤油。凯蒂才不管这字条呢。她每周一次用黄肥皂搓洗弗兰茜的头皮，每天蘸煤油抹在她的头发上。

学校里暴发腮腺炎后，凯蒂便行动起来，对抗这场流行病。她做了两个法兰绒袋子，在里头各缝了一头大蒜，系上一根干净的紧身衣绳子，让孩子们挂在脖子上，放进上衣里面。

弗兰茜在学校的时候，身上散发着大蒜和煤油混合的臭味。所有人都避着她，即使在拥挤的院子里，她的周围也有一小块空地。在拥挤的电车车厢里，人们都离诺兰家的孩子远远的。

这方法还真奏效了！不知是大蒜具有魔力，还是那刺鼻的气味杀死了病菌，抑或因为感染的孩子见了弗兰茜就躲得远远的，所以她什么病也没得。再或者，她和尼利先天体质就好？这都无从知晓。不过事实证明,凯蒂的两个孩子上了这么多年学,从没有生过一次病，甚至感冒都不曾得过。他们头上也从没生过虱子。

当然了，弗兰茜因为身上散发的异味，成了所有人排挤回避的对象。不过她早已习惯了孤独。她习惯了独来独往，习惯了被人视为“另类”，因此倒没觉得有多难受。

第十九章

尽管学校环境恶劣，让人不悦，弗兰茜还是很喜欢上学。大批孩子聚在一起，遵守同样的学习生活作息，这让她获得一种安全感。学校让她感觉自己是某个团体的一部分，在统一的领导下，朝着一个目标前进。诺兰一家都是个人主义者。只要能在他们的世界活下去，他们就不遵从任何世俗标准。他们遵循自己的生活准则，不属于任何一个既定的社会团体。这样的生活方式,可以造就个人主义者，但对一个小孩来说，难免困惑不解。所以，学校给了弗兰茜一种安全感和安定感。虽说学校生活有其残酷和丑陋的一面，但它毕竟有个明确的目标，并且向着那个目标在稳步发展。

学校也不是完全暗无天日。每周都有半小时的金色荣耀时光，那就是莫顿先生来弗兰茜的教室上音乐课的时候。莫顿先生专教音乐，在附近的小学轮流上课。只要他出现，气氛就如同过节一般欢乐。他身穿燕尾服，打着鼓鼓的领带。他充满了活力，总是兴高采烈，乐呵呵的——他是如此醉心于生活——就像一个神仙，从云端落入了凡尘。他相貌平平，但很有绅士风度。他爱学生、理解学生，学生们崇拜他，老师们也崇拜他。他来教课的那一天，班里的气氛总是很欢乐。

他来时像一阵龙卷风，门“砰”的一声打开，他飞一般地进来，燕尾服在身后摆荡。他一跃跳上讲台，微笑着环顾四周，兴致勃勃地说：“好啦，好啦。”孩子们笑着乐着，开心不已；班主任坐在一旁，嘴角也泛起微笑。

他在黑板上画音符，在每个音符的音杆上画了小脚，它们看上去像是要跑出五线谱。他把降调符号画得又肥又扁，把升调符号画得像一根高高翘起的豆芽。画着音符的同时，他即兴哼起歌曲，就像一只小鸟。有时他太开心了，藏不住快乐，就会跳上一支舞。

他教孩子们好音乐，却不挑明这些是好音乐。他给那些伟大的经典作品配上自己的歌词，还取了简单好记的名字，例如《摇篮曲》《小夜曲》《街头歌曲》《阳光灿烂曲》等。孩子们奶声奶气地高歌亨德尔①的广板乐章，只知道这首歌叫《赞美诗》。小男孩们一边玩弹珠，一边用口哨吹着德沃夏克②的《新世界交响乐》。被问及曲子的名称时，他们回答："哦，这首歌叫《回家去》。"玩跳房子游戏时，他们嘴里哼的是《浮士德》的《士兵合唱》，而孩子们称之为《荣耀曲》。

虽然伯恩斯通小姐的受欢迎程度比不上莫顿先生，可她也同样受到学生的喜爱。她是专门教绘画的老师，也是每周来一次。啊，她仿佛来自另一个世界，那里多的是淡绿色或石榴红色的美丽裙衫。她的脸庞温柔甜美，和莫顿先生一样，她爱这一大群脏兮兮、不受欢迎的孩子，胜过爱那些得宠的小孩。

她声音柔和，吐字清晰，说话如同在歌唱。她的手很美、很灵活，只要用一小截粉笔或炭笔，她就能画出好看的图案。当她手里握着炭笔，手腕转动之间，魔法就产生了。手腕扭一下，就画出一个苹果。再多扭两下，就是一个孩子的手捧着那只苹果。下雨天她不教课，而是会拿一张纸和一小截炭笔，给班里那个最穷、最调皮的小孩画速描。等她画完，你从这画作里看不到一个小孩的肮脏和调皮，看到的只是可贵的纯真和一个早熟儿童的心酸。啊，伯恩斯通小姐妙极了！

如果说学校生活是一条泥泞的河流，这两位老师的来访便是那大河上的金光和银光。在学校日复一日沉闷的时光里，老师叫孩子

①亨德尔：巴洛克时期的德国作曲家。

②德沃夏克：捷克民族乐派作曲家。

们把双手交叉背在背后，自己却在膝盖上放本小说偷偷看。如果所有老师都像伯恩斯通小姐和莫顿先生这样，弗兰茜就觉得生活像蜜一样甜美。不过，现在这样也不错，浑浊的水流才能衬托出太阳的光辉。

第二十章

哇，一个小孩第一次读懂印刷文字，那可真是神奇的一刻！

弗兰茜拼读字母已经有一段时间了，她可以读出单独字母的发音，并将这些发音拼凑成一个词。突然有一天，她看着书上“mouse”（老鼠）这个词，瞬间理解了它的意思。她盯着这个单词，脑海中闪过一只灰色老鼠。她继续往下读，看到“horse”（马）这个单词，好像就听到了马蹄踏地的声音，还看到阳光照在马光滑的皮毛上。突然，“running”（跑步）这个单词映入眼帘，她的呼吸变得沉重起来，仿佛自己此时正在跑步。单个音节和词语之间不再割裂了，那些印刷出来的单词，她看一眼就知道是什么意思。她快速阅读了几页，兴奋得快要晕倒了！她想大声喊。她可以读书了！她可以读书了！

从那一刻起，只要翻开书本，她就拥有了整个世界。她再也不会孤单了，再也不会因为没有知心朋友而寂寞。书成了她的朋友，不管心情如何，总有一本书与她做伴。要想安静的陪伴，她就去读诗歌；厌倦了几小时的安静时光，她就会去读冒险文学；到了青春期，她可以读爱情故事；如果想和某个人靠近，她就去读人物传记。在她确认自己可以读书的那一天，她发誓，只要自己活着，每天都要读书。

弗兰茜喜欢数字和加法。她设计了一个游戏，每个数字都是一个家庭成员，“答案”是家庭成员的一种组合，其中包含一个故事。数字0是襁褓中的婴儿，他不会惹麻烦，每当他出现，你只需要“抱着”他。数字1是漂亮的女宝宝，正蹒跚学步，也还好对付。数字2是已经会走路会说话的小男孩，他加入大家庭（数字总和）也没有带来什么麻烦。数字3是上幼儿园的小男生，你得盯着他。数字4是像弗兰茜这么大的女孩，她和数字2一样也很容易被“看管”。数字5是妈妈，温柔善良，遇到大的加法，她就过来帮忙，让一切都顺遂起来，这跟妈妈的角色差不多。数字6是爸爸，比其他数字要难，不过很公正。数字7很刻薄，他就是那个性情古怪的老外公，总会不经意间出现。数字8是外婆，这个数字也很难，但是比7要好理解。最难的是数字9，代表伙伴，可他很难融入家庭生活。

弗兰茜每次做加法，都要就着答案编出一个小故事。如果答案是924，她就想这是伙伴9来陪伴小男孩2和小女孩4，其余的家庭成员都出门了。如果答案是1024，就代表所有小孩都在院子里玩耍。62意味着爸爸带着小男孩出去散步，50则是妈妈推着婴儿车里的小宝宝出去透透气，78的意思是外公和外婆在一个冬天的晚上坐在家里的火炉边。每个数字的组合都是一个家庭成员的新组合，都有一个故事，没有哪两个故事是相同的。

这个游戏弗兰茜一直玩到代数课上。她想象X轴是男孩的心上人，进入这个家庭后，一切都变得复杂起来。Y轴是那个惹事的男朋友。所以代数对弗兰茜来说，是一种温暖、人性化的东西，陪着她度过了许多孤独的时光。

第二十一章

学校的日子一天天过去。有时候，日子是刻薄、粗暴、令人伤心的；还有些日子是阳光灿烂的，那是伯恩斯通小姐或者莫顿先生到来的时候。不管是哪种，学习知识的魔力总是环绕在弗兰茜左右。

十月的一个星期六下午，弗兰茜外出散步，无意中路过一个陌生的街区。这里没有出租公寓，也没有喧闹、破旧的商店，有的是一栋栋古老的房屋。它们年久失修，不过四周都有尖头木桩和大门。弗兰茜真想推门而入。前面的院子里有漂亮的秋季鲜花，沿街有长着红色或黄色树叶的枫树。在那个星期六的阳光下，这个街区显得古老、静谧、安宁，似有一种忧郁沉思的品质，那是一种和谐的感觉，其中交织着安静、深沉、永恒、破败。弗兰茜很开心，如同爱丽丝无意间走入魔镜，来到仙境。

她继续往前走，看到一所小小的颇有年代感的学校。那一块块旧砖是石榴红色的，在午后的阳光下闪闪发光。学校的院子四周没有篱笆，周围是草地而不是水泥地。学校对面是一片开阔的田野——那里长着金色藤条、翠菊和三叶草。

弗兰茜心潮澎湃，就是它！这就是她梦想的学校！可是她怎么才能来这里上学呢？法律有严格的规定，孩子只能在自己的学区就近入学。如果她要上这所学校，她的父母就得搬到这个社区来。弗兰茜知道，妈妈不会因为她想转学就答应搬家。她一边想着这事，一边慢慢走回家。

那天晚上她没睡觉，坐着等爸爸下班回家。约翰尼一边跑上台阶，一边吹着《莫莉·马隆》的口哨。大家把他带回来的龙虾、鱼子酱、肝泥香肠都吃完后，妈妈和尼利上床睡觉了。弗兰茜陪着约翰尼，她在爸爸耳边说悄悄话，告诉他她偶遇那所学校的事。他看了看她，点点头说："我们明天去看看。"

"你是说，我们可以搬到那所学校附近？"

"不是的，但一定有别的办法。我明天跟你去看看，看了再说。"

弗兰茜激动得一整晚都睡不着。她七点就起来了，约翰尼还睡得正酣，她焦急地等着。每次他在睡梦中发出叹息，她都冲进去看他是不是醒了。

约翰尼睡到中午才起来，一家人坐下来吃午餐。弗兰茜没有心思吃饭，她一直看着爸爸，可他没有一丝回应。他忘了吗？他忘了吗？没有。凯蒂倒咖啡的时候，他漫不经心地说："吃完饭，我和小歌后一起去散散步。"

弗兰茜的心雀跃起来，他没有忘记他们的约定，他没有。她等着。妈妈没说话。妈妈可能会反对，可能会问为什么要去散步，还可能说她也要一道出去走走。没想到最后妈妈只是应了一声："好的。"

弗兰茜洗了碗，去糖果店取了星期天的报纸。约翰尼一定要看报，报纸上的每个专栏他都看，就连他不感兴趣的社会专栏也不放过。更糟糕的是，他读到一条新闻，就要跟凯蒂点评一番："你看看，你看看，如今报纸上都刊登了些什么呀。"弗兰茜急得快哭了。

下午四点，报纸散落在地上，凯蒂听够了约翰尼对报纸上新闻的分析，带着尼利去了外婆家。

弗兰茜和爸爸手牵手出门了。他穿着仅有的一套晚礼服，戴着一顶圆顶礼帽，看起来十分气派。那是十月里美好的一天。阳光和煦，清风拂面，海洋的气息被带到社区的每一个角落。父女俩走了几个街区，转过一个街角，就来到另一个街区。也只有在布鲁克林这么庞大杂乱的地区，社区的风格才会有如此明显的差异。住在这里的人都是第五代或第六代美国人了，反观诺兰一家居住的社区，你只要能够证明自己是在美国出生的，那地位简直就可以等同来美国的第一批移民了。

的确，弗兰茜是班上唯一一个父母都出生在美国的孩子。学期开始，老师挨个点名，问及每个孩子的家族背景，大家的答案都很相近：

“我是波兰裔美国人，我爸爸出生在华沙。”

“我是爱尔兰裔美国人，我爸妈都出生在科克郡。”

点到弗兰茜的名字时，她骄傲地说：“我是美国人。”

“我知道你是美国人，”这个老师动辄就恼怒发火，她继续说，“我问的是你的国籍。”

“美国！”弗兰茜越发骄傲地回答。

“好好说清楚你的父母是从哪里来的，不然我就把你送到校长办公室，你想不想去？”

“我的父母都是美国人，他们都是在布鲁克林出生的。”

全班同学都转过身来望着这个小女孩，她的父母竟然不是来自某个老国家？老师接着说：“布鲁克林？嗯，好吧，看来你还真是美国人。”弗兰茜既骄傲又喜悦。她想，布鲁克林多好哇！在布鲁克林出生的孩子，就自动是美国人了。

爸爸跟弗兰茜聊起了这个奇怪的社区：住在这里的人往前数一百多年都不是美国人，他们的先人大部分来自苏格兰、英格兰和威尔士。男人做一手好木工活儿，会打造柜子，还会跟金、银、铜各类金属打交道。

他答应弗兰茜，有一天带她去布鲁克林的西班牙人居住区看看。那里的男人们靠做雪茄为生，他们每人每天出几分钱，凑钱请了一个男人给他们读书，他们一边工作一边听。那个男人给他们读的都是文学经典。

星期天的下午，街上静悄悄的，他们慢慢地走着。弗兰茜看见一片树叶从树上飘落，便跳上前去抓住那片叶子。这片树叶中间绯红，边缘呈金色。弗兰茜凝视着这片树叶，好奇这世上还有没有比这更美的东西。

很快，他们走到了那所学校，弗兰茜骄傲地指给爸爸看。傍晚的阳光暖暖地照在颜色柔和的砖墙上，小窗格的窗户似乎在阳光下跳舞。约翰尼望了许久，说："是的，就是它，就是这所学校。"

约翰尼每次被什么事感动，内心泛起波澜的时候，他都要用歌声表达出来。他把那顶旧礼帽放在胸口，挺直了身板，看着这所学校的教学楼，唱起歌来：

上学了，上学了，
那些学习黄金法则的日子，
阅读、写作、做算术……

对路人来说，这一幕有点儿滑稽可笑——约翰尼身穿晚礼服和崭新的亚麻衬衣，手里牵着一个衣衫褴褛的瘦小孩，在街上旁若无人地唱着这味同嚼蜡的歌。不过在弗兰茜眼里，这一幕既合情合理也美妙动人。

他们穿过街道，来到那片空旷的草地，人们称这里为"空场地"。弗兰茜摘了些黄花和野翠菊，准备带回家。约翰尼说，这块场地原来是印第安人的坟地，他小时候常到这里来找箭头。弗兰茜建议他们现在就来找一找。他们找了半小时，什么也没找着。约翰尼回忆说，自己小时候也从没找到过。弗兰茜觉得这很滑稽，大笑起来。约翰尼说也许这里从来就不是印第安人的坟地，也许这个故事是编造的。约翰尼说的是实话，因为整个故事就是他自己编造的。

很快到了回家的时间，弗兰茜的眼泪在眼眶里直打转，爸爸只字未提帮她转学的事。见弗兰茜哭了，约翰尼立刻想到了一个办法。

“宝贝，我们这么办。我们在这附近转悠，选一栋漂亮的房子，记住门牌号。我会给校长写封信，就说我们要搬到那栋房子里，请他帮你办理转学。”

他们找到一处房子——一座只有一层楼的白房子，院子里种满了晚秋的菊花。他把房屋地址仔细抄下来。

“你知道我们这样做是不对的吧？”

“是吗，爸爸？”

“不过，我们做一点儿坏事，是为了更大的好事。”

“就像善意的谎言？”

“好比为了帮助别人而撒谎。为了弥补这件坏事，你得加倍地当个好人，你要乖，不可以逃学，也不可以迟到。千万不能在学校不守规矩，让学校寄信到家里啊！”

“我会当个乖孩子的，爸爸，只要我能上这所学校。”

“好，现在我带你走一条近道，穿过小公园就可以直接到学校。我知道在哪里。嗯，我知道那条路。”

他带弗兰茜去看了那个公园，给她指了条道，告诉她斜穿公园可以走到学校。

“这下你满意了吧。往返学校的路上，你可以看到四季的变化。你觉得怎么样？”

弗兰茜心里充满了欢欣。

凯蒂听说了这个转学计划，说：“要办你们自己去办，我可不想蹚这浑水。如果警察过来以提供虚假地址为由把你带走了，我就如实说这事与我无关。学校的好坏能有多大的差别？她为什么非得转学？转到哪里不都要做家庭作业。”

“那就这么定了，”约翰尼说，“弗兰茜，把这一分钱拿去，去糖果店买一张信纸和一个信封。”

弗兰茜跑着去，又跑着回家。约翰尼写了一张字条，说弗兰茜要搬去某某街道，和亲戚同住，故希望办理转学。他还附上，尼利仍在家和父母同住，不需要给他转学。他签了名，并在名字下面郑重其事地画了一条线。

第二天早上，弗兰茜战战兢兢地把这封信递给校长。那女人看了信，嘴里咕哝了几句，同意转学，把成绩单递给弗兰茜，然后叫她走，反正学校里够挤了。

弗兰茜带着这些材料来到新学校，交给新校长。校长握了握她的手，说希望她在新学校过得开心。班长把她带到了教室。老师停下手中的工作，把她介绍给全班同学。弗兰茜一眼望去，只见小女孩们坐成一排排，她们的衣衫虽破旧，却很干净。弗兰茜有一个单独的座位，她很开心地适应了新学校的日常作息。

这里的老师和孩子不像老学校的那么粗暴。诚然，有些孩子也调皮捣蛋，但那是小孩的天性，不是故意使坏。老师们也常常会失去耐心，脾气暴躁，不过不喋喋不休地训斥学生，也从不体罚学生。送小孩来这里上学的父母多半是美国人，他们可不会卑躬屈膝地接受不公平的待遇。他们不像移民和第二代美国人那样好欺负、好剥削。

弗兰茜发现，这所学校给她的不同感觉，很大程度上来自这里的清洁工。他是个面色红润、白发苍苍的老人，连校长都尊称他为詹森先生。他有许多子女和孙辈，个个都得到他的宠爱。对学校的孩子们来说，他就像他们的父亲。下雨天，当孩子们浑身湿透来到学校时，他会坚持让他们到锅炉房去烘干。他叫他们脱下打湿的鞋子，把湿漉漉的袜子挂在绳子上晾干。锅炉前挂了一排孩子们的破旧的小鞋子。

锅炉房是个舒适的地方，墙面刷得洁白，红色的锅炉看着让人暖心，四壁的窗户都很高。弗兰茜喜欢坐在那里，感受着热气，观赏橙色和蓝色的火焰在一小堆乌黑的煤块上方跳舞。（孩子们来锅炉房烘干衣服和鞋袜的时候，詹森先生会把锅炉的门打开。）下雨天，弗兰茜会提前出门，慢慢地走到学校，好把自己淋湿，这样就能享受去锅炉房烘干的待遇了。

詹森先生让孩子们逃课去锅炉房，按理说是不合规矩的。不过在学校里人人都喜欢他、尊敬他，所以没人对此提出反对意见。弗兰茜在学校里听说了詹森先生的故事。据说他上过大学，比校长懂的都多。他们还说他成了家，孩子们出生后，他觉得当个学校技工比当老师挣的钱多。总之，他受人喜爱，得人尊敬。有一次，弗兰茜看到他坐在校长办公室里，穿一身干净的条纹工装裤，跷着腿跟校长谈论政治。弗兰茜听说，校长经常下楼去詹森先生的锅炉房小坐，和詹森先生聊一会儿天。

如果哪个小男孩调皮捣蛋，他不会被送到校长办公室挨揍，而是被送到詹森先生的锅炉房聊天。詹森先生从不训斥这些调皮的孩子，他会谈到自己的小儿子，他的小儿子在布鲁克林球队当投球手。他会跟这些孩子聊民主和公民意识，还说要是每一个人都为了全人类的共同利益尽力做最好的自己，那这个世界将会多么美好。跟詹森先生谈过话后，犯错的孩子都会乖乖的，不再惹事。

毕业的时候，出于对校长职位的尊重，孩子们会请他在签名簿的第一页上签名，但其实他们更看重的是签在第二页的詹森先生的签名。校长一只大手握笔，飞快地就把名字签了，字迹潦草。詹森先生就不是这样，他把签名这事当作一场仪式。他会把签名簿带到自己那张大大的翻盖书桌上，把灯点上，坐下来，小心翼翼地擦拭眼镜，再仔细选一支笔。他用钢笔蘸点儿墨水，盯着笔尖看一会儿，把墨水擦去，再重新蘸上墨水。他会用精美的字体签下自己的名字，再仔细地吸掉多余的墨水。他的签名一定是整本签名册里面最精致的。如果你鼓起勇气求他，他还会把签名册带回家，让他在道奇队当投球手的儿子也签上名。这对男孩们来说真是太棒了，女孩们对这个倒不在意。

詹森先生的书法这么棒，所有毕业证书上的文字也都是他手写的。

莫顿先生和伯恩斯通小姐也来这所学校教课。他们上课的时候，詹森先生常常进来，挤进后排的座位，跟孩子们一起享受课堂时光。在寒冷的天气，他会请莫顿先生或伯恩斯通小姐下楼去他的锅炉房，让其享用一杯热腾腾的咖啡，再赶往下一个学校上课。他有个小煤炉和煮咖啡的机器，放在一张小桌子上。他用厚壁杯子装上浓郁、滚烫的黑咖啡给这些来访的老师喝，这些老师对他的好意都心存感激。

弗兰茜在这所学校过得很开心。她小心翼翼地努力当一个好学生。每天，她经过那座白房子时，内心都充满了感激和爱意。刮风的日子，每当有碎纸片飘在那座房子前面，她都会上前捡起来，把它扔到屋前的排水沟里。许多个早晨，清洁工收完垃圾之后，本应该把那粗麻布垃圾袋放回院子里，但有时会马马虎虎地把袋子扔到路边。弗兰茜看见了，都会把垃圾袋捡起来，挂到栅栏上。住在这座房子里的主人觉得这个小女孩安安静静的，大概有洁癖。

弗兰茜喜欢这所学校。在这里上学，意味着她每天上学往返要走过四十八个街区，不过她很享受步行去学校的过程。每天早晨她比尼利出门早，下午放学回家比他晚。这些她都不介意，只是午餐时间太少了。一来一去，单程就得穿过十二个街区，而午休只有一小时，剩不下多少时间吃饭。妈妈不许她带午饭去学校，她的理由是："按照她长大的速度，她很快就要离开家，离开亲人。可她现在还是个孩子，就该有孩子的样子，该回家吃饭就回家。”

“是我要她到那么远的地方上学的吗？那个学校难道不是她自己选的吗？”

“凯蒂啊，”爸爸为弗兰茜辩解，“那所学校很好哇。”

“那不好的地方她也要一起受着。”

午餐的问题就这样解决了。弗兰茜只有五分钟时间吃午餐——只够赶回家拿个三明治，在返回学校的路上边走边吃。即便这样，她也不觉得辛苦。她在新学校实在太开心了！如果要为这份喜悦付出一点儿代价，她也心甘情愿。

她转到这所学校是件好事。这让她看到，在她出生的世界之外，还有不同的世界，而且并非高不可攀。

第二十二章

为了讨孩子们欢心，马蒂·马奥尼协会每年夏天都为孩子和家长组织短途旅行。尽管凯蒂打心底里瞧不起这个组织，不过她觉得利用这个机会出门玩一趟倒也不错。弗兰茜听说要坐船出去旅游，兴奋不已。

约翰尼不太想去，也不明白为什么凯蒂要去。

“我去是因为我热爱生活。”凯蒂的回答也颇为奇怪。

“哼，这种闹哄哄的场合，我才不去。”约翰尼不屑一顾地说。

可他最后还是去了。他觉得乘船旅行或许有某种教育意义，他可以在现场教育孩子。那天天气十分闷热。孩子们挤在甲板上，一个个兴奋得发狂，跑来跑去，恨不得跳进哈德逊河里。弗兰茜盯着那流动的河水看啊看，直到看得自己头晕——她生平第一次体验了头晕。约翰尼告诉孩子们，很久以前，亨德里克·哈德逊①就沿着这条河航行。弗兰茜想知道，哈德逊先生是不是跟她一样，看着这河水头晕得想吐。妈妈坐在甲板上，自成一道美丽的风景。她头戴一顶翡翠绿帽子，身穿一件从艾薇姨妈那里借来的黄色圆点连衣裙。坐在她周围的人都在笑，妈妈很健谈，大家都喜欢听她聊天。

午后，轮船停靠在一个树木繁茂的山谷边。这时候，人们下船开始忙活。孩子们跑来跑去，忙着花他们的“购物券”。旅行的前一周，每个孩子都领到了一沓购物券，共十张，上面分别印着“热狗”“苏打水”“旋转木马”等字。弗兰茜和尼利各拿着一沓券。一群狡猾的男孩骗弗兰茜玩弹珠游戏，说兴许她能赢五十沓券呢，那么出游的

①亨德里克·哈德逊：英国探险家与航海家，于1609年在探索北美大陆时发现了哈德逊河。

这一天她就气派了。弗兰茜打弹珠的技术不行，很快就输光了自己的购物券。尼利倒是运气不错，赢了两沓购物券，加上自己本来的那沓购物券，一共有三沓购物券。弗兰茜问妈妈，她可不可以从尼利那里匀一沓购物券。妈妈抓住这个机会，就玩游戏赢购物券这个问题教育了弗兰茜一番。

“你自己本来有购物券，但你自作聪明，以为可以赢一些不属于你的购物券。人们想的都是赢，从来不考虑输了怎么办。记住这一点：总得有人输，别人可以输，你也可以输。你要是拿一沓购物券换回这个教训，这学费也还算便宜。”

弗兰茜知道妈妈说得对，可听了这番说教，一点儿也开心不起来。看到别的小孩玩旋转木马，她也想玩。她还想喝苏打水。她闷闷不乐地站在热狗摊边上，看着别的孩子在那里大吃大喝。这时，一个男人过来跟她搭讪。这个男人穿着的警察制服，比一般的警察制服多了些金色。

“你没有购物券吗，小姑娘？”他问。

“我忘了带来。”弗兰茜撒了个谎。

“我小时候打弹珠的技术也不怎么样。”说着，他从口袋里掏出三沓购物券，“我们每年都给输了购物券的孩子一些补偿。女孩们通常很少输。她们的购物券少，她们总是把购物券牢牢地握在手里。”弗兰茜拿了这些购物券，向男人道谢后准备走开。这个男人问道：“那边那位戴着绿色帽子的女士是你妈妈吗？”

“是的。”弗兰茜回答，但他没再说什么。弗兰茜又问：“怎么了？”

“你每晚睡觉前许愿吧——你长大后有你妈妈一半的美貌。”

“我妈妈旁边是我爸爸。”弗兰茜等着听他说她爸爸也很帅气。不过他盯着约翰尼看了一会儿，什么也没说。弗兰茜跑开了。

活动当天，妈妈叫她每隔半小时回来报到一次。妈妈跟她开玩笑：“你跟茜茜姨妈一样——总喜欢跟穿制服的人聊天。”

“他给了我一些多余的购物券。”

“我看到了。”凯蒂故作漫不经心地问出了下面一句，“他跟你说什么了？”

“他问你是不是我妈妈。”弗兰茜没告诉她，那个男人夸她很漂亮。

“哦，我猜到他问的是这个。”凯蒂盯着自己的双手看了看。这双手长期浸泡在洗涤液里，又红又粗糙，还裂了口子。她从包里拿出一双缝补过的棉手套，尽管是大热天，她还是把手套戴上了。她叹了口气，说：“我工作这么辛苦，有时候都忘了自己是个女人。”

弗兰茜惊了一下，她还是头一回从妈妈嘴里听到这样一句似乎是抱怨的话。她不知道为什么妈妈突然间对自己的手感到羞愧。她蹦蹦跳跳地跑远时，听到妈妈问坐在身旁的一个女士：“那边那个往我们这边望的穿制服的男人是谁？”

“那是迈克尔·麦克肖恩警官啊。他分管你们片区，你竟然不认识，真好笑。”

欢乐的一天仍在继续。弗兰茜激动地跟其他孩子四处乱窜，打打闹闹，高声喊叫。一个铜管乐队一直在演奏，曲目有《克里舞者》《爱尔兰人的眼睛在微笑》《哈里根，那是我》。他们还演奏了《香农河》和当地民歌《纽约的人行道》。

回家途中，船行驶在月光照耀下的哈德逊河上，一帮男人打了起来，成为返程途中引人注目的一幕。许多小孩不是晕船，就是被晒晕了，还有的孩子烦躁不安。尼利躺在妈妈的腿上睡着了。弗兰茜坐在甲板上，听爸爸妈妈说话。

“你认不认识麦克肖恩警官？”凯蒂问。

“我知道他是谁。大家都叫他‘诚实警察’。他就算当选为议员，我也不会感到惊讶。”

旁边坐着的一个男子斜靠过来，说：“伙计，他当选为‘公共督察’还差不多。”

“他个人生活怎么样？”凯蒂问。

“这是个白手起家的故事。二十五年前，他从爱尔兰过来，除了一个背在背上的小箱子，两手空空。他白天在码头当工人,晚上去夜校读书，后来进了警队。他一直坚持学习，参加各种考试，终于当上了警官。”约翰尼说。

“我猜，他娶了个有文化的女人当他的贤内助吧？”

“还真没有。他刚来的时候，有一户爱尔兰人家收留了他，让他住到自己能够站稳脚跟。这家的女儿嫁了个无赖。在度完蜜月之后，她丈夫就跑了，后来跟人打架死了。可偏偏这个女孩怀上了无赖的孩子，街坊四邻也不相信这个女孩结过婚。这家人的脸就要丢光了。后来麦克肖恩娶了这个女孩，让她的孩子有了父亲。他这么做也算是对这家人的报答。这桩婚姻里谈不上有什么爱情，不过我听说他对这个女人很好。”

“他俩生了自己的孩子吗？”

“我听说生了十四个。”

“十四个！”

“他只养大了四个，其他孩子没长大就死了。他们都得了肺痨，从妈妈那里传染的。他们的妈妈是被另一个女孩传染的。”

“他的命可真苦哇，”约翰尼喃喃自语，“他是个好人。”

“我猜，他老婆还活着吧？”

“病得很重，他们都说她日子不多了。”

“这种病可以拖很久呢。”

“凯蒂！”约翰尼被凯蒂的话吓到了。

“我才不管！我不能怪她嫁给一个无赖，跟无赖生孩子，那是她的权利。但是我怪她给一个好人添麻烦！”

“你不能这么讲话。”

“我希望她快点儿死，早点儿死。”

“小声点儿，凯蒂。”

“是的，我就是这么想的。那样他就可以再娶了——娶一个快乐、健康的女子，给他生个健康的孩子。这是每个好男人的权利。”

约翰尼什么也没说。弗兰茜听到妈妈的这番话，心中升起一股莫名的恐惧。她起身，走到爸爸身边，牵起他的手，使劲捏了捏。月光下，约翰尼因为吃惊，一双眼睛瞪得老大。他把孩子拉过来，紧紧搂住，嘴里却说："看，月亮在河上走呢。"

第二十三章

约翰尼是个一旦陷入思考就难以自拔的人。他觉得生活太沉重了，难以承受。

有时，他会深刻反省，责怪自己不是个好爸爸。他觉得自己得教孩子们一点儿东西。在教育这个问题上，他和凯蒂的妈妈玛丽·罗姆利持相同观点，他要把自己知道的都教给孩子，让十四五岁的孩子们拥有和三十岁的爸爸一样多的见识。他想，之后孩子们还可以继续增长知识。他估算了下，等孩子们长到三十岁，他们的聪明程度就会达到自己当年的两倍。

他觉得孩子们应该学习——他临时想到的是——地理、公民学、社会学，于是带他们来到布什维克大道。

布什维克大道是布鲁克林一条繁华的大道。这里街道宽广，绿树成荫。房子是用大块花岗岩砌成的，富丽堂皇，门口有长长的石台阶。这里住的是一些政治家、有钱的酿酒厂老板，还有富有的移民家庭——他们来美国坐的不是三等客舱，而是头等舱。他们带着钱财、雕塑和油画来到美国，在布鲁克林定居下来。

彼时，小汽车已经开始使用了，不过这些家庭大多还是不愿放弃他们华丽的马车和英俊的马。爸爸指着马车，向弗兰茜描述车上的种种装备。弗兰茜看着一辆辆马车缓缓驶过，眼神里充满了敬畏。

这些马车模样精巧，涂了油漆，四周用白色缎带装饰，顶篷是带流苏的大伞，供装扮精致的淑女使用。还有一类可爱的柳条马车，由一匹马驹拉着，马车的两边各有一条凳子，坐在上面的儿童是多么幸运呀。弗兰茜盯着马车上的女家庭教师看，她们陪幸运儿童坐着，看起来很精明干练——那是另一个世界的女性。她们披着斗篷，头上戴着浆洗过、飘着丝带的软帽，侧身坐在座位上驱赶小马。

弗兰茜还看到一种实用型黑色两座马车，由一匹高脚马拉着，驾车的年轻男人都打扮得像花花公子，手上戴着小山羊皮手套，手套边翻卷上去，看起来就像反向的袖口。

还有一种家用型马车，样式严肃古板。这种马车是由几匹马一起拉的，马看起来跟马车一样很稳重。弗兰茜不觉得这类马车有什么稀奇，因为威廉斯堡的每家殡葬馆都有好几辆这种马车。

弗兰茜最喜欢的是那种双座的出租马车。这种马车只有两个轮子，乘客坐进去的时候，那扇门会自动关闭，真是太神奇了！（弗兰茜天真地认为，这门是为了不让乘客被扬起的马粪砸到。）她心想：我如果是个男人，这就是我梦想的工作。我要驾驶一辆这样的马车！啊，我高高地坐在后面，马鞭就在手边，威风得很！哦，我还要穿一件这样神气的大衣——有大纽扣和丝绒领子，头戴凹顶的高礼帽，帽子上系着带子、打着结！哦，还要有一条看起来很昂贵的毛毯，我把它叠放在膝盖上。弗兰茜低声模仿着马夫揽客的声音："坐马车吗？先生，坐马车吗？"

有传言称，下一任纽约市长就来自布鲁克林，住在布什维克大道。这个消息让约翰尼心潮澎湃，他说："弗兰茜，你在这片街区四下看看，告诉我未来的市长住在哪里。"

弗兰茜环顾四周，然后垂下头说："爸爸，我不知道。"

"在那边啊！"约翰尼大声宣布，好像在吹着响亮的喇叭炫耀，"总有一天，那边那座房子门口的台阶上会放上两个灯柱子。在这个城市，不管你怎么逛，只要看到某座房子门口有两根灯柱子，你就知道这个城市的市长就住在这里。"

"他为什么需要那两根灯柱子呢？"弗兰茜想知道。

"因为这里是美国……"约翰尼含糊地说。

关于布什维克大道，弗兰茜还有一段记忆，那段记忆和玫瑰香气缠绕在一起。那是玫瑰啊……玫瑰……布什维克大道上的玫瑰。街上没什么人，人都挤在人行道上，警察维持着秩序，把他们往后推。总在这时，会飘来一阵玫瑰香气。车队来了：警察骑马开道，后面跟着一辆大敞篷车，里面坐着一个和蔼可亲的男人，他的脖子上挂着玫瑰花环。人群中有人看到这个男人激动地落泪。弗兰茜抓紧爸爸的手。她听见周围的人在议论："想想吧！他也是从布鲁克林走出去的呢。"

"从这里走出去？他现在还住在布鲁克林呢。"

"是吗？"

"是啊，他就住在这条街，布什维克大道。"

"瞧瞧！瞧瞧！"一个女人激动地喊出声，"他都这么有成就了，还如此平易近人。他就像我丈夫一样，不过比我丈夫长得帅些。"

这时，一个小男孩欢呼："他来了！"

"哇——"

车子经过的地方，人们都啧啧赞叹。弗兰茜也激动地跟着其他人尖叫："库克船长加油！布鲁克林加油！"

第二十四章

弗兰茜第一次撒谎了——一个她精心编造的谎言，结果被识破了，从此她立志要当一名作家。

那一天，弗兰茜在教室里做练习。教室里还有四个女孩拿着道具排练诗歌朗诵节目。

排练结束后，火鸡脚和玉米穗被扔进了垃圾桶。老师准备把苹果带回家。她问孩子们谁想吃那块南瓜派。三十张嘴都在流口水，三十只手都想举起来，但是没人举手。有的孩子穷，有的孩子饿，但所有孩子都有很强的自尊心，不肯接受施舍的食物。见没人应答，老师就吩咐大家把那块南瓜派扔掉。

弗兰茜实在忍不住了，那么漂亮的派怎么能扔掉？她还从没有品尝过一口呢。在她看来，这是那些乘坐华盖大马车的人才能吃到的食物。她太想尝尝南瓜派的滋味了。情急之下，她想出了一个谎言，然后举起手来。

“有人要了，我很高兴。”老师说。

“不是给我自己的，”弗兰茜骄傲地撒谎道，“我认识一户很穷的人家，我想把这块南瓜派带给他们。”

“非常好。”老师赞许道。

那天下午，弗兰茜在回家的路上吃掉了那块南瓜派。不知是因为那味道很陌生，还是因为她撒了谎而良心不安，她并不喜欢这块南瓜派。第二周星期一早晨上课前，老师在走廊里碰见弗兰茜，便问她，那户穷人是否喜欢那块南瓜派。

“他们吃得很开心。”弗兰茜回答，她见老师饶有兴致，就发挥想象继续编故事，“这家人有两个小女孩，她们留着金色的鬈发，眼睛大大的、蓝蓝的。”

“哦？还有呢？”老师接着问。

“嗯……她们……她们是双胞胎。”

“真有意思。”

弗兰茜来了灵感，继续编道：“她们一个叫帕梅拉，一个叫卡米拉。”（这两个名字是弗兰茜曾经为自己的布娃娃取的，虽然她根本没有布娃娃。）

“她们很穷，很穷。”老师说。

“是的，她们很穷，都三天没吃东西了。医生说，要是没有我带去的那块南瓜派，她们就要饿死了。”

“那块南瓜派很小哇，怎么够喂饱两个人？”老师温和地问。

弗兰茜意识到自己的这个谎言被老师识破了。她痛恨自己鬼使神差地编出这么个大谎。老师弯下腰，搂住了她。她看见老师的眼睛里有泪花。弗兰茜情绪崩溃了，心中的悔恨如潮水般涌来。

“我说的都是谎话，”她向老师坦白道，“那块南瓜派是我自己吃了。”

“我知道是你吃的。”

“请您别写信到我家，”弗兰茜哀求老师，她想到了入学时使用的假地址，并不是自家的地址，“我每天放学都会留下来，您怎么惩罚我都行……”

“我当然不会惩罚你如此丰富的想象力。”

老师温柔地对弗兰茜解释了谎言和故事之间的区别：“撒谎源于一个人的卑鄙或软弱，故事则是你对现实生活的提炼，只不过你讲故事没有按照实际情况，而是按照你认为的走向。”

老师缓缓地说着，弗兰茜感到自己卸下了一个沉重的担子。近来，她养成了说话夸张的习惯。跟大人讲话的时候，她不是原原本本地陈述事件经过，而是添油加醋、夸大其词地描述。凯蒂对她的这种倾向有些恼火，常常警告她，有一说一，不要添油加醋。可是弗兰茜就是无法不加修饰、原原本本地讲话，非要添加一点儿什么不可。

其实，凯蒂自己也喜欢添油加醋地叙述一件事，约翰尼更是活在一个半梦半醒的世界。可他们都在压制孩子性格里的这种倾向。他们这么做也许有他们的道理，或许他们觉得，是想象力的天赋给他们残酷、困顿的生活赋上了一层瑰丽的色彩，让他们勉强忍受下去。也许凯蒂认为，若没有这种想象力，他们会头脑清醒地直面现实，看清现实，厌恶现实，然后想办法改变现实。

那位善良的老师说的话，弗兰茜一直记在心里。“你知道吗，弗兰茜，许多人都会觉得你说的这些都是谎言，那是因为你说的这些不符合他们心里认定的事实。以后，遇到这种事，跟人讲的时候要如实叙述，但写的时候，你可以把它写成你理想中的样子。说出真相，写下故事，这样你就不会将二者混淆了。”

这是弗兰茜听过的最好的建议。真相和想象在她的头脑里混作一团——每个孤独的孩子都是如此——她不知道到底什么是真相，什么是想象。但这位老师把这两件事都跟她讲清楚了。从那之后，她开始写一些小故事，记录自己的观察、感受和经历。后来，她可以做到如实说话了，只不过在陈述的时候略带一些出于本能的渲染。

弗兰茜第一次把写作当作排遣方式的时候才十岁。她写了什么不重要。重要的是，在一次次写故事的尝试中，她分清了什么是现实，什么是想象。

如果没有找到写作这个出口，她长大后可能会成为一个满口谎言的大骗子。

第二十五章

在布鲁克林，新年到来之前，空气里就开始弥漫着节日的气氛。这是一段美好的时光。新年来临的第一个迹象，是莫顿先生辗转于几所学校教学生们唱颂歌，但真正预示着新年到来的，是商店的橱窗……

只有身为一个孩子，你才能体会到一个摆满了洋娃娃、雪橇和各种各样玩具的商店橱窗是多么美妙。这份奇妙的感觉对弗兰茜来说，一分钱不花就能获得。透过玻璃橱窗观赏这些玩具而产生的喜悦之情，几乎可以媲美真正拥有这些玩具的快乐了。

哇，转过街角，看到又有一家商店装饰一新，准备迎接新年，弗兰茜是多么激动啊！那干净得发光的橱窗里铺着撒了亮片的白色棉絮地毯，摆放着亚麻色头发的布娃娃。那里还有一些弗兰茜最喜爱的布娃娃，它们的头发就像加了很多奶油的咖啡，脸庞的色泽完美无瑕，它们穿的衣服也是弗兰茜从没有见过的。这些布娃娃直立在轻薄的纸板箱里，脖子和脚踝处缠着胶带，穿过盒子背面的孔洞固定住。哦！那深蓝色的眼睛，那浓密的睫毛，直击小女孩的心灵，还有那完美的小手向前伸着，似乎在请求："带我回家吧，做我的妈妈吧！"弗兰茜从没拥有过这样的布娃娃，她只有一个花五分钱买来的两英寸大小的布娃娃。

还有雪橇！它简直是孩子们的天堂梦！一个崭新的雪橇，上面画的图案是梦想中的——一朵深蓝色的花儿，有着亮绿色的叶子。雪橇板是黑檀木色的，光滑的方向杆由实木制成。整个雪橇都涂上了闪闪发亮的清漆！弗兰茜心想：如果我能拥有这样一个雪橇，那么我一辈子都不会再祈求什么了！

橱窗里还有一双漂亮的溜冰鞋——鞋带由上好的棕色皮革制成；银色的轮子看着就叫人兴奋，看上去只待吹口气，就能滚动起来。两只鞋子交叉放着，一只架在另一只之上，躺在云朵般的棉絮里，上面撒了些雪白的云母粉。还有许多宝贝……

弗兰茜一边欣赏着橱窗里美丽的商品，一边用它们作主题在头脑里编织故事。不一会儿，她就感觉头晕目眩。

节日的前一周，云杉树陆陆续续被送到社区。可能是为了运输方便，树的枝条被捆绑起来，不让这份节日的荣耀过早舒展开。小贩们在商店前的路边租下一块空地，在两根电线杆之间扯一根绳子，把树堆放在那里，于是路的一侧都是芬芳四溢的云杉树。小贩们整天在这条路上来回走动。没有戴手套的手指被冻僵了，他们便朝手上哈热气，同时不抱什么希望地看着停下脚步看树的人。大多数人只是摸一摸枝条，趁没人注意的时候捏一把云杉的针叶，让树叶的香气释放出来。空气冷冽，到处都是松针和橘子的香味，商店只在新年的时候售卖橘子。这平日里简陋的街道在新年前后可真美好。

社区有个残酷的习俗。节日当晚临近午夜时，如果那些树还没卖出，等到那时候，你就不必花钱购买了。当地有句俗话："他们会把树扔给你。"此话不假，那一棵棵树真的是扔过来的。

午夜时分，孩子们都聚集在没卖掉的树那里。小贩们依次扔掉这些树，从最大的那棵开始。孩子们自愿站到对面等着接树。如果一个男孩没有被扔过来的树砸倒，那么这棵树就是他的了。他如果被砸倒了，就失去了一次赢得树的机会。只有那些年轻小伙子和身体最结实的男孩会站出来接大树，其余的人精明地在一旁观望，等待一棵他们能接得住的树。小孩们等着那些一英尺高的小树，如果能接住不摔倒，他们就会开心地尖叫。

那年弗兰茜十岁，尼利九岁，妈妈同意让他们去尝试赢一棵树。

弗兰茜在白天就挑好了自己想要的那棵树。整个下午和晚上，她都站在那棵树旁，祈祷别人不要买走它。弗兰茜很高兴，半夜时这棵树还在那里。那是整个社区最大的一棵树，价格高得没人能买得起。它足足有十英尺高，树枝被用白色的绳子紧紧地捆着。

小贩把这棵树先搬了出来。弗兰茜还没来得及开口说话，社区里的小霸王——一个名叫彭克·珀金斯的十八岁男孩就站出来，走上前，命令小贩把这棵树抛给他。小贩很讨厌这小子不可一世的样子，环顾四周，问道："还有没有人想要这棵树？"

弗兰茜走上前一步，说："先生，我想要。"

小贩轻蔑地笑了。孩子们在一旁窃笑。几个看热闹的大人哄堂大笑。

"哎呀，你太小了。"小贩反对。

"我和我弟弟一起——我们俩一起就不算小了。"

弗兰茜把尼利推到前面。卖树人看着他俩——一个是营养不良的十岁瘦小女孩，两颊凹陷，只有下巴上还有点儿肉；另一个是金发碧眼的小男孩，一副纯真可爱的样子。

"两个人一起上不公平。"彭克喊道。

"闭上你的嘴吧。"小贩反驳他，在这一小时里，他掌握着至高无上的权力，"这两个孩子有胆量，其他人都往后退，看看他们怎么接树。"

人群闪开，让出一条歪歪扭扭的路。弗兰茜和尼利站在一端，举着大树的小贩站在另一端。人群围成一个漏斗状，弗兰茜和尼利站在漏斗嘴那头。小贩张开他强壮的胳膊准备扔树。他注意到人群末端的这两个孩子是如此弱小。

"哦，老天哪，"他嘀咕道，"我为何不干脆把树给他们，让他们回家去？这棵树对我来说算什么？我今年卖不掉，也不可能留到明年。但是，如果我这么做，那么其他人都指望我把树白送给他们。

明年一棵树我也卖不出去了，人人都等着我把树白送给他们。我可没有这么慷慨，我没慷慨到把树白送出去。不，我没那么大度。我得为自己，为我的孩子们想想。”他终于下定了决心，“唉，去他的！这两个小孩也得学习生存之道。他们得学着适应，他们得学会给予，学会受罚。”他用尽全力把那棵树抛出去的时候，他的心在哭泣。

弗兰茜见那棵树从小贩手里飞过来，一瞬间，她觉得时间和空间都没有意义了。那棵黑乎乎的庞然大物从空中飞过来的时候，整个世界都静止了，她忘记了一切，忘记了自己活着。什么都没有，什么都不存在，只有那黑乎乎的一团。弗兰茜看着那庞然大物冲向自己，体积似乎越来越大。树撞到他们时，弗兰茜踉跄了一下，尼利险些跪倒在地。趁他还没有倒地，弗兰茜狠狠地把他拉了起来。树落地时，发出响亮的嗖嗖声。弗兰茜的眼前暗暗的、绿绿的，还有什么东西在扎她的手。紧接着，她感到脑袋侧面一阵剧痛，是被树干砸的。她还感觉到尼利在发抖。

几个大一点儿的孩子把树挪开，他们看到弗兰茜和尼利手拉着手，站得笔直。尼利的脸被划破了，血流了下来。他的一双蓝眼睛里满是迷茫，皮肤在鲜红血液的衬托下更显白皙，此时的他比任何时候都像一个婴儿。然而，姐弟俩在微笑。难道他们刚才没有赢下社区最大的那棵云杉树吗？有几个男孩大喊“好哇”，几个大人在鼓掌。小贩尖叫着表达对他们的赞扬：“现在就带着树回家吧。”

弗兰茜颤抖着冲那好心的小贩笑了笑。

把那棵树拖回家可不是件容易的事。姐弟俩不得不一寸一寸地拖着树走。一个男孩在旁边跟着小跑，喊着：“免费搭车啦！都上来啊！”他跳上去骑着树干让他们拖着他走。姐弟俩本就动作缓慢，这下行动更加艰难。好在那男孩后来玩腻了，终于跳下来跑开了。

从某种意义上说，他们这么久才把树拖回家，也是件好事。他们回忆取得胜利果实的时间被拉长了，可以一路细细品味。路过的一个女士说："我可从没见过这么大的树！"还有一个男人跟在他们后面说："你们俩一定是抢银行了，才能买得起这么大一棵树！"弗兰茜开心地笑了。一个警察在街角处拦下了他们，检查了这棵树，并郑重提出他要出一毛钱买下来——他们如果能送货到家，他可以出一毛五分钱。弗兰茜知道警察在开玩笑，不过她听到这话骄傲极了。她说哪怕他出一块钱，她都不卖。警察摇了摇头，说她不做这桩买卖真是太傻了。他把价钱开到了两毛五分钱，弗兰茜仍旧只是微笑着摇头，说："不卖。"

此情此景，就像一出舞台剧，场景是一处街角，时间是一个寒冷的夜晚，剧中人物分别是一个好心的警察、弗兰茜和她的弟弟。弗兰茜知道所有对白。警察的台词都念对了，弗兰茜也开开心心地接上了对白，舞台说明则是：演员要在对白的间隙保持微笑。

公寓的楼梯太窄了，他们喊爸爸下来帮忙把树抬上楼。爸爸闻声跑下楼来。弗兰茜看到爸爸下楼的步伐稳健，松了一大口气，看来今天爸爸没有喝醉。

看到这棵大树，爸爸惊诧不已，这让弗兰茜觉得很有面子。他假装不相信这棵树是他们的，弗兰茜劝他相信这棵树就是他们家的。父女俩这么一唱一和，弗兰茜好开心，她知道爸爸是在逗她。爸爸在前面拉着树，弗兰茜和尼利从后面推，三人合力把树推上三层狭窄的楼梯。约翰尼激动得唱起歌来，也不管此时已是三更半夜。那清澈甜美的歌声回荡在狭窄的楼道里，听起来加倍甜蜜。一扇扇门吱吱嘎嘎地打开了，一户户人家聚集在楼道里，生命中这意想不到的一刻让他们既惊讶又满足。

弗兰茜看到两位蒂莫尔小姐站在门口，她们灰白的头发上夹着卷发棒，宽大的长袍下露出浆洗过的、皱巴巴的睡衣。她们跟着约翰尼一起唱了起来，歌声柔和凄美。弗洛西·加迪斯和她妈妈，还有得了肺痨快要死的弟弟亨尼，一齐站在门口。约翰尼看到亨尼在哭，他的歌声逐渐弱了下去，他想：也许亨尼听到这首歌伤心了。

凯蒂站在最后一级台阶上，双手紧握在胸前。她听着歌声，低头看着他们把树慢慢往上挪，陷入了沉思。

她想：他们觉得这样就很好了，他们觉得这样就挺好——白白得到了一棵树，爸爸跟他们开玩笑，唱着歌，邻居们都喜气洋洋的。他们觉得自己很幸运，自己还活着。他们看不到我们住的这条街有多脏，这里的房子有多破，周围的人也都没什么出息。约翰尼和孩子们都看不到，我们的邻居生活在这样污秽的环境之中，从中找乐子，这是多么悲哀啊。我的孩子们一定要跳出这种环境，他们要过得比我和约翰尼，比我们周围的人都好。可是怎么才能做到？每天读一页书，在储蓄罐里攒些分币，这些根本不够。钱！有了钱他们会不会好过多了？是的，有了钱就容易多了。但是，光有钱也不行。转角的酒吧是麦加里蒂开的，他挣了许多钱，他老婆戴着钻石耳环，可他的孩子不如我的孩子乖，也不如我的孩子聪明。他们为人贪婪又吝啬，因为自己有钱，觉得可以戏弄穷人家的孩子。我在街上看到过麦加里蒂的女儿当着一群饥饿的孩子的面吃糖果。这些围观的孩子看着她吃，心里都在哭泣。她吃不下的，宁肯扔到排水沟里，也不分给那些孩子。不，光有钱是不够的。麦加里蒂家的女儿每天头发上都扎一个不一样的蝴蝶结，每个都要五毛钱。那钱是我们一家四口一天的伙食费。可看看她的头发那么稀薄，还是浅红色。再看看我的尼利，他的帽子已经旧得被扯变了形，上面还有一个大洞，可他有一头浓密、金黄色的鬈发。我的弗兰茜虽然没有蝴蝶结扎在头上，但她的头发又长又有光泽。这是钱能买到的吗？买不到。那么就是说，有一种东西比钱更重要。杰克逊小姐没什么钱，她在社区服务中心工作，给慈善机构做事。她住在顶层的一个小屋子里，只有一条连衣裙，但她总是把它洗得干干净净，熨得服服帖帖的。她跟你讲话的时候，眼睛会注视着你。她的声音那么好听，仿佛能治病。这位杰克逊小姐有学识，明事理。她虽然住在这脏兮兮的街区，却仍旧那么干净，那么有修养，就像戏剧中的女演员一样。她跟麦加里蒂夫人真是大不相同，后者那么有钱，那么肥胖，生活那么混乱。是什么让她和一贫如洗的杰克逊小姐之间产生这样大的区别呢？

凯蒂想到了一个答案。这答案如此简单，在她脑海里一闪而过，仿佛突然袭来的一阵头痛。教育！是教育！教育造就了这种不同！教育可以把一个人拽出污秽的环境。证据呢？杰克逊小姐受过教育，而麦加里蒂夫人没有。啊！这就是她的母亲玛丽·罗姆利这些年一直告诉她的道理，只是她从未说出那个明确的字眼：教育！

看着孩子们费力地把那棵树搬上楼梯，听着他们稚嫩的声音，凯蒂想到了教育。

凯蒂想：弗兰茜很聪明，她应该念高中，也许还要受更高的教育。她热爱学习，将来会有出息的。但她受了教育就会疏远我。看看吧，她现在已经开始疏远我了，她不像儿子那样爱我。我感觉到她在疏远我，也不理解我，她满脑子想的都是我不理解她。也许当她受了教育，会为有我这样的母亲感到羞耻，比如我的言谈举止。但她有品格，就算感到羞耻也不会表露出来，而是会试图改造我。她会来找我，让我改变我的生活方式，而我会对她很刻薄，因为我心里知道她高我一等。随着她年龄渐长，她懂的越来越多，对这世事看得越透，越不幸福。她会发现我对她的爱不及我对儿子的。事实如此，我也无能为力，可她不会明白的。有时候我觉得她已经体会到这一点了。她现在开始疏远我了，很快她就会跟我对抗，跟我越发地疏远。换到那所离家更远的学校，就是她疏远我的第一步。尼利是永远不会离开我的，这就是我更偏爱他的原因。他会永远黏着我，理解我。我想让他长大后当一名医生，一定要成为一名医生。也许他还能拉小提琴，这孩子有音乐天赋，从他爸爸那儿遗传的。他的钢琴弹得比我和弗兰茜都要好。是的，他的爸爸有音乐天赋，可这对约翰尼没有一点儿好处，反而正在毁掉他的人生。他这么会唱歌，可有什么用？既不能让他变得更好，也不能让我们过得更好。可我的儿子将来会不一样，他要受教育。我得想想出路。约翰尼不会在我们身边很久。亲爱的老天哪，我曾经那么爱他——到今天，我对他偶尔也有爱意，可他一无是处……毫无用处。老天哪，原谅我这么想。

在约翰尼和孩子们费劲地把树抬上楼的那段时间里，凯蒂把什么都想明白了。人们抬头看着她——看到她那张生动、光滑、漂亮的脸蛋——怎么也想不到她在脑海里历经了一番挣扎，痛定思痛，下了决心。

他们把树放在客厅，在下面垫了一张床单，以防松针掉落到粉红色的地毯上。树被放在一个大桶里，里面塞了些碎砖块作为支撑，让它直立不倒。绳索剪断之后，枝条舒展开来，填满了整个房间，树叶耷拉在钢琴上面，椅子掩映在树枝之中。他们没钱买灯和树上的装饰品，可是有这棵树立在那里就足够了。房间很冷，那一年日子不好过，他们穷得买不起煤球在客厅里烧暖炉。屋里的空气是寒冷、清香的。自从那棵树进了家门，弗兰茜每天都穿上毛衣、戴上帽子，钻进树枝里，坐在树下。她坐在那里，享受树叶的清香，欣赏那一抹抹暗绿色。

哦！一棵大树充满了奥秘，却被囚禁在一间出租房的客厅里，囚禁在一个大桶里！

那一年，他们虽然穷，但过了个很愉快的新年，孩子们的礼物也没少。妈妈送给两个孩子一人一件能从背后解开的连体毛衣，一件长袖毛衣,内衬扎得人痒痒的。艾薇姨妈给姐弟俩合送了一件礼物:一盒多米诺骨牌。爸爸向他们展示怎么玩这个玩具。尼利觉得不好玩儿，于是爸爸跟弗兰茜一起玩。

外婆玛丽·罗姆利带来了她自己做的物件。她给每个人缝了一件鲜红色的羊毛肩衣。

茜茜姨妈给了弗兰茜一个小包裹。弗兰茜打开后，发现里面是一个小小的火柴盒，十分精巧，上面覆盖着一张皱纹纸，皱纹纸的正面还画着小小的紫藤花。她把火柴盒推开，里面是十个用粉色纸巾包着的小圆盘。她打开一看，原来是一枚枚金色的一分钱硬币。茜茜说她买了一些金漆粉，在里面滴了几滴香蕉精油，把每一分钱硬币涂成了金色。在收到的所有礼物之中，弗兰茜最钟爱茜茜姨妈的礼物。收到这礼物的一小时内，她就把火柴盒慢慢打开了十几次。仅仅是捧着这小盒子，看看那钴蓝色的皱纹纸和火柴盒内层那干净的、如薄脆饼一般的内壁，她就感到心满意足了。那一枚枚包在梦幻般纸巾里的“金币”是怎么都看不厌的奇迹。每个人都说这些“金币”太宝贵了，不要花掉。那一天，弗兰茜不知在什么地方丢了两枚“金币”。妈妈建议还是把它们放进储蓄罐里更安全。她答应弗兰茜，等把钱从储蓄罐里取出来的时候，一定把这些“金币”还给弗兰茜。弗兰茜相信妈妈说的，不过一想到让这些“金币”掉入那一团漆黑之中，她就心如刀绞。

爸爸为弗兰茜准备了一份特别的礼物——一张印着教堂图案的明信片。教堂的屋顶上粘贴着碎云母粉，使之看起来比真正的雪还要明亮。教堂的窗玻璃是用小小的橙色格子纸做的。这张明信片的神奇之处在于，当弗兰茜举起它时，阳光穿过纸窗，在闪闪发光的雪地上投下金色的影子，无比美妙。妈妈说，既然上面没有写字，弗兰茜可以把它留到明年再寄给别人。

“哦，我才不呢。”弗兰茜说着，双手紧紧握着那张明信片，把它贴在胸口。

妈妈笑了起来：“弗兰茜，别这么开不起玩笑啊，不然你会发现日子越发难过。”

“过节不是说教孩子的时候。”爸爸说。

“说教孩子不行，喝酒就行？”凯蒂恼火了。

“我不过喝了两杯而已，凯蒂，”约翰尼求情，“因为是过节嘛，别人请客。”

弗兰茜回到自己的房间里，关上了门。她不忍听妈妈责骂爸爸。

晚饭之前，弗兰茜把她给大家准备的礼物分发了出去。她给妈妈做了一个帽针夹子。她在奈普药店买了一个便宜的试管，在上面裹了一条蓝色缎带，两侧打上褶子，还在顶部缝了一条婴儿头饰带。它可以用来挂在梳妆台一侧，固定帽针。

她送给爸爸一个怀表链。她在一个缠线用的卷盘上钉了四个钉子，用两根鞋带绕在四个钉子上，就这么缠绕了一圈又一圈，线轴的底部就编出一根长长的链子。约翰尼没有怀表，不过他拿一个铁质的水龙头垫圈挂上这表链，把它整天揣在背心兜里，假装这就是一块怀表。弗兰茜有一件很棒的礼物要给尼利：一个五分钱的弹珠。它看起来不是普通的弹珠，而像一颗大号的猫眼石。尼利有一盒小弹子，都是用棕色、蓝色斑点的黏土做成的，一分钱可以买二十个。可他没有好的弹珠，没法参加任何重要的比赛。弗兰茜见他弯起食指，钩住这颗大弹珠，拇指顶在后面。这个动作帅气又自然。她很开心自己给他买了这颗弹珠，而没有选择原先想买给他的玩具枪。

尼利把弹珠塞进口袋，宣布他也有礼物给大家。他跑进自己的房间，爬到他的小床底下，拿出一个袋子。他把袋子扔给妈妈，说：“你来分发吧！”然后自己站在一个角落里。妈妈打开袋子一看，里面有四根条纹棒棒糖。妈妈欣喜若狂，说这是她收到的最棒的礼物。她亲吻了尼利三次。弗兰茜努力克制自己的嫉妒，因为妈妈对尼利的礼物是如此小题大做，对她送的礼物却没有表现出同等的喜爱。

就在同一周，弗兰茜又撒了一个弥天大谎。艾薇姨妈拿了两张票过来。某个团体组织为穷人举办了一场庆祝活动。这场活动包括舞台剧和颂歌，舞台上有一棵装饰过的树，每个小孩还能获得一份礼物。凯蒂无法去看，于是弗兰茜和尼利去参加了这场派对。

活动在一个大礼堂举办。男孩们坐在一边，女孩们坐在另一边。这场庆祝活动本身是好的，不过那出舞台剧很乏味。演出结束后，女士们站在过道上，给每个孩子分发礼物。女孩们拿到的是棋盘，男孩们拿到的是纸牌。大家又唱了一会儿颂歌，然后一位女士走上舞台，宣布接下来有个特别的惊喜。

只见一个可爱的小女孩从舞台的侧面出场，她穿着一身精美的服装，手拿一个美丽的布娃娃。那布娃娃有一英尺高，头上是黄色的真人头发，一对蓝眼睛一眨一眨的，眼睫毛也是真人的睫毛。女士让这小女孩向前一步，对大家讲话。

“这个小女孩名叫玛丽。”小玛丽微笑着说，然后向观众鞠了一躬，“玛丽的妈妈买了这个布娃娃，还给她做了衣服，和玛丽身上穿的衣服一模一样。”观众席上的小女孩们都冲她微笑。

小玛丽上前一步，把布娃娃举在空中。然后她把布娃娃递给那位女士，自己行了个屈膝礼。她说的都是真的，弗兰茜亲眼看见了。布娃娃身上的蓝色丝绸花边裙，头上戴的粉红色蝴蝶结，脚上穿的黑色高级皮鞋和白色丝袜，浑身上下和美丽的小玛丽的装扮一模一样。

“现在，”那位女士说，“她要把这个布娃娃送出去。这个布娃娃的名字叫玛丽，和这个小玛丽同名。”一旁的小玛丽优雅礼貌地微笑着。“玛丽要把这个布娃娃送给在座的一个叫玛丽的穷孩子。”台下的小女孩传来一阵阵低语，就像风吹过青青的玉米地。“在座的观众里有名叫玛丽的穷孩子吗？”

台下顿时安静了。观众席里至少有一百个玛丽，只是“穷孩子”这个词让她们都沉默了。此刻没有哪个玛丽愿意站起来，没有哪个玛丽愿意成为所有穷孩子的代言人，不管她多么想得到那个布娃娃。她们交头接耳，互相诉说，说自己才不穷呢，家里有更好的布娃娃，有比那女孩更漂亮的衣服，只是自己不想穿来罢了。弗兰茜坐在那里出神，一心想得到那个布娃娃。

“什么？”那位女士说，“这里竟然没有一个叫玛丽的孩子？”她等了一会儿，再次宣布了一遍送出布娃娃的规则。台下还是没有反应。她遗憾地说：“好可惜，台下一个叫玛丽的孩子也没有。看来小玛丽只能把布娃娃带回家了。”小女孩微笑着鞠了一躬，转了个身，就要带着布娃娃离开舞台。

弗兰茜没法接受这样的结果。这就和上次老师要把那块南瓜派扔进垃圾桶一样。她站了起来，把手举得老高。女士看到了她，赶紧拦住了要离开舞台的小女孩。

“啊！这里果然有个玛丽，一个很害羞的玛丽，不过玛丽就是玛丽。快上台来吧，玛丽。”

因为难为情，弗兰茜的脸滚烫滚烫的，她沿着长长的过道走上台阶。上台的时候，她踉跄了一下，险些跌倒。所有女孩都在窃笑，男孩们则放声大笑。

“你叫什么名字？”那位女士问她。

“玛丽·弗朗西丝·诺兰。”弗兰茜小声说。

“大声一点儿，看着观众说。”

可怜的弗兰茜不得不面朝观众，大声说：“玛丽·弗朗西丝·诺兰。”台下的一张张脸都像绑在一条条粗绳子上的大气球。她想：我如果一直这么盯着看，这些脸都会飞起来，飘到天花板上。

那个漂亮的小女孩走上前，把布娃娃塞到弗兰茜怀中。弗兰茜的胳膊自然地弯曲，搂住了那个布娃娃，好像她的胳膊生来就一直在等待这个布娃娃似的。漂亮的小女孩伸出手跟弗兰茜握手。尽管弗兰茜此时感到尴尬又迷惑，她还是注意到了那个小女孩有一双柔软、白皙的小手，上面能看到细小的青筋，指甲被修剪成椭圆形，像粉红色的贝壳一样闪闪发亮。

弗兰茜难为情地回到座位上。这一路上，那位女士在继续讲话："小玛丽是个富有的女孩，她有许多精美的布娃娃。但她并不自私，她想帮助像玛丽这样不如她幸运的穷孩子，让这个穷孩子也能开心。所以她把这个娃娃送给那个也叫玛丽的穷孩子。"

弗兰茜的眼里噙着滚烫的泪水。弗兰茜心痛地想：她们为什么就不能爽快地把布娃娃送出去，而非要说我很穷，她很富有呢？她们为什么不能直接给我，非要说三道四呢？

弗兰茜的羞耻感还没结束。她走在过道上的时候，那些女孩侧身过来，压低嗓门冲她喊："乞丐，乞丐，乞丐。"

就这样，她从过道一路走来都被这样骂着。这些女孩觉得自己比弗兰茜富有，其实她们跟她一样穷，但她们有一样东西是弗兰茜没有的——自尊心。弗兰茜知道这一点。她对自己假借别人之名得到这个布娃娃并不感到悔恨。她为这个谎言，为了得到这个布娃娃，付出了放弃自尊心的代价。

她想到了那个老师对她说的话：谎言不要说，但可以写下来。也许，她根本就不该上台去领那个布娃娃，而是应该写一个故事。演出结束，全体起立唱歌的时候，弗兰茜和布娃娃脸贴着脸，她闻到布娃娃身上散发出一股漆过的瓷器才有的清凉、柔和的气味；布娃娃的头发也很好闻，那气味叫人难忘；布娃娃的衣服是用薄纱布做的，摸上去手感好极了。布娃娃的眼睫毛触到了弗兰茜的脸，弗兰茜欣喜得颤抖着。

弗兰茜轻轻握着布娃娃的一只小手。她拇指上的一根神经跳动了一下，她还以为是布娃娃的手在抽搐，几乎相信那就是一个真娃娃。

她告诉妈妈，那个布娃娃是她抽奖得到的。她不敢告诉妈妈真相，妈妈讨厌一切带有慈善意味的东西。妈妈如果知道真相，保准要把布娃娃扔了。尼利没有出卖她。弗兰茜拥有了这个布娃娃，可她的灵魂又多了一个谎言的负担。那天下午，她写了一个故事，说的是一个小女孩无比渴望得到一个布娃娃，为了得到这个布娃娃，情愿用自己的所有东西去交换。这是一个带有强烈感情色彩的故事，弗兰茜读了又读，想：故事中的女孩倒没什么，可是我并没有好受一些。

她突然想到了什么！也许她可以把谎言变成现实！她知道，有的小孩有两个名字，有时候，这孩子会有另一个昵称。

当晚，妈妈给他们读了一页《莎士比亚全集》之后，弗兰茜问她："妈妈，我可不可以用玛丽作为我的中间名？"

"不行。"

弗兰茜的心往下一沉："为什么？"

"因为你出生的时候，已经用了弗兰茜这个名字。"

"我知道啊。"

"但你也以我母亲的名字命名为玛丽。你的大名是玛丽·弗朗西丝·诺兰。"

弗兰茜带着布娃娃一起入睡。她躺在床上纹丝不动，生怕打搅布娃娃。她在夜里不时醒来，轻轻呼唤着"玛丽"，用一根手指轻轻抚摸布娃娃小小的鞋子。摸到那薄薄的、柔软的、光滑的皮革，她激动得发抖。

那是她拥有的第一个也是最后一个布娃娃。

第二十六章

凯蒂觉得未来就近在眼前。她自己有个说法，比如："新年不知不觉就来了。"每年一放暑假，她就会说："学校不知不觉就要开学了。"春天一到，弗兰茜就兴高采烈地扔掉自己的连裤衫，凯蒂叫她捡回来，说："你很快就又要穿上了，冬天不知不觉就要来了。"妈妈在说什么呢？春天才刚开始，冬天还远得很呢，恐怕永远不会再来了吧。

对一个孩子来说，下周和他的未来一样遥遥无期；两个节日之间的时间，有永恒那么久。弗兰茜一直都是这么感知时间的，直到她十一岁。

在她十一岁和十二岁生日之间，情况发生了变化。未来这个东西在加速逼近，日子变得越来越短，每周的天数似乎也越来越少。亨尼·加迪斯死了，这或许是弗兰茜感觉时间变快了的原因吧。她一直听说亨尼要死了，听了许多次，后来终于相信他真的会死去，但觉得那是很久很久以后才会发生的事。现在这一天到来了。这个曾是她认为遥远的事情变成了现在，而且还将成为过去。弗兰茜好奇，是不是一定得有人死去，才能让小孩明白这个道理。但也不是啊，外公罗姆利在她九岁那年就去世了。她记得，当时自己觉得过年还早着呢。

现在变化来得太快，弗兰茜自己都有些糊涂了。比她小一岁的尼利突然长高了，高出她一个头。

从前，弗兰茜认定妈妈永远是对的；如今，她发现，妈妈偶尔也会有闪失。她还发现，爸爸身上某些她深爱的品性，在他人看来是滑稽可笑的。茶叶店里称茶叶的天平托盘不再那么闪亮了，她还发现那些茶叶罐子有了缺口，看起来破破烂烂的。

一切都在改变。弗兰茜陷入了恐慌，她熟悉的世界正在坍塌，取而代之的将会是什么？话说回来，到底是什么变了呢？她仍和从前一样，每天读一页《莎士比亚全集》，每天练习一小时钢琴，定期把硬币投进那个小小的储蓄罐。废品回收站还在那里，各家商店一切如旧……明明什么都没有变啊。变化的是她自己！

她把这番感受告诉了爸爸。爸爸叫她把舌头伸出来，还摸了摸她的手腕给她把脉。他难过地摇摇头，说："你病了，病得可不轻啊。"

"什么病？"

"成长病。"

成长可真扫兴。从前家里没有吃的了，饿肚子的他们会玩游戏来抵御饥饿，可现在这游戏不好玩儿了。以前家里没钱了，食物也所剩无几的时候，凯蒂和孩子们会假装他们去北极探险，被一场暴风雪困在山洞里了，只有一点儿食物，得慢慢地吃，等待救援。妈妈会把橱柜里剩下的食物分成小份，按照限额定量供应。要是孩子们吃完一顿，肚子还饿，她就会说："我的队员们，拿出你们的勇气来，救援很快就要到了。"终于有一点儿钱的时候，妈妈会买许多吃的，还买一个小蛋糕庆祝，将一根廉价的小旗子插在蛋糕上，说："我们扛过来了！我们到达北极了！"

某天，这样的"救援"结束后，弗兰茜问妈妈："探险队员挨饿受苦是有原因的，他们是为了办成一件大事，他们发现了北极。可是，我们挨饿是为了什么？"

凯蒂突然一脸疲惫。她说了句话，只是弗兰茜当时没听明白。她说："你发现其中的圈套了。"

成长也破坏了剧院在弗兰茜心中的美好——确切地说不是剧院本身，而是在剧院里上演的戏剧。她发现，自己越来越不喜欢剧情在紧要关头的发展方向。

弗兰茜很喜欢剧院。她一度想当一位管风琴演奏师，后来是想成为一名老师。到了十一岁，她想当一名演员。

就算威廉斯堡的小孩们什么也不知道，他们对当地的剧院也还是很清楚。社区里有不少剧院：布莱尼剧院、考斯·培顿剧院、菲利普文化宫。文化宫就在街头转角处。弗兰茜只要能凑到一毛钱，每个星期六下午她都会过去，除了暑假文化宫关门的时候。她站在走廊上等，为了买到第一排的座位，常常在演出前一小时就去排队。

她为男主角哈罗德·克拉伦斯而着迷。星期六的日场演出结束后，她会在舞台门口等他出来，跟着他去他的住处，那是一座褐砂石房子。他的房间陈设简陋，完全没有舞台上的戏剧效果。即便走在街上，他的腿也是僵直的，那是老派演员的风范。他的脸上有婴儿红，还有些许青春期孩子才有的油光。他走路时步态悠闲，目不斜视。

某个星期六，哈罗德和他的剧组演出了新剧目。在这出戏里，英俊的男主角爱上了女主角格里·莫尔豪斯。剧情的设定是，女主角要到一个杂货店打工。剧中的女二号是个反派，她也爱上了英俊的男主角，并百般刁难女主角。她大摇大摆地走进商店，穿着一身皮草，还戴着钻石，以盛气凌人的口吻说要买一磅咖啡。这出戏中可怕的一幕来了！她说出那句关键的台词："给我磨成粉！"有些观众在痛苦地呻吟。娇弱的女主角根本没有力气转动磨豆机的轮子，可她要想保住这份工作，就必须磨出咖啡。女主角使出了浑身的力气，那轮子仍然纹丝不动。她恳求那位女反派放过她，自己真的很需要这份工作。女反派只是重复说："给我磨！"女主角眼看就要失败，这时英俊的哈罗德出场了。他身着帅气的衣服，脸红扑扑的。弄清楚事情的原委之后，他把那顶宽大的礼帽扔到舞台另一边，然后走到机器前，将咖啡磨碎，就这样救了女主角。当剧院里弥漫起新鲜研磨的咖啡香气时，观众肃然起敬，鸦雀无声，大家都惊呆了，紧接着出现了一阵混乱。那可是真咖啡呀！这可是假戏真做呀！研磨咖啡人人都看过不下千次，但在舞台上磨咖啡，这可是破天荒啊！那个女反派咬牙切齿地说："又被你耍了！"哈罗德一把抱住格里，格里背朝观众，此时幕布落下。

中场休息时，弗兰茜在思考大幕落下时的那个场景。英雄在关键时候出现，磨了咖啡，救了美女，这都很好。可是，他如果没赶过来呢？那结局会怎样？女主角就会被炒鱿鱼。那接下来会怎么样？等她饿肚子的时候，就得去另找一份工作。她恐怕要像妈妈一样去擦地板。在这出戏中，杂货店的工作显得那么重要，因为那是剧情需要罢了。

接下来那个星期六，弗兰茜又看了一出戏，也同样不满意。好吧，戏里的故事是讲一对情侣失散多年，男人回家得正是时候，及时付了房租。他如果有事耽搁了，没能赶回家呢？房东会限他们三十天之内搬出去——至少布鲁克林的规矩是这样的。在这一个月里，事情或许会出现转机。如果没有，他们也只得搬出去，走一步算一步。美丽的女主角得去工厂做计件工，她那性格敏感的弟弟得出门卖报纸，他们的妈妈要去当清洁工。但他们会活下去，他们怎么都能活下去。

她自己为这出戏写了第三幕——假设之后发生的情景。她用对话的方式写下这一幕戏剧，觉得这种写法很容易。在叙述故事的时候，你得解释某个角色为什么会有这样的性格和行为，但如果以对话的形式表现出来，就不必这样做了，因为角色说的话就已经替他们解释了。弗兰茜觉得对话是很好的写作方式。她又一次改变了自己的职业梦想——不当演员了，而是当一名剧作家。

第二十七章

那年夏天，约翰尼突发奇想，孩子们都长这么大了，还没见过长期冲刷着布鲁克林海岸的那片海。约翰尼觉得，他们应该一起乘船出海。于是他决定带全家去卡纳西划船，顺便去深海钓鱼。即便他从没划过船，也从没钓过鱼，可他就是萌发了这个想法。

他还有另外一个想法，也不知他是怎么想出来的。他想带上小蒂莉一起出海。小蒂莉是邻居家的孩子，四岁了，事实上约翰尼从没见过她。因为小蒂莉的哥哥古西，他想补偿一下小蒂莉。这一切想法，都与卡纳西之行有关。

古西是个六岁的小男孩，在这一带臭名昭著。他是个下嘴唇肥大、生性野蛮的小恶棍。他和其他孩子一样出生，一样吃奶长大，可除了这一点，他与任何活着的或死去的孩子都没有任何相似之处。九个月的时候，他的母亲尝试给他断奶，古西就是不从。吃不到母亲的奶，他就不吃不喝，躺在婴儿床里呜呜地啼哭。他的母亲担心他这样会饿死，就继续给他喂奶。后来他的母亲又怀了孩子，奶水就断了。古西闷闷不乐地等待了九个月，不愿意喝任何口味、任何包装的牛奶，却开始喝黑咖啡。

小蒂莉出生后，古西的母亲又有了奶水。古西看到小婴儿第一次吃奶，就躺在地板上歇斯底里地大喊大叫，还把脑袋往地上撞。接下来四天，他不吃不喝，不上厕所，形容枯槁，把他的母亲吓坏了。她想，就让他再吃一次奶也无妨。这是个致命的错误。从那一刻起，他霸占着乳汁，病恹恹的小蒂莉不得不喝奶粉。

约翰尼听说了这事，轻蔑地将古西排除在外。他关心的是小蒂莉。他觉得，小蒂莉被夺走了一些本该属于她的东西，恐怕会阻碍她的成长。他想，如果能带她去一趟卡纳西海滩，坐一回船，或许可以抵消掉一些那个可恶的哥哥带给她的伤害。约翰尼派弗兰茜去问小蒂莉的家人，可不可以允许小蒂莉跟他们一起出游。那饱受折磨的母亲欣然同意。

到了星期天，约翰尼就带着三个孩子出发去卡纳西了。弗兰茜十一岁，尼利十岁，小蒂莉四岁。约翰尼穿着礼服，戴着礼帽，还换上了新的假衬衣和纸领子。弗兰茜和尼利就穿着平时的衣服。小蒂莉的母亲很重视这一天，特地给女儿穿了一件廉价却花哨的花边裙子，裙边还有深粉色丝带作为装饰。

坐电车的时候，他们坐在前排，约翰尼跟电车司机攀谈起来。他们在最后一站卡纳西下车，沿着路找到了一个小小的码头。码头上有一座简陋的棚屋，几只进了水的手划船在水里上下摆荡，这些船被几根磨损的绳子固定在码头。

棚屋上有个牌子，上面写着:“出租钓具和船只。”

下面有一行更大的字:“此处售鱼，可带回家。”

约翰尼和老板讨价还价，一来二去，两个人成了朋友。老板请他到棚屋里面去开开眼界，还说是他睡前垂钓时要用的好东西。

约翰尼出来的时候，手里拿着一根钓竿和一只生锈的罐子，里面装着一些裹着泥巴的蚯蚓。老板态度友好，挑了一只条件稍微好点儿的船，把绳子放到约翰尼手里，祝他好运，就转身回到棚屋里去了。

约翰尼把钓鱼的东西放进船舱里，帮孩子们上船。然后，他蹲在码头，手里拿着那根绳子，给孩子们讲解坐船的方法。

“上船的方法有对有错。”其实他自己除了这次乘船出游，也从没有上过别的船，却指导起孩子们来，“正确的上船方式，就是把船先推上一把，趁它还没有漂到海里的时候，坐船的人赶紧跳上去。像这样。”

他站起身，把船从身边推开，纵身一跃……结果掉进了水里。孩子们吓呆了，一动不动地盯着他。前一秒钟，约翰尼还站在码头上，高出他们一大截；现在，他就掉进水里了。水漫到他的脖子，浸湿了他那打过蜡的小胡子，他的礼帽没有被淹到，仍直挺挺地扣在头上。约翰尼同样被吓呆了，他瞪了孩子们一会儿，然后说："你们这帮毛孩子，一个也不许笑！"

他在爬上船的过程中又差点儿把船弄翻。孩子们不敢笑出声来，弗兰茜憋笑憋得肋骨都疼了。尼利不敢看姐姐，他知道如果他们四目相对，他就会笑出声来。小蒂莉什么也没说。约翰尼的假衬衫和纸领子都湿透了，成了一团软烂的废纸，被他扯下来扔到水里。他开始划桨出海，动作有些迟疑，却不失冷静。划到一处他觉得不错的地点，他向孩子们宣布要在此"抛锚"。在孩子们的印象中，抛锚是件浪漫的事。当他们发现这不过是把一块绑着绳子的铁块扔到海里的时候，他们不免有些失望。

他们惊异地看着爸爸把蚯蚓穿到鱼钩上。钓鱼开始了！这个过程包括：在鱼钩上挂上鱼饵，快速抛出鱼线，稍作等待，把钓竿收回，空钩子上来，既不见鱼饵也不见鱼。之后不断重复这个过程。

阳光越来越强烈，天气越来越热。约翰尼的衣服晒干了，但是变得硬邦邦、皱巴巴的。孩子们被太阳晒伤了皮肤。大概过了几小时，约翰尼宣布吃饭时间到了。孩子们如释重负，欢欣鼓舞。他将渔具收起来放好，再次起锚，向码头划去。可这只船似乎停在原地打转，眼见着他们离码头越来越远。终于，他又划了几百米，他们才上了岸。约翰尼把船系好，叫孩子们在原地等着，说要请孩子们吃一顿丰盛的午餐。

过了一会儿，他踉踉跄跄地走回来，手里拿着热狗、越橘派、草莓汽水。他们坐在摇摇晃晃的船上，船系在破破烂烂的码头上。

低头看去，是黏糊糊的绿色海水，散发着腐烂的鱼腥味。他们就在这里吃了午饭。约翰尼上岸之后喝了几杯酒，有点儿后悔先前冲着孩子们大呼小叫。他对他们说，他们如果现在想嘲笑他落水就笑吧。可孩子们此时已经笑不出来了，发笑的时机已经过去。弗兰茜想：爸爸今天的兴致很高哇。

“这才是生活，”他说，“远离尘世的喧嚣，啊，没有什么比乘船出海更惬意的了。我们远离了一切。”最后，他说了这么一句意味深长的话。

吃完午餐，约翰尼再次划向了大海。汗水从他的礼帽下滑落，融化了他小胡子尖上的蜡，嘴唇上方那原本精心修饰过的胡须此时成了一团乱毛。不过，约翰尼自我感觉不错，他一边划船一边热情高歌：

划啊，划啊，划到那波涛汹涌的海中央……

他划啊，划啊，可船始终只是在原地打转，没能划到大海里。最后划到双手都起了水泡，他不打算继续划了。他以一种戏剧性的口吻宣布，要让船靠岸了。他划啊划，最后圈子兜得越来越小，船靠近了码头。他先前没注意到，三个孩子被晒得脸通红，没被晒到的地方，皮肤是豌豆绿色的。要是他早知道就好了，热狗、越橘派、草莓汽水、鱼钩上蠕动的蚯蚓，这些东西没让孩子们得到什么好处。

到了码头，他从船上一跃跳上岸去，孩子们也学着他的样子跳上岸去。弗兰茜和尼利都成功地跳上岸来，只有小蒂莉跌进了水里。约翰尼趴在码头，伸手把她捞了上来。小蒂莉站在那里，一身花边裙子湿透了，也弄坏了，可她什么也没说。虽然是大热天，但是约翰尼还是脱下了自己的礼服，跪在地上，把孩子裹了起来。礼服的两只袖子在沙地里拖着。约翰尼一把抱起小女孩，在码头上大踏步来回走动，轻轻拍着她的后背，唱着摇篮曲。那天发生的事小蒂莉丝毫不理解，她不明白为什么自己被带上了那只船，为什么会掉进水里，为什么这个男人为自己忙前忙后的。可她一句话也没说。

约翰尼觉得安慰得差不多了，就把小蒂莉放下来，走进了棚屋，不知道他是想开眼界，还是想夜间垂钓。他花了两毛五分钱从老板那里买了三条比目鱼。他带着包在报纸里的湿漉漉的鱼出来了，告诉孩子们，他答应了妈妈要带新鲜钓来的鱼回家的。

“关键是，”爸爸说，“我带回家的，是在卡纳西钓到的鱼，至于这鱼是谁钓的不重要，重要的是我们去钓鱼了，也带鱼回家了。”

孩子们知道,他想哄妈妈相信这鱼是他钓的。爸爸没叫他们撒谎，只是叫他们不要过于深究真相。孩子们都听懂了。

他们坐上了一辆那种有两排面对面长凳的无轨电车。他们一行人坐成一排，看起来十分可笑。首先是约翰尼，他穿着发硬的皱巴巴的绿裤子，一件满是大洞的汗衫，戴着一顶礼帽，嘴唇上的小胡子凌乱无序。其次是小蒂莉，她被包裹在约翰尼的外套里，海水从外套上滴答滴答地落下来，在电车地板上形成一小摊水。然后是弗兰茜和尼利，他们的脸晒成了砖红色，他们端正地坐着，努力不让自己犯晕。

人们上了车，坐在对面，好奇地看着他们。约翰尼挺直背坐着，鱼放在膝盖上，努力不去想汗衫上的那些洞。他的目光越过其他乘客的头顶，假装在研究药片的广告。

上车的乘客越来越多，车厢里拥挤起来，可没人愿意坐在他们旁边。一条鱼挣脱了湿漉漉的报纸，掉在地上，黏糊糊的，沾满了灰尘。小蒂莉终于受不了了,她看着那条鱼呆滞的眼睛,什么也没说,一声不响地呕吐起来，呕吐物遍布约翰尼的礼服。弗兰茜和尼利似乎一直在等着这个信号，也跟着吐了起来。约翰尼坐在那里，腿上放着两条鱼，脚边还有一条鱼，他的眼睛一直盯着那个广告，因为不知道自己能做什么。

这场糟糕的旅行结束后，约翰尼把小蒂莉送回家，他觉得自己有必要向小蒂莉的母亲解释一番。只是那女人根本不给他解释的机会。看到自己脏兮兮、湿漉漉的孩子，她尖叫起来。她一把扯下礼服，扔到约翰尼的脸上。约翰尼千方百计要解释一两句，可她怎么都不肯听。小蒂莉一言不发。终于，约翰尼等到一个插嘴的机会。

“夫人，我觉得你的小女儿已经说不出话来了。”

这么一说，小蒂莉的母亲更加疯狂了。她冲约翰尼嘶吼：“是你害的，都是你害的！”

“你让她说句话听听？”

那女人一把抓住孩子，晃来晃去。“给我说话！”她尖叫道，“随便说点儿什么。”小蒂莉终于张开了嘴巴，开心地笑着说：“谢谢。”

凯蒂把约翰尼狠狠地数落了一顿，说他根本就不配有孩子。弗兰茜和尼利此时正因为中暑，身体忽冷忽热。看到约翰尼唯一的一件礼服被毁掉，凯蒂差点儿哭出来。这件衣服若送去清洗、熨烫，至少要花一块钱，而且很难恢复原状。至于那两条鱼，已经腐烂不堪，只好扔进了垃圾桶。

孩子们上床睡觉去了。他们一会儿发冷，一会儿发热，一会儿又想呕吐。他们把头捂在被子里，一想到爸爸站在水里的狼狈样子，就忍不住笑起来，笑得床架都摇晃起来。

约翰尼坐在厨房窗前，一直坐到深夜。他想不明白，怎么全都搞砸了。他唱过很多关于乘船出海的歌曲，歌中有水手们出海时喊的号子。他想不通，为什么现实中出海，跟歌里唱的情形毫不相同。孩子们本该兴高采烈地回来，怀着对大海深切的热爱，他也应该带回自己钓的各种鱼。结果却和歌里唱的大不一样，为什么？他双手起泡，礼服被毁，孩子们中暑、呕吐，鱼还腐烂了。为什么小蒂莉的妈妈不明白他的一番好意，忽略这场出游的结局呢？他怎么想也想不明白——就是想不通。

那些关于大海的歌曲欺骗了他。

第二十八章

那个夏天的星期六，本该是弗兰茜生命中最快乐的一天，被写进她的日记本。她第一次看到自己的名字被印成了铅字。学校在学年末出版了一本校刊，上面刊登各年级最优秀的一篇作文。弗兰茜的作文《冬日》被选为七年级最好的作文。这本校刊售价一毛钱，弗兰茜不得不等到星期六再去买。可是学校前一天就停课放暑假了，弗兰茜担心买不到杂志，不过詹森先生说他星期六还会上班，如果她带一毛钱过来，他就把杂志给她。

那天下午，她早早地站在家门口，把杂志摊开到刊登她作文的那一页，希望有人经过，可以给他们看看。

吃午饭的时候，她已经给妈妈看了杂志，可妈妈得赶回去上班，没时间看她的作文。吃饭的时候，弗兰茜至少提了五次，她的作文发表在校刊上了。

妈妈说："是的，是的，我知道了。我早就料到会有这一天。以后你会有更多的作文被刊登出来的，你会习惯的。现在就别被这件事冲昏头脑了，还有盘子要洗呢。"

爸爸在工会总部，要等到星期天才能看到这篇作文。但弗兰茜知道爸爸一定对此很满意。于是她站在街上，把这份荣耀夹在胳膊下。她一刻也不能松开那本杂志，时不时地瞥一眼自己被印成铅字的名字，兴奋之情有增无减。

弗兰茜十三岁那年发生了两件大事：一件是欧洲爆发了战争，另一件是一匹马爱上了艾薇姨妈。

艾薇姨妈的丈夫和他的马"鼓手"已经当了八年的死敌。他对马十分刻薄，又踢又打又骂，还把缰绳拉得很紧。这马也以刻薄回报他。“鼓手”熟悉送货路线，每到一个送货点就会自动停下来，等弗利特曼上了马车，再继续往前走。可最近，一等弗利特曼下马车去送牛奶，它就小跑起来，害得弗利特曼要跑半个街区才能追上它。

到了中午，弗利特曼就能送完所有牛奶。他会回家吃饭，然后把马和马车带回马厩去洗刷干净。这匹马有个损招，常常在弗利特曼趴在它身下给它洗肚子的时候，往他身上撒尿。附近的男人们就站在边上等着看这出好戏，好取乐一番。弗利特曼可忍受不了被人取笑的滋味，便养成了去家门口洗马的习惯。夏天这么做倒不要紧，可到了冬天马就要受罪了。到了严寒的冬天，艾薇姨妈会下楼告诫弗利特曼，不要在这么冷的天用冷水给“鼓手”洗澡。这匹马似乎也知道艾薇姨妈在帮它说话。艾薇姨妈跟弗利特曼争执的时候，马会发出阵阵可怜的嘶鸣声，还把头靠在艾薇姨妈的肩膀上。

一个寒冷的冬天，“鼓手”决定亲自动手解决问题——或者用艾薇姨妈的话说，亲自动蹄。弗兰茜饶有趣味地听艾薇姨妈给诺兰一家叙述整件事的经过。没人能像艾薇姨妈那样绘声绘色地讲故事。她把每个角色都演出来，甚至包括马在内，演得很滑稽，还把每个角色的心理活动也都演出来。根据艾薇姨妈的描述，事情的经过是这样的：

一天，弗利特曼正在街上用冷水和坚硬的黄肥皂给马洗澡，马冻得瑟瑟发抖。艾薇站在窗边看着。他俯下身去洗马的肚子，此时马绷紧了身体。弗利特曼以为“鼓手”要往他身上撒尿了。这个不堪其扰又无能为力的小人物再也忍受不了了，赶紧闪到一边，还冲马肚子打了一拳。马抬起腿，果断地在他头上踢了一脚。弗利特曼倒在马肚子下，昏迷了。

艾薇冲下楼。马见到她，欢快地叫了一声，但艾薇并没有理睬它。马回头看见艾薇要把弗利特曼从自己的肚子下面拖走，就开始走动起来。它或许是想把马车拖走，离开那不省人事的家伙，或许是想让马车从弗利特曼身上轧过去。艾薇叫了一声："小伙子，停住。""鼓手"这才及时停了下来。

一个小男孩去找了警察，警察去叫了救护车。救护车上的医生无法确定弗利特曼是骨折还是脑震荡，就带他去了格林庞特医院。

可这匹马还拉着一马车的空奶瓶等着回马厩呢。艾薇从没有驾过马车，不过她觉得试试也无妨。她穿上丈夫的一件旧大衣，裹上头巾，爬上车座，抡起了缰绳，喊道："回家吧，'鼓手'。"马把头往后一甩，含情脉脉地看了她一眼，然后欢快地一路小跑起来。

幸好它知道路。马厩在哪儿艾薇一无所知。这匹马很聪明，它在每个十字路口停下来，让艾薇左右观望，如果都没人，艾薇就说："走吧，小伙子。"如果有车经过，她会说："稍等，小伙子。"就这样，他们顺利地回到了马厩，"鼓手"骄傲地一路小跑站回自己在马群中的位置。其他车夫正在那儿洗马车，看到来了一个女车夫，都非常惊讶，一时间马房里骚动起来。马房老板闻声赶过来，艾薇把事情的原委告诉了他。

"我早知道会有这么一天，"老板说，"弗利特曼不喜欢那匹马，马也不喜欢他。得了，我们另外找一个车夫吧。"

艾薇害怕丈夫丢了工作，就问丈夫住院期间，她可不可以顶替他来赶马车。她说牛奶反正是天还黑着的时候送上门的，换个人送也没人知道。老板笑了起来。她说他们真的很需要每周那二十二块五毛钱的工资。她苦苦地恳求，模样娇小可人，态度又这么坚定，老板终于答应了。他把客户名单交给艾薇，还说小伙子们会帮她把牛奶装上车的。他又说马知道路线，应该没什么问题。其中一个车夫建议，她应该带上马厩的狗，一来作为陪伴，二来可以预防有人偷牛奶。老板同意了，叫她凌晨两点来报到。艾薇是这条路线的第一个女送奶工。

这工作她干得不错。马厩里的男人们都喜欢她，说她比弗利特曼干得好。她很现实，同时又很温柔，男人们喜欢她那轻声细语的讲话方式。马也很开心，尽力配合她。到了需要送奶的人家门口，它会自动停下来，等到她送完奶回到车上安安稳稳地坐下来，它才重新出发。

跟弗利特曼一样，艾薇回家吃饭的时候也把马带回来。天太冷，她从家里找了一床旧棉被，盖在马身上，让它等待的时候不至于受冻。她把马吃的燕麦带上楼，在烤箱里加热几分钟再喂给它。她觉得冰冷的燕麦一点儿也不开胃，马也喜欢吃上一口暖和的餐食。它吃完燕麦后，艾薇还给它半个苹果或一块糖。

她觉得不能大冷天在街上给马洗澡，就把它带回马厩去洗。她觉得黄肥皂太刺激皮肤了，就带了一块甜心牌香皂和一块旧浴巾，用来给马擦洗身体。马厩里的男人们主动要帮她洗马和马车，她却坚持自己洗马。两个男人因为争着帮她洗马车起了争执，艾薇说他们俩可以轮流，一人一天，这样才平息了风波。

艾薇把给“鼓手”的洗澡水放在老板办公室的煤气炉上加热。她从没有想过用冷水洗它。她用温水和香皂给马洗澡，再用毛巾一点儿一点儿地擦干。在洗澡的过程中，马从没有羞辱过她。它总是高兴地哼着，愉快地嘶鸣着。艾薇帮它擦干时，它因为欣喜皮毛也抖动起来。艾薇帮它清洗胸口的时候，它就把那硕大的脑袋搁在她小小的肩膀上。毫无疑问，这匹马喜欢艾薇。

当弗利特曼康复后回来上班，马看到他坐在马车上就拒绝离开马厩。他们只好给弗利特曼安排另外一匹马和另一条线路。但“鼓手”也不肯跟其他马夫走。就在老板决心要把这匹马卖掉的时候，他突然有了个主意。这些马夫当中，有一位柔弱的年轻人，讲起话来口齿不清，细声细气。他们让这个人坐到弗利特曼的马车上，“鼓手”这才心满意足，同意跟这个车夫一起出门送奶。

于是，“鼓手”又恢复了它以往的工作。只是每天中午它都拐进艾薇住的那条街，站在她家门口，等到艾薇下楼来给它一口苹果或一块糖，摸摸它的鼻子，叫它一声“好小伙儿”，它才肯跑回马厩去。

“这马可真好玩儿。”弗兰茜听完故事说。

“它是很好玩儿，”艾薇姨妈说，“它很清楚自己要什么。”

第二十九章

弗兰茜十三岁生日那天，在日记里写了这样一句话：

12月15日

今天我进入青春期了。未来的日子会发生什么呢？我很想知道。

根据日记的记载，这一年并没有发生什么，而且越到后面，记录得越少。弗兰茜之所以写日记，是因为小说里的女主人公都写日记，她们的日记充满了思考，充满了长吁短叹。弗兰茜原以为自己的日记也会是这样，可她的日记除了对哈罗德·克拉伦斯的一些浪漫描述，都是些乏善可陈的文字。到了年末，她随手翻了翻日记本。

1月8日

外婆有个精美的雕花盒子，是一百多年前她的曾祖父在奥地利做的。盒子里面放着一条黑色连衣裙、一条白色衬裙，还有鞋子和丝袜。这是她给自己准备的寿衣，她说她不想被裹尸布包起来。威利·弗利特曼姨父说他死后希望被火化，叫人把他的骨灰从高处撒下来。他认为下一世可以变成小鸟，从头再来。艾薇姨妈说他已经是一只小鸟了，是布谷鸟[①]。我笑了，妈妈责备了我。火葬比土葬好吗？我好奇。

1月10日

今天爸爸生病了。

①布谷鸟：又名杜鹃，还指“疯狂、愚蠢之人”。

4月2日

爸爸已经三个礼拜没上班了，他的手出了毛病，抖得厉害，什么也端不住。

4月20日

茜茜姨妈说她要有孩子了。我简直不敢相信，因为她的肚子还是平的。我听见她跟妈妈说，她把孩子背在背上。我很好奇。

5月8日

爸爸今天生病了。

5月9日

爸爸今晚去上班，可是又回来了，说别人不需要他。

5月10日

爸爸又病了。他大白天做起了噩梦，还尖叫。我只得去找茜茜姨妈。

5月12日

爸爸已经一个多月没有工作了。尼利想办工作证件，还想辍学。妈妈说不可以。

5月15日

爸爸今晚上班了。他说从现在开始他要操持这个家。他还因为工作证的事情把尼利骂了一顿。

5月17日

爸爸生着病回家了。街上几个小孩子跟在他后面嘲笑他。我讨厌小孩。

5月20日

尼利开始卖报纸了。他不肯让我帮他一起卖。

5月30日

加德小姐说要把我那篇写冬日的作文刊登在校刊上。

6月2日

爸爸今天病着回家了。尼利跟我帮妈妈一起把他抬上楼。爸爸哭了。

6月4日

今天的作文我得了A。作文题目是“我的理想”。我写错了一个地方，我写的是“剧本作家”，加德小姐说正确的词应该是“剧作家”。

6月7日

今天两个男人把爸爸带回家。他病了。妈妈不在家。我把爸爸扶上床，给他喝了黑咖啡。妈妈回来后，说我做得对。

6月12日

蒂莫尔小姐今天给我布置了舒伯特的《小夜曲》。妈妈的水平已经超过我了，她的作业是《唐豪瑟》①里的《星空》一曲。尼利说他比我们俩都学得快，他已经可以不看乐谱弹《亚历山大的散拍乐队》了。

6月20日

我去看了一场戏，名为《金色西部的女郎》。这是我看过的最棒的演出了，血从天花板上滴落下来的场景很逼真。

6月21日

爸爸连着两个晚上没有回家。我们不知道他去哪里了。他回家的时候又病了。

6月22日

妈妈今天翻了我的床垫，找到了我的日记本，偷看了我的日记。还好我没在日记里写妈妈的什么坏话。如果将来我有了孩子，我一定不会去看他们的日记。因为我相信，即使是小孩，也有权利享有一些隐私。如果妈妈再来看我的日记，看到这里，我希望她能明白

---

①《唐豪瑟》：德国作曲家理查德·瓦格纳的歌剧作品。

我的意思。

6月25日

今晚弗利特曼姨父、艾薇姨妈、茜茜姨妈和她的丈夫都过来了。弗利特曼姨父说他新分到的马“贝西”更坏，干的事比往他身上撒尿还糟糕。我忍不住笑了，妈妈骂了我一顿。

6月27日

我们已经读了四遍《莎士比亚全集》。

7月1日

狭隘……

弗兰茜用手遮住这一篇日记。她突然想到，当时那种痛心难过的感觉会再次席卷而来。不过那感觉已经远去了。她把那一页翻过去，看另一篇日记。

7月4日

麦克肖恩警官今天把爸爸送回家。我们开始还以为爸爸被警察逮捕了，后来发现不是。他只是生病了。麦克肖恩警官给了我和尼利每人两毛五分钱。妈妈叫我们还回去。

7月5日

爸爸还在生病。我想知道，他以后还能上班吗？

7月6日

今天我们开始玩北极探险的游戏。

7月7日

北极。

7月8日

北极。

7月9日

北极。只是救援队员仍旧没有到来。

7月10日

今天我们打开了那个储蓄罐。里面有八块两毛钱。我的“金币”已经变成了黑币。

7月20日

储蓄罐里的钱全花光了。妈妈去帮麦加里蒂太太洗衣服。我帮她熨烫，但在麦加里蒂太太的衬裤上烫了一个洞。妈妈不让我继续熨了。

7月23日

这个暑假我在亨德勒餐馆找了一份工作——在午饭和晚饭的高峰时间洗碗，用的是桶装液体洗涤剂。每个星期一，一个男人过来收走三大桶油渣，星期三带来一桶洗涤剂。这世上没有什么东西会浪费掉的。我每周挣两块钱，餐馆还管饭。工作倒不累，但我不喜欢洗涤剂。

7月29日

爸爸今天没生病。他会去找工作的。他叫妈妈别再给麦加里蒂太太洗衣服了，叫我也别出去打工了。他说我们会很有钱的，会搬到乡间去住。我不知道是真是假。

8月10日

茜茜姨妈说她很快就要有孩子了。我好奇她怎么有孩子？她的肚子平得像一张煎饼。

8月17日

爸爸已经连着上三周班了。我们晚上吃得很好。

8月18日

爸爸病了。

8月19日

爸爸病了，因为他失业了。亨德勒先生不让我再回餐馆做事了，说我靠不住。

9月1日

艾薇姨妈和弗利特曼姨父今晚过来了。威利唱了一首《弗兰克和约翰尼》，里面夹杂了些脏话。艾薇姨妈站在椅子上，冲着他的鼻子打了一拳。我大笑，被妈妈骂了。

9月10日

开学了，这是最后一个学年。加德小姐说，如果我的作文一直得A，她会考虑让我写毕业演出的戏剧。我有个绝妙的创意：舞台上会有一个女孩，身穿白裙，头发披在背后，她的名字叫“命运”。其他女孩上台来，诉说她们想从生活中得到什么，“命运”则会告诉她们究竟能得到什么。到了剧末，一个穿蓝裙子的女孩会走出来，伸出双臂，问：“那么，活着值得吗？”大家会齐声说：“值得。”当然，对白都要设计得押韵。我把这想法告诉了爸爸，可他病得太重，听不懂我讲了什么。可怜的爸爸。

9月18日

我问妈妈，我能不能剪个像艾琳·卡斯尔[1]那样的短发。妈妈说不行。我想当自己的主人，想剪头发的时候就剪头发。

10月25日

等这个日记本用完，我会很高兴，我已经厌倦了写日记。一直也没什么重大的事情发生。

弗兰西翻到了最后一篇，只剩下一张白纸了。好吧，她越早把这张纸填满，写日记这件事就越早结束，她就不必再费心记日记了。

①艾琳·卡斯尔：美国女演员。

第三十章

听到茜茜告诉妈妈她要有孩子了，弗兰茜很好奇为什么茜茜不像别的女人那样，说自己要“生”孩子了。后来她弄明白了，为什么茜茜说“有”，而不是“生”。

茜茜结过三次婚。在柏树山的圣约翰公墓里，有十个小墓碑是茜茜那十个夭折的孩子的。每块墓碑上的出生日期和死亡日期都是同一天。茜茜如今三十五岁了，日夜期盼能有个孩子。凯蒂和约翰尼常常聊到这件事，凯蒂担心茜茜某天会去绑架一个小孩带回家来。

茜茜想收养一个孩子，但她的丈夫不肯。

“别人家的孩子，我才不会养大，明白吧？”约翰这样表达他的反对意见。

“宝贝，你难道不喜欢孩子吗？”茜茜哄着他问。

“我当然喜欢孩子了，但一定要是我自己亲生的。”他这样回答。

在大部分事情上，约翰就像个软面团，任由茜茜揉捏。唯独在这件事上，他决不让她由着自己的性子来。他坚持认为，如果要孩子，那么这个孩子一定要是他自己的。茜茜明白他的态度有多坚决，她甚至对他的这番坚定生出了一丝敬意。但是，她非要一个活生生的孩子不可。

茜茜无意中得知，马斯佩斯附近有户人家无力抚养孩子，想把即将出生的孩子送人。她决定去看看这户人家。如果他们看上去健康、正常，她就提出这孩子由她来收养。

茜茜前去拜访的时候，那位准妈妈的母亲不肯放她进去。第二天，茜茜又来了。这一次，她在大衣上别了个徽章。她敲敲门，门刚刚开了一道缝，她就指了指身上的徽章，口气严肃地要求进屋。

那家人吓坏了，以为是移民局的人找上门来了，只好放她进去。她们不识字，其实那徽章上写的是“家禽检查员。”

茜茜开始“执法”了。那位年轻的准妈妈很害怕但很倔强。由于一直饿肚子，她瘦弱不堪。茜茜跟这位母亲及其女儿露西娅谈了一整天的话。大部分时间，三个人好像在演一出哑剧。最后，茜茜终于让这母女俩听明白了她的意思：孩子一生下来，她想带走抚养。那位母亲终于明白后，感激得抓着茜茜的手不停地亲吻。从那天起，茜茜成了这家人崇拜并信任的朋友。

早上，约翰上班去了，茜茜收拾干净公寓，给露西娅煮了一锅食物，带到她家里。她炖煮的是爱尔兰和德国风味的混合食物。茜茜认为，如果孩子在出生前就摄取了此类食物，他的长相就不会那么像意大利人了。茜茜把露西娅照顾得很好。天气晴朗的时候，茜茜带她去公园，让她晒晒太阳。茜茜是一个忠实的朋友，在这段特殊的时期，她和露西娅结下了非同寻常的友谊。露西娅对茜茜喜爱又崇敬。

这家人不会说英语，茜茜也不懂意大利语。不过几个月过去，这家人学了些简单的英语，茜茜也从他们那儿学了点儿意大利语，双方能交谈了。一切都安排妥当，双方达成一致之后，茜茜跟朋友和家人宣布她准备要孩子了。没人把她的话当回事，因为茜茜一直都在要孩子。

茜茜找了个不出名的接生婆，提前支付了接生费用。接生婆给了茜茜一张纸，茜茜让凯蒂在纸上写了“茜茜”、她老公约翰的名字和茜茜娘家的姓氏。她告诉接生婆，这张纸要在分娩后立即交给卫生局登记。那个无知的接生婆连意大利语都不会说（茜茜找她也是看中这一点），以为这纸上的名字就是婴儿生父和生母的名字。茜茜要把出生证明也安排妥当。

茜茜把这场“怀孕”装得跟真的似的，她甚至装出了怀孕头几个月早晨的孕吐。露西娅说她感到胎动的时候，茜茜也告诉丈夫她感到了胎动。

在露西娅开始阵痛的那个下午，茜茜回家躺到了床上。约翰下班回家了，她告诉丈夫孩子要出生了。约翰看了看她，面前的妻子就像芭蕾舞者一样苗条。约翰争辩说这不可能，但茜茜坚称孩子要出来了，约翰不得不去把她妈妈找来。玛丽·罗姆利看了看茜茜，说她绝对不可能生个孩子出来。茜茜用一声尖锐的惨叫来回应，说她就要痛死了。玛丽若有所思地看着她，不知道她的脑子里在想什么。但她知道与茜茜争辩是没有用的。如果茜茜说她要生孩子了，那她就是要生孩子了，就这么简单。可是约翰抗议了。

“你看她瘦成这样，肚子里面怎么可能有孩子呢？”

“也许孩子在她脑袋里吧，她的脑袋够大吧。”

“哎呀，别胡扯了。”约翰说。

“谁知道呢？”玛丽转向茜茜那稀里糊涂的丈夫，温和地对他说，“很多事情男人都是不懂的。”她劝这个困惑不已的男人好好吃顿饭——她会给他做顿饭，吃完了上床好好睡一觉。

这个稀里糊涂的男人整晚躺在妻子身边，并没有睡一个好觉。他时不时地起来，撑着手肘盯着妻子看，还时不时用手去摸她的腹部。茜茜倒是酣睡了一整晚。

第二天他去上班之前，茜茜宣布，等他晚上下班回来，就会升级当爸爸了。

“噢，你赢了。”这个男人不堪折磨，离开家去通俗读物杂志社上班了。

茜茜冲到露西娅家。孩子刚出生，是一个漂亮、健康的女婴。茜茜高兴坏了。她叫露西娅给孩子喂十天奶，然后她就把孩子带走。她还出门买了一只烤鸡、一块面包房的甜品派。女孩的母亲按照意大利餐的做法加工了那只烤鸡。茜茜还在该街区的一家意大利食品店里买了一堆食物，三个人美美地吃了一顿，跟过节似的，每个人都开开心心的。

茜茜每隔一小时就给宝宝洗个澡。一天之中她给孩子换了三次上衣和头饰。不管有无需要，她都每五分钟给孩子换一次尿布。茜茜还把露西娅梳洗了一番，洗得干干净净、甜美可人。她把露西娅的头发梳了又梳，直到它像缎子一样光滑。她怎么宠爱露西娅和宝宝都不够。

当晚，约翰回到家时，茜茜平静地躺在床上。他用开玩笑的口吻问：“你今天生了孩子吗？”

“是的。”她声音虚弱地回答。

“编吧，继续编！”

“今早你出门后一小时，孩子就出生了。”

“没有的事！”

“我发誓！”

他环顾房间，问：“那么，孩子在哪儿呢？”

“在科尼岛[①]的恒温箱里。”

“你说哪里？”

“孩子只有七个月大，才三磅重。所以我没有显怀。”

“你在跟我撒谎，是不是？”

“等我身体恢复，我就带你去科尼岛，隔着玻璃恒温箱看看。”

“你到底想做什么？你要把我逼疯是不是？”

“我十天后就把孩子带回家，只要她的指甲一长出来，我就带她回来。”后半句是她即兴发挥的。

“茜茜，你到底怎么了？你今天早上根本就没生孩子，你心里清

①科尼岛：又译作康尼岛，是位于布鲁克林地区的半岛。

楚得很。”

“我生了，孩子三磅重。他们把她放进暖箱了，这样她才能活下来。我十天以后就去把她带回家。”

“我不管了！我不管了！”他大喊大叫着走出家门。

十天后，茜茜把婴儿带回了家。这是个重达十一磅的婴儿。约翰最后一次坚持自己的意见。

“出生才十天的孩子，看起来有点儿大啊。”

“你自己就是个大个子男人，宝贝。”茜茜说。

“其实，”约翰说，“这孩子长得是有点儿像我呢。”

“尤其是耳朵周围。”

那户意大利人家几个月后就回意大利去了。他们也乐得回去，因为新世界除了带给他们悲伤、贫穷，别的什么也没有。后来，茜茜再没有听到他们的消息。

所有人都知道那孩子不是茜茜的——不可能是茜茜自己生的。但她一口咬定是自己生的，加上也没有别的解释，大家就渐渐接受了。毕竟这世上发生过千奇百怪的事。她给孩子取名莎拉，后来大家都叫她小茜茜。

凯蒂是唯一知道孩子来历的人。茜茜请她帮忙在出生证明上写名字时，向她吐露了真相。啊，其实弗兰茜也知道。她常常在夜里被吵醒，听到妈妈和茜茜在厨房里谈论孩子的事。弗兰茜发誓永远保守茜茜的秘密。

除了那户意大利人家，约翰尼是另一个知道这事的人，是凯蒂告诉他的。弗兰茜听见父母谈论此事，他们以为她睡着了。爸爸设身处地为茜茜的丈夫说话。

“对一个男人，对任何男人这么做都是肮脏的把戏，得有人告诉他真相啊，我去告诉他。”

“万万不可！”妈妈坚决反对，“他现在高兴着呢，让他高兴。”

“高兴？弄个别人家的孩子还高兴？我真搞不懂。”

“约翰爱茜茜，总是担心茜茜会离开他。要是她离开他，他就活不下去了。你知道的，茜茜就是想要个孩子。如果不是这孩子来了，她恐怕又要离开现在这个丈夫了。记住我的话，她会安稳下来，当个好妻子。”凯蒂停顿了一下，接着说，“她会是个好妈妈，这孩子将是她的全部。所以你就别添乱了，约翰尼。”

“你们罗姆利家的女人，我们男人搞不懂。”约翰尼说，突然间，他想到了什么，问凯蒂，“说！你没有这样对我吧？”

凯蒂没有回答，而是把孩子们从床上拽了起来，让他们穿着睡衣站到约翰尼面前。“你看看他们。”她命令道。约翰尼看了看自己的儿子，就像面对一个魔镜，看到了自己一样，只是小了几码的自己。他又看了看弗兰茜。她的五官和凯蒂是一个模子里刻出来的（只是更严肃），只有眼睛像约翰尼。弗兰茜突发奇想，拿了盘子盖在胸口上，就像约翰尼唱歌时拿着帽子那样，她唱起了他的歌：

他们叫她萨尔，
独具一格的女孩。

她的表情、手势都和约翰尼一模一样。

“好了，好了。”约翰尼低声说。他吻了吻孩子们，拍了拍他们的后背，叫他们回床上去睡觉。孩子们回房间之后，凯蒂把约翰尼的脑袋摁下来，在他耳边轻轻说了些什么。

“不是吧！”约翰尼吃惊地说。

“是的，约翰尼。”她语气平静。他戴上帽子往外走。

“你要去哪儿？”

“出去一趟。”

“约翰尼，你回来的时候可别……”她看着卧室门。

“不会的，凯蒂。”他轻轻吻了她一下，就出去了。

弗兰茜半夜醒来，不知道自己为什么醒了。哈！因为爸爸还没回来，所以她醒了。只要爸爸不回来，她就睡不踏实。一醒来，她就开始思考各种问题。她想到了茜茜的孩子，想到了出生，想到了出生的必然结果：死亡。她不愿意去想死亡，可是每个出生的人都难逃一死。就在她努力地不去想死亡的话题时，她听到了爸爸轻声哼着歌上楼的声音，听到他唱起了《莫莉·马隆》的最后一句。她浑身颤抖。爸爸从没唱过这一段，从没有！为什么……

她死于高烧，
没人能救她，
我就这样失去了，
我的宝贝莫莉·马隆……

弗兰茜没有起身。爸爸回家晚了，一般都是妈妈开门，她不想打扰孩子们睡觉。那首歌快唱完了，妈妈没听见，也没起来。弗兰茜跳下床，在她的手触碰到门之前，爸爸唱完了整首歌。她打开门，看到他静静地站在门外，手里拿着帽子。他的目光越过弗兰茜头顶，直视前方。

“你赢了，爸爸。”弗兰茜说。

“是吗？”

“你把整首歌唱完了。”

“对啊，我想我是唱完了吧。”他坐到窗边的椅子上。

“爸爸……”

“把灯关了，回去睡吧。”（他回来之前，灯一直点着，只是灯火调得很小。）弗兰茜熄灭了灯。

“爸爸，你没有……生病吧？”

“没有。”黑暗中传来他清晰的声音。弗兰茜知道他说的是实话。

她回到床上，把脸埋到枕头里。不知为什么，她哭了。

第三十一章

弗兰茜刚过了十四岁生日。尼利呢，用他自己的话说，马上就要到十三岁了。不过这一年兆头不好。约翰尼好像不大对劲，尽管他没酗酒。当然，过去他也有不喝醉的时候，那是他在上班的时候。现在他既不喝酒，也不上班了，可问题是他即使没喝酒，他的行为举止仍像个醉汉。

他已经两个多星期没跟家人说过话了。弗兰茜记得爸爸最后一次同她讲话，是那晚他神志清醒地回到家，唱了《莫莉·马隆》最后一段。如此想来,那晚之后他就再没唱过歌了。他来来去去,一言不发,在外面待到很晚，回家的时候也没醉酒，没人知道他晚上去哪儿了。他的双手抖得很厉害，吃饭的时候几乎握不住叉子。他似乎一夜之间苍老了。

昨天他回到家时，凯蒂和孩子们正在吃晚饭。他看了看他们，好像有什么话要说，可是终究没说。他闭上眼睛进了卧室。他每天作息毫无规律，不管白天还是黑夜，他来去自由。在家的时候，他总是和衣躺在床上，闭着眼睛。

凯蒂一声不吭。她身上有种不祥的预兆，好像她的体内酝酿着一个巨大的悲剧。她的脸很瘦，两颊凹陷下去，身体却比从前丰满。

她又多打了一份工。她起得比平时更早，以更快的速度打扫自己住的这栋公寓楼，下午很早就干完活儿了。然后她冲到格兰德大街那端的波兰街区，到戈林百货公司里从四点工作到七点，给女售货员送咖啡和三明治。因为到了购物旺季，百货公司不让售货员外出吃晚饭。凯蒂来这里工作，每天能多挣七毛五分钱，这对一家人来说实在太需要了。

快七点了，尼利已经送完报纸回到家，弗兰茜也从图书馆回来了。屋子里没有生火，他们得等妈妈回来，拿当日的工资去买一些木柴。因为公寓里很冷，所以孩子们穿着大衣，戴上了帽子。弗兰茜看到晾衣绳上挂了几件妈妈晾晒的衣服，想收回来。可那些衣物都冻成了怪异的形状，很难从窗外拉进来。

“来，让我来收。”尼利指着一件冰冻的长睡衣说。那套睡衣的裤腿冻成张开的形状，尼利怎么拉扯都收不进来。

“我要打断这裤腿！”弗兰茜说。她猛地拍打，那睡衣上结的冰碎了，衣服总算瘫软下来。她狠命地往回扯，那一刻她看起来就像凯蒂。

凯蒂匆匆忙忙回到家中，带回了一捆花两分钱买的木柴、一罐炼乳，还有装在袋子里的三根香蕉。她把纸和木头塞进炉子里，不一会儿，火就生起来了。

“好了，孩子们，今晚我们吃燕麦。”

“又吃燕麦？”弗兰茜抱怨道。

“不会很差啊，”凯蒂说，“我们有炼乳，我还买了香蕉，可以削片放在燕麦上面。”

“妈妈，”尼利命令道，“不要把炼乳和燕麦混合在一起。炼乳就放在燕麦上面。”

“把香蕉切片和燕麦一起煮。”弗兰茜建议。

“我想吃一整根香蕉。”尼利抗议。

妈妈解决了姐弟俩的争论，说：“我给你们一人一根香蕉，你们自己决定怎么吃。”

燕麦煮好后，凯蒂拿出两个汤碗盛满，放到桌上。她在那罐炼乳上打了两个孔，每个汤碗旁放了一根香蕉。

“你不吃吗，妈妈？”尼利问。

“我过一会儿再吃。我现在不饿。”凯蒂叹了一口气。

弗兰茜说："妈妈，你如果现在不想吃，就弹钢琴吧，这样我们就像在餐馆里吃饭一样。"

"客厅里很冷。"

"把煤油炉点上啊。"两个孩子异口同声地说。

"好吧，"凯蒂从壁橱里拿出了便携式煤油炉，"不过你们知道我弹得不怎么样。"

"你弹得很好，妈妈。"弗兰茜真诚地说。

凯蒂听了很开心。她跪下来点燃煤油炉，说："你们想要我弹什么呢？"

"《来吧，小叶子》。"弗兰茜说。

"《欢迎你，甜美的春光》。"尼利喊出声来。

"我先弹《来吧，小叶子》，"妈妈说，"因为我没给弗兰茜生日礼物。"她去了冷飕飕的客厅。

"我打算在燕麦上放一些削好的香蕉片，我要切得薄薄的，这样就有很多片。"弗兰茜说。

"我要吃掉一整根，"尼利说，"我要慢慢地吃，这样就能吃很久。"

妈妈弹着弗兰茜点的那首曲子。这是莫顿先生教给孩子的一首歌。弗兰茜跟着琴声唱了起来：

来吧，小叶子，风儿说，
和我一起去草地玩吧！
穿上你的红衣金衣……

"啊，这是哄小孩的歌。"尼利打断她们。弗兰茜不唱了。等凯蒂把弗兰茜点的这首歌弹完，她开始弹鲁宾斯坦的《F大调旋律》。这首曲子也是莫顿先生教的，他取名《欢迎你，甜美的春光》。尼利跟着妈妈的弹奏唱起来：

欢迎你，甜美的春光，我们用歌声欢迎你。

唱到高音的时候，尼利却突然走调唱成了低音。弗兰茜咯咯地笑起来，尼利也跟着笑，笑得没法继续唱歌。

“如果妈妈现在坐在我们身旁，你知道她会说什么？”弗兰茜问。

“什么？”

“她会说，‘春天不知不觉地就来了。’”姐弟俩大笑起来。

“新年就要到了。”尼利说。

“记得我们小的时候，”弗兰茜说，其实她不过刚十四岁，“我们用鼻子去闻，看新年是不是要到了？”

“看看我们还能不能闻到。”尼利一时兴起，把窗户开了一条缝，鼻子伸到外面，“是的，能闻到。”

“是什么气味？”

“雪的气味。记得小时候，我们抬头看天空，冲天上喊：‘羽毛男孩，羽毛男孩，抖落羽毛到地上来。’”

“下雪的时候，我们以为天上真的有个羽毛男孩。让我来闻闻，”她也把鼻子凑近窗户缝隙，“是的，我能闻到。那是橘子皮和冷杉树混合的气味。”他们关上窗户。

“那次你谎称自己的名字叫玛丽，得到了那个布娃娃，我没揭发你呢。”

“是的，”弗兰茜感激地说，“我也没有出卖过你啊，那次你不小心把衣服烧了个大洞，我帮你把衣服藏了起来。”

“你知道吗，”尼利说，“妈妈后来找到了那件上衣，把那个洞补上了，她也没过问。”

“妈妈可真有意思。”弗兰茜说。两个孩子聊起妈妈身上那些让人难以捉摸的地方。火苗渐渐熄灭，不过厨房里仍然很温暖。尼利坐在离炉子最远的那一头，不是很烫的位置。妈妈警告过他，坐在热炉子上会长痔疮的。不过尼利也不在乎，他喜欢后背被烤得热乎乎的感觉。

两个孩子在这一刻算得上是幸福的。厨房里暖和，他们吃了一顿饱饭，妈妈的弹奏让他们感觉安心又舒适。他们聊起了过去的时光，用弗兰茜的话说，他们回忆着过去的好日子。

姐弟俩正聊着天，听到外面有人捶门。“是爸爸。”弗兰茜说。

“不可能，爸爸总是唱着歌上楼的，我们一听就知道是他。”

“尼利，自从那晚之后，爸爸就再没有唱着歌回家了……”

“放我进去！”约翰尼一边喊着，一边砸门，恨不得要把门砸穿了。妈妈赶忙从客厅跑出来，脸色煞白，眼神黯淡。她打开门，约翰尼一头栽了进来。大家都盯着他。两个孩子从没有见过爸爸这副模样。他一贯穿戴整洁，但今天他的礼服脏兮兮的，好像他在臭水沟里滚过，礼帽也瘪得不成样子。他没穿大衣、没戴手套，一双手冻得通红，止不住地颤抖。他冲到桌边。

“我……我没事……”他说。

“没人说你……”凯蒂开口了。

“我受够了，我讨厌它，讨厌它，讨厌它！”他猛捶桌子，他们知道他说的是实话，“自从那晚起我就再没有碰过一滴酒……可是再也没有人相信我了，没人了……”

“好了，约翰尼。”凯蒂安慰他。

“爸爸，你怎么了？”弗兰茜问。

“嘘！别吵你爸爸。”凯蒂对弗兰茜说。她转身跟丈夫说：“今天早上煮的咖啡还有剩的，约翰尼，咖啡又香又热，我们今晚还有牛奶。我一直在等你回家，我们俩一起吃饭。”凯蒂倒了一杯咖啡。

“我们已经吃过了。”尼利说。

“嘘！”凯蒂叫他别说话。她往咖啡里加了点儿奶，坐在约翰尼的对面，说："喝吧，约翰尼，趁热喝。"

约翰尼盯着那杯咖啡，突然猛地一下把杯子推开。杯子坠地的时候，凯蒂倒吸了一口凉气。约翰尼抱头痛哭，哭得直抽搐。

凯蒂走到他身边。"怎么了，约翰尼，出什么事了？"她安慰着问他。过了一会儿，他终于抽泣着回答："他们今天把我赶出了侍应生工会。他们说我是个混混，还说只要我活着一天，都不会给我介绍工作。"他忍住了抽泣，忍了片刻，用惊恐的声音说，"一辈子！他们还要我交出工会徽章。"约翰尼伸手去摸别在衬衫上的那枚小小的、绿白相间的工会徽章。爸爸常说自己把那徽章当成一个装饰品、一朵玫瑰来佩戴，弗兰茜想起来，她的喉咙一紧。他为自己是一名工会成员感到这般自豪。"我是不会放弃的。"他抽泣着说。

"这没什么的，约翰尼。你只要好好睡一觉，重新振作起来，他们会乐意让你回去的。你是个很好的侍应生，他们上哪儿去找你这么好的歌手。"

"我已经不好了。我现在唱不出来了，凯蒂。我一唱歌，他们就笑我。我最后打的那几份零工，他们雇我是为了逗客人开心。事情到了这个地步，我完蛋了。"他大哭起来，哭得好像永远都停不下来。

弗兰茜想跑进卧室，把头埋在枕头底下。她一点点往门口挪着步子。妈妈看见了她。

"站住！"她厉声喝住弗兰茜。她转头继续跟约翰尼说话："好了，约翰尼，你去休息一会儿，就会感觉好些。煤油炉已经点上了，我拿到卧室去，又舒服又暖和呢。我陪你坐着，陪你坐到睡着。"她张开胳膊搂着他。他却轻轻推开她的手，独自进了卧室，仍然在抽泣，只是小声了些。凯蒂对孩子们说："我现在要去陪爸爸一会儿。你们俩继续聊天吧，或者继续做你们刚才做的事。"两个孩子麻木地看着她。"你们这么看着我做什么？"凯蒂声音里带着哭腔，接着说，"没事的。”他们把头扭到一边。她去客厅取那个煤油炉。

弗兰茜和尼利许久没有对视。最后，尼利说：“你想不想聊聊旧时光呢？”

弗兰茜说：“不聊了。”

第三十二章

三天后，约翰尼去世了。

那晚他上床后，凯蒂一直坐在旁边陪着，直到他入睡。后来她为了不打扰约翰尼，就去跟弗兰茜挤在一张床上睡。半夜，他爬起来，悄悄地穿好衣服，出门去了，到第二天晚上都没回来。又过了一天，他们四处找他，去了那些约翰尼从前经常出没的地方，他们都说他已经一周没去过了。

次日晚，麦克肖恩来找凯蒂，带她去了附近的一所医院。去的路上，他尽量用温和的口气告诉她约翰尼的情况。那天早上，有人发现约翰尼蜷缩在一户人家门口。警察发现他的时候，他已经不省人事。警察叫来了救护车。他的礼服都扣起来了，遮住了内衣。他身上没有任何身份标识。后来警察在警局写报告，对这个昏迷不醒的人做了详细描述。例行检查报告的麦克肖恩警官无意中看到这些描述，第六感告诉他这个人是谁。他去医院一看，果然是约翰尼·诺兰。

凯蒂到医院的时候，约翰尼还活着。医生告诉凯蒂，他得了肺炎，没有希望了，还能活几小时。他现在已处于死亡前的昏迷状态。他们把凯蒂带到约翰尼身边，他所在的病房长长的，像个走廊，周围还有五十多张床位。凯蒂向麦克肖恩警官表示感谢并道别。他知道凯蒂要和约翰尼单独待一会儿，就离开了。

约翰尼的床边拉着一扇屏风，暗示这个病人快要死了。他们给凯蒂拿来了一把椅子，凯蒂在那儿坐了一整天，看着约翰尼。他呼吸急促，脸上有干了的泪痕。凯蒂一直坐到他去世，在这期间，他的眼睛一次也没有睁开过，他没有对妻子说一句话。

凯蒂到家时已经是晚上了。她决定先不告诉孩子们这件事，到第二天早上再说。她想：让他们睡一宿好觉吧，让他们没有悲伤、无忧无虑地再睡一晚。她只告诉孩子们，爸爸在医院，病得很重，就没再多说什么。她脸上的表情似乎在告诉孩子们，别多问了。

天刚亮，弗兰茜就醒了。她望着狭窄的卧室，看到妈妈坐在尼利床边，低头看着他的脸。妈妈眼圈发黑，似乎在那儿坐了一整晚。她看到弗兰茜醒了，便叫弗兰茜起床，立刻穿好衣服。她轻轻地摇晃尼利，叫他也起来穿好衣服，自己去了厨房。

卧室里灰蒙蒙、冷冰冰的，弗兰茜穿衣服的时候冻得直哆嗦。她等着尼利，不想一个人去见妈妈。凯蒂坐在窗前。两个孩子走过来，在她面前站好。

“你们的爸爸去世了。”她说。

弗兰茜站在那里，全身麻木。她既不感到惊讶，也不觉得悲伤，什么感觉也没有。妈妈说的这句话，似乎没有任何意义。

“你们不要为他哭。”妈妈命令道，“他解脱了，也许他比我们都幸运。”

医院有个勤杂工收了一个丧葬店老板的回扣，只要有病人去世，他就通知这个丧葬店老板。这个精明的老板比竞争对手先发制人，别人等着生意找上门，他则是主动上门找生意。第二天一早，这个极有事业心的家伙就拜访了凯蒂。

“诺兰夫人，”他私下偷偷看过医院勤杂工写给他的字条，上面有凯蒂的姓名和住址，“我对您的丧亲之痛深表同情。您现在经历的悲痛是我们每个人都要经历的。”

“您想做什么？”凯蒂直截了当地问。

他怕凯蒂误解，就赶忙接着说：“我想当您的朋友。有些事务与这个……遗体相关的……我的意思是……”他又快速看了一眼那张字条，“我的意思是诺兰先生的遗体，我请求您在这个时候把我当朋友，我想给你们一家带来安慰。这个时候……谁又会……我想请您把一切交给我来办。”

凯蒂听明白了。她说：“我想办个简单的葬礼，您怎么收费？”

“您先别担心费用，”他没有直接回答，而是拐弯抹角地说，“我会给他办一场体面的葬礼。我对诺兰先生敬仰有加。我会亲自操办，保证给他办到最好。您就别操心钱的事了。”（其实他根本不认识这位诺兰先生。）

“我不操心，反正我们也没有钱去办。”

他舔了舔嘴唇：“当然，您说的没钱是指除保险金之外。”这句话听上去是陈述句，其实是个问句。

“有保险，一点点而已。”

“哈！”他兴奋地搓搓手，“那我就能帮上忙了。保险理赔程序繁杂，要过很久您才能拿到钱。现在，假设您让我接手代办，我不另外收费。您在这里签个字就可以了。”他从口袋里掏出一张纸，“您把保险单交给我，我垫付办葬礼的费用，收到保险赔付后就从里面抵扣。”

所有殡葬服务从业人员都提供这项“服务”。这其实是他们的小把戏，目的是看保险能赔付多少。得知了保费的数额，他们就收取百分之八十作为丧葬费，多少留一点儿钱给死者家属买丧服，让顾客确信他们的价格是公道的。

凯蒂拿出了保单。她一放到桌上，殡葬店老板那久经历练的眼睛一眼就看清了赔付金额：两百块钱。他假装自己没有看到这张保险单据。凯蒂签了那张纸之后，他又聊了点儿别的。最后，他抿了抿嘴唇，说：“这样吧，诺兰夫人。我给逝者办第一等的葬礼，用四轮马车拉棺材，棺材把手是金属的，收您一百七十五块钱。这种档次的葬礼我一般是要收二百五十块钱的，我不赚您一分钱。”

“那您为什么要接这单生意？”凯蒂问。

这并没有扑灭他的热情。“我接这活儿是因为我喜欢诺兰先生。他是个了不起的人，一个勤勉工作的人。”他看到凯蒂脸上流露出惊讶的表情。

“我不确定。”她犹豫着，“一百七十五块钱……”

“包含所有费用。”他匆忙补充道。

“好吧。”凯蒂无精打采地说。她已经疲于谈论这个问题了。

殡葬店老板拿起了保单，假装他这才看到赔付金额。他故作惊讶地说：“您看，这可以赔付两百块钱。也就是说，付了丧葬费用后，您还有二十五块钱。”他伸直了一条腿，伸手去掏口袋。“啊，我总是说，在这种时候，手头有点儿现金能派上用场……有点儿现金总是好的。”他装出一副善解人意的样子，笑了笑说，“我就自掏腰包，提前支付您那二十五块钱吧。”他把崭新的现钞放在桌上。

凯蒂谢过他。她看出了他的狡猾，不过也没去争辩。她知道这个世道就是这样的，这个人不过是从事自己的行当而已。他叫凯蒂从主治医生那里开一份死亡证明。

“请告诉他们，我会来处理……遗体……我是说，我会来接走诺兰先生。”

凯蒂再次来到医院，被带到了医生办公室。

医生问了一些基本问题：死者全名、出生地、出生日期，等等。最后轮到凯蒂来问他一个问题。

“您会在上面怎么写呢？我问的是，他的死因。”

“急性酒精中毒和肺炎。”

“他们说他是死于肺炎。”

“肺炎是导致死亡的直接原因，但严重酗酒也是一个明确的致病因素。你要我说实话的话，酗酒才是死亡的主要原因。”

“请不要在上面写这个。”凯蒂缓慢而坚定地说，“不要写他是死于酗酒。请只写他是死于肺炎。”

“夫人，我得实话实说啊。”

“人已经死了。至于他是因为什么死的，对你来说有什么意义呢?”

“法律要求……”

“是这样的，”凯蒂说，“我有两个好孩子。他们长大后会成为有出息的人。他们的父亲死于……你说的这个原因，这不是孩子们的错。如果我可以告诉孩子们他们的父亲只是死于肺炎，这对我来说意义重大。”

旁人也来帮腔。“可以的，医生。这对你来说没什么坏处，却能帮到他人。就不要跟一个死了的人计较什么了。你就写‘死于肺炎’，这也是实情。这位女士今后都会感激你的！再说了，”这个人很实际地说，“这对你又没有什么损失。”

在那一刻，医生想到了两件事：一是这个人是医院董事会的成员，二是他自己还想继续在这家医院担任主任医师。

“好吧，”医生让步了，“我就这么写吧。不过你不要跟别人讲。我这可是看在你的面子上啊。”他在“死因”后面的空白处写上：肺炎。

所以，没有任何文字证明约翰尼死的时候是个酒鬼。

凯蒂用那二十五块钱买了丧服。她给尼利买了一套崭新的黑色西装和长裤。尼利的心里交织着喜悦、骄傲和悲伤，那是他人生第一套长裤套装。按照布鲁克林的习俗，凯蒂给自己买了一顶黑色帽子，一面长达三英尺的寡妇面纱。弗兰茜早就需要一双新鞋子了，妈妈终于给她买了一双。凯蒂决定不给弗兰茜买黑外套了，因为她长得太快，现在买的衣服到明年冬天就穿不了了。凯蒂说她那件旧的绿色外套可以用，在胳膊上绕一条黑带子就行。购物结束后剩下的一点儿钱都被放进了储蓄罐里。

殡葬员过来报告说，约翰尼已经在殡仪馆里，工作人员正在给他整理遗容，当天晚上就可以将他送回家。凯蒂明确告诉他，不要把细节告诉孩子们。

这时候，一个重磅坏消息来了。

“诺兰夫人，您得给我地契。”

“什么地？”

“公墓墓地。我得有地契才能挖墓。”

“我以为全包在一百七十五块钱里面了啊。”

“不不不！我已经给您优惠价了。光是棺材就要……”

“我不喜欢你，”凯蒂直言不讳地说，“我不喜欢你们从事的这个行当，可是呢，总得有人安葬死者。墓地多少钱？”

“二十块钱。”

“我要上哪儿去弄这……”她顿了顿，“弗兰茜，去拿起子。”

她们撬开了那个锡质储蓄罐，里面有十八块六毛二分钱。

“这些钱不够，”殡葬店老板说，不过他伸手去接钱，“剩下的我垫上。”

“我会凑齐的，”凯蒂告诉他，“不过没看到地契，我是不会把钱给你的。”

那个人又是争又是吵，最后还是走了，走之前他说会把地契带过来的。妈妈叫弗兰茜去茜茜家借两块钱。殡葬店老板拿着地契回来，凯蒂想到了她母亲十四年前的遭遇，她一字一句仔细地阅读那份地契，还把弗兰茜和尼利也喊来看那份地契。那老板先是用一只脚单脚站着，后来又换了另一只脚。等诺兰家三口人都看完，确认无误，凯蒂才把钱给他。

“诺兰夫人，我怎么会骗您呢？”他一边小心地把钱收好，一边可怜巴巴地说。

“这世上为什么有人就是要行骗呢？”她反问他，“可他们就是要行骗。”

那个储蓄罐放在桌子中间。它已经十四岁了，上面的锡条都破烂了。

“妈妈，要我把它钉回去吗？”弗兰茜问。

“不用了，”妈妈缓缓地说，“我们不再需要它了。你看，我们已经拥有一小块土地了。”她将那张地契折好，放在那个破烂的储蓄罐上面。

棺材放在客厅的那几天，弗兰茜和尼利一直待在厨房，他们甚至直接睡在厨房里。他们不想看到爸爸躺在棺材里。凯蒂似乎也理解，没有强迫孩子们去看爸爸一眼。

公寓里摆满了鲜花。一周前才把约翰尼扫地出门的侍应生工会送来了一大捧白色康乃馨，上面斜挂着一根紫色缎带，缎带上用烫金字母写着“我们的兄弟”。辖区的警察们也来了，麦克肖恩警官送来了一束百合。约翰尼的母亲、罗姆利一家，还有一些邻居也送了花。约翰尼的几十个朋友也送花过来了，凯蒂从没听说过他们的名字。酒吧老板麦加里蒂先生送来了一个人造月桂树叶做的花环。

看了随花环送来的卡片后，艾薇愤愤不平地说：“要是我，就把它扔进垃圾桶。”

“不用，”凯蒂温和地说，“也不能怪麦加里蒂先生。是约翰尼自己要去他那里上班的。”

（约翰尼到去世的时候，一共欠了麦加里蒂三十八块钱。不知为什么，酒吧老板对凯蒂只字未提，只是悄无声息地把这笔账勾销了。）

公寓里混杂着玫瑰、百合、康乃馨的香气，气味浓烈。从那以后，弗兰茜就讨厌这三种花，凯蒂倒是很高兴有这么多人想着约翰尼。

在约翰尼的棺材要合上之前，凯蒂跑到厨房跟孩子们讲话。她把手搁在弗兰茜肩上，低声说：“我听到一些邻居讲闲话。她们说你不愿意看一眼你的爸爸，因为他不是个好爸爸。”

“他是个好爸爸！”弗兰茜愤怒地说。

“是啊，他是个好爸爸。”凯蒂附和道。她耐心地等着，让孩子们自己做决定。

“过来吧，尼利。”弗兰茜说。她和尼利手拉着手，一起去看爸爸。尼利匆匆看了一眼，怕自己哭出来，赶紧跑出了房间。弗兰茜站在那儿，眼睛盯着地面，不敢望向约翰尼。终于，她抬眼了。她不敢相信，爸爸已经去世了！他穿着那身礼服，礼服已经清洗过，熨烫得很平整。他还穿上了假衬衣和纸领子，上面是精心系好的领结。他的翻领上别了一支康乃馨，康乃馨上方是他的工会徽章。他那一头金色的鬈发闪闪发亮，和从前一样。有一束头发乱了，搭在前额一侧。他的眼睛闭着，像是安静地睡着了。他看起来年轻英俊，被照顾得很好。弗兰茜第一次注意到爸爸弯弯的眉毛是这般精致。他的小胡子也被修剪过了，看上去一如既往的温文尔雅。这张脸上再没有痛苦、悲伤和忧愁，它很光洁平滑，还带着孩子气。约翰尼去世时只有三十四岁。但他现在看起来更年轻了，就像一个刚满二十岁的男孩。弗兰茜看看他的双手，它们松弛地交叉在一起。他的无名指上有一圈皮肤特别白，那里曾经戴着结婚时凯蒂买给他的图章戒指。（凯蒂给取下来了，准备以后给成年后的尼利。）在弗兰茜的记忆里，爸爸的手总是在抖，现在手已一动不动，她觉得有些奇怪。她还注意到，他手指的指尖部分尤为修长，使得那双手看起来很秀气。她目不转睛地盯着它们，似乎看到它们在动。她突然慌了，想要跑开。可是这一屋子的人都在看着她。如果她跑开，他们会说那是因为……他的确是个好爸爸。他是个好爸爸！他是！她摸了摸他的头发，把那一缕乱了的头发摆回原位。茜茜过来搂住她，轻声说:“时间到了。”弗兰茜退后一步和妈妈站在一起。棺材盖子合上了。

弗兰茜跪在妈妈一侧，尼利跪在另一侧。弗兰茜的眼睛一直盯着地板，这样她就不用看着棺材了。那棺材放在祭坛前的架子上，上面铺满了鲜花。她偷偷看了妈妈一眼。凯蒂跪在地上，眼睛直视前方，在那层寡妇面纱下，她的脸白皙、平静。

凯蒂、约翰尼的母亲、弗兰茜和尼利坐上了第一辆马车，紧跟在灵车后面。两个孩子背对车夫坐着，弗兰茜很高兴自己不用看走在送葬队伍最前头的灵车。她看到后头跟着的马车，上面坐着艾薇和茜茜。她们的丈夫要上班，都没能来。玛丽·罗姆利在家帮茜茜看孩子。弗兰茜很希望自己能坐在第二辆马车里。露丝·诺兰一路流泪，哀叹。凯蒂则像石头一般沉静。马车封闭着，散发着干掉的马粪和潮湿的干草气味。这气味，这拥挤的空间，这反向坐着的感觉，加上车厢里的紧张氛围，让弗兰茜感到一阵从未有过的恶心。

墓地里有个深坑，旁边放着一个简朴的木头盒子。棺材上盖着一块布，殡葬人员将棺材放到那个木盒子里，再把木盒子一点点放入坑中。弗兰茜把目光挪到别处，不再去看。

那天天气阴沉，还吹着冷风。结了冰的灰尘在弗兰茜的脚边打转。不远处有一个才一周左右的新墓，坟堆上有些花环铁丝架，几个男人正把上面枯萎的花朵拆下来。他们有条不紊地进行着这项工作，拆下来的枯花整整齐齐地堆放在一起，花环铁丝圈也整整齐齐地摆放在一起。他们做的也是合法的行当，从墓地管理者那里购买了特许权，可以把铁丝圈拆下来卖给花店的人反复使用。没有人抱怨他们这么做，毕竟拆花的人都很细心，是等到花完全凋谢了才把它们拆下来的。

有人把一块潮湿冰冷的泥块塞到弗兰茜的手里。她看到妈妈和尼利站在墓地边上，把手里的泥土撒了下去。弗兰茜慢慢走到墓穴边，闭上眼睛，缓缓地张开手。她很快听到泥块掉落下去发出轻轻的、闷闷的一声，那股恶心的感觉又来了。

葬礼结束后，几辆马车分道扬镳，把送葬者送回各自家中。露丝·诺兰跟几个住在附近的送葬者一起走了，她甚至没有道别。整个葬礼过程中，她拒绝和凯蒂以及孩子们说话。艾薇、茜茜同凯蒂、弗兰茜、尼利一道上了同一辆马车。马车里坐不下五个人，弗兰茜就坐在艾薇的腿上。回家的路上每个人都一言不发。艾薇为了活跃气氛，讲了自己的丈夫和马的一些新趣事，可是没人笑，因为没人在听。

快到家时，凯蒂叫车夫把马车停在街角一家理发店门前。

“进去吧，”她对弗兰茜说，“去把你爸爸的杯子拿回来。”

弗兰茜没明白她的意思，问：“什么杯子？”

“你就问他们要他的杯子就是了。”

弗兰茜走进理发店。店里有两个理发师，没有顾客。靠墙摆放着一排椅子，其中一个理发师坐在一把椅子上，左脚踝搁在右膝盖上，怀里还抱着一把曼陀林，弹奏着《我的太阳》。弗兰茜知道这首歌，莫顿先生教过他们，还说歌名是《阳光》。另一名理发师坐在一张理发椅上，看着长镜里的自己。看到弗兰茜进来，他从椅子上起来。

“什么事？”他问。

“我来拿我爸爸的杯子。”

“名字？”

“约翰尼·诺兰。”

“哦，是的，真遗憾。”他叹了口气，从架子上一排杯子里拿出一个。这是一个厚厚的白色马克杯，上面有烫金的“约翰尼·诺兰”的字样。杯子里有一块薄薄的白肥皂和一把破烂的刷子。他把肥皂撬出来，把它和刷子一起放到一个更大的、没有写名字的杯子里，又把约翰尼的杯子洗干净。

弗兰茜等着的时候，四下看了看。她从没有去过理发店。这里的空气中弥漫着肥皂、干净毛巾、月桂朗姆酒的混合气味。屋里有个煤气炉子，嘶嘶地烧着，似乎在与人做伴。那个弹曼陀林的理发师一曲奏完，又开始从头弹奏。曼陀林那细细、清脆的声音回荡在温暖的理发店里，听起来颇为忧伤。弗兰茜随着琴声在脑海里唱着莫顿先生教给他们的歌词：

啊，亲爱的，此刻如此美妙，
在这阳光灿烂的一天。
暴风雨终于过去，
天空清澈又湛蓝。

弗兰茜若有所思：每个人的生活都有私密的一面。爸爸从来没提过这家理发店，但他其实每周来这里剃须三次。追求精致的约翰尼还学着富裕人家的男人们，给自己买了个专用的杯子。他不愿意用装在普通杯子里的泡沫刮胡子，那不是他的做派。他每周来这里三次——当他兜里有钱的时候——会坐在其中一张椅子上，照着镜子，和理发师聊天。也许，当那个理发师弹起曼陀林的时候，他也在跟着唱。是的，弗兰茜确信，爸爸一定在这里唱过歌。唱歌对约翰尼来说比呼吸还自然。弗兰茜还想，爸爸在这里等候的时候，是否读过那张长椅上放着的《警察公报》？

理发师把洗净擦干的杯子递给她，说："约翰尼是个好人啊。跟你妈妈讲，就说是我说的，我是他的理发师。"

"谢谢您！"弗兰茜低声说，心怀感激。她走出理发店，在曼陀林忧伤的旋律中关上了门。

回到马车里，她把杯子递给凯蒂。"这是给你的，"妈妈说，"尼利将来会得到爸爸的图章戒指。"

弗兰茜看着杯子上爸爸的烫金名字，轻轻说了声"谢谢"。五分钟不到，这已是她第二次道谢了。

约翰尼在这世上活了三十四年。一周前，他还走在这街道上。

而现在，只有这个杯子、那枚戒指和家里两条没有熨烫的侍应生围裙，可以证明他曾在这世上活过。除去这些，他没有留下任何遗物，因为他下葬时穿上了他此生拥有的所有衣服，包括一颗装饰纽扣，还有那十四克拉金纽扣。

他们回到家，发现邻居已经来过，把公寓整理好了。客厅的家具已经放回了原位，枯叶和落花也都被扫出门了。窗户打开了，房间通了风。他们还拿了煤炭过来，在厨房炉子里生了火，把一块崭新的白布放到了桌上。两位蒂莫尔小姐带来了自己烘烤的蛋糕，已切成块放在盘子里。弗洛西·加迪斯和她母亲买了许多腊肠，切好整整堆了两大盘。还有一篮子现切的黑麦面包，炉子上放着一壶刚煮好的咖啡，有人在桌子正中放了一罐真正的奶油。这些都是在诺兰一家不在的时候做好的，做完这些他们就离开了，锁好门，把钥匙放在门垫下面。

茜茜、艾薇、凯蒂、弗兰茜和尼利围坐在桌边。艾薇倒了咖啡。凯蒂坐了很久，盯着她的杯子看。她想起了约翰尼最后一次坐在那桌旁的情景。她像他一样，伸出胳膊把杯子推开，然后一头趴在桌子上大哭起来，哭得涕泪横流，不顾形象。茜茜伸开双臂搂住她，温柔地对她说："凯蒂，别哭了，别哭了，否则动了胎气，这孩子生出来性格会忧郁的。"

第三十三章

葬礼次日，凯蒂卧床休息，弗兰茜和尼利在公寓里晃来晃去，不知该做什么。傍晚时分，凯蒂起床为他俩做了晚饭。孩子们吃过饭后，凯蒂催他们出去走走，说他们需要呼吸新鲜空气。

弗兰茜和尼利沿着格雷厄姆大道向百老汇走去。天阴冷阴冷的，夜晚寂静无声，不过没下雪。街灯明亮而苍白，街道上空无一人，别人家的孩子们都在家里玩新玩具。一阵寒冷的风从海面吹来，贴着地面，把水沟里的脏纸片吹得直打转。

他们的童年在过去的这几天结束了，悄无声息地溜走了，无人在意。尼利的十三岁生日也在过去的几天里丢失了。

他们来到一座灯火通明的建筑物前面，这是一座大型歌舞剧院。两个孩子都会阅读，他们养成了习惯，看到什么都要读上面的字。他们在此停下脚步，不由自主地阅读起那周的表演节目单。在第六个节目的下方，有一个用大字写的通知：

“就在这里，就是下周！情歌之王昌西·奥斯本将进行精彩演出！不要错过！”

歌王……歌王……

爸爸去世后，弗兰茜没有掉过一滴眼泪，尼利也没有。此刻，弗兰茜觉得她的泪水都冻住了，在喉咙里结成了一个冰块，而且那冰块越来越大……她觉得如果这冰块不赶紧融化，重新变回眼泪，她会死的。她看了一眼尼利，见他的眼泪掉了下来，然后她立刻忍不住了，眼泪也掉了下来。

他们拐进一条昏暗的小巷，坐在人行道的边缘，把脚放在水沟里。此时尼利尽管在哭泣，却仍没有忘记掏出手帕铺在路边，以免弄脏他的新长裤。他们紧挨着坐在一起，因为冷，也因为孤独。姐弟俩坐在这冰冷的大街上，静静地哭了很久。终于，他们再也哭不出来了，就开始说话。

“尼利，爸爸为什么要死?”

“我想是因为上天要他死。”

“为什么?”

“也许是为了惩罚他。”

“为什么要惩罚他?”

“我也不知道。”尼利痛苦地说。

“你相信是上天把爸爸带到世上来的吗?”

“相信。”

“那就是想要爸爸活着啊，不是吗?”

“应该是吧。”

“那又为什么要他这么早就死去?”

“也许是要惩罚他。”尼利不知该怎么回答，就重复着自己之前说的话。

“如果是这样，那有什么用?爸爸已经死了，他并不知道自己接受了惩罚。”

“我只是说也许是那样。”过了一会儿，尼利说，“我想回家了。”他浑身发抖。

他们回了家。凯蒂开门时，看到他们面色疲倦，却很平静。她想：好了，他们终于哭出来了。

弗兰茜看了看妈妈，又迅速把目光挪开。弗兰茜想：我们出门散步的时候，她一定也好好地哭了一场，直到眼泪都哭干了。他们仨谁都没有提到哭泣。

“我想你们回来的时候应该冻坏了，”妈妈说，“我给你们一个温暖的惊喜。”

“什么？”尼利问。

“你自己去看吧。”

这惊喜是“热巧克力”，把可可粉和炼乳搅成泥，再兑入白开水就做成了。凯蒂把这香浓丝滑的饮品倒进杯子里。“还没完呢。”她补充道，然后把手伸进围裙，掏出一个纸袋，里面有三个棉花糖。她往每个杯子里放了一个。

“妈妈！”狂喜的孩子们异口同声地惊呼。“热巧克力”可是非常特别的东西，通常只有过生日的时候才能享用。

弗兰茜心想：妈妈可真了不起。她用勺子压住棉花糖，看那溶化的白色圈圈浮在黑色的巧克力上。她知道我们哭过了，然而她也不问。妈妈从来不笨手笨脚。

对，凯蒂从来不笨手笨脚。她的双手形状优美，但皮肤粗糙。做起事来，这双手很笃定，不管是用一个动作就把破碎的花朵扔进水里，还是麻利地拧干擦地的布，都是那么干脆利落。她开口讲话，一定讲得真切，讲得直白。她的思维果断而直接。

妈妈说：“尼利已经大了，不适合再跟姐姐挤在一间屋子里了。所以我收拾了你……”她没有迟疑，就吐出了下一个词，“你爸爸和我以前睡的屋子。今后它就是尼利的房间了。”

尼利和妈妈对视了一眼。拥有自己的房间！一个梦想成真了，两个梦想成真了：拥有长裤和自己的房间……可是一想到这些好事是怎么降临到自己身上的，他的眼睛随即又充满了悲伤。

“我就和你住一个房间，弗兰茜。”凯蒂本能地用了点儿策略，而没说“你就和我同住一个房间”。

弗兰茜心里闪过一丝嫉妒：我也想有自己的房间啊。不过妈妈这样分配也是对的。家里只有两间卧室，尼利也不能和妈妈一起睡啊。

凯蒂猜到了弗兰茜的心思，说："等天暖和了，弗兰茜可以睡在客厅。我们到时候把你的小床搬过去，白天给它盖上漂亮的床罩，就像一个私人会客厅。好不好，弗兰茜？"

"好的，妈妈。"

过了一会儿，妈妈说："前几晚我们都没读书，今天我们重新开始吧。"

弗兰茜从壁炉架上拿下书时，有些惊讶地想：看来生活还是会继续啊，一切照旧。

"我们继续读，"妈妈说，"三个人轮流读，弗兰茜，从你开始。"

弗兰茜开始朗读。读着读着，她突然听到凯蒂重重地叹了口气。她停下来，抬头疑惑地看着妈妈，似乎要问妈妈为什么叹息。妈妈说："没事，你继续念吧。"

凯蒂想：没事的，这没什么。这个时候该胎动了。未出生的孩子在她肚子里微微颤动了一下。她默默地想：是不是因为约翰尼知道了这个孩子即将到来，所以他打算戒酒了？那一晚，她在他的耳边低声说，她又怀孕了。是否他在得知这个消息之后，想要改过自新，重新做人？他临死之际，是不是在试着洗心革面，做个好人？约翰尼……约翰尼……她又叹了口气。

他们轮流朗读。在朗读中，他们都想到了去世的约翰尼，不过谁都没有说出自己的所思所想。

孩子们准备上床睡觉时，凯蒂做出了不同寻常的举动。说不同寻常，是因为她一向不是个感情外露的女性。她把孩子们搂得紧紧的，亲了亲他们，道了声晚安。

"从今往后，"她说，"我既是你们的妈妈，也是你们的爸爸。"

第三十四章

假期快结束的时候，弗兰茜对妈妈说，她不回去上学了。

“你不是喜欢上学吗？”妈妈问。

“喜欢啊。但是我十四岁了，很容易就能拿到工作证了。”

“你为什么要去工作？”

“帮家里渡过难关啊。”

“不，弗兰茜。我要你回学校去，上到毕业。只有几个月而已，不知不觉就到六月了。你可以今年夏天再去办工作证。尼利也可以办一个。但是这个秋季你们俩一定要升入高中。现在就别想工作证的事了，回学校上学去。”

“可是妈妈，我们怎么撑到夏天？”

“会有办法的。”

凯蒂说得轻巧，其实心里在打鼓。她想念约翰尼，想念他的种种。约翰尼在世时虽没有稳定的工作，但他偶尔在星期六或星期天晚上接到一个活儿，也能挣三块钱。日子过得紧紧巴巴的时候，约翰尼也有办法振作一段时间，帮全家一起渡过难关。可现在，约翰尼没了。

凯蒂盘算了一下。只要她能继续为这三个出租屋打扫卫生，房租的问题就解决了。尼利每周送报纸有一毛五分钱的收入，这够他们买煤炭了，如果只在晚上生火的话。不过等等！每周她还得拿出两毛钱买保险。（凯蒂的保费是每周一毛钱，孩子是每人五分钱。）那么，就少用一些煤，每晚早点儿睡觉，省出保险的钱。衣服？想都别想了。幸好弗兰茜有了那双新鞋，尼利有了那套西装。那么，最让人发愁的就是食物了。也许麦加里蒂太太会再雇她去洗衣服，那么每周就能多挣一块钱。然后她再去外面接一些打扫卫生的活儿。嗯，这样他们总能挨过去。

他们撑到了三月底。到了这时候，凯蒂的身子已经很笨重了（孩子的预产期在五月）。她挺着大肚子，站在厨房的熨衣板前，或是跪在地上，四肢摊开，双手着地，膝盖跪地擦洗地板。那些雇她干活儿的女士见此情形，都退到一边，不去看她。出于同情，她们会去帮她。可是过了不久，她们就发现，虽然雇用了女佣来打扫卫生，可大部分活儿还得她们自己干。于是，这些雇主很快就接二连三地告诉凯蒂，她们不需要她了。

终于有一天，凯蒂拿不出两毛钱的保费。保险收费员是罗姆利家的老朋友了，了解凯蒂的困境。

"诺兰夫人，我不想看到你的保单失效，毕竟这么多年的保费你都交了。"

"你不会因为我晚交了保费，就让我的保单失效吧？"

"我是不会，但是公司会啊。你为何不兑现孩子们的保单？"

"我不知道还可以这么做。"

"很少有人知道。他们停交保费，公司也不说什么，时间一天天过去，公司就把已交过的钱都扣下来。要是公司知道我跟你说这些，我就要丢工作了。不过，这事我是这么看的：你的父亲母亲、你们罗姆利家的所有姑娘、你们的先生和孩子们的保险都是我办理的，怎么说呢，这么多年我在你们家庭成员之间来来回回地传递消息，你们的生老病死我都知道，我觉得自己已然是你们家庭的一员了。"

"我们可离不开你。"凯蒂说。

"诺兰夫人，你就这么办吧，把孩子们的保单变现，保留你自己的那份。说句不吉利的话，万一孩子们有个三长两短，你总有办法让他们入土为安。但万一你有个三长两短，孩子们要是没有保险金，就没法将你下葬了，对不对?”

“他们没办法的。我必须继续交我的那份保费，我可不想死后草草下葬。那样的话，他们一辈子也抬不起头来，不光是他们，他们的孩子都抬不起头。我就听你的，留着我自己那份保险，把孩子们的保险兑现了。告诉我该怎么做吧！”

凯蒂用两个孩子的保单兑现了二十五块钱，这些钱帮他们撑到了四月底。还有五周，腹中的孩子就要出生了。再过八周，弗兰茜和尼利就要毕业了。这八周得想法子熬过去。

罗姆利家的三姐妹围坐在凯蒂家厨房的桌边，开起了家庭会议。

“要是能帮我肯定帮，”艾薇说，“可是你们知道的，威利被马踢过之后，精神就不怎么正常。他在老板面前像个新人，跟马厩里的其他男人相处得也不融洽，没有一匹马愿意跟他一起出门。他们就让他在马厩做点儿工作，扫扫马粪、丢碎瓶子什么的。他们把他的工资减到每星期十八块钱，这点儿钱要养三个孩子也够紧张的。我自己也在找临时的清洁工工作。”

“要是我能想到什么法子帮忙就好了。”茜茜说。

“不用了，”凯蒂坚定地说，“你让妈妈搬去与你同住，已经付出很多了。”

“就是啊，”艾薇说，“以前凯蒂和我总是担心妈妈一个人住，还要出去做清洁工挣那么几分钱。”

“妈妈不花什么钱，也没多大麻烦，”茜茜说，“约翰也不介意她与我们同住。当然了，他一周只挣二十块钱。现在我们又有了孩子。我想回以前的单位上班，但是妈妈年纪大了，看孩子也不行，毕竟她今年八十三岁了。我要上班的话，就得请个人来照顾妈妈和孩子。我如果有工作，肯定帮你，凯蒂。”

“你没法帮我的，茜茜，不可能的。”凯蒂说。

“只有一个办法，”艾薇说，“叫弗兰茜辍学，去办个工作证。”

“我想让她上到毕业。我的孩子们得是诺兰家里第一个拿到文凭的。”

“文凭又不能当饭吃。”艾薇说。

“你有没有什么男性朋友可以帮忙？”茜茜问凯蒂。

凯蒂想到了麦克肖恩警官。“没有，”她说，“我没有男性朋友。从来就只有约翰尼，没有别人。”

“我认为艾薇说的有道理，”茜茜下了结论，“我不想这么说，但是你非得让弗兰茜出去工作不可。”

“一旦她没毕业就离开文法学校，就再也不能读高中了。”凯蒂持反对意见。

“唉，”艾薇叹了口气，“实在不济的话，可以去找慈善机构。”

“如果到了那个地步，”凯蒂平静地说，“如果我们到了不得不领救济物资的时候，我会关上所有门窗，等到孩子们睡熟了，把家里的煤气阀门都打开。”

“别这样说，”艾薇厉声说，“你想活下去的，不是吗？”

“是，但我想活得有盼头。我不想靠着慈善食品吃饱了，有了力气再去领更多的救济食物。”

“那就又说回老话了，”艾薇说，“弗兰茜必须出去打工。只能是她了，因为尼利只有十三岁，还拿不到工作证。”

茜茜把一只手放到凯蒂的胳膊上，说：“也没有那么糟糕。弗兰茜是个聪明的孩子，又喜欢看书，这孩子会让自己受教育的。”

艾薇站了起来。“好了！我们要走了。”她把一个五毛钱硬币放在桌上，怕凯蒂推辞，就故意说，“别以为这是白给你的，我等着你有朝一日还给我。”

凯蒂微笑着说：“你不必大喊大叫，我可不介意从自己姐姐那里拿钱。”

茜茜更直接。她凑近亲吻凯蒂的脸告别时，顺手把一张一块钱钞票放进了凯蒂的围裙兜里。“如果需要我帮忙，”她说，“就去找我，哪怕是半夜也没事，但是你要叫尼利过来找我，一个女孩在街上走夜路，经过煤厂那一带不安全。”

凯蒂独自坐在厨房的桌边，一直坐到深夜。她想：我需要两个月……就两个月。亲爱的老天哪，给我两个月时间，只要这么短的时间。到时候，我的孩子一出生，我的身体就恢复了。到时候，孩子们也要从公立学校毕业了。只要两个月……两个月……

她把茜茜的一块钱和艾薇的五毛钱放在桌上。“这些够我们撑三天，可三天之后呢？”她自己都不知道在嘀咕什么，嘴里已经轻声吐出，“约翰尼，不管你在哪儿，再振作一回吧。就一回……”

酒吧老板麦加里蒂先生一直没忘记约翰尼。倒不是因为他良心发现，完全不是。他也没有强迫大家光临他的酒吧。除了给门铰链上好油，让门轻易地推开，他没有用别的什么招数诱导大家来他的酒吧。他这里提供的免费午餐也不比别的酒吧好。他这里也没有什么引人入胜的歌舞表演，只有客人们有时兴之所至来一段即兴演出。不，他对约翰尼的想念和良心无关。

他只是想念约翰尼，就这么简单。这与钱无关，毕竟约翰尼总是在欠钱。他一向喜欢约翰尼光顾自己的酒吧，因为他一来就提升了酒吧的档次。这个年轻、瘦削的小伙子举止温文尔雅，站在一群卡车司机和挖沟工人中间，真是一道亮丽的风景。“当然，”麦加里蒂承认，“约翰尼·诺兰喝酒太多，把自己的身体喝坏了。可他就算不来我这里喝酒，也会去别的地方喝酒。不过有一点，他不是个粗俗的人，从来没有因为喝了几杯酒就叫骂、耍酒疯。是啊，约翰尼一直都很不错。”

麦加里蒂想念的是跟约翰尼闲聊。“这小伙子可真能聊哇，他从南方的棉花地讲到阿拉伯半岛的海岸线，再到阳光明媚的法兰西，好像他自己去过那些地方似的，其实那些不过是他从歌里学来的。我是真心喜欢听他给我讲述那些遥远的地方啊。”麦加里蒂沉思了一会儿，“不过，我最喜欢听他讲他的家人。”

关于家庭，麦加里蒂曾有一个梦想。这个梦想中的家庭离酒吧很远，他每天早上把酒吧的门锁好后，坐电车回家。家里等着他的，是一个温柔的妻子，在他到家的那一刻端上滚烫的咖啡和好吃的食物。吃完后，他们会聊一会儿天……除了酒吧，什么都聊。他梦想着养几个孩子——穿戴干净，漂亮又聪明，对自己父亲经营酒吧感到有些羞耻。他为他们的羞耻感感到骄傲，因为这意味着他有能力培养出有品位有教养的孩子。

这就是他梦想中的婚姻。后来他娶了梅。梅是一个有大嘴唇、深红色头发，身材很好的漂亮女孩。可是婚后没多久，她就发胖了，变得邋遢起来。婚姻生活的头一两年还好，忽然有一天，麦加里蒂早上醒来后，觉得这婚姻不是他想要的。梅不会变成他梦想中的妻子。她坚持要租酒吧楼上的房间住，不想住在法拉盛。她也不想做家务，只喜欢日日夜夜坐在酒吧的后屋里，跟顾客们一起说笑。梅生的孩子就像小混混，在街上到处乱跑，吹嘘父亲拥有一家酒吧。让麦加里蒂痛心疾首的是，孩子们还为此感到自豪。

麦加里蒂的灵魂里有深重的罪恶感。他憎恶自己的孩子们。他的女儿艾琳与弗兰茜同岁。艾琳的眼睛是粉红色的，头发是淡红色的，接近粉红色。他的女儿留级太多次，到了十四岁还在上六年级。他的儿子吉姆十岁，除了他那肥大的屁股总是要把裤子撑破，没有什么出众之处。

约翰尼在光顾麦加里蒂酒吧的八年里，每天都跟麦加里蒂聊起自己的老婆孩子，对他们赞许有加。在这八年里，麦加里蒂玩起了一个秘密游戏。他假装自己就是约翰尼，假装约翰尼谈论的是自己的老婆梅和孩子们。

“给你看个东西，”有一次，约翰尼从兜里骄傲地掏出一张纸，“我女儿在学校写了这篇作文，得了A，她才十岁啊。听着啊，我念给你听。”

约翰尼念弗兰茜作文的时候，麦加里蒂在心里假装那是他的女儿写的。

还有一回，约翰尼拿来一对做工粗糙的木头书挡，放在吧台上炫耀。“给你看个东西，”他骄傲地说，“我儿子尼利在学校做的。”

“这是我儿子吉姆在学校里做的。”麦加里蒂看着那一对书挡，在心里自豪地对自己说。

还有一次，麦加里蒂想跟他聊天，就自己发起了话题，问他：“约翰尼，你说我们会不会被卷入战争啊？”

“还真巧了，”约翰尼回答，“我跟凯蒂花了一个通宵聊过这个话题。我们俩聊到快天亮，最后我说服了她相信我的观点，威尔逊不会把我们带入战争的。”

麦加里蒂心想：要是他和梅能就这个话题彻夜长谈，那会是怎样的感受？如果梅能对他说“你说得对，吉姆”，那又会是怎样的感受？但是他无从得知，因为他知道这永远不可能发生。

所以约翰尼一死，麦加里蒂也丢失了自己的梦想。他试着自己继续玩这个游戏，可终究进行不下去。他需要有个像约翰尼这样的人给自己起个头。

罗姆利三姐妹坐在厨房开会的时候，麦加里蒂差不多在同一时刻有了个点子。他的钱多到花不完，除了钱，他也没有别的什么了。也许，通过约翰尼的孩子们，他可以花点儿钱，再次体验到做梦的感觉。他猜到凯蒂现在一定很困窘。也许他能给约翰尼的两个孩子在放学后找点儿简单的事做，这样他也算帮了这家人……老天知道，他出得起这些钱，没准儿还能获得一点儿回报。也许他们会像约翰尼从前那样，来跟他说话。

他跟梅说自己要去找凯蒂一趟，聊聊让她的两个孩子来做些零工的事。梅倒是爽快地告诉丈夫，说凯蒂一定会把他赶出去的。麦加里蒂不认为凯蒂会这么做。为了造访凯蒂，他还刮了胡子，一边刮一边回想凯蒂上次来感谢他送花圈的情形。

约翰尼的葬礼过后，凯蒂挨个拜访了每个送过花的人。麦加里蒂的酒吧有个侧门，上面写着“女士通道”。凯蒂对此非常鄙视，她径直从正门走进了酒吧。吧台上一些男人盯着她看，她全然不理会，直接走到麦加里蒂面前。看到凯蒂过来，麦加里蒂连忙把围裙下摆塞进腰带,这一动作表示他暂时离岗。他从吧台后面走出来迎接凯蒂。

“我是来谢谢您送花圈的。”她说。

“哦，原来是这样。”他松了口气，原来凯蒂不是来骂他的。

“谢谢您的周全。”

“我喜欢约翰尼。”

“我知道。”她伸出手。他呆呆地看了一会儿，才知道凯蒂是要跟他握手。他紧紧握住了她的手，问:“你不生我的气吗?”

“我为什么要生气?”凯蒂回答，“约翰尼是自由之身，也过了二十一岁。”说完，她便转身离开了酒吧。

麦加里蒂断定，如果他带着好意登门拜访，这样一个女人是不会把他轰走的。

他局促不安地坐在凯蒂家厨房的椅子上，同她闲谈。孩子们这时应该在做作业，不过弗兰茜假装把头埋在书本里，其实在听麦加里蒂先生讲话。

“我和我夫人商量过了,”麦加里蒂的口吻像是在说梦话一般,“她同意我雇用你的女儿。你知道的，我们家也没什么重体力活儿，就是整理床铺、清洗碗碟之类的。你的儿子晚上可以在楼下帮忙，剥鸡蛋、切奶酪丁，准备免费午餐。我不会叫他靠近吧台的，只让他在后厨做事。他们每天放学后可以来工作一个小时，星期六来上半天班。我会付给他们每人每周两块钱。”

凯蒂内心欢欣鼓舞，默默盘算：一周四块钱，加上送报纸的一块五毛钱，孩子们可以继续上学，这些钱也够买吃的了。这笔钱可以帮我们撑过去。

“你觉得如何，诺兰夫人？”他问。

“这要听孩子们的意见。”她回答。

“既然如此，”他转向孩子们，“你们觉得怎样？”

弗兰茜假装在专心看书，听到此话才从书里抬起头来。“你们刚才在说什么？”

“你想不想去麦加里蒂夫人家帮忙做点儿事？”

“好的，先生。”弗兰茜说。

“你呢？”他看着尼利。

“好的，先生。”尼利附和道。

“那就这么定了。”他转向凯蒂，“当然了，这些都是临时安排，直到我们找到一名全职女佣来接管家里和厨房里的活儿。”

“我也希望这份工作是临时的。”凯蒂说。

“你恐怕手头有点儿紧。”他的手伸进了兜里，“我来预支第一周的工资。”

“不用了，麦加里蒂先生。如果他们能挣到这钱，那就让他们自己干完第一周的工作，再拿钱回家吧。”

“那好吧。”不过他的手并未从口袋里伸出来，而是捏住了一卷厚厚的钞票。他想：我有这么多钱，可是什么也买不到。他们却什么都没有。他突然灵机一动。

“诺兰夫人，你知道约翰尼和我有个约定的。他把小费都上交给我，我给他赊账。事情是这样的，他死的时候呢，还剩了一点儿钱在我这里。”麦加里蒂拿出了那一卷厚厚的钞票。看到这么多钱，弗兰茜的眼珠子都要鼓出来了。麦加里蒂起初的想法是告诉凯蒂，约翰尼还有十二块钱没有花掉，然后把这钱给她。他把那卷钱的橡皮筋拆下来的时候，一直注视着凯蒂。他改了主意，决定不给十二块钱了，因为他知道凯蒂是不会相信他说的话。“当然了，也没多少，”他故意用一副随意的口吻说，“只是两块钱而已。不过我觉得还是应该给你。”他从那卷钱里面抽出两张，递给她。

凯蒂摇了摇头：“我知道您不欠我们钱。您要是说实话的话，其实是约翰尼欠着您的钱。”麦加里蒂的谎言被揭穿，他不好意思地把那些钱重新放回口袋，那卷钞票贴着他的大腿，感觉很不舒服。凯蒂说：“不过，麦加里蒂先生，我衷心感谢您的好意。”

凯蒂最后这句话打开了麦加里蒂的话匣子。他开始滔滔不绝地说起来，谈起了他在爱尔兰的童年时光，他的父亲母亲和兄弟姐妹们。他谈到自己梦寐以求的婚姻。他把自己这么多年的所思所想一股脑儿地说给凯蒂听。他没有提及自己的老婆、孩子，他们被他完完全全抛在了故事之外。他回忆起约翰尼的点点滴滴，回忆他在世时的每一天是怎么夸赞自己的老婆孩子的。

“就拿这些窗帘来说吧，”麦加里蒂一边说，一边将他粗大的手掌挥向那半块有红玫瑰图案的黄色印花布窗帘，“约翰尼告诉过我，说这窗帘是你用自己的一件旧衣服做的。他说这窗帘把厨房衬得很好看，就像吉卜赛马车的里面。”

弗兰茜此时已经不再装模作样地学习了，她听见麦加里蒂先生说的最后两个词——“吉卜赛马车”。她一边想，一边用全新的眼光审视那窗帘：原来爸爸这么说过呀，以前我还以为他从来没注意到家里的新窗帘呢。至少我不记得他点评过。可是他确实注意到了啊，还跟这个男人赞美了这窗帘。这么说，爸爸跟这个人聊了这些。听到麦加里蒂先生谈论爸爸，她甚至觉得爸爸没死。她盯着麦加里蒂先生，对他产生了新的兴趣。这个男人矮矮胖胖，双手肥大，脖子又红又短，头发稀疏。弗兰茜心想：谁能猜到，他的外表和内心是如此不同呢？

麦加里蒂先生滔滔不绝地说了两小时。凯蒂认真地倾听，不是想听麦加里蒂倾诉，而是想听麦加里蒂谈论约翰尼。他稍作停顿的时候，她会给出一些承上启下的回应，比如："是吗？""后来呢？""然后怎么了……"他一时找不到措辞的时候，凯蒂会帮他想到合适的词语，他则感激地接受她的提示。

屋子里渐渐暗下来。麦加里蒂停下了讲述。他嗓子沙哑，感觉有些累，但这是一种从未有过的平和的疲倦。他想，该回家了，可是心里极不情愿。酒吧很快就会挤满人，男人们在下班回家的路上路过酒吧，会停下来喝一杯餐前酒。他不喜欢看到吧台挤满男人，梅在吧台后面招呼他们。他慢慢地站起身。

"诺兰夫人，"他一边笨拙地戴上褐色礼帽，一边说，"我可不可以偶尔来这里，和你说说话？"凯蒂慢慢地摇摇头。"只是说说话，行不行？"他再次恳切地请求。

"不行，麦加里蒂先生。"凯蒂尽量温柔地回答。

他叹了口气，离开了。

弗兰茜喜欢有点儿事做，一忙起来，她就不会总是去想爸爸了。她和尼利每天早上六点起床，帮妈妈打扫两小时卫生，再去上学。妈妈现在不能干重活儿了。弗兰茜把公寓门厅里的三个黄铜钟底座擦亮抛光，还用上了油的抹布清洁栏杆扶手。尼利清扫地下室和铺了地毯的楼梯。他们每天都把装满煤灰的垃圾桶拖到路边。这是最难的活儿，因为装了煤灰的桶太沉了，他们俩怎么也挪不动。弗兰茜想到一个办法，她把垃圾桶踢翻，把煤灰倒在地下室的地上，他们把空桶搬到路边，再用装煤球的小桶把煤灰运过去。这个办法可行，只是要往地下室跑好多趟。他们把这些活儿都干完，妈妈只需要擦洗铺了油毡的过道就行了。有三个房客提出他们会清洗自己门前的过道，直到凯蒂生了孩子。这也帮了很大的忙。

放学后，两个孩子要去麦加里蒂家干活儿。确实如麦加里蒂先前所说，这里的活儿很轻松。弗兰茜把四张乱糟糟的床铺好，洗了几个早餐碗碟，再把屋子扫干净，不到一小时就把所有活儿干完了。

尼利的日程安排与弗兰茜相同，不过多了送报纸这一项。有时候他忙到八点才到家吃晚饭。他在麦加里蒂酒吧的后厨帮忙，工作就是剥四五十个煮熟的鸡蛋，把硬奶酪切成一英寸的方形小块，在每块上插上牙签，再把腌黄瓜切成条。

麦加里蒂等了几天，让孩子们适应给他打工的生活。然后他觉得是时候让孩子们同他聊聊天了，就像约翰尼从前与他闲聊那样。他走进厨房，坐下来，看着尼利干活儿。麦加里蒂心想：他和他父亲真是一个模子里刻出来的啊。麦加里蒂等了很久，让男孩先习惯他的存在，然后清了清嗓子，问："最近做了木头书挡没有？"

"没……没有呢，先生。"尼利被这个奇怪的问题问得呆住了，结结巴巴地回答。

麦加里蒂等着。为什么这男孩不开口说话？尼利以更快的速度剥鸡蛋壳。麦加里蒂又试了一次："你觉得威尔逊能带领我们避免一场战争吗？"

"我不知道。"尼利说。

麦加里蒂等了很久。尼利以为他是来检查自己工作的。他急于表现，就手脚麻利地把活儿都提前干完了。他把最后一个剥了壳的鸡蛋放在玻璃碗里，抬起头。麦加里蒂心想：啊！这下他要跟我说话了。

"这些都做完了，您还有别的吩咐吗？"尼利问。

"就这些。"麦加里蒂仍旧等着。

"那么，我可以走了吗？"尼利唐突地问。

"好吧，孩子。"麦加里蒂看着男孩从后门走出去的背影，叹了口气，“要是他能转过身来说两句话就好了……说点儿私底下的话就好了。”可是尼利没有转身。

第二天，麦加里蒂试探了弗兰茜。他走到公寓二楼，坐下来，什么也不说。弗兰茜有些害怕，开始边扫地边往门口挪。她心想：他如果过来抓我，我可以跑出去。麦加里蒂静静地坐了许久，以为这样可以让弗兰茜习惯自己的存在。他不知道自己吓着她了。

“最近你有没有写什么作文得了A，得了班级第一名呢？”他问。

“没有，先生。”

他等了一会儿，又问：“你觉得这仗会打起来吗？”

“我……我不知道。”她又朝门的方向挪了挪。

他心想：我吓着她了。于是他大声说：“别害怕，我要走了。啊，我走了之后，你可以锁上门。”

“好的，先生。”她说。麦加里蒂走后，弗兰茜心想：看来他只是想找人说说话啊。可是我跟他没什么好说的。

梅·麦加里蒂上楼来过一次。当时弗兰茜正跪在地上，试图抠出水池下方水管后面的污垢。梅叫她起来，别管那些污垢。

梅说：“别为了工作把自己折腾死了。日后你我都死了，这公寓还会矗立在这里。”

她从冰箱里拿出一大块玫瑰色果冻，对半切开，取出一份放在一个盘子里。她慷慨地在上面涂满了鲜奶油，取出两只勺子放在桌上。她坐下，示意弗兰茜也坐下。

“我不饿。”弗兰茜撒谎。

“不饿也吃吧，就当社交。”梅说。

那是弗兰茜第一次吃到加了鲜奶油的果冻。味道美妙极了！她告诉自己，不要狼吞虎咽，要注意餐桌礼仪。她吃着果冻的时候，心想：为什么呢，麦加里蒂夫人是不错的，麦加里蒂先生也是不错的。我猜，他们俩就是彼此不合适吧。

麦加里蒂夫妇像平时一样，坐在酒吧后面的一个小圆桌边，一声不吭，匆匆地吃着晚饭。梅今天出乎意料地把手放到了丈夫的胳膊上。这突如其来的举动让麦加里蒂哆嗦了一下。他明亮的小眼睛看向她那双桃花心木色的大眼睛，在她的眼睛里看到了怜悯。

“吉姆,没用的。”她温和地说。他的内心翻腾起喜悦:她知道啊!怎么会……怎么会呢……她竟然了解。

“老话说啊，”梅接着讲，“钱不是万能的。”

“我知道了，”他说，“那我解雇他们。”

“再等几周吧，等那孩子出生。”她起身，走向吧台。

麦加里蒂坐在那儿，心里五味杂陈。“我们竟然谈话了。”他感到不可思议，“谁的名字也没提，什么话都没说透，但是她竟然知道我在想什么，我也知道她在想什么。”他急匆匆地去追自己的老婆，想要抓住那心照不宣的默契。麦加里蒂走到吧台后面，看了看妻子的眼睛，那眼睛空洞无神，看不到什么默契。麦加里蒂的脸上重现了以往那悲伤失望的神色。他开始忙活晚上的工作了。

玛丽·罗姆利老了，已经没法独自在布鲁克林自由走动了。她很想在自己彻底走不动之前，去看看凯蒂，于是就让保险经纪人帮忙带话。

“一个女人生孩子，”她说，“就是在鬼门关走一遭，有时候都回不来。你去告诉我的小女儿，她生产之前我要再见她一次。”

经纪人把话带到了。接下来的那个星期天，凯蒂带着弗兰茜去看望母亲。尼利请求妈妈，说自己不想去，因为他答应了社区球队，当晚要去参加那场在空地上举办的球赛，担当投球手。

茜茜家的厨房宽敞、明亮、暖和、一尘不染。玛丽·罗姆利坐在炉子边一张低低的摇椅上。那是他们从奥地利带来的唯一一件家具。在搬来美国之前，这张摇椅在她家小屋的炉边放了一百多年。

茜茜的丈夫靠窗坐着，拿着奶瓶在给宝宝喂奶。弗兰茜和凯蒂先问候了玛丽和茜茜，然后和茜茜的丈夫打招呼。

“你好，约翰。”凯蒂说。

“你好，凯蒂。”他回答。

“你好，约翰姨父。”

“你好，弗兰茜。”

之后，他就再没说过一个字。弗兰茜盯着他看，因为这个姨父激发了她的好奇心。家里人以为他是一位临时家庭成员，就像茜茜历任的丈夫。弗兰茜想知道，他是不是也感觉自己作为茜茜丈夫的身份只是临时的。他的真名叫史蒂夫，不过茜茜总称他为“我的约翰”。家里人提及他时，不是叫他“那个约翰”，就是“茜茜的约翰”。弗兰茜好奇地想，在他供职的那家杂志社，那些男同事是不是也称呼他“约翰”呢？他有没有抵触过？他是不是曾说：“茜茜啊，我的名字是史蒂夫，不是约翰。叫你的妹妹们喊我史蒂夫。”

“茜茜，你的身材壮实了些。”凯蒂说。

“一个女人生了孩子之后长胖一点儿是正常的。”茜茜板着脸说。她冲弗兰茜微笑着，问她：“弗兰茜，想不想抱一抱宝宝？”

“啊，当然想！”

身材魁梧的约翰站起身，把婴儿连同奶瓶一起交给弗兰茜，他仍旧没说一句话，就走出了房间。没人对他的离去说什么。

弗兰茜坐在他空出来的那把椅子上。她从来没有抱过婴儿呢。她用手指摸着小宝宝圆圆嫩嫩的脸蛋。一阵喜悦从她的指尖蔓延到胳膊，再蔓延到全身。她决定：“等我长大了，家里一定要一直有个婴儿。”

弗兰茜抱着宝宝，听妈妈和外婆聊天，看茜茜亲手制作面条，她一做就是一个月的量。只见她拿起一块黄色的硬面团，用擀面杖将它擀平，再把擀平的面皮像卷果冻那样卷起来。她用一把锋利的刀将这面卷切成细细的面条，再把每根面条抖开，挂在厨房炉子前面那个用细长木钉制成的架子上烘干。

弗兰茜觉得茜茜变了，她不再是从前那个茜茜了。倒不是因为她的身材不如从前苗条，她的变化与外表无关。弗兰茜寻思着茜茜究竟是哪里变了。

玛丽·罗姆利想知悉凯蒂一家的近况，凯蒂把一切如实相告，从现状开始讲，然后倒着往回说。她先说了孩子们给麦加里蒂先生打工的消息，说孩子们挣的钱让一家人得以维持生活。然后她说起麦加里蒂那天坐在她家厨房里追忆约翰尼的情景。末了，她说："跟你说啊，妈妈，如果麦加里蒂那天没来，我都不知道该怎么办了。我萎靡不振，头几天晚上，我都在祈祷约翰尼能帮帮我。我知道这很傻。"

"这可不傻，"玛丽说，"他听见了你的呼唤，就出手帮你了。"

"死去的人是没法帮助任何人的，妈妈。"茜茜说。

玛丽·罗姆利说："凯蒂已经说了，她的丈夫从前就常跟这个酒吧的男人交谈。这么多年交谈下来，约尼已经把自己的点点滴滴交给了这个人。当凯蒂祈祷自己的男人来帮忙时，这点点滴滴就在这个人身上重新汇聚起来了。"

弗兰茜在脑海里回味这番话，想：如果真是这样，那么麦加里蒂先生那次追忆爸爸那么久，讲了那么多话，就相当于把爸爸的点点滴滴还给我们了。现在他的灵魂里已经没有爸爸了。也许这就是他期望我们能和他聊天，我们却无话可说的原因吧。

到了离开的时候，茜茜给了凯蒂一鞋盒面条，让她拿回家。弗兰茜与外婆亲吻道别，这时玛丽·罗姆利紧紧地搂住她，在她耳边用德语悄声说："接下来这个月，你要格外尊重妈妈，听妈妈的话。妈妈需要很多的爱和理解。"

外婆说的话弗兰茜一个词也没听懂，不过她依然回答："好的，外婆。”

在回家的电车上，弗兰茜把那装着面条的鞋盒放在自己的膝盖上，因为妈妈的膝盖已经被大肚子挡住了。弗兰茜在车上陷入了沉思：如果外婆说的是真的，那么，其实没有人真的死去。爸爸虽然走了，可他似乎还在这儿，以各种各样的方存在着。他存在于尼利身上，因为他们长得一模一样；他存在于妈妈身上，因为他们相识相知；他存在于他母亲身上，因为她给了他生命，她现在还在人世。也许我将来会有一个儿子，他继承爸爸的所有优点。这个儿子会有他的儿子，他的儿子又有儿子，生生不息。由此看来，也许爸爸并没有真正死亡。她又想到了麦加里蒂夫人，想到她态度随和地邀请自己坐下来吃果冻。弗兰茜此时灵机一动！她突然就想明白了茜茜到底发生了什么变化。她跟妈妈说：“茜茜姨妈不再用那气味浓烈的香水了，是不是，妈妈？”

“是啊，她已经不需要了。”

“为什么？”

“她有孩子了，也有了个照顾她和孩子的男人。”

弗兰茜想问更多的问题，但妈妈闭上了眼睛，把头靠在座位上。妈妈看上去脸色苍白，十分疲惫。弗兰茜决定不再打扰她。

弗兰茜感到一阵头晕。她不知道这头晕是抱婴儿的兴奋引起的，还是坐颠簸的电车引起的，抑或因为关于爸爸的所思所想，还可能是因为发现茜茜不再用香水。也许是由于这阵子她都起得很早，每天都很忙碌。还有可能是因为她到了每个月头疼的那几天。

“好吧，”弗兰茜有了结论，“让我头晕的，是生活——别无其他，就是生活。”

“别傻了。”妈妈静静地说，她依然闭着眼睛，头仰靠在椅背上，“茜茜家的厨房太热了，我也头疼。”

弗兰茜差点儿蹦起来。妈妈闭着眼，怎么还看穿了她的心思？她很快就意识到，她忘了自己刚才虽然一直在思考，却把最后一句大声讲了出来。她不禁笑出声。这是爸爸去世后她第一次笑。妈妈睁开眼，也笑了。

第三十五章

弗兰茜差不多十四岁半了，尼利比她小一岁。凯蒂打算给他们拍张照片。身为缝纫高手的茜茜为弗兰茜做了一件简单的白色平纹细布连衣裙。凯蒂凑钱给她买了一双白色的鞋子和一双白色的长丝袜。这是弗兰茜拥有的第一双丝袜。尼利穿了他在爸爸葬礼上穿的那身黑色西装。

凯蒂没钱去请摄影师，只得让弗洛西·加迪斯用她的盒式照相机帮孩子们拍一张快照。弗洛西让孩子们在人行道上站着拍摄。按下快门的那一刻，一辆电车正巧从身后经过。她把照片放大，装框，作为礼物送给了弗兰茜。

照片送过来的时候，茜茜也在。凯蒂捧着照片，大家都围拢到她跟前看。弗兰茜从来没有照过相。这是她第一次看到别人眼中的自己。她在路边站得笔直，背对着水沟，裙摆被风吹向一边。尼利紧挨她站着，比她高出一个头，穿着一身刚熨烫平整的黑色西装，显得富有且帅气。阳光斜射在屋顶上，尼利的脸被拍得又白又亮，弗兰茜在阴影的衬托下则显得阴郁而愤怒。两个人的身后是电车驶过的模糊侧影。

“这张照得很好哇。”凯蒂说，“站在街道上拍得很自然，比站在摄影师用纸板做的窗户前拍的要自然多了。”她把照片挂在壁炉台的上方。

“凯蒂，你有约翰尼的照片吗？”茜茜问。

“没有。只有一张我们结婚时的合影。怎么了？”

“没什么，随便问问。时间一直在向前，不是吗？”

“是啊，”凯蒂叹了口气，“这是少有的几件能确定的事了。”

弗兰茜每天多出一小时来，就用这个时间写小说。她想向新来的英语老师加德小姐证明自己知道什么是美。

自从爸爸去世后，弗兰茜就不再写鸟、树木和自己的印象这些了。因为她太想念爸爸，就写一些关于他的小故事。她试图通过写作来表达爸爸虽然有缺点，但他是个好爸爸，也是个善良的人。这样的小故事她前后写了三篇，可是并没有像往常一样得A，而是得了C。第四篇作文退回后，老师在文后批注：放学请留下。

其他学生都回家了。教室里只剩下加德小姐、弗兰茜和一本大词典。加德小姐的桌子上摆放着弗兰茜近期的四篇作文。

“弗朗西丝，你的作文怎么了？”加德小姐问道。

“我不知道。”

“你是我的好学生之一。你的作文写得很漂亮，我喜欢你的文章。但这四篇……”她轻蔑地翻了翻。

“我检查了拼写，也把字写得很工整，还有……”

“我说的是你作文的题材。”

“您说过我们可以自己选择题材。”

“但是贫穷、饥饿、酗酒，这些都是丑陋的题材。我们承认这些事物的存在，但是没有必要去写它们。”

“那应该写什么呢？”弗兰茜不知不觉地接着老师的话问。

“一个人要挖掘自己的想象力，努力发现美。作家和艺术家一样，永远都应该力求表达美。”

“什么是美？”弗兰茜问。

“关于美，济慈[①]的定义再好不过：‘美即真相，真相即美。’”

弗兰茜壮了壮胆，对老师说：“我写的这些故事都是真的啊。”

“胡说八道！”加德小姐发火了，过了一会儿，她语气缓和下来，

①济慈：英国诗人，与拜伦、雪莱同属第二代浪漫主义诗人。

“我说的真相，是指天上永远有星星，太阳永远升起，人性的高贵、母爱、爱国这些。”还没有到达高潮，她的讲话就结束了。

“我懂了。”弗兰茜说。

加德小姐继续讲话，弗兰茜在心里愤愤不平地回击她。

“酗酒既不是真，也不是美。它只是一个恶习。酒鬼们不应该被写进故事中。还有贫穷，这个题材是没有资格被书写的。谁要是想工作，有的是工作。导致人们贫穷的是他们懒惰。懒惰没有丝毫美感可言。饥饿也不是美。饥饿也是完全可以避免的。我们有系统化的慈善机构，没有人会挨饿。”

（难道妈妈穷是因为懒惰吗？）

弗兰茜气得咬牙切齿。在一切词汇中，妈妈最痛恨的就是“慈善”。在她的教育下，两个小孩也反感这个词。

“听着，我不是势利眼，”加德小姐说，“我的家庭也不富裕。我的父亲工资微薄。”

（但是他至少有工资啊，加德小姐。）

“能帮我母亲的，也只是一些没有受过训练的女佣，大多数都是乡下姑娘。”

（我明白了，加德小姐，您家很穷，但是还雇得起女佣呢。）

“后来很多时候，我家都没有用人，我母亲得亲自干所有家务活儿。”

（加德小姐，我母亲不但要做全部家务，还得干比这多十倍的活儿。）

“我本想上大学，但是家里负担不起。父亲就送我去上了一所小小的学院。”

（但是承认吧，您好歹还是上了大学啊。）

“相信我，上这个学院的人都是穷人。我知道挨饿是什么滋味。我父亲的工资一次次迟发，家里没钱买食物，有一次我们全家靠着茶和吐司过了三天。”

（所以，您也尝过饥饿的滋味啊。）

“但我如果别的什么都不写，光写这些饥饿、贫穷，那是很无趣的，是不是？”加德小姐问。

弗兰茜没有回答。

“是不是？”加德小姐又用强调的语气问了一次。

“是的，老师。”

“现在我们来说说你的毕业演出剧本。有的地方写得确实很好，有的地方你离题了。比如说，”她从书桌抽屉里拿出一份薄薄的手稿，翻了一页，说道，“这时命运问：‘年轻人，你的志向是什么？’男孩回答：‘我要当一个疗愈者。我要帮人类修复他们破碎的身躯。’这里确实写得很美，弗兰茜。但是往下你就写坏了。命运：‘那是你想成为的人，但是看哪！这才是你最终会成为的人。’灯光照在一个老人身上，他正在焊接一个煤灰垃圾桶的底部。老人说：‘啊，曾经我以为我要修复的是人。如今我却要修补……’弗兰茜，你写这段不是故意哗众取宠吧？”

“没有，老师，我没有。”

“我们谈了话之后，你应该明白我们为什么不能拿你的剧本当毕业戏剧了吧。”

“我明白了。”弗兰茜心碎了。

“碧翠丝·威廉姆斯有个不错的点子。一个仙女挥着魔杖，穿戏服的男孩和女孩走出来，每个人代表一年中的一个节日，每人将朗诵一首关于自己所代表的那个节日的小诗。这是个绝妙的想法，但遗憾的是碧翠丝不会押韵。要不你就把这个点子拿去，写成押韵的诗文，好不好？碧翠丝不会介意的。我们可以在节目单上标注，这个想法来自她。这样就公平了，不是吗？”

“是的，老师。但是我不想用她的点子，我想用我自己的。”

“当然，你确实精神可嘉。我不会强迫你。”她站起来说，“我花了这么多时间在你身上，因为我真心相信你是个有潜力的孩子。现在我们该谈的都谈了，我相信你不会再写那些污秽的故事了。”

“污秽”，弗兰茜体会着这个她不认识的词，于是问，“污秽，请问这词是什么意思？”

“我——是——怎么——跟——你们——说的——遇到——不懂的——词。”加德小姐唱着歌似的说话，样子颇为滑稽。

“哦！我忘了。”弗兰茜打开那本大词典，查阅这个词。污秽：肮脏。肮脏？她回想起爸爸在世时每天都穿着干干净净的假衬衣和纸领子，虽然皮鞋破旧，但是他每天都要擦两次。肮脏？爸爸在理发店有自己的剃须杯。第二个释义是“卑鄙”，弗兰茜不明白是什么意思，就略过了。第三个释义是“恶心”。绝对不是！爸爸是个舞者，他身材瘦削，轻巧灵活。他的身体绝不“恶心”。还有一个释义是“坏和低下”。父亲的温柔体贴历历在目，她能想出无数个小细节。她记得父亲深受大家的喜爱。她的脸已经滚烫，她已经看不清词典上接下来的文字了，因为那张纸在她眼中都变成了红色。她转身面对加德小姐，她的脸因为愤怒都扭曲了。

“不许你再用这个词形容我们！”

“‘我们’？”加德小姐茫然地问，“我们聊的是你的作文啊。你怎么了，弗朗西丝！我真是吃了一惊！像你这样听话乖巧的孩子，如果你母亲知道你对老师无礼，她会怎么说？”

弗兰茜害怕了。在布鲁克林，一个学生对老师无礼，是有可能被送进少年犯管教所的。“请原谅，请原谅，”弗兰茜可怜巴巴地求情，“我不是这个意思。”

加德小姐温柔地说了句“我明白”，便搂着弗兰茜往门口走去。“我们这次谈话触动你了，我看得出来。‘污秽’确实是个肮脏的词，我很高兴看到你反感我用这个词，这说明你理解了。你也许已经不再喜欢我了，但是请相信，我是为你好。有朝一日，你想到我说的这些话，会感谢我的。”

弗兰茜真希望大人们少来这套。这有朝一日的感谢已经要把她压垮了。她想，将来长大后，在她最美好的年华，她得花去大部分的时间寻找对她说过此话的人，对他们一一表示感谢。

“回家后请你把它们扔到炉子里烧掉。你要亲自划火柴点燃。当火焰升起来的时候，你要告诉自己：‘我在燃烧丑陋，我在燃烧丑陋。’”加德小姐把那一沓“污秽”的作文和毕业演出剧本递给她说。

回家的路上，弗兰茜想弄清楚这整件事。她知道加德小姐并非刻薄之人。她确实是为了弗兰茜好，只是弗兰茜自己不觉得。弗兰茜开始意识到，在受过教育的人眼中，自己的生活是令人作呕的。她想：等我也受了教育，会不会因为贫贱的出身而感到羞耻？会不会因为自己的亲人而感到羞耻？会不会因为自己那个英俊、快乐、善良、善解人意的爸爸而感到羞耻？会不会因为勇敢而诚实的妈妈而感到羞耻（妈妈为自己的妈妈感到骄傲，尽管外婆不识字）？会不会因为尼利这样一个诚实的好孩子而羞耻？不！绝对不会！如果受教育意味着对自己本来的样子感到羞耻，那她情愿不接受教育。“我要让加德小姐看看，”她发誓，“我要让她看看我的想象力。我一定要让她看看。”

从那天起，她开始写小说。小说的女主人公名叫雪莉·诺拉，一个含着金汤匙出生的富家女孩。小说题为《这就是我》，全篇故事完完全全是弗兰茜生活的反面。

弗兰茜已经写了二十页。到目前为止，她都在详尽地描写雪莉家的豪华家具、精美的衣服以及女主人公享用的一道道美味佳肴。

等全书完成后，她打算叫茜茜的丈夫约翰把它带到杂志社帮她出版。弗兰茜幻想着她把书展示给加德小姐的那一刻。她已经在脑海中设想了这一幕，并过了一遍对白：

弗兰茜（她把书递给加德小姐）：我想您在这本书里面看不到任何污秽的话题。这个就作为我这个学期的作业吧。它已经出版了，希望您不介意。

（加德小姐惊得下巴要掉了，弗兰茜装作没看见。）

弗兰茜：印刷体好读多了，您说是不是？

（加德小姐阅读的时候，弗兰茜漫不经心地盯着窗外。）

加德小姐（读完后）：哇，弗朗西丝！你写得太棒了！

弗兰茜：什么？哦，您说这本小说啊。这是我用零碎时间随便写的。写的都是我自己不了解的东西，很快就写好了。要写现实题材的话，就需要更多的时间，因为你得有第一手的经验。

弗兰茜把这一段画掉了。她不想叫加德小姐看出她受到了伤害，就重新写。

弗兰茜：什么？哦！您说的这本小说啊。我很高兴您喜欢啊。

加德小姐（怯生生地）：弗朗西丝，你能不能……能不能给我签个名？

弗兰茜：当然了。

（加德小姐摘下她的钢笔笔帽，笔尖那头对着自己，把钢笔递给弗兰茜。弗兰茜写下："M.弗朗西丝·K.诺兰敬赠。"）

加德小姐（仔细端详弗兰茜的签名）：多么独具一格的签名呀！

弗兰茜：不过是我的全名罢了。

加德小姐（怯生生地）：弗朗西丝？

弗兰茜：您尽可以像从前那样称呼我。

加德小姐：您能不能在签名之上加上"赠予我的朋友穆里尔·加德"？

弗兰茜（稍作停顿）：那又何妨？（流露出一丝狡猾的微笑）我一向都是您要我写什么，我就写什么。

加德小姐（低声地）：谢谢你。

弗兰茜：老师……虽说这已经不重要，不过……您可不可以看在旧日的情分上，给这篇作文打个分呢？

（老师拿出一支红铅笔，在书上写了个大大的A+。）

这个美梦散发着瑰丽的色彩，弗兰茜在兴奋狂喜中开始书写下一章。她写啊写，心想很快就写完了，美梦就要成真了。她写道：

“帕克，”雪莉·诺拉问她的贴身女仆，“厨师今天准备了什么晚餐？”

“我想是烤野鸡胸肉搭配温室芦笋、进口蘑菇、菠萝慕斯甜点，雪莉小姐。”

“这些菜听起来都很一般啊。”雪莉说。

“是的，雪莉小姐。”女仆恭敬地回答。

“你知道吗，帕克，我心血来潮想吃点儿别的。”

“您的兴致就是家里的命令，请尽管吩咐。”

“请叫厨师备许多简单的甜点，我会从中选择晚餐吃什么。请给我拿十二份俄式冻甜品、一些草莓奶油蛋糕、一夸脱冰激凌——要巧克力口味的，还有一打手指饼干、一盒法式巧克力。”

“好的，雪莉小姐。”

一滴水落在了纸上。弗兰茜抬头看了看，不，屋顶没漏水，那是她的口水滴了下来。她太饿了。她走到炉子边，往锅里瞧了瞧，只见一根苍白的骨头泡在水里。面包盒里有一些面包，都发硬了，但总比没有吃的强。她切了一小片面包，倒了一杯咖啡，把面包泡在咖啡里软化。她一边吃一边读刚才写的东西,突然有了惊人的发现。

“你看哪，弗兰茜·诺兰，”她告诉自己，“你这个故事中所写的东西，和加德小姐不喜欢的那些主题其实如出一辙。这里，你还是在写饥饿，只不过你用了一种扭曲、迂回、愚蠢的方式在写而已。”

面对这小说，她感到无比愤怒。她把抄写本撕了，扔到炉子里。火烧着这些纸的时候，她心中的怒火也越烧越旺了。她跑进房间，从床底下拖出一盒子作文手稿，把写爸爸的那四篇作文小心翼翼地放到一边，剩下的全都塞进炉子里。她烧掉的都是那些得了A的作文。每一张纸在着火、发黑之前的一瞬间，上面的字迹都会变得无比清晰:“一棵巨大的白杨树，高耸入云，在天空的衬托下是那么的宁静安详。”另一句是:“柔和的蓝天在头上拱起。这是个完美的十月天。”还有一句的末尾是:“……蜀葵如凝固的日落，燕草如浓缩的天空。”

“我从未见过白杨树，天空像拱门也是我在什么地方读到的，这些花朵我从没有亲眼见过，只在种子目录上看到过。我撒了谎，这些作文才得了A。”她戳了戳那些文稿，好让它们燃烧得更快点儿。当它们都化作灰烬时，她反复说:“我在燃烧丑陋。我在燃烧丑陋……”当最后的火焰熄灭，她对着开水壶大声宣布:“我的写作生涯结束了。”

突然，她感到既害怕又孤独。要是爸爸此时能在身边陪她该有多好，她需要他。他不可能死的,他不可能死了。再过一会儿，他就会唱着《莫莉·马隆》的歌上楼来，她会为他开门，他会说:“你好哇，小歌后。”她会说:“爸爸，我做了噩梦，梦到你死了。”她还要把加德小姐批评她作文的事也一股脑儿告诉爸爸，他会想法子劝她相信一切都会好起来的。她等啊等，竖着耳朵听了又听。也许这就是梦一场。可是，不，没有梦会持续那么久。那是现实，爸爸永远地走了。

她把头埋在桌子上，哭了起来。“妈妈不像爱尼利那样爱我，”她抽泣着，“我试过了，试过了许多次，要她爱我。我坐在她身旁，她去哪儿我就去哪儿，她要我做什么我就做什么。但她还是不能像爸爸那样爱我。”

接着，她回想起那次回家途中，妈妈坐在电车上仰着头闭着眼的样子。她记得，当时妈妈的脸色是那么的苍白、疲倦。妈妈是爱她的啊。妈妈当然爱她，只是妈妈表达爱的方式与爸爸不同。妈妈是个好妈妈。看看，她随时都可能要生孩子了，却还在工作。设想一下，要是妈妈在生产的时候死了呢？想到这里，弗兰茜的血液都要凝固了。若是没了妈妈，她和尼利怎么办？他们能去哪里？艾薇和茜茜都太穷了，收留不了他们。他们连住的地方都没了。这个世界上除了妈妈，姐弟俩没有第二个可以依靠的人了。

她突然感到一阵恐惧，以为妈妈此刻已经死了。她冲出公寓去找妈妈。凯蒂没在这栋楼打扫卫生。弗兰茜冲去了第二栋公寓，跑了三层楼梯，呼喊着：“妈妈！”然而妈妈也不在这里。弗兰茜冲到了第三栋也是最后一栋公寓。妈妈不在一楼，也不在二楼。只剩下一层楼了。如果妈妈不在这里，那她就是死了。弗兰茜尖叫起来：“妈妈！妈妈！”

“我在上面，”三楼传来凯蒂平静的声音，“别这样大喊大叫。”

弗兰茜松了口气，几乎要瘫倒在地。她不想让妈妈知道自己哭了一场。她在身上找手帕，没找到，只好用裙子擦了擦眼泪，慢慢地爬上楼梯。

“你好，妈妈。”

“尼利出什么事了吗？”

“没有，妈妈。”（妈妈总是首先想到尼利。）

“那就好，你也好。”凯蒂微笑着说。凯蒂猜测一定是学校发生了什么事，让弗兰茜不开心了。好吧，如果她想告诉自己……

“你喜欢我吗，妈妈？”

“我要是连自己的孩子都不喜欢，那我岂不是个怪人？”

“你是不是觉得我没有尼利好看？”她焦急地等着妈妈的回答，因为她知道妈妈从不撒谎。

妈妈想了好久，才回答：“你的手很漂亮，头发也好看，又厚又长。”

“但是你是不是觉得我没有尼利好看？”弗兰茜不依不饶地继续问，心里期待着妈妈撒谎。

“好了，弗兰茜，我知道你心里藏着什么事情。可是我现在太累了，没有精力和你兜圈子。请你有点儿耐心，等着孩子出生。我喜欢你，也喜欢尼利，你们俩都好看。好了，让我省省心吧。”

弗兰茜顿时懊悔不已。看到妈妈即将临盆，双手和膝盖着地，以一种奇怪的姿势趴在地上擦洗地板，她的心充满了怜爱。她跪在妈妈身旁。

“起来吧，妈妈，我来帮你把过道擦完。我有时间。”她把手伸进水桶里。

“不行！”凯蒂厉声喝道。她把弗兰茜的手从水桶里抽出来，用围裙擦干。“不要把你的手伸到那水里，里面有苏打水和碱液。看看我的手都被弄成什么样了。”她伸出自己的双手，它们很秀气，却伤痕累累，“我不要你的手变成这样。我要你永远都有一双好看的手。再说，我也快干完活儿了。”

“如果你不让我帮你，那我坐在台阶上看总可以了吧？”

“你要是没别的事，就随你的便。”

弗兰茜坐在那儿看着妈妈。可以坐在她跟前，知道她还活着，这感觉就很好了，甚至那擦洗地板的唰唰声也让人感到安全、悦耳。刷子在地上发出沙沙声，拖把发出呼呼声；妈妈把刷子和拖把扔进水桶时，又发出一阵扑通声；妈妈把这些清洁工具从一个地方拖到另一个地方时，又发出哐啷哐啷的声音。

“弗兰茜，你没有个可以说话的女同学吗?”

“没有。我讨厌女人。”

“这可就不正常了。在你这个年纪,跟同龄女孩聊天对你有好处。”

“你有女性朋友吗，妈妈?”

“没有，我讨厌女人。”凯蒂说。

“你看，你和我一样。”

“不过我曾经有一个，我就是通过她认识你爸爸的。所以你瞧，有个女性朋友有时候还是挺管用的。”凯蒂接着说，“你需要朋友。除了我和尼利，你几乎不跟任何人说话，除看书外，就是写你的小说。”

“我已经放弃写作了。”

凯蒂已经猜到，弗兰茜的心事跟她的作文有关:“你今天的作文是不是得了低分?”

“没有。”弗兰茜撒谎了。她惊讶妈妈总能猜中她的心事。她起身说:“时间到了，我该去麦加里蒂家做事了。”

“等等!”凯蒂把刷子和拖把放进桶里，伸出手，“我今天的活儿干完了，拉我起来。”

弗兰茜抓住妈妈的手，凯蒂用力地反握住，笨拙地站起身:“弗兰茜，跟我一起走回家。”

弗兰茜拎着水桶。凯蒂一只手扶着栏杆，另一只手搭在弗兰茜的肩膀上。她下楼下得很慢,身体重重地靠着弗兰茜。妈妈脚步不稳，弗兰茜尽量配合她的步子。

“弗兰茜，我随时会生产。我希望你别走远，这能让我安心。你离我近一些，我干活儿的时候，你时不时地过来看看我，确认我没事。你不知道，我现在全依靠你了，没法儿指望尼利，因为男孩在这个时候是指望不上的。我现在非常需要你,有你在身旁我就安心。这段时间，你就离我近一点儿吧。”

弗兰西心中涌起对妈妈的巨大柔情。“我永远不会离开你的，妈妈。”她说。

“我的乖女儿。”凯蒂压了压她的肩膀。

弗兰西心想：也许，她爱我没有爱尼利那么多。但是她更需要我。我想，被需要和被爱差不多，也许被需要更好呢。

第三十六章

弗兰茜已经连着两天回家吃过午饭，下午没有返回学校了。妈妈已经卧床休息了，她叫尼利回学校上课。弗兰茜想去把艾薇或茜茜叫过来帮忙，但妈妈说时间还没到。

弗兰茜开始独当一面，觉得自己很重要。她把公寓打扫干净，查看了家里的食物，安排一家人的晚餐。每隔十分钟，弗兰茜就去把妈妈的枕头拍得蓬松，问她要不要喝水。

三点过后不久，尼利气喘吁吁地冲进来，把书本扔到角落里，问妈妈他是不是该跑去叫人了。凯蒂见他这般心急火燎，微笑着对他说，不到关键的时候，不要去打扰艾薇或茜茜，她们也有自己的家事要忙。妈妈还叮嘱尼利去麦加里蒂酒吧上班的时候，请求老板让他把弗兰茜的那份工作也做了。麦加里蒂先生不但同意了，还帮着尼利一起在后厨准备免费午餐，这样他到四点半就把所有活儿干完了。他们早早地吃了晚饭。尼利送报纸开始得越早，结束得也越早。妈妈说她只要一杯热茶就好。

等弗兰茜把茶煮好了，妈妈又说不想喝了。弗兰茜开始担心，因为妈妈什么都没吃。尼利出门送报纸了，弗兰茜端来一碗炖菜，想让妈妈吃点儿。凯蒂大为光火，说别来烦她，还说她想吃东西的时候自己会要的。弗兰茜忍着眼泪把炖菜倒回锅里。她只是想出点儿力啊。后来妈妈叫她过去，那会儿她的火气已经消了。

“几点了？”凯蒂问。

“六点差五分。”

“你确定钟没有走慢？”

“没有，妈妈。”

“它来得也太快了些。”凯蒂忧心忡忡地说。

弗兰茜望向窗外沃罗诺夫珠宝店挂在街头的巨大时钟，汇报道：“我们的时间是对的。”

“天黑了吗？”凯蒂没法儿知道天色的变化，因为即使在明亮的正午，也只有一道暗淡的灰色光线透过通风井的窗户照射进来。

“还没，外面天还亮着。”

“这里很黑。”凯蒂烦躁不安地说。

“那我把蜡烛点起来。”

墙上钉着一个小小的架子，上面放着一个厚壁红色玻璃杯，里面盛满了黄色的蜡和一根灯芯。玻璃杯的旁边是一个花瓶，里面装着纸做的红玫瑰。弗兰茜擦燃了火柴，把蜡烛灯芯点着，烛光透过厚厚的玻璃壁发出微弱、暗红的光亮。

“现在几点了？”过了一会儿，凯蒂又问。

“六点十分。”

“你确定我们的钟不快也不慢？”

“不快也不慢。”

凯蒂似乎满意了。可是才过了五分钟，她又开始询问时间，好像有什么重要的约会，生怕迟到。

六点半过后，弗兰茜又告诉了她一次时间，还补充说再过一小时尼利就回来了。“他一回来就叫他赶紧去叫艾薇。叫他别走路去，给他五分钱，叫他坐电车去，你要嘱咐他去叫艾薇啊，因为艾薇比茜茜离我们更近。”

“妈妈，要是孩子突然就生下来了，我不知道该怎么办。”

“我没那么幸运——突然就把孩子生下来。现在几点？”

“还有二十五分钟到七点。”

“你确定？”

“我确定，妈妈。就算尼利是男孩，叫他留在你身旁也比我好些。”

“为什么?”

“因为他总是能带给你许多安慰。”弗兰茜说这话时没有一丝恶意和嫉妒，仅仅是陈述一个事实，“再说我……我……真不知道该说什么，才能让你好过一点儿。”

“几点了?”

“还有二十四分钟到七点。”

“去看看尼利回来没有。”

弗兰茜看了看，还不见尼利的身影。凯蒂想到了弗兰茜刚才说尼利对自己是个安慰的说法。

“不，弗兰茜，现在你才是我的安慰。”她叹了口气，“我如果生的是个男孩，我们就叫他约翰尼。”

“那多好哇，妈妈，那我们四个人就又在一起了。”

“是啊,会的。”之后,凯蒂很长时间都没说话。她再次询问时间，弗兰茜告诉她已是七点一刻，尼利应该很快就到家了。凯蒂叮嘱她把尼利的睡衣、牙刷、干净的毛巾和一小块肥皂包在报纸里。今晚尼利要在艾薇家里过夜。

弗兰茜带着这包东西去了街上两次，第三次才撞见尼利回家。他从街边一路小跑过来。弗兰茜也跑过去，把包裹、车费给他，又将妈妈的嘱咐告诉他，叫他动作快点儿。

“妈妈怎么样?”尼利问。

“还好。”

“你确定?”

“确定。我听到电车来了，你快跑过去吧。”尼利跑走了。

弗兰茜回到家，只见妈妈满头大汗，下嘴唇还出了血，她好像一直在咬嘴唇。

“哦，妈妈，妈妈!”她摇了摇妈妈的手，贴到自己脸上。

“拿块毛巾在冷水里拧一拧，帮我擦擦脸。”妈妈小声说。弗兰茜照做后，凯蒂又回到先前没有讲完的话题。“当然了，你是我的安慰。”她的思绪飘到了看似无关紧要实则不然的话题上，“我一直想阅读你的那些得了A的作文，可我总是没时间。现在我有一点儿时间了。你给我念一篇吧。”

“我没法读给你听了，我把它们全烧了。”

“你构思了，写了下来，交给老师，老师也打了分数，然后你又思考了一番，最后把它们烧了。整个过程中，我一篇都没有看过。”

“没关系，妈妈。那些都写得不好。”

“我良心不安啊。”

“那些都写得不好，妈妈。我知道你一直没时间看。”

凯蒂心想：可是我总能抽出时间关心儿子做的事。我为了他挤出时间来。她继续想，这回她把自己的心里话大声说了出来：“但是尼利需要更多鼓励。你内心强大，自己就能闯荡，你跟我一样。但尼利需要更多外部的鼓励。”

“没关系，妈妈。”弗兰茜重复道。

“重来一次我恐怕也无法做出不同的选择，”凯蒂说，“不过我还是良心不安啊。现在几点了？”

“快到七点半了。”

“再用一下毛巾，弗兰茜。”凯蒂的思绪似乎想抓住什么，“就没有一篇作文剩下，可以念给我听？”

弗兰茜想到那四篇写爸爸的作文，想到加德小姐的评论，就回答妈妈：“没有。”

“那你给我读一读莎士比亚那本书吧。”弗兰茜去拿了书。“就念‘这样的夜晚’那一段，我想在孩子出生之前，想点儿美好的东西。”

书上的字体很小，弗兰茜只有借着煤气灯的光念给妈妈听。灯点着的时候，她好好地看了看妈妈的脸。她面如土色，扭曲变形。此刻的妈妈看起来像正在受苦的玛丽·罗姆利外婆。凯蒂极力避开灯光，弗兰茜立刻就把灯关了。

“妈妈，这些剧本我们已经读很多遍了，我都可以背下来了。我既不需要灯也不需要书，妈妈，听着！”弗兰茜开始背诵：

月光皎洁！——在这样的夜里，
甜美的风，轻吻着树木，
这样的夜晚，万物静寂，
特洛伊罗斯①……

“现在几点了？”

“七点四十。”

……我想，登上特洛伊的城墙，
对着希腊的帐篷叹息，
那是克瑞西达夜间栖身的地方。

“后来你有没有弄清楚特洛伊罗斯是谁？克瑞西达又是谁？弗兰茜？”

“弄清楚了，妈妈。”

“有一天你要讲给我听。等我有时间的时候。”

“好的，妈妈。”

凯蒂疼得呻吟起来，弗兰茜又帮她擦了擦汗。凯蒂像那天在楼道里一样，向弗兰茜伸出双手。弗兰茜握住她的手，脚趾用力抠住地面。凯蒂使劲拉，弗兰茜觉得自己的胳膊就要被卸下来了。妈妈总算放松下来，放开了手。

①特洛伊罗斯：出自《特洛伊罗斯与克瑞西达》，莎士比亚创作的戏剧。

又过了一小时。弗兰茜背诵着那些烂熟于心的段落——波西亚的演讲、马克·安东尼的葬礼演说、“明日复明日”——那些莎士比亚作品中人们耳熟能详的篇章。凯蒂偶尔问一两个问题，不时地用手捂脸，痛苦地呻吟。她没意识到自己在干什么，问了问题也不在乎弗兰茜回不回答，就这么一直在问时间。弗兰茜隔一会儿就给她擦擦脸。那一小时之内，凯蒂伸了三四次手去拉弗兰茜。

艾薇赶来时已经八点半了，弗兰茜终于松了口气。“茜茜再过半小时就到。”艾薇宣布了这个消息，就赶忙冲进卧室。她看了凯蒂一眼，从弗兰茜的小床上扯下床单，一头系在凯蒂的床柱上，另一头递到凯蒂的手中。“你拉这个试试看。”艾薇建议道。

“几点了？”凯蒂狠狠地拉了一把床单后，小声地问。这一拉，她的脸上又渗出了许多汗珠。

“你管它几点呢，”艾薇乐呵呵地回答，“你又不出门。”凯蒂笑了笑，但那微笑很快被痛苦扭曲的表情取代了。“这里光线太暗了，我们来调亮一点儿。”艾薇说。

“这个煤气灯照得她眼睛疼。”弗兰茜反对。

艾薇摘下了客厅里的玻璃圆球灯罩，在外面抹了一层肥皂，把它罩在卧室的灯架上，然后点燃煤气灯，这时的灯光不再刺眼，而是柔和、发散的。尽管这是个温暖的五月夜，艾薇还是在炉子里生了火。她对弗兰茜发号施令。弗兰茜跑来跑去，把水壶灌满水，搁在炉火上；把搪瓷脸盆擦干净，在里面倒了一瓶橄榄油，放在炉子后面；还把脏衣服从洗衣篮里倒出来，在里面铺上一条破旧但干净的毯子，放在炉火前的两把椅子上。艾薇把所有餐盘都放在烤箱里加热，指示弗兰茜把热盘子放进洗衣篮，待它们凉下来后取出，换上新的热盘子。

“你妈妈准备了新生儿的衣服吗？”她问。

“你以为我们是什么人，怎么会不准备呢？”弗兰茜带着嘲讽的口气反问。说着，她拿出家里准备的全套婴儿用品：四件手工做的法兰绒和服、四条头饰带、一打手工缝制的尿布和一件脱了线的衬衫，那件衬衫是她和尼利小时候穿过的。“除了衬衫，这些都是我亲手缝制的。”弗兰茜骄傲地说。

“嗯……看来你妈妈指望生个男孩呢。”艾薇看着小和服上的蓝色羽毛针脚，评论道，“我们等着看吧。”

茜茜到了，两姐妹进了卧室，叫弗兰茜在外面等着。弗兰茜听到她们的对话。

“得去叫接生婆了，”茜茜说，“弗兰茜知道她住哪儿吗？”

“我没有安排，”凯蒂回答，“家里出不起五块钱请接生婆。”

“好吧，也许我和茜茜可以筹到钱，”艾薇说，“如果……”

“你看哪，”茜茜说，“我生了十个——不——十一个孩子。你生了三个，凯蒂生了两个。我们三个人加在一起生了十六个孩子。对于接生，我们知道的应该足够多了吧。”

“好吧，我们自己来接生。”艾薇拿定了主意。

她们关上了门。弗兰茜可以听见她们讲话的声音，但听不清她们说的内容。她很不喜欢两个姨妈就这样把她关在门外。再说在她们来之前，都是她独当一面啊。她从洗衣篮里取出两个冷却的盘子，放进烤箱，再拿出两个加热好的盘子。她觉得世上只剩下自己孤孤单单一个人了。她希望此刻尼利能陪在自己身边，两个人可以聊聊旧时光。

弗兰茜猛地睁开眼睛。自己刚才不是在打瞌睡吧？她想。这不可能啊。她摸了摸篮子里的盘子已经凉了，就赶紧用热乎的盘子替换上。篮子必须保暖，好迎接新生宝宝。她听着卧室里传来的声音，自她打盹儿之后，里面的声音就变了。两个姨妈不再在里面悠闲地来回走动，也不再低声交谈。她们似乎是在小碎步来回奔跑，说话也是急促的短句子。她看了看钟，九点半。艾薇从卧室出来了，反手把门关上。

“弗兰茜，这里有五毛钱。你去买四分之一磅甜黄油、一盒苏打饼干和两个脐橙。告诉店主你要的是脐橙，给一个生病的女士吃的。”

“可是现在所有商店都关门了。”

“去犹太镇，那里的商店二十四小时开着门。”

“我明天早上再去。”

“叫你现在去就现在去。”艾薇厉声说。

弗兰茜不情愿地出门了。走下最后一段台阶时，她听到一声撕心裂肺的尖叫。她停下脚步，犹豫着是该继续走出去还是跑回家。她想到了艾薇的厉声命令，就继续下楼。走到门口，又听见一声撕心裂肺的惨叫，她庆幸自己现在走在大街上。

弗兰茜沿着曼哈顿大道走了很长一段路，才找到一家开门的奶制品商店。她又跑到另一家商店买饼干，还找到一个卖脐橙的水果摊。回来的时候，她看了一眼奈普药房上方的大钟，快十点半了。她其实并不在乎时间，只是妈妈很在意。

她走进厨房，感到一丝异样。屋子里有种全新的宁静，还有一股说不出的气味，清新的、淡淡的香气。

茜茜背对着洗衣篮站着。“你添了个小妹妹，”她说，“你觉得怎么样？”

“妈妈呢？”

“你妈妈没事。”

“你们就是为了把我支开，才派我去商店的。”

“我们觉得你才十四岁，已经知道得太多了。”艾薇从卧室里跑出来说。

“我只想搞清楚一件事，”弗兰茜语气坚定地问，“是妈妈要把我支走的吗？”

“是的，弗兰茜，是她的意思。”茜茜温柔地说，“她说，不要让自己爱的人跟着受苦。”

“那好吧。”弗兰茜的口气缓和下来。

“你想不想看看宝宝？”

茜茜退到一边。弗兰茜掀开婴儿头上的毯子。她是个漂亮的小家伙，皮肤白皙，一头软软的黑色鬈发一直长到额前。婴儿的眼睛睁了一下又闭上了。弗兰茜注意到她的双眼是奶蓝色的。茜茜解释说所有新生儿的眼睛都是蓝色的，随着年龄的增长，眼珠的颜色会加深，可以变成咖啡豆那样的深褐色。

“她长得像妈妈。”弗兰茜评论说。

“我们也这么觉得。”茜茜说。

“宝宝没事吧？”

“她很好。”艾薇告诉她。

“没有什么畸形吧？”

“当然没有。你怎么想到这些的？”

弗兰茜没告诉艾薇姨妈，她担心孩子生下来会畸形，因为妈妈直到分娩前的最后一刻都跪在地上擦洗地板。

“我可以进去看看妈妈吗？”她的语气卑微，明明在自己家里，却像个外人。

“你去把这盘吃的端给她吧。”盘子里是两块抹了黄油的苏打饼干，她端进去给妈妈。

“你好，妈妈。”

“你好，弗兰茜。”

妈妈恢复了原来的样子，只是一脸倦容。她累得头都抬不起来，弗兰茜拿饼干喂她。两块饼干都吃完了，弗兰茜端着空盘子。妈妈什么也没说。弗兰茜觉得她和妈妈仿佛再次变成了陌生人，过去这几天的亲密荡然无存。

“妈妈，你选的是男婴的名字呢。”

“是啊，不过我不介意是个女儿，真的。”

“她很漂亮。”

“她有一头黑色的鬈发，尼利是一头金色鬈发，可怜的弗兰茜只有一头褐色的直发。”

“我就喜欢褐色的直发。”弗兰茜回敬道。她迫不及待地想知道宝宝的名字，可妈妈表现得如此陌生，她不想直截了当地问，就说：“要不要我把出生信息写下来，寄给卫生局？”

“不用了。”

“哦！”

凯蒂觉察出弗兰茜语气里的失望：“去把墨水和书拿来，我让你记下她的名字。”

弗兰茜从壁炉架拿下一本厚厚的书。她看了看扉页的四条记录，前三条都出自约翰尼之手，字迹娟秀。

1901年1月1日，凯瑟琳·罗姆利和约翰尼·诺兰成婚。

1901年12月15日，弗朗西丝·诺兰出生。

1902年12月23日，科尼利厄斯·诺兰出生。

第四条记录的笔迹是凯蒂的反手斜体，她的字迹刚劲有力。

1915年12月25日，约翰尼·诺兰去世，享年三十四岁。

茜茜和艾薇跟着弗兰茜一起进了卧室。她俩也很好奇凯蒂要为孩子取个什么名字。莎拉？伊娃？露丝？伊丽莎白？

“我说你写，”凯蒂口授，“1916年5月28日，安妮·劳丽·诺兰出生。”

“安妮！这么普通的名字。”茜茜咕哝道。

“为什么啊，凯蒂？为什么取这个名字？”艾薇耐心地询问。

“是约翰尼唱过的一首歌。”凯蒂解释道。

弗兰茜写下这个名字时，耳朵里仿佛听到了和弦，听到了爸爸的歌声：“这就是安妮·劳丽的故事。”哦，爸爸……爸爸……

“他曾说，这首歌应该属于一个更好的世界，”凯蒂接着说，“要是他在天有灵，一定会喜欢我用他的歌名给孩子取名。”

“劳丽这名字很好听。”弗兰茜说。

那么这个孩子的名字就是劳丽了。

第三十七章

劳丽是个乖宝宝。她大多数时间都心满意足地睡大觉。醒来的时候，她就安安静静地躺着，用那双浆果般的棕色眼睛盯着自己小小的拳头看。

凯蒂喂孩子母乳，不仅因为这是母亲的本能，还因为家里没钱买鲜牛奶。婴儿不能单独留在家。凯蒂每天早晨五点就起来干活儿，先去清扫另外两栋公寓，打扫至九点回家。弗兰茜和尼利这个点去上学。然后她开始打扫自己住的这栋公寓楼，把家里的门半开着，这样劳丽一哭，她就能听到。凯蒂每天晚上一吃过晚饭，就上床睡觉了。弗兰茜和妈妈很难碰面，她感觉妈妈像离开家了似的。

麦加里蒂并没有按照原计划在婴儿出生之后解雇弗兰茜姐弟俩。他现在真的需要他们帮忙，因为他酒吧的生意在1916年的春天突然兴旺起来，酒吧无时无刻不爆满。国家正发生巨大的变化，他的顾客和来自五湖四海的美国人一样，得找个地方侃大山。街角的酒吧是他们唯一的聚集地——穷人的俱乐部。

弗兰茜在酒吧楼上的公寓里打扫卫生，透过薄薄的地板可以听到楼下客人们的声音。她常常停下手头的工作，竖起耳朵听他们交谈。是啊，世界瞬息万变，这一次她知道变化的是这个世界，而不是她自己。从酒吧客人们的闲谈中，她察觉出了这世界的变化。

不需要多久，马车就要被淘汰了。底特律那里制造的汽车便宜得很，很快每个工人都能买得起。

打工的人自己开车！要活着等到这一天哪！

飞机！不过一阵风潮，持续不了多久的。

电影这玩意儿看来是要长久发展下去了。布鲁克林的戏院一家接一家地关门啊。就拿我来说吧，我还喜欢看查理·卓别林。

无线电，有史以来最伟大的发明。从空中传话，注意啊，是没有电线的。用一种什么机器收音，然后要戴着耳机去听……

他们把这玩意儿叫半麻醉，说用了它，女人生孩子一点儿感觉都没有。我一个朋友告诉了他老婆，他老婆说这东西早就应该发明出来了。

你们在说什么呢！煤气灯已经过时了。现在就连最便宜的出租屋都装电灯了。

不晓得现在的年轻人中了什么邪，一个个都跳舞跳疯了。就知道跳跳跳。

我们这是直奔着打仗去啊，伙计，我看就要打起来了。

我们不要战争。

一旦宣战，我第二天就去应征入伍。

你就说说罢了。你都五十多岁了，他们才不会收你。

我情愿去坐牢，也不去打仗。

我跟你说过的，现在所有事都是机器来办。前几天我听了个笑话，一个男人和他老婆从吃饭到穿衣，都是靠机器完成，于是他们来到一个宝宝机器跟前，把钱塞进机器，竟然出来一个孩子。那家伙转身问："能不能买过去的好时光？"

从前的好日子，怕是再也回不来了哟！

弗兰茜扫着地，时不时地停下来听这些闲谈，把她听到的话拼凑在一起，试图去理解这个混乱、正在发生剧变的世界。她觉得，在劳丽出生和自己毕业这段时间，整个世界发生了翻天覆地的变化。

第三十八章

弗兰茜还没来得及和小妹妹劳丽好好相处，毕业典礼就到来了。凯蒂分身乏术，不能同时去两场毕业典礼，就决定去参加尼利的。这也无可厚非，是弗兰茜自己要换学校的，妈妈不该错过尼利的毕业典礼。弗兰茜理解妈妈的决定，但心里还是有些难过。如果爸爸还活着，他一定会去参加她的毕业典礼。最后大家安排茜茜陪弗兰茜去她的毕业典礼，艾薇来照看劳丽。

1916年6月底的那个晚上，弗兰茜最后一次走向自己喜爱的学校。茜茜自从有了孩子，整个人都变得安静许多。她缓缓地走在弗兰茜旁边。弗兰茜觉得自己很孤独，真希望茜茜还是以前的样子。她悄悄地把手伸到茜茜的手里，茜茜捏紧了她的手，那一刻她才感到安慰些。茜茜没有变！

毕业生们都坐在礼堂的前几排，来宾坐在后面。校长对学生们发表了一场真挚的演说，说他们即将进入一个动乱的世界，一场战争不可避免，战后就指望他们重建新世界了。他敦促学生们去追求高等教育，以便更好地武装自己，去建设新世界。弗兰茜很受感染，在心里暗暗发誓，要像校长说的那样，做一个传递火炬的人。

接下来是毕业戏剧演出。弗兰茜眼里的泪水灼痛了眼睛。那些寡淡的对白一句接着一句，她想：我写的剧本比这个好多了。我愿意当那个搬运煤灰罐子的人。只要老师同意让我写毕业演出剧本，我什么都愿意做。

演出结束后，大家排成一列，上台领取毕业证书，终于光荣毕业了。

接下来，弗兰茜要面对一个严峻的考验。

学校的惯例是可以给女毕业生送鲜花。不过鲜花不能带进礼堂，它们会被送往各个班级，老师再把这些鲜花放到毕业生的课桌上。

弗兰茜得回教室去拿成绩单，还有放在课桌上的铅笔盒和签名册。她在教室外面徘徊了好久，迟迟不愿意进去，因为她知道自己的课桌将是唯一一个没有鲜花的。她很肯定，她知道家里根本没有闲钱，也就没有告诉妈妈这个惯例。

最终，她还是下定决心走进教室，径直走到老师的讲桌前，没有勇气看一眼自己的课桌。空气里弥漫着浓郁的花香。她听到一群女同学叽叽喳喳，为收到鲜花而欢呼雀跃。她还听到她们相互夸奖，语气里满是得意。

她拿到了成绩单：四个A，一个C-。C-是她的英语成绩。弗兰茜以前是学校里作文写得最好的学生，如今险些不及格。她突然憎恶起这个学校和全部老师，尤其是加德小姐。她不在乎自己有没有鲜花了。无所谓，送鲜花这个习俗本就愚蠢。她打定主意：我去我的课桌上拿了东西就走，如果有人找我说话，我就叫他们闭嘴。没有鲜花的那张课桌就是我的。可是竟然没有一张课桌的桌面是空着的！每一张课桌上都摆着鲜花！

弗兰茜走向自己的课桌，心想：一定是哪个女孩把自己收到的好几束鲜花中的一束暂时放到我这儿了。弗兰茜已经想好怎么做了，她会把那束花拿起来还给主人，冷冷地说："不介意我把你的花拿开吧？我得从桌子里拿东西。"

她拿起那束花——那是二十四朵暗红色的玫瑰，插在一束蕨叶中。弗兰茜像其他女孩那样，将花拥入怀中，假装那是属于她的鲜花，哪怕只拥有片刻也好。她看了看卡片，找主人的名字。可卡片上竟然写的是她自己的名字！她的名字！卡片上写着：

献给弗兰茜，祝贺你毕业。爱你的爸爸。

爸爸！

卡片上是他那工整、娟秀的字迹，那黑色的墨迹来自家中橱柜里的那瓶黑墨水。那么这一切都是一场梦，一个让人分不清什么是真什么是假的梦。劳丽是场梦，在麦加里蒂家打工是场梦，毕业演出是场梦，英语成绩单上的分数很差也是场梦。现在她醒了，一切都会好起来的。爸爸一定就在外面的大厅里等着自己。

可是大厅里等着她的只有茜茜。

“那么爸爸确实是去世了。”她说。

“是的，”茜茜说，“他已经走了六个月了。”

“但是不可能啊，茜茜，他给我送花了。”

“弗兰茜，他一年前就给了我这张卡片，卡片都写好了，还给了我两块钱。他说：‘等弗兰茜毕业那天，代我给她送一束花——我怕我到时候忘了。’”

弗兰茜忍不住哭了起来。不仅是因为现在她确定了一切都不是梦；还因为她最近工作太辛苦，又一直担心妈妈；还因为老师没让她执笔写毕业演出剧本；还因为她的英语得了低分；还因为她已经做好了收不到鲜花的准备。这一切，让弗兰茜霎时间泪如泉涌。

茜茜把她带到女厕所，将她推到一个隔间里。“放声大哭吧，”她命令道，“快一点儿，不然你妈妈会问我们为什么磨蹭了这么久。”

弗兰茜站在隔间里，攥着她的玫瑰，抽泣不止。每次有人推开卫生间的门，女孩们叽叽喳喳地说着话走进来，她就冲一下厕所，让冲水的声音淹没她的哭泣声。她的伤心劲很快就过去了。出来的时候，茜茜等在门外，递给她一条沾了冷水的手帕。弗兰茜拿着手帕擦擦眼睛，茜茜问她感觉好点儿了没，她点头称是，并要茜茜等她一会儿，她要去跟老师和同学告别。

她去了校长办公室，与校长握手告别。“弗兰茜，别忘了你的母校呀，有时间回来看看。”校长说。

“我会的。”弗兰茜答应他。她又跑回去跟班主任告别。

“我们会想你的，弗兰茜。”班主任说。

弗兰茜从课桌里拿了她的铅笔盒和签名册。她跟女同学们一一道别。她们把她团团围住，一个女生伸手搂着她的腰，另外两个女生亲吻她的脸。她们大声说着道别的话。

“有空来我家找我呀，弗兰茜。”

“给我写信呀，弗兰茜，告诉我你的近况。”

“弗兰茜，我家安上电话了。有时间给我打电话吧，明天你就打给我。”

“弗兰茜，给我在签名册上留言吧，好吗？等你以后出名了，我可以卖个好价钱。”

“我要去夏令营了，把地址留给你。给我写信啊！听到了吗，弗兰茜？”

“九月份我去念女子高中。你也来女子高中吧，弗兰茜。”

“别啊，跟我一起来东区高中吧。”

“女子高中！”

“东区高中！”

“伊拉斯莫斯·霍尔高中是最好的！跟我一起来吧，弗兰茜，我们整个高中期间都做朋友。只要你来，你就是我唯一的朋友。”

“弗兰茜，我还没在你的签名册上留言呢。”

“我也没有。”

“给我，给我。”

她们在弗兰茜空空如也的签名册上写写画画起来。弗兰茜心想：她们很好，这些年来，我本可以跟她们成为朋友的。我以为没人想跟我做朋友，看来是我想错了。

她们纷纷在签名册上写了起来。有的人写的字迹小，挤作一团；有的人写得很松散。但这些都是孩子们的笔迹。弗兰茜读着她们写的话：

我祝你好运，祝你幸福。

弗洛伦斯·菲兹拉杰德

当夜晚拉开了帘幕，
星星如图钉，钉在了夜幕上，
请记得我还是你的朋友，
哪怕我们相隔万里。

诺琳·奥利里

碧翠丝·威廉姆斯翻到签名册的最后一页，写下了：

就在最后，在别人看不到的地方，
我签上我的名字，
权当解恨。

她的落款是：你的文友碧翠丝·威廉姆斯。她竟然说自己是我的文友，弗兰茜心想。她还在为毕业演出的事愤愤不平。

弗兰茜终于准备离开了。走到大厅，她对茜茜说："我还要和一个人道别。"

"就你毕业的时间拖得最长。"茜茜和蔼地抗议。

加德小姐坐在自己的办公桌后面，她的办公室光线明亮，这里就她一个人。她不受学生欢迎，到现在没有一个人来和她说再见。弗兰茜进来的时候，她热切地抬起头。

“你是来跟英语老师道别的吧。”她满意地说。

“是的，老师。”

加德小姐可不会就此打住，她得端出老师的架子。“关于你的成绩……你这个学期后来没有交作业，我本来该给你打不及格的，但在最后一刻我决定让你通过，这样你可以和其他同学一起毕业。”她等着弗兰茜回应，弗兰茜却什么也没说，“嗯？难道你不打算谢谢我？”

“谢谢你，加德小姐。”

“你还记得我们那次的谈话吗？”

“记得，老师。”

“那你为什么变得顽固，连作业都不交了？”

弗兰茜对此无话可说。她无法对加德小姐解释清楚，只是伸出了手，说：“再见，老师。”

加德小姐大吃一惊。“那么——再见！”她说。她们握了握手。“总有一天，你会发现我是对的，弗兰茜。”弗兰茜还是什么都没说。“是不是？”加德小姐厉声追问。

“是的，老师。”

弗兰茜走出了办公室，她不再憎恨加德小姐了。弗兰茜不喜欢她，又觉得她可怜。在这世上，加德小姐一无所有，只认准自己永远是对的。

詹森先生站在台阶上，用双手跟每个孩子握手，说：“再见！”他还特地跟弗兰茜多说了一句：“加油，好好努力，为我们学校争光。”弗兰茜答应他，说她会做到的。

回家路上，茜茜说：“这样吧，鲜花的事情我们就不告诉你妈妈了，免得又勾起她的伤心回忆。从劳丽出生到现在，她的身体还没有恢复好呢。”二人商量好，就说花是茜茜买的。弗兰茜把卡片取下来，放到铅笔盒里。

她们对妈妈撒谎，说花是茜茜买的，凯蒂说："茜茜，真不该让你破费。"可弗兰茜看得出来，妈妈很开心。

弗兰茜和尼利的两张毕业证书让家人们赞赏不已。大家都说弗兰茜的那张更漂亮，因为詹森先生写得一手好字。

"这可是诺兰家族的第一张文凭啊。"凯蒂说。

"希望不是最后一张。"茜茜说。

"我要我的每个小孩都拿三张文凭，"艾薇说，"小学、高中和大学。"

"再过二十五年，"茜茜说，"我们家族的文凭堆在一起能有这么高。"她踮起脚尖，比画着六英尺的高度。

妈妈最后一次仔细查看二人的成绩单。尼利的行为规范和体育都得了B，其余科目都是C。妈妈说："不错，儿子。"她接着又看弗兰茜的，扫过了所有A，盯住了那个C-。

"弗兰茜！我真是没想到哇。这是怎么回事？"

"妈妈，我不想谈。"

"还是英语，这可是你的强项啊。"

弗兰茜的声音提高了几度，重复道："妈妈，我不想谈这个问题。"

"她的作文每次都是全校最佳。"凯蒂对她的两个姐妹解释。

"妈妈！"弗兰茜几乎要尖叫出来了。

"凯蒂！你行了！"茜茜厉声喝道。

"好吧，好吧。"凯蒂意识到自己在唠叨，有点儿羞愧，就不再追问了。

艾薇适时换了个话题，问："我们现在是参加庆祝派对，还是怎样？"

"我要把帽子戴上。"凯蒂说。

茜茜在家照看劳丽。艾薇、凯蒂和两个毕业生一起去了舍弗利冰激凌店参加派对。店里挤满了毕业生，孩子们拿着毕业证书，女生们还带着自己的花束。有的是父亲或者母亲陪着，有的是父母双方一同前来的。诺兰一家在冰激凌店后面找到一张空着的桌子。

店里挤满了大呼小叫的孩子、喜气洋洋的父母和忙碌的服务员。有些孩子十三岁，有几个十五岁，但多数和弗兰茜同龄——十四岁。许多男生都是尼利的同学，尼利在屋子里跟他们大声打招呼。弗兰茜几乎不认识什么女同学，不过仍开心地挥手与她们打招呼，就好像她们是多年的亲密玩伴。

弗兰茜为妈妈感到骄傲。其他同学的妈妈头发都花白了，因为身材肥胖，屁股上的赘肉都滑到了椅子的边上。妈妈身形苗条，一点儿也不像快要三十三岁的人。她的皮肤一如既往的洁净光滑，头发乌黑卷曲。弗兰茜心想：妈妈如果穿上一身白裙子，怀里捧一束玫瑰，看起来就像一个十四岁的毕业生。只不过，自从爸爸去世，她眉宇间的皱纹越来越深了。她们点了冰激凌。弗兰茜的脑海里有个清单，上面列了各式口味的苏打冰激凌，她按照单子上的顺序一个个吃，这样的话，终有一天她就可以说自己尝过世界上所有口味的苏打冰激凌了。这一次，轮到菠萝冰激凌了，于是她点了菠萝口味的冰激凌。尼利点了惯常的巧克力苏打冰激凌，凯蒂和艾薇点了最普通的香草冰激凌。

艾薇根据屋子里的这些人编了一些小故事，逗得弗兰茜和尼利哈哈大笑。弗兰茜时不时地看看妈妈，琢磨她的表情。听着艾薇讲那些笑话的妈妈都没笑，她慢慢地吃着冰激凌，眉宇间的那道皱纹又加深了。弗兰茜猜到她有心事。

凯蒂想：我的孩子们才十三四岁，就已经比三十二岁的我有文化多了。这还没完呢。想想我在他们这个年纪的时候是多么无知。是的，甚至当我结婚有孩子了，我仍然是无知的。两个孩子的起点比我高很多了，他们从未像我那般无知。我供他们念完了初中，已经无力再为他们做什么了。我的所有计划……尼利当医生，弗兰茜上大学……都没办法实现了。还有个宝宝……他们是不是学得足够多了，可以出去闯荡了？我不知道。莎士比亚……他们会弹钢琴，不过我也有一阵子没有练习了。我教育他们要干净、诚实，不靠救济生活。可这些就够了吗？

他们很快就要学会取悦老板，学着和不同的人相处。他们会走不同的路。是好？是坏？他们如果白天工作了一整天，晚上就不会跟我一起坐在家里。尼利会跟朋友出去玩。弗兰茜呢？她要阅读……去图书馆……去看演出……听免费的讲座和乐队音乐会。当然，我有劳丽，还有劳丽陪着我，她会有更好的起点。等她毕业了，哥哥姐姐兴许能看到她上高中。我得为劳丽创造更好的条件，老大老二没有的我要给她。他们总是吃不饱，穿不暖。我尽了全力，能提供给他们的仍然不足。如今他们还是孩子，却要出去工作了。啊，如果今年秋天我能让他们上高中就好了！我愿意拿出二十年的寿命交换。我愿意没日没夜地工作。可是我不能啊，晚上没有人照顾劳丽。

一阵歌声打断了她的思绪。有人唱起了反战歌谣，大家都跟着唱起来，歌声如海浪般在屋子里翻腾。

我把儿子养大，不是要他当兵打仗。

我养大儿子，要他成为我的骄傲和喜悦……

凯蒂重新陷入了思考：没有人可以帮我们，没有人。她脑海里闪过麦克肖恩警官。劳丽出生的时候，他送来了一大篮子水果。她知道今年九月他就要从警局退休了，将在下一次选举中竞选他家乡皇后区的议员。大家都说他准能选上。她还听说他的太太病得很重，恐怕活不到丈夫参加竞选的那一天。

他会再婚的，凯蒂心想，当然，某个懂社交、懂人情世故的女子会助他一臂之力……一个政治家的妻子必须这样做。她盯着自己长期劳作的双手看了许久，然后放到桌子下面，好像为这双手感到羞愧。

她的这个动作被弗兰茜注意到了，妈妈在想麦克肖恩警官。弗兰茜这么猜测，是因为想到了很久以前的那次出游，麦克肖恩警官看着妈妈的时候，她就戴上了棉手套。弗兰茜心想：他喜欢妈妈，妈妈知不知道呢？她肯定知道吧。妈妈似乎什么都知道。我敢打赌，只要她愿意，就能嫁给他。不过他可别指望我们叫他爸爸。我爸爸已经死了，不管妈妈嫁给谁，那个人对我来说只会是某某某先生罢了。

他们的歌也快唱完了。

如果妈妈们都说，
我养儿子不是为了让他当兵打仗，
今天就不会有战争了……

凯蒂想：尼利十三岁了。就算真的打起仗来，等到仗打完了，他也不到征兵的年龄。感谢上天。

此刻，艾薇对着他们轻轻地唱着歌，她把歌词都改了。

谁敢把胡须贴上他的肩。

“哎哟，你唱得也太糟糕了。”弗兰茜说，她和尼利大笑不止。凯蒂回过神来，抬起头也笑了。服务员拿来了账单，放在桌上，大家全都不说话了，看着凯蒂。

艾薇心想：我希望她不会傻到要给小费。

尼利心想：妈妈知不知道应该留五分钱的小费？我希望她知道。

弗兰茜心想：不管妈妈怎么做，她的决定都是对的。

平日在冰激凌店消费是可以不给小费的，但遇上特殊的庆祝活动时，应该留五分钱小费。凯蒂看到账单上的数字是三毛钱。她的旧钱包里只剩下一枚五毛的硬币了，她掏出来放在账单上。服务生拿走后，带回来四枚五分钱找零，一字排开。他徘徊在周围，等凯蒂拿走三枚，留一枚给他。凯蒂看着这四枚五分钱的硬币，想：四条面包啊。四双眼睛都盯着凯蒂的手。她的手一放在钱上，便毫不犹豫，毅然决然地把那四枚硬币推向了服务生。

“找零是你的。”她豪爽地说。

弗兰茜几乎想要站到椅子上欢呼。“妈妈真了不起！”她一直自言自语。服务生开心地收了那四枚五分硬币，匆匆走开了。

“那可是两份苏打水的钱啊。”尼利抱怨道。

“凯蒂啊凯蒂，你真傻，”艾薇反对道，“我猜那是你最后一笔钱了吧。”

“是的。但这或许也是我们最后的毕业庆祝。”

“麦加里蒂先生明天就要付给我们四块钱。”弗兰茜帮妈妈说话。

“明天他也要把我们炒鱿鱼了。”尼利说。

“那么在他们找到新工作之前，这四块钱花完了就没了。”艾薇总结说。

“我不在乎，”凯蒂说，“哪怕只有一次，我也想体验一回当百万富翁的滋味。如果两毛钱能让我们觉得自己当了一回有钱人，这价格倒是便宜。”

艾薇想起了凯蒂允许弗兰茜把没喝完的咖啡倒掉，就没再说什么。很多时候，她觉得无法理解这个妹妹。

派对要结束了，人群也慢慢散去。杂货店阔老板的长腿儿子艾尔比·赛德莫尔来到弗兰茜这一桌。

“明天跟我一起去看电影好吗，弗兰茜？”他一口气说完，又连忙加了一句，“我请客。”

（有家电影院允许毕业生观看星期六的日场电影，只要带上毕业证书，就可以花五分钱买两张票。）

弗兰茜看了看妈妈。妈妈点头默许。

“好的，艾尔比。”弗兰茜接受了邀请。

“明天两点见。”他大步离开。

“你的第一次约会。”艾薇说，“许个愿吧。”她伸出自己的小指，弗兰茜也伸出小指和她拉钩。

弗兰茜许愿 :“但愿我一直都能穿上白裙子，捧着红玫瑰；但愿我们一直可以像今晚这样挥霍金钱。”

第四卷

夜晚寒气袭人，夜色令人陶醉。
没有一丝风，空气清冷，四周一片寂静。
满天繁星低悬在天空中，
群星的光芒把天空染成了深蓝色。
没有月亮，不过星光比月光亮得多。

第三十九章

“你知道该怎么弄了吧，”女工头对弗兰茜说，“要不了多久，你就会成为一名优秀的花枝工。”她走开后，弗兰茜只能靠自己了。这是她的第一份工作，也是她上班第一天的第一个小时。

按照女工头的指导，弗兰茜左手拿起一段闪亮的一英尺长的金属线，右手拿起一条狭长的墨绿色薄纸。她将纸条的末端在一块潮湿的海绵上蘸一下，然后用两只手的拇指、食指和中指作为卷轴，把纸缠在金属丝上。她将包裹好的金属线放到一边，这就是一个“花枝”了。

每隔一会儿，马克——一个满脸雀斑的勤杂工就把做好的“花枝”分发给“花瓣工”，由她们把纸做的玫瑰花瓣缠绕上去。接下来由另一个女工在玫瑰花下面绑一个花萼，然后交给“花叶工”。“花叶工”从一堆叶子里面摘下一簇（三片为一簇）深色的、闪亮的叶子，编到花枝上，交给“收工人”。“收工人”会用一种质地更厚实、有纹路的绿纸从花萼下面把整个花枝包住。这样，花枝、花萼、玫瑰和绿叶便成了一体，浑然天成。

弗兰茜感到背疼，也感到肩膀一阵阵酸痛。她估算了下，到现在自己应该已经裹了上千根花枝，肯定到午饭时间了。她转过身去看钟，发现时间才过去一小时！

“看钟呢。”一个女工嘲笑她。弗兰茜抬头看了看她，吃了一惊，不过什么也没说。

她找到了工作节奏，手上的活儿变得容易些了。第一步，她把包裹好的金属线放到一边。第一步半，拿一根新的金属线和一张新的纸条。第二步，把纸条打湿。第三、四、五、六、七、八、九、十步，金属线包好了。很快，这节奏就成了本能，她不必去数数，也不必全神贯注地干活儿。她的背部放松下来，肩膀也不疼了。她的思想得到解放，便开始想事情。

她想：这样也可以过一辈子。每天工作八小时，包金属线，包呀，包呀，只为挣够钱买吃的，有个落脚的地方，可以活下来，回来继续包裹更多的金属线。有人从生到死，一辈子就这么过。当然了，这里的女工有的会嫁人，她们嫁的男人也过着同样的生活。他们图什么呢？图的是在下班之后和睡觉之前的那段时间可以有人说说话。但她也知道，这个好处维持不了多久。她见过太多双职工夫妇有了孩子，账单越来越多，夫妻之间就很少交流了，一说话就会激烈地争吵。她想：这些人被困住了，为什么呢？因为……（她想到了外婆坚信不疑，一再重复的话。）他们受的教育不多。弗兰茜突然害怕起来。也许她永远都上不了高中；也许从这一刻往后，她都不会接受更高的教育。也许她一辈子都要包金属线……包金属线……第一步……第一步半……第二、三、四、五、六、七、八、九、十步……她突然感到了一种莫名的恐惧。惊恐之下，她加快了缠金属线的速度，好让自己不得不集中精神干活儿，不留下思考的余地。

“新人啊。”一个“收工人”用嘲讽的口气说。

“想讨好老板呢。”一个“花瓣工”发表意见。

很快，弗兰茜又适应了加快的工作节奏，她的思绪又一次自由了。她开始偷偷地琢磨起坐在这条长桌边的女工们。这里的十二个女孩之中，有波兰人和意大利人。最年轻的女工看起来才十六岁，最老的有三十岁了，她们的肤色都黑黝黝的。不知道为什么，她们都穿着黑色长裙，显然没有意识到黑色是多么地不衬深色皮肤。弗兰茜是唯一一个穿着条纹棉布裙的，她觉得自己就像个傻小孩。眼尖的女工们注意到她在瞧她们，就用女工之间独有的欺侮方式去报复弗兰茜。坐在桌子最那头的女工先发话。

“坐在这桌的某个人的脸很脏。”她大声宣告。其他人一一回答：“不是我。”轮到弗兰茜了，她们纷纷停下手里的活儿，等她回答。弗兰茜不知道该怎么回答，就保持沉默。“新来的什么也不说，”那个坏头头总结性地说，“那么她就是那个脸脏的人。”弗兰茜的脸滚烫，她加快了手头的工作，希望她们能放过她。

“有个人的脖子很脏。”女工们又开始新一轮折磨了。她们一个接一个地回答：“不是我。”到了弗兰茜这里，她也跟着说：“不是我。”可是此举并没有让她们满意，反倒让她们更放肆地欺负她。

“新来的说她的脖子不脏。”

“她自己说的啊！”

“她怎么知道的？她能看清自己的脖子吗？”

“就算脏，她自己会承认吗？”

弗兰茜觉得困惑：她们想让我做点儿什么。她们到底要我怎么样呢？是想让我生气，然后骂她们吗？她们想让我放弃这份工作吗？还是她们想看我哭，就像很久以前我看那个小女孩拍打黑板擦，她要把我弄哭一样？不管她们到底想要我怎么样，我就偏不那样！弗兰茜埋头盯着手里的金属线，手上的动作越发快了。

这无聊的游戏进行了一上午。只有每次勤杂工马克过来的时候，她们才放弗兰茜一马，把矛头对准马克。

“新来的，你得提防马克啊，”她们警告弗兰茜，“他可是被捕了三次的。”

这些指控是赤裸裸的讽刺，因为马克性情柔弱。可怜的小伙子每次被女工们嘲笑，脸都红得像一块砖。弗兰茜很同情他。

一上午就这么熬过去了。就在弗兰茜觉得度日如年的时候，午餐的铃声响起了。女工们放下手头的工作，拿出用纸袋装着的午饭，撕开袋子铺在桌子上当桌布，把点缀着洋葱的三明治放上去，开始吃午饭。弗兰茜的手又热又黏，她想先洗手再吃饭，就问邻座的女工洗手间在哪里。

“不要讲英语。”一个女工模仿初学英语者的夸张口音说。

另一个女工用德语说：“我可不懂英语。”其实她一上午都在用地道的英语嘲弄弗兰茜。

“什么是洗手间？”一个胖女孩问。

“就是‘洗手’的地方吧。”一个女孩自以为机智地说。

马克过来收盒子。他站在过道边，两只手拿满了东西，喉结一上一下地在动。弗兰茜第一次听到他开口说话。

他慷慨陈词：“你们连给新来的女孩指一指厕所在哪里都不肯？”

弗兰茜吃惊地盯着他，然后她忍不住了——马克讲话的口音实在好笑——忍不住大笑起来。马克咽了口唾沫，转身消失在走廊。事情就在这一刻发生了变化。桌子旁传来一阵窃窃私语。

“她笑了！”

“嘿！新来的女孩笑了！”

“笑了笑了！”

一个年轻的意大利女孩挽起了弗兰茜的胳膊，说：“来吧，新来的，我告诉你厕所在哪儿。”

到了厕所，她帮弗兰茜打开水龙头，还猛地捶了捶一个装了液体肥皂的玻璃碗。弗兰茜洗手的时候，这个女孩殷勤地守在她身边。就在弗兰茜要用那块洁白如新，看上去没用过的擦手巾擦手时，这个女孩一把将她拽住。

“新来的，别用那毛巾。”

“为什么？这条毛巾看着很干净啊。”

“很危险的。有些在这里上班的女孩有传染病，你要是用了也会感染的。”

“那我该用什么擦手？”弗兰茜甩着湿湿的双手问道。

“跟我们一样，在裙子上擦擦好了。”

弗兰茜惊恐万状地看了看那条可怕的毛巾，把手按在裙子上擦干了。

回到车间，她发现有人已经把她的纸袋铺平，把妈妈给她做的腊肠三明治摆好了，还有人在她的纸袋上放了一个上好的番茄。女工们微笑着欢迎她回来。那个上午一直带头嘲弄她的女工拿出一个瓶子，喝了一大口，然后把瓶子递给弗兰茜。

“喝一口吧，新来的。”她命令道，“光吃三明治，干巴巴的，咽不下去啊。”弗兰茜退缩了，连忙拒绝。“喝一口吧！这瓶子里装的其实是冰茶。”弗兰茜想到了厕所里的那块擦手巾，连连摇头拒绝。“哈！”那女工惊呼，“我知道你为什么不敢喝我瓶子里的东西了。阿纳斯塔西娅在厕所里吓唬你了吧。新来的，别听她瞎说。传染病的说法是从老板那里传开的，这样他每周可以少花几块钱洗毛巾。”

“是吗？”阿纳斯塔西娅说，“我从没见过你们用那条毛巾啊。”

“见鬼，我们只有半小时午休时间。谁要浪费时间洗手？新来的，喝吧！”

弗兰茜从那瓶子里喝了一口，“凉茶”味道浓烈，清爽提神。她谢过这个女工，又谢谢给她番茄的那个女工。突然，所有人都否认番茄是她们给的。

“你在说什么呢？”

“什么番茄？”

“我没看到什么番茄啊。”

“新来的竟然忘记自己带了番茄过来。”

她们取笑起弗兰茜。不过这回的取笑是温暖的、友善的。这顿午饭弗兰茜吃得很愉快，她很开心自己终于知道了女工们要她做什么。她们不过是想要她笑一笑罢了——多么简单的事，可是她费了半天劲才弄明白。

那天下午的时光过得很愉快。女工们告诉她干活儿别太卖力了——她们说，那些活儿都是季节性的，如果把秋天的订单都做完了，她们就要下岗了。订单完成得越快，她们就越早被炒鱿鱼。弗兰茜很感谢这些年长的、比她有经验的女工告诉她内情，也就顺从地放缓干活儿的速度。她们整个下午都在讲笑话，弗兰茜听了也跟着笑。后来她和女工们一道取笑马克，也只是感到一丝丝良心不安而已。马克在这里受尽折磨。他不知道，其实他只要笑一笑，这些女工就不会为难他了。

这天是星期六，中午刚过几分钟，弗兰茜站在百老汇法拉盛大道的轻轨车站旁等着尼利。她手里握着一个信封，里面装着五块钱——那是她第一周的工资。尼利也挣了五块钱。姐弟俩商量好一起回家，制造点儿仪式感，一起把钱交给妈妈。

尼利在纽约市中心的一家交易所跑腿打杂。这份工作是茜茜的丈夫约翰通过在那儿上班的一个朋友介绍的。弗兰茜羡慕尼利。每天他都要穿过那座雄伟的威廉斯堡大桥，进入那座陌生的大城市，而弗兰茜只能步行到布鲁克林北边上班。尼利还能在餐馆吃午饭。第一天上班的时候，他像弗兰茜一样自己带了饭，结果遭到周围男孩们的嘲笑，说他是从布鲁克林来的乡巴佬。从那之后，妈妈每天给他一毛五分钱买午饭。他跟弗兰茜说,自己每天吃饭的地方叫“自助餐厅”，往投币口里放五分钱，咖啡和奶油就会一起出来，不多不少正好一杯。弗兰茜好希望自己也能穿过大桥，去那一头上班，去自助餐厅吃饭，而不是天天从家里带三明治。

尼利沿着列车轨道跑过来，胳膊下夹着一个扁平的包裹。弗兰茜注意到他跑的时候整个脚掌都踩在铁轨上面，而不是只有脚跟部分，这样他每一步都跑得稳当。爸爸以前也是这么下楼梯的。尼利不肯告诉弗兰茜包裹里装的是什么，说这样就没有惊喜了。他们去了一家社区银行，赶在关门之前，请求出纳员帮他们把手里的旧钱兑换成一张张崭新的一元面值新钞。

“你们要新钞做什么？”出纳员问。

“这是我们第一次领的工资，我们想带着新钞回家。”弗兰茜说。

“第一次领到工资啊？”出纳员说，“这勾起了我的回忆呀，往事历历在目。记得拿第一笔工资回家的那天，我还是个毛头小子呢，在长岛曼赫斯特的一家农场做事。是这样的，先生……”他竟然离题开始介绍起自己的生平了，后面排队的顾客不耐烦地踱着步子。讲到最后，他说：“我把自己第一笔工资交给母亲的那一刻，眼泪在她眼眶里打转。是的，先生，眼泪在她眼眶里打转。”

他撕下一沓新钞的包装纸，兑换了他们手里的旧钞。然后他说：“这是给你们的礼物。”他从收银屉里取出两枚崭新的分币，给了弗兰茜和尼利一人一枚。这是两枚全新的、金子般的分币。他解释：“1916年新发行的，社区的第一批新币，你们现在别用，存起来。”他从自己口袋里掏出两枚旧铜币，放到收银屉里补上。弗兰茜向他表示感谢。离开时，她看到排在后面的那个人把一只胳膊搁在柜台上，对出纳员说：“我也记得第一次领了工资，把它带给老妈的那天。”

走出门的时候，弗兰茜想：队伍里的每个人是不是都要忆忆旧，聊聊自己第一次领到工资的故事呢？“每个上班的人，”弗兰茜说，“都有这样一个共同点：他们都记得把第一笔工资带回家的那天。”

“是啊。”尼利表示同意。

转过街角，弗兰茜回想出纳员的那句话，陷入了沉思，眼泪在她眼眶里打转。之前她从未听过这样的表达，不禁浮想联翩。

“那怎么可能呢？”尼利觉得不解，“眼泪又没有脚，怎么‘转’呢？”

“他不是那个意思。他用那个词，就好比有人说‘我一整天都在床上打转’。”

“但是‘打转’并不是那个意思啊。”

“在这里就是那个意思，”弗兰茜反驳道，“在布鲁克林，‘打转’

就是‘留下来’这个词的过去式。”

“我想是吧，”尼利表示同意，“我们今天不走格雷厄姆大道，换个路线，走曼哈顿大道吧。”

“尼利，我有个主意。我们自己做一个储蓄罐吧，钉在你的橱柜里，不告诉妈妈。我们就从这两枚崭新的分币开始存。要是妈妈给零用钱，我们每人每周都往里面放一毛钱。到过节的时候打开它，给妈妈和劳丽买礼物。”

“还要给我们自己买礼物。”尼利提出来。

“好哇，我给你买，你给我买，到时候我告诉你我想要什么。”

姐弟俩就这样约定好了。

他们步伐轻快地走着，把游荡在街上的孩子们远远地甩在身后，那是一群刚从废品回收站回来的孩子。他们路过斯科尔斯街时，朝卡尼的废品回收站望了一眼，还看到了查理便宜店外的一群孩子。

“小屁孩。”尼利轻蔑地说，把口袋里的硬币晃得叮当响。

“你不记得了，尼利？我们以前也去卖废品的。”

“那是很久以前的事了。”

“是啊。”弗兰茜附和道。其实，他们两周以前还去卡尼那儿卖了一袋子废品。

尼利把他手上那个扁平的包裹交给妈妈，说：“这是给你和弗兰茜的。”妈妈拆开来，那是一磅重的洛夫牌花生薄脆糖。“这不是我用工资买的哟。”尼利故作神秘地解释。姐弟俩让妈妈去房间里待一会儿，他们趁机把十张崭新的一元钞票摆上桌，然后才喊妈妈出来。

“都是你的，妈妈。”弗兰茜豪爽地挥挥手，指向那些钞票。

“哦，天哪！”妈妈说，“我简直不敢相信！”

“这还没完呢。”尼利说着，从口袋里掏出一些零钱，放到桌上，一共是八毛钱。“这是我手脚勤快，人家给的小费，”他说，“我攒了一周，本来还有更多呢，不过我买了花生糖。”

妈妈把这些零钱推到尼利跟前，说：“你挣的小费，你自己留着花。”（弗兰茜心想：就跟以前对待爸爸一样啊。）

“这么好！那我拿出两毛五分钱给弗兰茜。”

“不用了，”妈妈从那只豁口杯里拿了五毛钱，递给弗兰茜，“这是弗兰茜的零用钱，每周五毛钱。”弗兰茜很高兴，她没想到妈妈给她这么多零用钱。两个孩子对妈妈不停地道谢。

凯蒂看了看糖果，再看了看桌上崭新的钞票，又看了看她的两个孩子。她咬了咬嘴唇，突然转身进了卧室，从身后关上门。

“她是不是因为什么事生气了？”尼利低声说。

“没有，”弗兰茜说，“她没生气，她只是不想让我们看到她哭。”

“你怎么知道她要哭？”

“因为，她看着那些钱的时候，我看到眼泪在她的眼眶里打转。”

第四十章

弗兰茜才上了两周班，就要被解雇了。老板宣布“只是休息几天而已”的时候，女孩们互相看了看，交换了眼色。

“还说几天，六个月呢。”阿纳斯塔西娅提醒弗兰茜。

女孩们要去格林庞特的一家工厂，那里需要人手处理一品红和人造冬青花环的冬季订单。等那里开始裁员，她们再去找下一家工厂，就这样从一家工厂到另一家工厂。她们就是一群布鲁克林的流动工人，从一个区到另一个区，打季节性短工。

她们劝弗兰茜跟她们一起去，但弗兰茜想尝试新的工作。她想：反正总是要上班的，那不如一有机会就尝试新工作，让自己做的事丰富一些。这样，就像按顺序吃苏打冰激凌一样，以后就可以说每一个工种她都尝试过。

凯蒂在《世界新闻报》上读到一则广告：招聘档案管理员，可考虑新人，年龄十六岁。弗兰茜花一分钱买了一张文稿纸和一个信封，工工整整地写了一封求职信，寄到了广告上给出的信箱。虽然她只有十四岁，不过她和妈妈都觉得就算她说自己十六岁也不会有人怀疑。于是她在求职信中谎报了自己的年龄，称已满十六岁。

两天后，弗兰茜收到回复。一看那张信笺的抬头，她就兴奋了：图案是一把剪刀放在折叠的报纸上，旁边还有一罐糨糊。来信单位是位于纽约运河街上的模范文摘局。对方请诺兰小姐前去面试。

茜茜领着弗兰茜去购物，给她买了一身成年人穿的裙装，还买了她人生第一双高跟鞋。看着穿上新衣新鞋的弗兰茜，妈妈和茜茜都信誓旦旦地说，她看起来绝对有十六岁，只是发型不符。头上的辫子让她显得很孩子气。

“妈妈，答应我，让我剪短发吧。”弗兰茜央求道。

“花了十四年才长出这么多头发，”妈妈说，“我不会让你剪掉的。”

“哎呀，妈妈，你的观念已经过时了。”

“你为什么想要剪短发，像个男孩？”

“短发好打理。”

“打理头发应该是女人的乐趣所在呀。”

“我说凯蒂啊，”茜茜反对道，“如今女孩都流行剪短发。”

“我要是剪了短发，看起来就像艾琳·卡斯尔。”弗兰茜还在央求。

“年轻女孩干吗要剪短头发？”弗兰茜还想争辩，妈妈又说，“这个问题就此打住。”

“好吧，”弗兰茜说，“等我满十八岁，我要自己做主。到时候让你看看。”

“等你到了十八岁，你就算剃光头我也不管。现在呢……”她把弗兰茜的两条粗辫子盘在脑后，从自己头上取下一根骨头做的发夹，把弗兰茜的辫子固定起来。“瞧瞧！”她退后一步审视女儿。“这就像一顶闪亮的王冠啊！”她语气夸张地说。

“这样确实让她看起来至少有十八岁了。”茜茜让步了。

弗兰茜照了照镜子。头发被妈妈盘弄一番，她看上去果然成熟多了，这让她很满意。但她嘴上还是不肯认输。

“我这辈子都顶着这么多头发，真是头痛呢。”她抱怨道。

“你算幸运的了，如果你只是因为这个问题头痛的话。”妈妈说。

第二天一早，尼利送姐姐去纽约。火车离开玛西大道车站，开上威廉斯堡大桥时，弗兰茜注意到车上坐着的乘客都不约而同地起身，然后又坐下去。

“尼利，他们在干吗呢？”

“刚上大桥的时候能看到一家银行，前面挂着个大钟。人们站起来看时间，估算一下上班会不会迟到。我打赌，每天看那个钟的人得有一百万。”尼利猜。

弗兰茜曾预想过，第一次搭车驶过这座大桥，她的心情该有多么激动。不过这趟旅程的兴奋劲，比不上第一次穿成人服装那样令人激动。

面试过程很快，对方雇用了弗兰茜，她进入试用期。工作时间是上午九点到下午五点半，中午有半小时午休时间，底薪是一周七块钱。老板带她参观了模范文摘局。

十个阅读工坐在一张长长的桌子边，桌面是倾斜的。每个州的报纸被分发给这些阅读工。每一天，这些报纸都从联邦的每个州、每个城市送到这里。女工们给报纸分门别类，做上记号装箱，写下自己分得的总数，并将自己的工号写在首页上方。

做了标记的报纸被收集起来，送去给印刷员。印刷员的手里有一个可调节日期的手压器，面前还有一排排铅字。印刷员设置好手压器上的日期，将铅字排成报纸名、所在州名和城市名，印刷在一张张纸条上。

然后，这些纸条和报纸被送到剪裁工那里。剪裁工的面前是一张大斜桌，他用一把锋利的弯刀把报纸上做了标记的部分裁剪下来。（虽然该单位的信笺抬头上有剪刀图案，可是这里找不到一把剪刀。）剪裁工剪下需要的部分，把废弃的报纸扔到地上，每隔十五分钟，地上那堆报纸就齐腰高了。一个男人将这些废报纸收走，带出去打包。

下一步，那些裁剪下来的报纸将交给粘贴工，这个岗位的职责是把剪报贴在纸条上，然后归档、收集，装在信封里邮寄出去。

归档工作弗兰茜学得快，上手也快。只用了两周，她就记住了档案盒上的两千多个名字和标题。然后她被安排去做实习阅读工。在这里过了两周，她唯一要做的事就是研究客户的卡片，这些卡片的信息比归档处的标题更零散。她还参加了一场非正式考试，证明自己已经记住了所有订单。通过这场考试后，她被分配阅读俄克拉荷马州的报纸。她负责阅读的报纸在送到剪裁工那里之前，老板都会浏览一遍，指出错误。等她的技能娴熟到已经不需要再检查了，他们又分配给她宾夕法尼亚州的报纸，没过多久又分给她纽约州的报纸，于是她要阅读三个州的报纸。到了八月底，她阅读和标记的报纸数量已经超过了文摘局里所有阅读工。她是这个岗位上的新人，而且她视力很好（她是唯一一个不戴眼镜的阅读工），急于取悦上司，还很快锻炼出了一目十行、过目不忘的能力。只要扫一眼，她就知道有没有需要标记的地方。她每天阅读的报纸数量在两百份左右，仅次于她的阅读工每天不过阅读一百份左右的报纸。

是的，弗兰茜是局里读报最快的阅读工——却也是工资最低的。虽说她被调到阅读处的时候，工资涨到了每周十块钱，但是仅次于她的那个阅读工每周能领到二十五块钱，其他阅读工每周拿二十块钱。由于弗兰茜没跟这些女孩打成一片，也就无从知晓内情，根本不知道自己的报酬过低。

虽然弗兰茜喜欢看报纸，并以每周能挣十块钱为荣，可她并不快乐。之前她一直对要去纽约工作感到兴奋不已。想想她曾经看到图书馆那金棕色碗里的一朵小花都感到心潮澎湃，她对纽约这个大都市充满了期待，觉得纽约应该会让她激动一百倍。但事实并非如此。

第一个让她失望的是那座大桥。从自家的屋顶望过去，她想象过穿越那座桥的过程，应该好似一个披着薄纱羽翼的仙女在空中飞翔。实际上，真正乘车经过那座大桥和乘车经过布鲁克林的大街时，她感觉没什么两样。桥面和百老汇的街道一样，有交通道，有人行道。车轨也是一样的。火车穿过大桥时，她并没有别样的感受。纽约也令人失望。这里的建筑物更高，人群更密集，除此之外，它与布鲁克林没什么不同。弗兰茜心想：从现在开始，是不是所有新事物都会令人失望呢?

她常常研究美国地图，想象自己踏过平原，越过高山，穿过沙漠，横渡河流。在她心中，那是美妙的体验。现在她好奇，要是真去做了，会不会也落得失望一场。她想：假设自己要徒步穿越这个国家，她要早晨七点就出发，向西行走。她会一步一步地走。在向西步行的过程中，她会忙着看脚步，意识到自己的脚步就是链条的一部分，这链条起始于布鲁克林。这样，她的思绪可能完全就不在那些山脉与河流、平原与沙漠上头了。她会注意到一些奇怪的东西，因为它们让她想起了布鲁克林。她还会注意到另一些东西，因为它们和布鲁克林截然不同。"我猜这世上没有什么新鲜事吧，"弗兰茜闷闷不乐地得出这个结论，"就算有什么事是新鲜的、不同的，这不同之处的一部分必然能在布鲁克林找到，我一定也习惯了，就算遇见也不会察觉到有所不同。"弗兰茜就像亚历山大大帝那样悲从中来，觉得已经没有新世界可以征服了。

她适应了纽约人上下班途中争分夺秒的节奏。去办公室是一场紧张的考验！要是她能在九点之前早一分钟到达，她就是一个自由人。如果她迟到了哪怕只有一分钟，而老板那天恰好心情不好，她就会顺理成章地成为对方的出气筒。于是，她学会了各种分秒必争的方法。不等到火车停在她那一站，她就早早地推开人群，守在车门边。等门滑开，她会第一个冲出去。下了火车，她就像小鹿一样奔跑，轻快地绕过一群又一群人，第一个跳上通往街道的台阶。去办公室的路上，她都紧贴着建筑物走，这样就可以急转弯。她会斜穿马路，只为节省一两步上下台阶的时间。到了办公楼，哪怕电梯操作员大喊"已经满员了"，她还是会硬挤进去。所有这些小策略，都是为了赶在九点之前早一分钟到，决不能迟到一分钟！

有一次，为了路上时间宽裕些，她提前十分钟离家。这回本可以不用急匆匆的，但她仍旧从火车上挤了出来，步履匆匆地迈上台阶，走最短的路线小跑着过马路，挤进电梯。结果她早到了十五分钟。偌大的办公室里空空荡荡的，她觉得荒凉、失落。同事们赶在九点前冲进来的时候，她觉得自己像个异类。于是，次日早上，她多睡了十分钟，回到原来的上班时间。

弗兰茜是文摘局里唯一来自布鲁克林的女孩。其他人来自曼哈顿、霍博肯、布朗克斯，还有一个员工住在新泽西州的贝永。两个年长的阅读工是姐妹，来自俄亥俄州。弗兰茜第一天上班时，其中一个女孩对她说："你说话有布鲁克林口音。"这话听起来像是带着惊讶的谴责。弗兰茜开始在意自己的咬字发音。

文摘局里有两个人，弗兰茜在他们面前可以放心说话，不必留神自己的口音。其中一个是老板，他是哈佛毕业生，讲话的时候总是把"a"音拖得老长，不过除了这一点，他讲话通俗易懂，用词简单，不像那些阅读工，虽然只有高中文化水平，但从长年累月的阅读中积攒了大量词汇，讲话用词矫揉造作。另一个人是阿姆斯特朗小姐，除老板之外唯一的大学毕业生。

阿姆斯特朗小姐专门负责阅读城市报纸。她的办公桌在房间最漂亮的一处角落，那里有两扇窗户，一扇朝北，一扇朝东，为她提供最佳阅读光线。她只读芝加哥、波士顿、费城和纽约的城市报纸。纽约市的每一版报纸在离开印刷机后不久，就会有一位特别的信使给她送一期过来。她手头的报纸读完之后，不必像别的阅读工那样去帮助工作进度慢的同事。在等待下一期报纸的空隙，她会打毛衣或者修剪指甲。她拿的工资是所有阅读工里最高的，每周有三十块钱。阿姆斯特朗小姐为人和善，有心要帮助弗兰茜，一有机会就会找她聊天，不让她感到太孤单。

文摘局里也分等级，这等级都是剪裁工、印刷工、贴报工、打包工和送报工这些人造出来的。这些工人虽没有受过教育，但头脑灵活。他们组成了一个俱乐部，认为那些受过教育的阅读工瞧不起自己。为了报复，他们极力惹是生非，挑拨阅读工之间的关系。

弗兰茜的立场很矛盾。要说出身和教育背景，她理应属于这个“俱乐部”，但要论能力和智商，她又该被划分到阅读工阶层。俱乐部的人够精明，体会得到弗兰茜身份的割裂，于是，他们想让她当中间人，把那些挑事的办公室八卦告诉她，指望她再把这些流言传到阅读工那里制造分歧和纷争。不过弗兰茜和其他的阅读工相处得并不融洽，也就不去散布流言。流言到她这里也就止住了。

因此，当有一天剪裁工告诉她，阿姆斯特朗小姐九月就要离职了，弗兰茜会晋升为城市报纸阅读工的时候，她很自然地以为这也是流言，为的是挑起阅读工之间的嫉妒心，因为人人都盼着自己被提拔到这个位置。她觉得这简直荒唐，自己不过十四岁，只受过初中教育，怎么会有人考虑让她去接手年龄三十岁、有大学学历的阿姆斯特朗小姐的职位呢？

快到八月末了，弗兰茜开始着急了，因为妈妈还没有提让她去上高中的事。她迫不及待地想回到学校去。这么多年听妈妈、外婆和姨妈们总在谈论高等教育，这不仅让她急于回去念书，还让她对于现在没有接受更多教育感到自卑。

弗兰茜深情回忆起那些在她签名册上留言的女孩。她想回到她们中间，成为一名高中生。她们的家庭背景差不多，现在却不再并肩前行了。弗兰茜的初心是想回到学校，和她们一道念书，而不是和一群年长的女性在工作岗位上竞争。

她不喜欢去纽约上班。那汹涌的人潮让她恐惧。她觉得自己还没有做好准备，就被推向这样一种生活当中。

劳动节[1]前，老板把弗兰茜叫到他的私人办公室，告诉她阿姆斯特朗小姐要离职去结婚了。他清了清嗓子，又补充道，阿姆斯特朗小姐结婚的对象就是他本人。

“所以我们需要一个新的阅读工负责城市报刊。”老板说，“哦，阿姆斯特朗小姐建议，我们可以……让你……来试试这个职位，诺兰小姐。”

弗兰茜的心怦怦直跳。她，城市报刊阅读员！这可是局里最令人艳羡的工作了！这么说，俱乐部的传言确实是真的啊。又一个先入为主的成见被打破了。她一向觉得所有传言都是假的。

老板打算付她每周十五块钱。他的如意算盘是，弗兰茜的阅读能力和自己的未婚妻不相上下，但只需付她一半的工资。这女孩心里一定乐坏了——这么年轻，一周就能挣十五块钱。她说她年满十六岁了，其实看起来只有十三岁呢。当然了，她的年龄与他何干，只要她能胜任工作就行。虽说他雇用了未成年人，但是他只要说是员工自己谎报了真实年龄，法律也不能拿他怎么样。

“这个职位是有加薪的。”他亲切地说。见弗兰茜开心地笑了笑，他又担忧起来。他想：我是不是说漏嘴了？也许她压根儿都没指望涨工资呢。他连忙掩饰自己的失误，说：“我们先看你的工作表现如何，然后你的工资会有小小的涨幅。”

“我还不确定……”弗兰茜疑惑地开口。

她已经过了十六岁了，她肯定会要求我给她大幅涨工资，老板断定。

为了先发制人，他说：“我们付你每周十五块钱，就从……”他犹豫了，心想：做人不能太温厚。“就从10月1日开始。”说完，他往椅子上一靠，感觉自己十分仁慈。

①劳动节：美国的劳动节为9月的第一个星期一。

“我的意思是，我在这里工作不了多久了。”

她还想涨得更高吗？老板想。于是他大声问：“为什么？”

“我想，我劳动节之后就要回学校上学了，我本来打算确定下来再告诉您的。”

“大学？”

“高中。”

他想：那我就得安排平斯基当城市报刊阅读员了。平斯基现在的工资是每周二十五块钱，换到新职位她肯定要求三十块钱，这样不就回到从前了吗？这个诺兰可比平斯基好多了。该死的艾尔玛！她听谁说的，女人结了婚就不能上班了？她就应该接着工作啊……钱都是给家里挣的……挣了钱买房子啊。

“这样啊！很遗憾。我倒不是不赞成高等教育。不过读报也是一种非常棒的受教育方式啊。这是生动鲜活的、不断成长的、与时俱进的教育。而在学校呢……不过是读书，读死书。”他轻蔑地说。

“我得……我得跟妈妈商量商量。”

“那是当然。告诉她你的老板关于教育的看法。跟她说，”他闭上眼睛，决定一不做二不休，“我们付你一周二十块钱。从11月1日开始。”涨工资的月份被他砍掉了一个月。

“报酬确实很丰厚。”弗兰茜老实地说。

“我们相信，厚待员工，他们才愿意留在这里工作。还有……嗯……诺兰小姐，请不要跟别人谈论你的工资。你比别人挣得都多，如果她们知道了……”他摊开手，做无可奈何状，“你明白了吗？不要在洗手间传闲话。”

弗兰茜向他保证，决不会在洗手间传闲话。看到老板放下心来，她自己也觉得有些宽慰。老板着手签文件，示意她面谈结束。

“那今天就到这里，诺兰小姐。劳动节后第二天，我等你的答复。”

“好的，先生。”

一周二十块钱！弗兰茜惊呆了。两个月前她一周挣五块钱就已经很满意了。弗利特曼姨父都四十岁了，每周不过挣十八块钱。茜茜的丈夫约翰是个聪明人，每周也只挣二十二块五毛钱。他们所在的社区里很少有男人能拿到每周二十块钱的工资，这些人还得养家呢。

弗兰茜盘算着：有了这笔钱，我们的苦日子就到头了。我们可以租一间三室一厅的公寓，妈妈不用出去工作了，劳丽也有人陪了。我如果可以把家人的生活安排好，就是这个家里的顶梁柱了。

“可是我想回学校读书！”

她想起家里人一直强调教育的重要性。

外婆：“在这世上，读书才能出人头地啊。”

艾薇：“我的三个小孩，每个人都要拿到三张文凭。”

茜茜：“等到妈妈去世的那天——希望上天仁慈，让她活得久一些——等孩子可以上幼儿园了，我就回去上班。我要把工资都存起来，等小茜茜长大，我要让她上最好的大学。”

妈妈：“我不要我的孩子们和我一样吃苦受罪。受了教育，他们今后的日子就能轻松些。”

弗兰茜又想：不过，这是一份好工作啊。这工作现在是挺好。但做久了，我的眼睛就会坏掉。所有比我年纪大的阅读工都戴上眼镜了。阿姆斯特朗小姐说了，视力好，才能读得好。那些戴眼镜的阅读工刚开始的时候，阅读速度和我一样快。可现在她们的眼睛……我得保护好我的眼睛……不能让这工作把我的视力搞垮了。如果妈妈知道我现在每周能挣二十块钱，也许她就不会让我回学校念书了，我也不能怪她。毕竟我们穷了这么久。妈妈一向公平公正，不过这笔钱可能会动摇她的想法，就算那样，也不是她的错。我先不告诉她我升职加薪的事，先听听她要不要我回学校上学再说。

弗兰茜跟妈妈提了回去上学的事，妈妈说好的，她们要聊一聊。当天晚上吃过晚饭，她们就谈了这件事。

那天晚饭后，喝过咖啡，凯蒂多此一举地宣告（因为大家都知道），下周学校就开学了。“我想让你们俩都去读高中，可是目前的状况，你们之中只有一个人可以在今年秋天上学。你们的工资我都攒了起来，这样明年你们都能上学。”她等了等。等了好久，两个孩子都不作声。“怎么了？你们不想读高中吗？”凯蒂问。

弗兰茜开口了，她的嘴唇是僵硬的。一切决定权都在妈妈手里，弗兰茜希望自己说出口的话给妈妈一个好印象：“是的，妈妈，我想回去上学，这是我最渴望的事，别的我都不想。”

“我不想上学，”尼利说，“妈妈，别让我回学校去。我喜欢工作，我要争取明年得到两块钱涨薪。”

“你不想当医生吗？”

“不。我要当经纪人，像我老板那样，赚很多钱。我要去炒股，有朝一日赚到一百万。”

“我儿子将来会是个很棒的医生！”

“你怎么能确定呢？搞不好我会像莫耶街上的许勒医生那样，在地下室的公寓里开个诊所，成天穿一件脏兮兮的衬衫。总之，我学的知识够用了，真的不需要回学校上学。”

“尼利不想回学校去。”凯蒂几乎在用央求的口吻对弗兰茜说，“你知道这意味着什么吗，弗兰茜？”弗兰茜咬了咬嘴唇，她知道哭是没用的，必须保持冷静，保持清晰的思维。“这意味着，”妈妈说，“尼利必须回去上学。”

“我不回去！”尼利喊了出来，“不管你说什么，我都不会回去的！我现在上班挣钱了，我就想一直这样。在我们那帮伙计里面，我也算个人物了。要是回学校去了，我就又成了一个小屁孩。再说了，妈妈，你需要钱啊。我们不能再当穷光蛋了。”

“你一定要回学校念书，”凯蒂平静地宣告，“弗兰茜挣的钱应该够了。”

“为什么他不想念书，你却偏要他回去上学？”弗兰茜哭出声来，“我这么想上学，你却不让我回去上学？”

“是啊。”尼利表示赞同。

“因为我不逼他回去念书，他就再也不会回去了，”妈妈叹了口气，说，“你呢，弗兰茜，你自己会闯出一条路来，总有一天会回去念书的。”

“为什么你对一切都那么确定？”弗兰茜抗议道，“再过一年我的年龄太大了，就回不去了。尼利只有十三岁，明年他去念书，年龄也不算大。”

“胡说八道。你到明年秋天才满十五岁。”

“十七岁，”弗兰茜纠正她，“就要十八岁了，去上高中年龄太大了。”

“你胡扯什么呢？”

“不是胡扯。在单位，我是个十六岁的孩子。我穿衣打扮、行为举止都要像一个十六岁，而不是十四岁的孩子。明年我就十五岁了，可是这样的生活方式让我比实际年龄老了两岁，我会变得太老，找不回学生气了。”

凯蒂仍旧固执地说：“尼利下周回学校去，弗兰茜明年再回去。”

“我恨你们。”尼利大喊大叫，“如果你们非要逼我回去上学，我就离家出走！等着瞧吧，我会逃走的！”他摔门而去。

凯蒂的脸上泛起痛苦的神色，弗兰茜心疼起她来。“别担心，妈妈，他不会离家出走的，他只是说说罢了。”弗兰茜的话让凯蒂感到宽慰，露出一抹放心的神色，这反而激怒了弗兰茜，“我才是那个会离家出走的人啊，而且我会一声不吭地离开。等你有一天不需要我挣钱了，我就走。”

“我的孩子们以前都那么乖，如今怎么了？”凯蒂伤心地说。

“是我们长大了。”看见凯蒂听了这话显得很困惑，弗兰茜解释道，“我们从没有拿到工作证啊。”

“工作证很难办哪。我还得陪你们一起去市政厅。那会儿我每隔两小时就得给劳丽喂奶，无法分身。我们一致认为，最省事的方法就是让你们谎称自己已满十六岁，就不用那些麻烦的手续了。”

“这没问题。但是既然说了我们已年满十六岁，我们就是十六岁了。你还把我们当十三四岁的小孩子。”

“我真希望你们的爸爸还活着。你的心思只有他能了解，我读不懂你。”听到这话，弗兰茜心中一阵刺痛。这痛感过去之后，她告诉妈妈，自己的工资从十一月开始将翻一番。

“二十块钱！”凯蒂惊讶得张大了嘴巴。

“哦，天哪！”每当什么事情让她吃了一惊，她都是这副表情，“你什么时候知道的？”

“星期六。”

“那你到现在才告诉我。”

“是的。”

“你觉得要是告诉了我，我就会坚定地要你继续上班。”

“是的。”

“但是我坚持要尼利回去上学的时候，并不知道你加薪的事。你现在知道了吧，我做出了我认为对的选择，并未考虑钱的事。这你总看得见吧？”她恳求着问弗兰茜。

“不，我看不见。我只看得见你偏心尼利。你什么都为他安排好了，对我，却要求我自己去闯出一条路。总有一天，我会骗你的，妈妈。我要按自己认为正确的方式做事，可能在你看来不正确。”

“我不担心你，是因为信得过自己的女儿。”凯蒂说话的语气既朴实又庄重，弗兰茜突然为自己感到羞愧，“我也相信我的儿子。他现在不想回学校念书,生我的气。等气头过了,他还是个读书的料子。尼利是个好孩子。"

"是的,他是个好孩子,"弗兰茜承认,"即便他是个坏孩子,你也察觉不到。但你只要对我稍有不满……"她哽咽起来,声音也沙哑了。

凯蒂深深地叹了一口气,可什么也没说。她站起来,开始收拾桌子。她伸手去拿杯子,弗兰茜生平第一次看到妈妈的手不再灵巧麻利了。她的手颤抖着,握不住杯子。弗兰茜拿起杯子,递到妈妈手里。她注意到杯子上裂了很大一道口子。

弗兰茜心想:从前,我们一家人就像一个结实的杯子,完好无损,东西也装得好好的。爸爸去世后,这个杯子就有了第一道裂口。今天吵完这一架,又是一道裂口。很快,这杯子就会有许多裂缝,我们都会变成碎片,不再是完整的一家人了。我不希望看到那一幕,可我今天还是故意制造了一道裂缝。她也和妈妈一样,深深地叹了一口气。

凯蒂走到洗衣篮跟前。尽管大家在吵闹,劳丽仍躺在里面睡得酣甜。弗兰茜看到妈妈颤抖着双手把熟睡的孩子从洗衣篮里抱出来。凯蒂坐到窗边的摇椅上,紧紧地抱着劳丽,摇晃着。

看到这一幕,弗兰茜心中生出了无限的怜爱:我不该对她这么坏。她这辈子除了吃苦受累,还有什么?如今居然要从小劳丽那里寻求安慰。也许她在想,她这么爱小劳丽,小劳丽这么依赖她,可是将来小劳丽长大了,也会像我现在这样,与她作对。

她笨拙地伸手去摸妈妈的脸:"好了,妈妈,我不是故意说那些话的。你是对的,我就照你说的做。尼利应该回去念书,我们要保证他顺利毕业。"

凯蒂握住了弗兰茜的手,说:"这才是我的好女儿。"

"妈妈,别因为我跟你吵架了就生我的气啊。你自己教我的,要去争取自己认为正确的事，我……我认为刚才我是对的。”

“我懂。我也很高兴看到你有能力为自己应得的东西而抗争。不管发生什么，最后你都会有好结果的。这一点你和我一样。”

弗兰茜心想：这就是问题所在啊。正是因为我们太相似，所以无法互相理解。我们压根儿都不了解自己。爸爸和我是不同的人，我们能互相理解。妈妈理解尼利，因为他和她不同。我真希望自己和尼利一样，跟妈妈不同。

“那么，我们现在和好如初，没事了？”凯蒂微笑着问她。

“当然。”弗兰茜回以微笑，亲了亲妈妈的脸颊。

但是在她们各自的心里，都知道两个人之间不是没事了，她们母女的关系再也回不到从前了。

第四十一章

又是新的一年了。不过，今年诺兰一家有钱买礼物了，冰柜里塞满了食物，公寓里也暖洋洋的。弗兰茜从冰冷的街上回到温暖的家中，体会着这股暖意。

尽管没能回学校念书，弗兰茜想到自己挣的钱让一家人的生活宽裕了些，便欣慰了许多。妈妈也很公道。弗兰茜的工资涨到每周二十块钱后，妈妈每周给她五块钱零用钱，用来付车费、午餐费和买衣服。凯蒂每周还以弗兰茜的名义在威廉斯堡储蓄银行存入五块钱——她说这是存着用来给弗兰茜上大学用的。剩下的十块钱，加上尼利每周贡献的一块钱，凯蒂就用这十一块钱当作家用。虽然钱不多，但是1916年物价便宜，诺兰一家过得还不错。

尼利在东区高中与不少他过去的小伙伴重逢了，于是，他很高兴地去学校了。放学后，他像往常一样去麦加里蒂的酒吧帮忙，挣到的两块钱里，妈妈会给他一块钱作为零用钱。他在学校里是个人物，他的零用钱比大多数男同学都多，他还能把《裘力斯·凯撒》倒背如流。

他们打开了那个储蓄罐，里面差不多有四块钱。尼利又加了一块钱，弗兰茜放进去五块钱，他们凑齐了买礼物的十块钱。过节前一天的下午，他们和妈妈带着劳丽一起去购物。

他们想先给妈妈买一顶帽子。在帽子商店，凯蒂坐在椅子上试戴帽子，她把小婴儿放在腿上，弗兰茜和尼利站在她身后。弗兰茜想给妈妈买一顶翡翠绿色的丝绒帽子，可是找遍了威廉斯堡都没有这个颜色。凯蒂觉得自己应该买一顶黑色的帽子。

“这次是我们给你买帽子，不是你给自己买，”弗兰茜告诉她，

“要我们说啊，你不需要再戴丧帽了。”

“试试这顶红帽子吧，妈妈。”尼利说。

“不了，我想试试橱窗里那顶墨绿色的帽子。”

“这是新款，”女店主说着，从橱窗里拿出那顶帽子，“我们称这颜色为苔藓绿。”她把帽子平扣在凯蒂的前额上。凯蒂不耐烦地用手摆弄了一下，把帽子斜戴在一只眼睛上方。

“这样就对了！”尼利表示赞同。

“妈妈，你好美啊。”弗兰茜也下了结论。

“我喜欢这顶帽子。”凯蒂决定买这顶帽子，于是问店主，“多少钱？”那女人长长地吸了一口气，诺兰一家做好了讨价还价的准备。

“是这样的……”女人开口了。

“多少钱？”凯蒂执拗地问。

“在纽约，一模一样的帽子你要花十块钱。不过……”

“我要是想花十块钱买顶帽子，就去纽约了。”

“话能这么讲吗？同样款式的帽子在沃纳梅克要卖七块五毛钱。”女店主一阵意味深长的停顿后，说，“这顶帽子，我五块钱卖给你。”

“我只准备花两块钱买帽子。”

“离开我的商店！”女店主夸张地吼起来。

“好。”凯蒂抱起孩子，站起身准备走。

“非要急着走吗？”女店主把她推回座位上。她把帽子塞进一个纸袋，说：“四块五毛钱卖给你好了。相信我，我自己的婆婆都拿不到这么好的价格！”

凯蒂心想：我相信你！如果你的婆婆和我的婆婆同一个德行，我就更相信了。她大声说：“这帽子很漂亮，可我只有两块钱。还有很多帽子商店，我可以花两块钱买到一顶帽子——可能不如这个好，不过替我挡风足够了。”

“你听我说，”女店主的声音变得低沉、诚恳起来，“他们说，在商人眼里，金钱就是一切。我可不一样。当我看到一顶漂亮的帽子搭配一位漂亮的顾客时，我就动心了。我感动了……利润都不算什么。我不赚你的钱了。”她把纸袋塞到凯蒂手里，叹了口气，“四块钱拿走吧。这可是我的批发价了。相信我吧，我这个人真不适合做生意，我应该去画画。”

二人一来一回地讨价还价。还到两块五毛钱时，凯蒂知道那女店主不会再降价了。她假装要走，以此试探老板。可这一回，那女店主没有拦下她。弗兰茜冲尼利点了点头。他给了女店主两块五毛钱。

“你们可别告诉别人，这帽子是用这个价格买下的。”女店主警告道。

“我们不会的。”弗兰茜保证道，“请把帽子装进纸盒里吧。”

“装盒的话要另收一毛钱——我进货的价格。”

“纸袋就够了。”凯蒂反对。

“这是你的礼物啊，”弗兰茜说，“应该装进纸盒。”

尼利掏出了一枚一毛钱硬币。女店主用薄纸巾包好帽子，把它放进纸盒里。“我卖给你这么便宜，下次你买帽子的时候还来我店里啊。不过以后你可别指望这么便宜了。”女店主说。凯蒂笑了。临走时，女店主说：“戴帽愉快，身体健康。”

“谢谢！”

门一关上，那女店主在他们背后啐了一口痰。

三个人走在街上，尼利说：“难怪妈妈每五年才买一顶新帽子，讨价还价可太麻烦了。”

“麻烦？”弗兰茜说，“怎么会麻烦呢，很有趣啊！”

接下来，他们去了塞格勒的商店，想为劳丽买一套毛衣套装。塞格勒一看到弗兰茜，就滔滔不绝地骂了起来。

“你倒是好哇！总算晓得来我的店了！是不是别的服装店缺什

么东西，你才想起来到我这里来买了？是不是别的店东西便宜一点点，质量都很烂？”

他转向凯蒂，跟她解释：“这么多年来，这丫头到我店里给她爸爸买假衬衫和纸领子。可现在整整有一年了，她都没来。”

“她爸爸一年前去世了。”凯蒂解释道。

塞格勒先生朝自己的额头重重地打了一拳。“哎呀！看我这张嘴，总是说错话！”他道歉。

“没关系。”凯蒂安慰道。

“我这里一直都这样，发生了什么事总是没人告诉我。我是刚刚才知道。”

“一直都这样。”凯蒂说。

“那么今天，”他轻快地切入正题，“你们想买点儿什么？”

“七个月大的婴儿穿的毛衣套装。”

“我这里正好有这个尺码的衣服。”

他从盒子里取出一套蓝色羊毛套装。他们拿着衣服在劳丽身上比了比大小，那毛衣刚到她的肚脐，裤腿才到膝盖下面。他们又找了其他尺码，发现一套两岁婴儿的毛衣套装正适合劳丽。塞格勒先生一阵狂喜。

“我做这行当二十年了——在格兰德街上做了十五年，在格雷厄姆大道上做了五年，我这辈子还没见过这么大个头儿的七个月婴儿。”诺兰一家听了这话得意极了。

他们这次没有讨价还价，因为塞格勒先生店里的商品都是一口价。尼利数出三块钱，当即就给劳丽穿上了那身衣服。那俏皮的帽子耷拉在她的耳朵上，十分可爱，明亮的蓝色衬托得她的皮肤粉嫩粉嫩的。她似乎知道大人们在给她买礼物，对此很满意，露出两颗小牙齿，见人就笑。

塞格勒先生说：“希望她穿了这衣服身体健康。”这一回，他没有像先前那个店主那样，在他们身后啐一口痰，把自己送出去的祝福废弃掉。

凯蒂带着劳丽和新买的帽子回家了，弗兰茜和尼利继续购物。他们给茜茜的孩子和弗利特曼家的几个表兄妹买了些小礼品，然后，轮到他们给自己买礼物了。

“我告诉你我想要什么，你买给我就是了。”尼利说。

“好哇，你想要什么？”

“鞋套。”

“鞋套？”弗兰茜的声音提高了一度。

“珍珠灰色的。”尼利坚定地说。

“如果你真想要……”弗兰茜半信半疑地说。

“中码。”

“你怎么知道自己的码数？”

“我昨天去店里试过了。”

他给弗兰茜一块五毛钱。弗兰茜去买了鞋套，叫店员把它包好放在礼盒里。走在大街上，她把礼盒递给尼利，姐弟俩神情庄重地望着对方。

“这是我送你的礼物，节日快乐！”弗兰茜说。

“谢谢你。”尼利回复得很正式，“那你想要什么礼物？”

“一套黑色蕾丝舞蹈服，就在靠近工会大街那家商店的橱窗里。”

“那是女性用品吗？”尼利局促不安地问。

“不是的。只要两块钱。”

“你自己去买吧，我不想开口买这些东西。”

她买下了那套梦寐以求的“舞蹈服”——黑色蕾丝短裤和上衣，中间用一条窄窄的黑色缎带相连。尼利不以为然。弗兰茜向他道谢，他只冷淡地说了一句：“不用谢。”

他们路过路边卖树的地方。“还记得那时候吗？”尼利说，“那人朝我们扔了最大的那棵树。”

“怎么不记得！每次我头疼，都是被树砸到的那个地方疼。”

“还记得那天爸爸帮我们把树抬上楼，一路唱着歌。”尼利回忆往昔。

那天有好几次，他们都想到或提到爸爸。每一次提起，弗兰茜都觉得心中有股温暖柔软的感觉，替代了从前的刺痛感。她心想：我是不是在忘记他？是不是过一段时间，我就会想不起任何关于他的往事了？就像玛丽·罗姆利外婆说的“斗转星移，一切终将过去”。第一年是最难的，因为我们会说上次选举他还投了票呢，去年他还和我们一起吃饭呢。但是到明年，他就去世两年了……随着时间推移，记忆会越来越模糊，越来越难以保存。

“看呀！”尼利一把抓住她的胳膊，指了指木盆里一棵两英尺的冷杉树。

“它在长呢！”弗兰茜惊叫出来。

“你以为呢？树一开始都是要长的。”

“我知道。可我们总是看到它们被砍掉，就觉得它们哪怕长大，也是要被砍的。我们买下它吧，尼利。”

“它太小了。”

“但是它有根啊。”

他们把这棵树带回家，凯蒂仔细查看了一番，皱起了眉头，好像发现了什么。“这样吧，”她说，“我们把它挪到太平梯那边，让它能晒到太阳，再给它浇水，每个月用马粪施一次肥。”

“不行啊，妈妈，”弗兰茜反对，“你可别让我们去拾马粪啊。”

小时候，拾马粪一直是孩子们不想做的苦差事之一。外婆在她的窗台上放了一排猩红色的天竺葵。它们结实、明亮，颜色鲜艳。弗兰茜和尼利每月要带着雪茄盒上街一次，在里面整整齐齐地装上两排马粪球，送到外婆家，外婆会给他们两分钱。弗兰茜不好意思去拾马粪。有一次，她向外婆提出抗议，外婆说："哎，真是一代不如一代啊。在奥地利，我的兄弟们都是用马车一车一车地拉马粪，他们可都是身强力壮的体面人啊。"

弗兰茜心想：要去拾马粪，可不得"强壮"又"体面"。

凯蒂说："现在我们拥有一棵树了。我们要悉心照料它，让它长大。你如果白天不好意思去拾马粪，就等晚上天黑了再去吧。"

"现在马都变少了——大部分都是小汽车，马粪不好拾啊。"尼利争辩道。

"去小汽车不会开到的鹅卵石街道上，如果还拾不到马粪，就等着一匹马出现，跟在它后面，直到你弄到马粪。"

尼利抗议道："我们何苦要买回这棵树给自己找麻烦。"

"我们这是怎么了，"弗兰茜说，"现在不是以前了。我们现在有钱了。我们只要在社区找个小孩，给他五分钱，叫他帮我们拾马粪就行了。"

"太好了。"尼利松了一口气，表示同意。

"依我看呀，"妈妈说，"这是你们自己的树，要用自己的双手去照料。"

"这就是富人和穷人的区别。"弗兰茜说，"穷人什么事都靠自己的双手去做，而富人雇用别人做事。我们不再是穷人了。我们可以付钱请别人帮我们做事。"

"那么，我想继续当个穷人。"凯蒂说，"我喜欢用自己的双手做事。"

当妈妈和姐姐为解决问题陷入争辩时，尼利总是觉得无聊。为了转移话题，他说："我打赌劳丽跟这棵树差不多大。"他们把劳丽从洗衣篮里抱出来，放到树旁边丈量。

"完全一样高。"弗兰茜模仿塞格勒先生的口吻说。

"不知道哪一个会长得快些？"尼利说。

“尼利，我们从没有养过小猫小狗，让我们把这棵树当作宠物吧。”

“啊，树可不能当宠物。”

“为什么不能呢？它活着，在呼吸，不是吗？我们给它取个名字。安妮！树叫安妮，宝宝叫劳丽，她俩的名字合起来就是一首歌。”

“对了，你知道吗？”尼利问。

“知道什么？”

“你是个疯子。”

“我知道，这难道不好吗？今天我感觉自己不是诺兰小姐，不是那个假冒十七岁，在模范文摘局工作的首席阅读工。今天就像回到了小时候，和你一起去卖废品，换来的钱我让你保管。我觉得又回到了孩童时。”

“你就是孩子啊，”凯蒂说，“一个刚满十五岁的孩子。”

“是吗？要是看到尼利给我买的礼物，你就不会这么说了。”

“那可是你让我买给你的礼物。”尼利纠正道。

“就你聪明。给妈妈看看你要我买给你的礼物，快去拿出来给她看。”弗兰茜催促道。

尼利把礼物拿给妈妈看，凯蒂跟弗兰茜一样惊讶，声音提高了八度：“鞋套？”

“给脚踝保暖。”尼利解释道。

弗兰茜给妈妈看了那套“舞蹈服”，妈妈吃惊地喊出了一声：“哦，天哪！”

“这是不是街上那些女人穿的衣服？”弗兰茜满怀希望地问。

“如果是的话，我保证她们都会染上肺炎。现在讨论一下，晚上我们吃什么？”

“你不反对吗？”妈妈没有因为这套衣服大惊小怪，弗兰茜倒有些失望。

“不会啊。所有女人都要经历抽屉里有一套舞蹈服这个阶段的。

你的这个阶段比其他人来得更早，也会去得更快。我想我们就把汤热一下吃了吧，汤里还有肉和土豆……”

弗兰茜愤愤不平地想：妈妈觉得自己什么都懂。

第二天早上，一家人一起出门。

凯蒂戴了新帽子，很漂亮。穿了新衣服的劳丽也很好看。尼利穿上了他的新鞋套，很有男子气概地坚持要抱劳丽。他们经过斯塔格大街，一些男孩在糖果店门口闲逛，他们看到尼利便开始起哄。他脸红了。弗兰茜知道他们在取笑弟弟穿的鞋套。为了不让他难堪，她要把劳丽抱过来，假装认为他们取笑尼利是因为他抱着个婴儿。尼利拒绝了她的好意。他跟弗兰茜一样，知道这帮男孩取笑的是自己的鞋套。想到威廉斯堡人思想之狭隘，他感到愤愤不平。他决定回家后把鞋套装回盒子里，再也不穿了，除非他们搬到一个更体面的社区。

弗兰茜穿着她的舞蹈服，快要冻僵了。每当一阵冰冷的风吹开她的外衣，吹过她单薄的裙子，她都感觉自己像没穿内衣一样。“我真希望——哎，要是穿了我的法兰绒灯笼裤就好了。”她长吁短叹，心想：妈妈说得对啊，一个人穿这身衣服是要得肺炎的。不过我才不会告诉她，让她更得意呢。这套衣服我还是收起来好了，等到夏天再穿。

第四十二章

“再过十分钟，”弗兰茜宣布，“就到1917年了。”

弗兰茜和弟弟并肩坐着，穿了长袜的脚放到厨房炉灶的炭窑里取暖。妈妈在床上休息，睡前叮嘱他们，午夜前的五分钟一定要叫醒她。

“我有种预感，”弗兰茜接着说，“1917年将比我们过去任何一年都重要。”

“你每年都这么说，”尼利说，“你先是说1915年将是最重要的一年，后来说是1916年，现在又说1917年。”

“这一年一定会很重要啊。1917年我就正式满十六岁了，不必再在办公室里冒充十六岁。有些重要的事情已经开始了。房东在安装电线，过几周我们就能用上电，不用煤气了。”

“我觉得不错。”

“然后他就会拆掉这些炉子，装上暖气设备。”

“哎呀，我会想念这些旧炉子的。记得从前的好时光吗？记得我曾经坐在炉子上吗？”

“我还担心你会着火呢。”

“我现在就想坐上去。”

“来吧。”尼利坐到炉子上离火最远的地方，这样能感觉暖暖的，但不会烫到。“记得吗，”弗兰茜接着说，“我们以前就在这炉石上演算，后来爸爸给我们弄来了一块黑板擦，这样炉石就被我们当黑板使了，只不过它是一块躺着的黑板。”

“记得啊，那是好多年前了。可是，你不能因为我们要通电和用暖气了，就说1917年是重要的一年。这两样东西在其他公寓已经出现好些年了，这没什么重要的。”

“今年最重大的事，是我们要打仗了。”

“什么时候？”

“很快。下周……下个月。”

“你怎么知道？”

“我每天都读报呀，弟弟——每天我要读两百份报纸呢。”

“哦，天哪！我希望打久一点儿啊，打到我可以足龄加入海军的时候。”

“谁要加入海军？”他们吃了一惊，四下望了望，见妈妈站在卧室门口。

“我们只是在闲聊，妈妈。”弗兰茜笑着说。

“你们忘了叫醒我，”妈妈责备道，“我好像听到一声鸣笛，现在应该是新年了。”

弗兰茜推开窗户。那是一个霜冷寒夜，没有风，一切都静悄悄的。院子对面那些房子的背面黑漆漆的，仿佛在思考。他们站在窗边，听见一段欢快的钟声。这段钟声未了，新的钟声又接踵而至，好不热闹。汽笛声响起，警笛也开始尖叫。漆黑的窗户砰砰地打开了。喇叭被吹响，加入这些刺耳的声音中。有人放了一声空枪，尖叫声、嘘声一齐涌来。

1917年来了！

声音逐渐远去，空气中充满了期待。有人开始唱歌：

如果你遗忘了老朋友，
从未想起他……

诺兰一家也跟着唱起来。一个个邻居也加入大合唱，所有人都唱了起来。

许久之后，夜恢复了寂静。弗兰茜抓住妈妈和尼利的手，命令道："我们一起！"三个人一同从窗户里探出头，大喊一声："大家新年快乐啊！"

"尼利，我们去屋顶吧，"弗兰茜突发奇想，"去看看这个世界在新年之初是什么样子的。"

"好哇。"他同意了。

"把鞋穿上，"妈妈命令道，"还有大衣。"

他们爬上了摇摇晃晃的木梯。尼利把屋顶盖子推开，他们爬上了屋顶。

夜晚寒气袭人，夜色令人陶醉。没有一丝风，空气清冷，四周一片寂静。满天繁星低悬在天空中，群星的光芒把天空染成了深蓝色。没有月亮，不过星光比月光亮得多。

弗兰茜踮起脚尖，张开双臂。"啊，我想拥抱这一切！"她欢呼着，"我要拥抱这清冷无风的夜晚，还想拥抱如此闪亮、近在眼前的星星。我想紧紧地抱住这一切，直到它们大叫：'放开我！放开我'！"

"别靠屋檐那么近，"尼利紧张地说，"当心从屋顶上掉下去。"

她眺望布鲁克林。星光之下，布鲁克林若隐若现，一座座平顶的公寓楼高低错落，偶尔中间有个斜屋顶穿插进来，那是遗留下来的老房子才有的斜屋顶。她看到参差交错的烟囱……还隐隐约约看得到有的烟囱上有鸽子笼……有时，还能隐约听到鸽子在睡梦中发出的咕咕声……他们这条街道的尽头是那座宏伟的大桥，似一声叹息，横跨于东河之上……对岸那头的桥则消失不见……大桥之下的东河暗流涌动，远方是纽约城朦胧的灰色的天际线，看起来像是从硬纸板上剪下的城市。

"没有哪个地方像这里。"弗兰茜说。

"像哪里？"

"布鲁克林。这是一个奇妙的地方，几乎不真切。"

“这里和别的地方差不多啊。”

“当然不同！我每天都去纽约，纽约就和这里不一样。我还去过一次贝永，探望一个生病的同事，贝永也和这里不一样。布鲁克林有种神秘感。就像——嗯——就像一场梦。这里的房子和街道看起来不像真的。这里的人也不像真的。”

“他们够真的了——看他们打架骂人的样子。他们的贫穷是真的，肮脏也是真的。”

“但这仍然像一场梦啊，在梦里贫穷，在梦里打架。他们并没有真正感受到这些东西。这一切就像是一场梦。”

“布鲁克林和别的地方没什么不同，”尼利坚定地说，“是你自己在想象中认为它有所不同罢了。你要这么想也没关系，”他还宽宏大量地加了一句，“只要你高兴就好。”

尼利！他和妈妈那么像，和爸爸也那么像。他结合了两人的优点。弗兰西好爱这个弟弟。她想搂住他，亲吻他。可他和妈妈一样，不喜欢情感外露。如果弗兰西亲他，他会生气地一把将她推开。于是，她伸出手来。

“新年快乐，尼利！”

“也祝你新年快乐！”

他们庄重地握了握手。

第四十三章

在新年假期这段短暂的时光中，诺兰一家感觉似乎回到了从前。但是新年一过，大家就恢复了约翰尼去世后一家人形成的生活作息。

姐弟俩不再上钢琴课了。弗兰茜已经好几个月没有练琴了。尼利晚上在附近的冰激凌店弹钢琴，他曾经是拉格泰姆音乐专家，爵士乐更是弹得一流。人们说，他可以让钢琴说话，因而他的演奏颇受欢迎。他弹琴只为换取免费的苏打水。有时，店主谢弗莱在星期六会付给他一块钱报酬，让他弹奏一整晚。弗兰茜觉得不妥，就和妈妈谈起这件事。

"妈妈，我不想让他再去了。"她说。

"有什么不好吗？"

"你肯定不想他养成用弹琴换取免费饮料的习惯吧，就像……"她迟疑了。

"就像你爸爸那样？不，尼利不会变成他那样的。你爸爸从没有唱过他自己真心喜欢的歌，比如《安妮·劳丽》《夏季的最后一朵玫瑰》。他唱的都是别人想听的歌，比如《甜美的艾德琳》《老磨坊的溪边》之类。尼利不一样，他弹的都是自己喜欢的。至于别人喜不喜欢听，他才不在乎呢。"凯蒂接了她的话茬。

"你的意思是，爸爸是个娱乐大众的人，而尼利是个艺术家。"

"嗯……可以这么说。"凯蒂不情愿地承认了。

"你这是爱儿心切，爱过了头啊。"

凯蒂皱起了眉头，弗兰茜便放弃这个话题不再谈了。

自从尼利上了高中，他们就没有继续阅读《莎士比亚全集》了。弗兰茜请求晚上不要再看书了，因为她白天读报读了一天，眼睛已经很累了。凯蒂也就没有坚持，她觉得孩子们已经到了想读就读，不想读就不读的年龄——由他们去吧。

晚上，弗兰茜总是感觉很寂寞。诺兰一家只在吃晚饭时才聚在一起，连劳丽都要坐上高脚椅。晚饭过后，尼利就出门了，不是去跟他的小伙伴厮混，就是去冰激凌店里弹钢琴。凯蒂读读报纸，八点就跟劳丽一起上床休息了。（凯蒂仍旧每天五点起床去打扫卫生，趁弗兰茜和尼利在家可以看着孩子。）

弗兰茜已经很少去看电影了，因为画面频繁跳跃，很伤眼睛。很多老剧团都倒闭了，也没有什么演出可看。她曾在百老汇看过巴里摩尔出演的高尔斯华绥[①]的《正义》一剧，从那之后，那些小剧团的演出就很难吸引她了。去年秋天，她看了一部自己喜欢的电影：娜兹莫娃演的《战争新娘》。她本想再去看一次，可是从报纸上读到，因为战争随时会爆发，这部电影被禁映了。她清楚地记得，她曾去布鲁克林的一个陌生地方，去看伟大的演员莎拉·伯恩哈特在基斯轻歌舞剧院演独幕剧。这位杰出的演员已经七十多岁了，可在舞台上看起来只有三四十岁。虽然听不懂法语，但是弗兰茜能猜到这出戏是以女演员被截肢为线索展开的。伯恩哈特在剧中扮演一位在战争中失去一条腿的法国士兵。弗兰茜永远忘不了伯恩哈特那火红的头发和她那金子般的嗓音，还把这场演出的节目单珍藏在自己的剪贴簿里。

1917年3月，邻居们心里想的和嘴上谈论的都是那场不可避免的战争。公寓楼里住着一个寡妇和她的独子。寡妇担心儿子要被征兵，也许会战死在前线，于是给他买了一支短号，还给他安排了课程。

①高尔斯华绥：英国小说家、剧作家约翰·高尔斯华绥，1932年获得诺贝尔文学奖。

她想，这样一来，儿子会被安排在军乐队里，只需要在游行和检阅的时候演奏就好了，不必上前线打仗。那孩子吹短号吹得拙劣，却无休止地坚持练习，把整栋楼的居民折磨得痛苦不堪。有个男人不堪其扰，急中生智，告诉这位母亲，他有内幕消息：士兵行动是由军乐队带领的，所以第一个战死的就是他们。那位母亲吓坏了，当即把短号拿去典当铺并销毁了当票。大家终于不用听那折磨人的短号练习声了。

每天晚饭时，凯蒂都会问弗兰茜："仗打起来了吗？"

"还没。不过随时可能开打。"

"嗯，我倒希望这仗别磨蹭了，早点儿开始吧。"

"你想要打仗啊？"

"不，不想。但是如果非打起来不可，不如早点儿打。早点儿开打，就能早点儿结束。"

一天晚上，凯蒂已经上床休息了，茜茜过来了。她要凯蒂别起来，她们就这样坐在卧室里聊会儿天。弗兰茜坐在厨房的桌子旁，将一些诗词粘贴在旧笔记本上。她在办公室放了一把刀片，把报纸上看到的自己喜欢的诗歌和故事裁剪下来，收入剪贴簿。这样的剪贴簿她有好几本，其中一本名为"诺兰古典诗集"，另一本叫"诺兰当代诗集"，第三本名为"安妮·劳丽之书"——这一本里面都是弗兰茜搜集的童谣和动物故事，准备等劳丽长大些能听懂了，就念给劳丽听。

妈妈和姨妈在黑漆漆的卧室里谈话的声音有种舒缓的节奏。弗兰茜一边剪贴一边听她们对话，只听见卧室里传来一阵窸窸窣窣的声音。弗兰茜听到茜茜说："我告诉了史蒂夫我是怎么得到小茜茜的。"

"他有什么反应？"

"他说他一直知道孩子不是我生下来的，但是我坚持宣称是自己生的，他也搞糊涂了。他说只要这个孩子不是我和别的男人生的就没关系，还说孩子一出生就抱过来了，他已经把她当成自己的孩子了。说来也巧，这孩子长得像他，父女俩有一样的黑眼睛、圆下巴、小耳朵。”

“她的黑眼睛是从露西娅那里继承的，这世上大概有一百万人都有圆下巴和小耳朵。不过这孩子长得像史蒂夫，这一点让史蒂夫很高兴，那就随他吧。”她们沉默了许久，茜茜再度开口，“你知道是谁告诉我那个女孩家里穷得养不起孩子以及她家的住址的吗？”

“谁？”

“史蒂夫。”

“哦，天哪！”

姐妹俩安静了许久。然后，凯蒂说：“这纯属巧合。”

“当然，”茜茜同意，“他们杂志社里的一个人告诉他的，那伙计就住在露西娅的街区。”

“当然，”凯蒂重复道，“你知道在布鲁克林这个地方，有不少好玩儿的事，说起来也蹊跷，让人摸不着头脑。就说我有时候走在大街上吧，正好想到一个人，我可能五年都没见过这个人了，然后转个街角就看到那人朝我走来。”

“是啊，”茜茜说，“有时候我做着某件事，这件事我以前从未做过，突然就有种感觉，这件事我其实是做过的——也许是在另一世……”她的声音渐渐弱了下来。又过了一会儿，她说：“史蒂夫总说，他决不会要别人家的孩子。”

“男人都那么说。生活就是这么有趣，”凯蒂接着讲，“几件事情随机凑在一起，一个人就可以经历许多。你认识那个女孩只是一场意外。那个伙计一定告诉了店里的十几个人。史蒂夫也是无意中跟你讲起。你也是偶然跟那家人混熟了。这孩子恰好有个圆下巴而不是方下巴。其实都不是意外，这是……”凯蒂停下来寻找合适的词。

待在厨房的弗兰茜听得津津有味，忘了自己不应该偷听妈妈和姨妈的谈话。见妈妈在想一个词，她不经意间脱口而出：

“你是说‘缘分’吗，妈妈?”她叫了出来。

卧室里突然一片寂静，寂静中透着惊愕。然后谈话又继续了，但这次姐妹俩压低了嗓门儿。

第四十四章

弗兰茜的办公桌上放着一份报纸。这是一份《号外》，直接从印刷厂送过来的，标题上的油墨还没干。报纸在她桌上放了五分钟，她还没有拿起铅笔做标记。

她目不转睛地盯着上面的日期：1917年4月6日。

标题只有一个词：战争（WAR），六英寸高，三个字母的边都模糊了，整个单词看起来在发抖。

弗兰茜有个愿望——五十年后，她要告诉自己的孙辈，这一天，她是怎么来到办公室，照常坐到了阅读工的办公桌前，开始了一天的工作，突然读到美国宣战的消息。从小听外婆絮叨，她便知道，人老了便会回忆年轻时发生的事情。

只是她不想回忆过去，她想去感受生活——或者退一步，重温生活，而不是追忆往事。

她决定将这一刻定格下来，保存它此刻原原本本的样子。或许这样,她就能抓住它,把它当作一个有生命的活物,而不是一个叫“回忆”的东西。

她将视线移到桌子表面，仔细观察木头的纹理。她用手指轻抚着放铅笔的凹槽，想把凹槽的触感定格在脑海里。她用刀片在一支铅笔上刻了个小点，撕开缠绕在铅笔上的螺纹纸，把这圈纸放在手里，用食指摸了摸，并注意到那一圈圈螺纹花。她把它扔进了金属废纸篓，计算着它落下的秒数。她竖起耳朵听，以免错过它跌落到废纸篓底部的声音，尽管那声音微乎其微。她将指尖按在油墨未干的标题上，再仔细看看沾了油墨的指尖，可以在白纸上按出指纹来。

她不顾第一版和第二版可能提到的客户名字，裁下报纸的头版，小心翼翼地折成长方形，看着拇指压出一道道折痕。她把折好的纸放进一个结实的黄皮档案袋信封，那是模范文摘局用来邮寄剪报的。

弗兰茜打开抽屉拿出钱包，仿佛第一次听到抽屉开关的声音。她注意到钱包的按扣——每次开合都发出咔嗒声。她摸了摸钱包的皮革，记住它的气味，还仔细观察了黑色云纹丝绸内衬的螺纹。她看了零钱包里硬币的日期，其中一枚是1917年发行的分币，便将它装进了信封。她打开口红盖子，在指纹下画了一道线。这鲜艳的颜色、这质地和气味，都让她感到很愉快。她又依次检查自己小梳妆盒里的脂粉、指甲锉上的棱纹、僵硬的梳子以及手绢上的针脚。钱包里有一张破旧的剪报，是她从俄克拉荷马州的一份报纸上剪下来的一首诗，诗的作者曾在布鲁克林生活，上过布鲁克林的公立学校，年轻时还做过《布鲁克林之鹰》的编辑。这首诗她已经读了二十遍，这一次她在脑海里掂量着每个单词。

我既年长也年轻，既愚蠢也睿智；
对他人漠不关心，又时时记挂；
我既有母性，也有父性；
我是个孩子，也是个大人；
我既粗俗，也文雅。

她把这张残破的诗歌剪报也装进了信封。从那小梳妆盒的镜子里，她看到自己的辫子，看它们盘在头上的样子。她注意到自己的睫毛黑黑的、直直的，长短不一。她又审视了自己的鞋子。她用手抚摸腿上的长袜，第一次注意到丝袜的手感并不光滑，而是粗糙的。她裙子的面料是细密的灯芯绒。她把下摆翻过来，看到内衬的绲边用的是菱形图案。

她心想：只要我能把这一切都定格在脑海里，就能永远记着这一刻。

她用刀片割下一缕头发，包在那张有自己指纹和口红印记的方形纸上，将纸折好，塞进信封，封好。她在信封外写上：

1917年4月6日，弗朗西丝·诺兰，现年十五岁零四个月。

她想：五十年后只要打开这个信封，我就穿越回了此时此刻，变成现在的自己，我就不会变老了。啊，五十年，那是很久很久以后……我已经在这里坐一小时了……我的生命少了一小时……

她开始祈祷："让我人生的每一分钟都有滋有味吧。让我欢乐，让我忧伤；让我寒冷，让我温暖；让我忍饥挨饿……让我饫甘餍肥。让我衣衫褴褛也好，让我盛装华服也好。让我真诚待人也好，让我欺骗狡诈也好。让我抱诚守真也好，让我谎话连篇也好。让我受人敬仰也好，也让我罪大恶极也好。无论如何，让我每分每秒都去感受点儿什么。当我入睡时，让我一直做梦，不让我虚度人生的每一分钟。"

送报员又来了，把另一份城市报刊拍在她的桌上。这张报纸的标题是：宣战了！

弗兰茜只觉得天旋地转，眼前闪过各种颜色。她把头埋进油墨未干的报纸里，静静地哭泣。

这场战争用它披了铠甲的手指触了触模范文摘局，文摘局就日渐衰落了。在宣战后的第二天，支撑文摘局的一个大客户——一个每年支付数千块钱订阅巴拿马运河消息剪报的男人来到办公室，声称自己的住址暂时无法确定，他每天会亲自过来取他的剪报。

过了几天，两个行动迟缓、脚步沉重的男人过来见了老板。其中一个人把手摊开，伸到老板的鼻子底下。老板看到那个人手掌上的东西，瞬间脸色惨白。他从最重要的客户的文件箱里拿出一沓厚厚的剪报。那两个壮实的男人翻看后，还给了老板。老板把这些剪报装进信封，然后把信封放到他的桌子上。两个男人进了老板的私人厕所，把门半掩着。他们在里面等了一天。到了中午，他们让一个跑腿的男孩出去买了一袋三明治和一盒咖啡，就待在厕所里解决了午饭。

那位巴拿马运河客户下午四点半来了。老板慢慢地将那沓厚厚的信封交到他手上。就在客户把信封放进大衣内侧口袋时，那两个壮实的男人从厕所里走了出来，其中一个人拍了拍客户的肩膀。客户叹了口气，从口袋里掏出信封，交了出来。第二个男人也拍了拍客户的肩膀，他便自觉并拢脚跟，僵硬地鞠了一躬，被夹在两个人中间带走了。老板那天回家后，患上了严重的消化不良。

那天晚上，弗兰茜告诉妈妈和尼利，一个德国间谍在她的办公室里被逮捕了。

第二天，一个精明能干的男人提着公文包走进办公室。老板不得不回答许多问题，男人则把答案填写在一张打印好的表格上。接下来，令人遗憾的一幕出现了。老板不得不开出一张近四百块钱的支票——客户被迫取消订阅后欠下的余额。这个精干的男人离开后，老板冲出去借钱，以免那张支票变成空头支票。

自那以后，文摘局每况愈下。老板不敢接受任何新客户，不论他们看上去多么纯真无邪。剧院演出季一结束，演员客户也减少了。往年春季图书出版总能带来几百个会花五块钱临时订阅文摘的作者客户和几十个花几百块钱订阅的出版商客户。曾经客户如潮水的景象不再了，如今变成涓涓细流。各大出版商都在观望，静候局势平稳一些，重大的出版物都拖着不出。许多研究人员取消了自己的订阅账户，以备征召入伍。就算业务正常，文摘局也撑不下去了，因为员工已经另寻出路了。

政府预计会出现男工短缺，于是在三十四街的大邮局开展了招聘考试，公开招聘女工。许多阅读工参加并通过了考试，即刻上岗。文摘局里的体力劳动者和所谓“俱乐部”成员几乎集体离开，去战时工厂上班。他们不仅工资增加了两倍，还凭着无私的爱国精神受到许多赞扬。老板的老婆回来重新当起了阅读工，他留下了弗兰茜，解雇了其他阅读工。

偌大的阁楼空空荡荡的，他们仨竭力承担起以前所有人的工作量。弗兰茜和老板的老婆阅读、归档，兼顾办公室工作。老板有气无力地裁剪报纸，地址条印得模糊不清，文摘粘贴得歪七扭八。

撑到六月中旬，他放弃了。他安排人出售了办公设备，解除了租约，还简单粗暴地解决了向客户退款的问题，他说：“让他们告我好了。”

弗兰茜打电话给她在纽约唯一认识的另一家文摘局，问对方是否需要阅读工，被告知他们不会雇用新阅读工。“我们善待本局的阅读工，”对方的口气颇为挑衅，“所以也从不需要招新人替代。”弗兰茜觉得他们这样做很好。她把这话说出来，然后将电话挂断了。

她在文摘局里的最后一个上午一直在看招工启事。她跳过了那些办公室职位，因为知道自己如果聘上了，得从档案管理员开始做起。除非是从速记员或打字员开始，否则她是没有机会进入办公室工作的。总之，她更喜欢去工厂工作。她喜欢工厂里的人，也喜欢靠自己的双手工作，可以保持头脑的自由。不过，妈妈当然不会再让她去工厂上班了。

她发现一则招工广告，有一份工作似乎是工厂和办公室的完美结合：在办公环境里操作机器。一家通信公司教女孩操作电报交换机，实习期间就付十二块五毛钱的周薪，工作时间是下午五点到凌晨一点。如果她得到这份工作，至少晚上有事可做。

她去跟老板告别，老板说他发不出最后一周的工资。他说他有她的地址，以后会寄给她。弗兰茜告别了老板、老板的老婆和她最后一周的工资。

那家通信公司的办公室在一座摩天大楼里，可以俯瞰纽约市中心的东河。弗兰茜递交了前老板热情洋溢的推荐信，然后和十几个女孩一起填写了求职表。她还参加了一场资质考核——测试题目都很愚蠢——比如，一磅铅和一磅羽毛哪个更重。她当然通过了测试，被分到一个号码、一把储物柜钥匙（她支付了两毛五分钱的押金），被告知次日五点前去报到。

弗兰茜到家时还不到四点，凯蒂正在打扫公寓的卫生。看到弗兰茜上楼来，她面露难色。

“别担心，妈妈，我没生病，也没什么麻烦。”

“哦，”凯蒂松了一口气，“我刚才还以为你丢了工作呢。”

“我是丢了工作。”

“啊，我的天哪！”

“而且最后一周的工资也领不到。不过我又找了个工作……明天就开始上班……每周挣十二块五毛钱，以后还会加薪吧，我想。”凯蒂刚要发问，弗兰茜说，“妈妈，我累了，现在不想讲话，我们明天再聊吧。还有，我不想吃晚饭了，只想上床休息。”她上楼去了。

凯蒂坐在台阶上，开始忧虑起来。自从这仗打起来，食品和其他东西的价格都飞涨。上个月，凯蒂都没法为弗兰茜的账户存一分钱。每周十块钱并不能满足开销。劳丽每天要喝一夸脱的新鲜牛奶，奶粉又太贵，还得买橙汁。现在一周只挣十二块五毛钱……除去弗兰茜的零花钱,剩下可支配的钱就更少了。不过,很快就要放暑假了,尼利可以去打工。但是秋季怎么办？尼利要继续念高中，弗兰茜也要回去上高中了。怎么办？怎么办啊？她坐在那里，心里很着急。

弗兰茜瞥了一眼熟睡的婴儿，就脱衣上床了。她双手交叉，头枕着手，盯着通风井的灰色区域。

她想：看看我啊，十五岁，漂泊不定。我上班不到一年已经换了三份工作。以前我以为频繁地换工作应该很有趣，现在却很害怕。前两份工作我都没犯错，却被辞退。每一份工作，我都竭尽所能做到最好。然而现在，我又要在一个新的地方重新开始了。我现在很害怕。这一回，如果新老板叫我“跳一下”，我要主动“跳两下”，因为我害怕再丢了工作。我害怕，因为他们都靠我养活。可是我没有工作之前，一家人是怎么生存下来的呢？哦，那时候还没有劳丽。尼利和我都还小，需求也少，爸爸那时多少也能帮一点儿。

“好吧……再见吧，大学。再见吧，和大学有关的一切。”她把脸转过去，闭上眼睛，不再看那灰色的天窗。

弗兰茜坐在一间大屋子里，面前是一架打字机。打字机上方固定着一块金属盖子，挡住了键盘。房间前面贴着一张巨大的键盘示意图。弗兰茜参照那张图，摸了摸盖子下面的字母，这是培训的第一天。第二天，老板给了她一沓旧电报，叫她照着打。她一会儿看电报，一会儿看示意图，手指摸索着字母的位置。第二天下班时，她已经熟知每个字母在机器上的位置，不需要再看图了。一周后，公司把金属盖子拿掉了。现在有没有盖子都无所谓了，弗兰茜已经学会了盲打。

一个讲师为大家介绍了电传打字机的工作原理。弗兰茜用一整天练习接收和发送模拟电报。然后她就被分配到纽约——克利夫兰线路值班。

她想，自己坐在这机器前，打出来的字可以在几百英里之外俄亥俄州克利夫兰市的一台电传机的卷筒纸上显现出来，好神奇！同样神奇的是，克利夫兰那边的女孩打出的字，弗兰茜这边的电传机上也会显现出来。

工作很简单。弗兰茜发一小时电报，再收一小时电报。两次轮班之间有十五分钟的休息时间，到了晚上九点还有半小时的“午餐”时间。结束培训正式收发电报后，她的工资涨到了每周十五块钱。总的来说，这是份不错的工作。

一家人适应了弗兰茜新工作的作息。她每天下午一过四点就离家，快凌晨两点时回到家。进入公寓门厅之前，她会按三下门铃，让妈妈保持警惕，确保她不会被躲在过道的坏人偷袭。

弗兰茜早上睡到十一点起床。妈妈不必再起那么早，因为有弗兰茜留在公寓里陪着劳丽。她先打扫自己住的这栋楼房，等她过去打扫另两栋楼的时候，弗兰茜已经起来照看劳丽了。弗兰茜星期天晚上也得上班，星期三晚上休息。

弗兰茜喜欢这新的安排。晚上有事做，她就不寂寞了，也能帮到妈妈。她每天还能有几小时带劳丽去公园坐坐，晒晒太阳，这对她和宝宝都有好处。

凯蒂心里有了个计划，于是跟弗兰茜聊了聊。

“他们会让你一直上夜班吗？”她问。

“他们会啊！他们求之不得。没有女孩愿意上夜班，所以他们才把夜班安排给新手。”

“我想，等秋季来了，也许你可以晚上继续上班，白天去上高中。我知道这会很难，不过还是有办法对付的。”

“妈妈，不管你怎么说，我都不会回去上高中的。”

“去年你还闹着一定要上呢。”

“那是去年。去年回去上学是个好时机，现在太晚了。”

“现在也不晚，别这么固执。”

“可是我现在去读高中，能学到什么东西？我说这话不是因为骄傲自满，毕竟我当了一年阅读工，每天阅读八小时的材料，学了不少东西。对于历史、政治、地理、写作和诗歌，我都有自己的见解了。我读了太多关于人的书——他们做什么，如何生活。我阅读过犯罪行为，也阅读过英雄事迹。妈妈，我什么都读过了。我才不想跟一帮小孩坐在教室里，听一个老师味同嚼蜡地教这教那。我肯定总是忍不住想跳起来纠正她的错误。或者我能当个好学生，把她讲的东西都默默地咽下去，可是那样的话，我会痛恨自己……痛恨自己本该学知识的，却吸取了糟粕。所以我是不会回高中的。但我有一天一定会去念大学。”

“但是你只有读了高中，大学才会收你入学啊。”

“四年的高中……不，是五年。因为保不准发生个什么事就会耽误我的时间。然后是四年大学。书还没念完，我就已经二十五岁了。”

“不管喜不喜欢，不管做什么，你都是要长到二十五岁的。你还是在二十五岁之前去受点儿教育吧。”

“最后再跟你说一次，妈妈，我不会去上高中的。”

“我们走着瞧吧。”凯蒂咬牙切齿地说。

弗兰茜不再多说了。不过她那咬牙切齿的样子和妈妈一样。

然而，和妈妈的这场谈话倒是启发了弗兰茜。既然妈妈觉得她可以晚上工作，白天去念高中，为什么不用这个方式去读大学呢？她研究了下报纸上的一则广告，发现布鲁克林历史最悠久、最著名的大学刊登了暑期班广告，面向希望选修高级课程或补修相关课程的大学生，还有希望提前修大学学分的高中生。弗兰茜觉得自己属于后者。虽说她不是严格意义上的高中生，但她是有资格读高中的。于是，她致信索要了课程目录。

她从目录里选了三门下午上的课程，这样她早上还是可以睡到十一点，下午去上课，上完课直接从大学去单位上班。她选了《法语入门》《基础化学》，还有一门课叫《复辟时期的戏剧》。她算了算学费，加上实验费用，六十块钱多一点儿。她的储蓄账户里有一百零五块钱。于是，她去找凯蒂。

“妈妈，你帮我存起来上大学的那笔钱，我可不可以取六十五块钱？”

“做什么？”

“当然是上大学了。”她故意说得云淡风轻，想看妈妈激烈的反应。听到妈妈的声音提高了八度，她觉得十分满足。妈妈重复了她的话：“大学？”

“大学暑期班。”

“可……可……可是……”凯蒂都结巴了。

“我知道，我没念高中。但如果我告诉他们，我不需要分数也不要文凭——只想去听课的话，也许我可以进去。”凯蒂从就近的架子上取下她的绿色帽子。“你要去哪里，妈妈？”弗兰茜问。

“去银行取钱啊。”

见妈妈如此急迫，弗兰茜忍不住笑她：“现在是下班时间，银行都关门了呀。再说，也不用急，还有一周才注册呢。”

大学在布鲁克林高地，又一个弗兰茜可以探索的新区域。在填写注册申请表时，在“教育程度”那一栏，她手中的笔停留了很久。这一栏后面有三个选项：小学、高中、大学。弗兰茜想了想，把这三个词都画掉，在空白处写下：自学。

“认真想想，这的确是实话。”她这样安慰自己。

提交申请表时，对方没有丝毫刁难，这让她放下心来，同时也感到十分意外。出纳收了钱，开了一张学费收据，给了她一个学号、一张图书馆通行证、一份课程表，还有她需要的教科书清单。

她跟着人群去了街区不远处的一家大学书店，看了看书目清单，需要买《法语入门》和《基础化学》。

“要新书还是二手书?”店员问。

“啊，我不知道呢。该买哪种?”

“新书。”店员说。

这时，有人拍了拍她的肩膀。她转过身，看到一个相貌英俊，衣着得体的男孩。他说:“买二手书。都是一样用，二手书的价格便宜一半呢。”

“谢谢你。”她转身对店员坚定地说，“要买二手书。”她还准备买戏剧课要用的两本书。这时，那男孩又拍了拍她的肩膀。

“别买了，”男孩劝阻她，“课前课后你找时间去图书馆看就可以了。”

“再次感谢。”她说。

“不客气。”男孩说完，悠闲地走开了。

弗兰茜一直盯着他离开书店的背影。“哇，他又高又帅，”她说，“大学果然是个好地方。”

她坐电车去办公室，手里抱着刚才买的那两本教科书。电车行驶在轨道上，发出有节奏的声响，那声音听起来就像“大学——大学——大学”。弗兰茜突然晕车晕得厉害，不得不在下一站下车，尽管上班就要迟到了。她靠在一个投币体重机旁，心里想着自己这是怎么了。不可能是因为她吃了什么东西，因为她忙得都忘了吃午饭。然后，她产生了一个雷鸣般的想法：我的祖父祖母不识字，他们的祖辈也都不识字。我母亲的姐姐不识字，我的父母连小学都没毕业。我没上过高中。但是现在，我，M.弗朗西丝·K.诺兰，进大学了。你听到了吗，弗兰茜?你上大学了!

“哦，天哪，我真晕了。”

第四十五章

弗兰茜上完第一堂化学课出来的时候红光满面。在这一小时里，她学到了：世界是由原子组成的，原子在不断地运动。她掌握了一个概念：没有什么东西是丢失或损坏的。哪怕一个东西烧坏了、腐烂了，它也不会从地球上消失，只不过转化成了别的形式存在，例如气体、液体或者粉末。上完第一节课，弗兰茜认定，在化学中不存在死亡，一切都充满生机。

《复辟时期的戏剧》这门课要花大量时间阅读老师指定的材料，除此之外倒是好学，毕竟她在家里读了多年《莎士比亚全集》。她对这门课和化学课都没什么担忧的。可是《法语入门》这门课，她感觉一窍不通。这并不是入门级法语，讲课的老师似乎认定学生们之前都学过这门课，或是没考及格来重修，或是在高中就学过，所以老师讲课的时候直接跳过了基础知识，进入翻译。弗兰茜对英文的语法、拼写、标点符号的使用尚且掌握得不扎实，更何况是法语。这样下去，她肯定没法通过这门课。她能做的就是天天背单词，硬着头皮撑下去。

上下班乘电车时，她在学习；上班休息的间隙，她在学习；吃饭的时候，她也在桌上放一本书，边吃边学习。她的作业都是在通信公司培训室的一架电传打字机上打出来的。她从不迟到、旷课，她的要求不高，至少能通过两门课就好。

在书店与她交谈的那个男孩成了她的好朋友。他名叫本·布莱克，是个了不起的小伙子。他是马斯佩斯高中的毕业班学生，担任校刊编辑、班长、橄榄球队的中后卫，还是一名优等生。过去的三个暑假，他一直在修大学课程。等到高中毕业，他将修完大学一年级的课程。

学业之外，他还利用下午的时间在一家律师事务所工作。他在那里负责起草案情摘要，发传票，处理契约和卷宗，查找判决先例。他熟悉本州的法律法规，完全可以出庭办案了。他不但在学校表现优秀，而且每周还能挣二十五块钱的工资。这家律师事务所希望他高中一毕业就去全职上班，跟他们研习法律，最终可以参加律师资格考试。可是本瞧不上没上过大学的律师。他挑选了中西部一所很棒的大学，计划先拿一个文学学士学位，再去读法学院。

十九岁，他就已经把自己的人生规划得井井有条。通过律师资格考试后，他准备接手一家乡村律师事务所。他认为，一名年轻的律师只有在小城镇上的事务所执业，才能得到更多的政治机会。他连执业地点都选好了，准备去接手一个远房亲戚的业务。这个亲戚上了年纪，是个经验丰富的律师，经营着一家成熟的事务所。他和这个亲戚一直保持着通信往来，后者每周都写来长信指导他。

本计划接管这家事务所之后，静候时机，等待轮到自己当上县检察官。（根据协议，该城镇的检察官职位由该城镇各律师事务所的律师轮流担任。）这一步可以成为他政治生涯的起点。

令人惊叹的是，认识本的人都毫不怀疑，他会按照自己的计划一步步实现目标。

与此同时，在1917年那个夏天，他梦想的目标，那个地处中西部的辽阔大州，正在草原烈日下做梦呢——它梦见了广袤的麦田，梦见那一眼望不到边际的果园，果园里有晚熟的苹果、鲍德温苹果，还有北方大红苹果——躺着做梦——全然没有意识到，有个布鲁克林的男孩正计划要住进州长府邸，成为最年轻的州长。

他就是本·布莱克，这个衣着得体、性情活泼、相貌堂堂、才华横溢、充满自信的年轻人，不但受到所有女孩的喜爱，连男孩们也都为他着迷。

弗兰茜每天都见到本。他的钢笔批阅过她的法语作业。他检查她的化学作业，为她讲解复辟戏剧那门课中晦涩难懂的地方。他帮她制订明年暑假的课程计划，还帮她规划余下的人生。

随着夏末临近，有两件事让弗兰茜感到伤心。一是过不了多久，她就不能每天见到本了，二是她的法语考试肯定会不及格。她将第二件事私下告诉了本。

“别傻了，”他轻松地说，“你支付了课程学费，整个夏天没有落下一堂课，你又不是傻瓜，会通过的。”

“才不是呢，”她笑起来，“我考不及格的。”

“看来我得帮你恶补一通，以应付期末考试了。我们需要一整天时间。去哪里好呢？”他想了一会儿，“我知道一个好地方。星期天早上九点，我们在盖茨大街和百老汇的交界处碰头。”

她下电车的时候，他已经等在那里了。她想过，在这样一个社区，他会带自己去哪儿呢？他带弗兰茜去了百老汇演出剧院的舞台门口，这是一些百老汇戏剧首演的地方。剧院门开着，门口有个头发花白的男人,坐在一把歪椅子上晒太阳。本只是对他说了声“老爹，早上好哇”，就进了那扇神奇的门。弗兰茜这才知道，这个了不起的小伙子是剧院星期六晚上的引座员。

她从没来过剧院后台，激动得差点儿发热。舞台看起来很空旷，屋顶好像消失了——它是那么高，那么远。她在舞台上走动时，想起了哈罗德·克拉伦斯在舞台上走路的样子，不自觉地放慢了脚步，腿也僵直着。本开口说话，她慢慢地转过来，用一种饱含情感的舞台腔低沉地说：“你，说话了？”

“要不要看个东西？”他问。

他拉起幕布，只见这石棉幕布像巨人的阴影一样被卷起。本将舞台的脚灯打开，弗兰茜走上了剧院舞台，俯瞰着成千上万个黑漆漆、空空荡荡的座位。她头一歪，对着最后一排座位大喊了一声：“喂，你好！”这片漆黑、空寂的剧场回荡着她的声音，将其放大了百倍。

“听我说，”他好脾气地问道，“你是对戏剧更感兴趣，还是对法语更感兴趣？”

“嗯，当然是戏剧了。”

她说的是实话。在那个地方，在那一刻，她放弃了所有梦想，回到了自己最初的热爱：舞台。

本笑着关掉脚灯。他拉下幕帘，拿来两把椅子，面对面摆好。他不知从哪里弄到了近五年的法语试卷，将里面最常出现的和很少出现的题目集合在一起，整理成一份卷子。这一天，他花了大部分时间帮弗兰茜反复练习如何回答这些问题，他还让她背诵了一段莫里哀[1]《伪君子》的片段和其英文翻译。他解释：“明天的测试卷上有一道题你肯定是完全看不懂的。不要试图去答那道题。你应该坦率地承认你无法回答那个问题，不过你可以提供一段莫里哀戏剧的节选并附上翻译。然后，你把今天记住的东西写下来，就可以蒙混过关了。”

“要是试题要求写出某个具体的段落呢？”

“不会的。我挑的是一段晦涩不出名的段落。”

果然，弗兰茜通过了这次法语测验。虽然她勉强及格，分数很低，但是她安慰自己，过了就是过了。化学和戏剧那两门课她都考得不错。

弗兰茜很喜欢这个暑期班，她想秋季继续在同一所大学上课，不过她可没有办法拿出三百多块钱的学费。有一天，她在四十二街的纽约图书馆查看课程目录，发现一所女子大学对纽约的居民是免收学费的。

①莫里哀：17世纪法国剧作家、演员，和高乃依、拉辛并称为“法国古典戏剧三杰”。

她带上自己的成绩单去了新生注册处，却被告知她没有高中学历，不可以进入大学。她解释，自己没有高中学历，但还是注册了大学的暑期学校。啊！那是另一回事。暑期课程可以修学分，但不提供文凭。她问自己可否不拿文凭修这些课程，答案是不行。除非过了二十五岁，她或许可以作为特殊学生入学，可以研修课程，但不拿文凭。弗兰茜遗憾地承认，自己还没到二十五岁。不过还有一个办法：她如果能通过入学考试或是高中毕业会考，哪怕没有高中学分，也可以入学。

弗兰茜参加了考试，除了化学，全都没及格。

“哎，算了！我早该知道这结果。”她对妈妈说，“如果上大学这么容易，谁还愿意去读高中。不过你别担心，妈妈。我现在参加过大学入学考试了，我可以去买书，自己复习，明年再考一次。这是可以做到的，我也能考过的。你等着看吧。”

即便她考上了大学，也没法去上，因为公司安排她值白班了。她已是速度最快，手法最熟练的电传打字员了，公司需要她在线路最繁忙的白天值班。他们许诺，到了夏天，她如果还想去上暑期学校，可以再回到夜班。她又加薪了，现在她每周能挣十七块半。

于是，弗兰茜的夜晚又变得孤独寂寞了。在美丽的秋天夜晚，她漫步在布鲁克林的大街上。

社区还是那个社区，可是有些东西变了。一些公寓的窗户上出现了金星标志[①]。到了晚上，男孩们仍旧聚集在街角或糖果店门口。不过现在，这群男孩中总有一两个穿着卡其布的衣服。

男孩们站在一起小合唱。他们唱《贫民区的破房子》《你戴上一朵郁金香》《亲爱的老姑娘》《对不起，我让你哭泣》之类的歌。

①金星标志：代表在战斗中牺牲的服役人员，由阵亡者家属佩戴。

有时候，参军的男孩会带领他们唱一些战争歌曲，如《在那里》《凯蒂之歌》《无人区的玫瑰》。

不管他们唱什么歌，总会以一首布鲁克林的民谣结束，如《亲爱的妈妈》《当爱尔兰的眼睛微笑时》《让我叫你小甜心》，还有《乐队继续演奏》。

这些夜晚，当弗兰西从他们身边经过时，她心想：这些歌为何如此忧伤？

第四十六章

茜茜的预产期在十一月底。凯蒂和艾薇想尽办法绕开这个话题，不与茜茜谈论。她俩断定这一回孩子生下来还会夭折，所以越少谈论，茜茜之后能记得的痛苦就越少。但是，茜茜做了一件革命性的事，让她们不得不讨论。她宣布自己到时候要上医院，找医生帮她接生。

她的母亲和两个妹妹都惊呆了。从没有哪个罗姆利家的女人请医生帮忙接生的，从来没有！好像有这想法就不对。生孩子应该叫产婆、女邻居，或者自己的妈妈，而且要偷偷关起门来，男人是不能在场的。生孩子是女人的事。至于医院，大家都知道，那是临死才会去的地方。

茜茜告诉她们，这种观念已经过时了，接生婆是旧时代的产物。再说了，她自豪地告诉她们，这件事也不是她做主，是她的史蒂夫坚持要去医院，找医生。

茜茜这次分娩的过程和以前一样，不过有医生帮忙，她轻松多了。孩子生下来那一刻，她紧紧地闭上了眼睛，看也不敢看一眼。怀孕以来，她一直确信这次这个孩子能活下来。可是现在孩子生下来了，她的想法又动摇了。终于，她睁开了眼睛。婴儿躺在附近的一张桌子上，身体是青灰色的，一动也不动。她把头别了过去。

她想：又是这样。一次一次又一次。十一次了啊！为什么不能让我生下一个活的婴儿？十一次里面只有一次也好哇！再过几年，我就生不出孩子了。一个女人最后临死时……想到自己都没有孕育过一个孩子……

然后，她听到一个词。她听到一个从没听过的词。那个词是“氧气”。

“快点儿！氧气！”医生说。

她看到医生在婴儿身上一阵操作。她看到了奇迹，婴儿青灰色的皮肤变成了充满生命力的白色。她看着一个没有生命体征的婴儿吸了一口气。人生第一次，她听到自己生下的婴儿发出了啼哭。

“孩子……孩子……是活的吗？”她问医生。她简直不敢相信。

“不然呢？”医生耸耸肩，动情地说，“你儿子健康得很，不亚于我接生过的任何一个婴儿。”

“你确定他能活下来？”

“这有什么不确定的？”医生又耸了耸肩，说，“除非你让他从三楼的窗户掉下去。”

茜茜拉过医生的手，不停地亲吻。面对她的感情外露，医生也并没有表现出丝毫的难为情。

茜茜给男婴取名“史蒂芬·亚伦”。

“这可是屡试不爽呀，”凯蒂说，“一个没孩子的妇女领养一个孩子——砰！一两年后她肯定会生下自己的孩子，就好像她的善良被上天看到了。茜茜如今有了两个孩子,真好,只养一个孩子太孤单了。”

“小茜茜和史蒂芬差两岁，”弗兰茜说，“跟我和尼利一样。”

“是啊，他们俩可以做伴了。”

茜茜终于生下了一个活着的孩子，这事成了家里奔走相告的神奇事件，直到威利·弗利特曼姨父制造了新的话题。威利想参军入伍，但被拒绝了，失意之下，他放弃了牛奶公司的工作，回了家，宣告自己一无是处，就上床躺着，一直到第二天、第三天早晨都不肯起来。他说他要在床上度过余生，活着的每一天都不起床了。他说自己这一生活着是窝囊废，到死也是个窝囊废，还不如早点儿死。

艾薇叫来了两个姐妹。

艾薇、茜茜、凯蒂和弗兰茜站在黄铜大床周围，看着“窝囊废”

躺在床上。威利扫视了一眼这四个罗姆利家的女人，她们个个都是意志坚强的人，他哭着说："我是个废物。"然后拉起毯子盖住头。

艾薇把丈夫交给了茜茜，弗兰茜看着茜茜对他做思想工作。茜茜劝说道，并不是所有英勇的男人都在战壕里——许多英雄在军工厂上班，每天也都冒着生命危险。她终于把威利说动了，威利激动起来。他觉得能为打胜仗贡献微薄之力也是件好事。他当即跳下床，叫艾薇四处帮他找鞋子和裤子。

史蒂夫现在是摩根大道一家军工厂的工头。他帮威利找到了一份工资不错的工作，加班时间付1.5倍工资。

罗姆利家族有个传统，男人们挣的小费、加班费可以自己留下。威利拿到第一笔加班费后，给自己买了一架低音大鼓和一对铙钹。那些不加班的夜晚，他整晚都在客厅练习敲鼓和撞铙钹。弗兰茜送了他一个一块钱的口琴。他把口琴绑在一根木棍上，再把木棍系在腰带上，不必拿着口琴也能吹了，就像他可以不抓车把骑自行车那样。他还试过同时弹吉他、吹口琴、敲大鼓、撞铙钹，他要练习成为"一人乐队"呢。

于是，那一个个夜晚，他独自坐在客厅，口琴、吉他、大鼓、铙钹全都一齐上，吹吹弹弹，敲敲打打。他为自己是个窝囊废而忧伤。

第四十七章

天气渐冷，晚上不适合散步了，弗兰茜便去社区中心报了两门夜校课程——缝纫和舞蹈。

她学会了认纸样，还学会了使用缝纫机。她希望以后能给自己做衣服。

她还学了国标舞，不过她和舞伴们都不指望能够参加正式的舞会。有时候，她的舞伴是社区的某个美男子，梳着油头，舞步敏捷，令她担心自己跳错。有时候，她的舞伴是个还穿着短裤的十四岁男孩，对方跟不上她的舞步。她喜欢跳舞，就随着感觉跳。

那一年也开始走向尾声。

“你在读什么书，弗兰茜？”

“尼利的几何课本。”

“什么是几何？”

“必须通过才能上大学的东西，妈妈。”

“好吧，别睡太晚了。”

“有什么关于我母亲和姐姐们的消息吗？”凯蒂问保险经纪人。

“嗯，我刚刚为你姐姐的孩子莎拉和史蒂芬上保险了。”

“她不是在孩子们出生的时候就给他们上保险了吗——每个星期交五分钱保费。”

“这是另一种保险——升学保险。”

“什么意思？”

“升学保险不是受保人死去才理赔的。这种保险是每个孩子年满十八岁就能领到的。有一千美金，供他们读完大学。”

“啊，天哪！他们先是去医院找医生接生，然后又投了大学保险。

他们接下来还有什么名堂？”

“有信吗，妈妈？”弗兰茜每天下班回来都要问一遍。

“没有。只有艾薇寄来的一张卡片。”

“她说什么？”

“没什么重大消息，只说因为威利打鼓，他们又要搬家了。”

“搬去哪儿？”

“艾薇在柏树山那儿找了一所独栋住宅。柏树山属于布鲁克林吗？”

“在纽约东区那边——布鲁克林和皇后区交界的地方，在新月街附近，百老汇电车的最后一站。不过后来他们把电车线路延伸到牙买加了，那儿就不是最后一站了。”

玛丽·罗姆利躺在狭窄的白床上，头顶的墙上，光秃秃的什么也没有。她的三个女儿和长外孙女弗兰茜一齐站在床边。

“我已经八十五岁了，这是我最后一次生病了。生活给了我勇气，让我静候死亡。我真心对你们讲，‘到我离去的时候，不要为我悲伤’。我很爱我的孩子，也努力当一个好妈妈。假如我死了，你们为我哀恸是正常的。但是你们只要简短、温和地悼念我就可以了，然后听天由命吧。请放心，我会幸福的，我要和我热爱了一辈子的那些人见面了。”

“我在想啊，”凯蒂说，“今年过节我们就不互相买礼物了。我们把钱凑在一起，去买一只烤鸡，去烘焙房买个大蛋糕，再去买一磅好咖啡，还有……”

“我们有足够的钱买吃的，”弗兰茜反对，“没必要用买礼物的钱。”

“听我说，这些东西是买给两位蒂莫尔女士的。现在已经没人找她们教钢琴了，大家觉得她们落伍了。她们都吃不饱，别忘了莉齐小姐一直对我们很好。”

“哦，好吧。”弗兰茜表示同意，但兴致不高。

“哎呀!”尼利狠狠地踢了一下桌子腿。

“别担心，尼利，”弗兰茜笑着说，“你会收到礼物的。今年我会给你买一双鹿毛色的鞋套。”

“妈妈，尼利和我决定了，今年我们要喝咖啡。”

“好的。”

“咖啡要浓一点儿，滚烫的，倒半杯，另外半杯倒进热牛奶。我们就用牛奶咖啡迎接1918年的到来。”

“是的。”尼利说。

“好的，好的，好的。”妈妈说。

凯蒂一手拿着咖啡壶，一手端着热牛奶的锅，同时把咖啡和牛奶倒入杯子里。“我记得，”她说，“以前家里没有牛奶了，你爸爸就会在咖啡里放一块黄油——如果我们有黄油的话。他说黄油本身就是奶油啊，加在咖啡里一样好喝。”

哦……爸爸!

第四十八章

这是弗兰茜第一次看到不穿制服的麦克肖恩。她觉得他穿上定制的昂贵的双排扣灰色西装，看起来非常出众。他当然比不上爸爸那样俊美，可是他更高大、魁梧。弗兰茜觉得，虽然他头发已经灰白，但也自有一番气度。不过可惜，对妈妈来说，他太老了。没错，妈妈也不年轻了，她就要三十五岁了，可距离五十岁还早着呢。不过不管怎么说，没有女人会以麦克肖恩是自己的丈夫而感到羞耻。他看上去的确是个精明的政客，但是他表里如一，说话也是轻声细语的。

他们喝着咖啡，吃着蛋糕。弗兰茜痛苦地发现，麦克肖恩正坐在爸爸以前的位置上。凯蒂刚跟他讲了约翰尼去世后家里发生的大事小事。麦克肖恩似乎对一家人生活的进展感到非常惊讶。他看着弗兰茜。

"这丫头去年夏天就自己上了大学呀！"

"今年夏天她还要去上呢。"凯蒂骄傲地宣布。

"真是太棒了！"

"她现在还在上班补贴家用呢，一周挣二十块钱。"

"除了这些，大家身体都好吧？"他惊讶地问了一句，语气相当诚恳。

"嗯。儿子高中念了一半了。"

"不会吧！"

"他每天下午和晚上打些零工。有时候一周在校外打工能挣到五块钱。"

"不错啊！真是个优秀的小伙子。看他结实的身体——谁能想到呢。"

弗兰茜想不通他为什么频频地提到身体健康这个话题，诺兰一家人认为身体健康是理所当然的。然后，她想起了麦克肖恩自己的孩子。他的许多孩子生下来就得了重病，没能长大成人就夭折了。难怪他会认为身体健康是件了不起的事。

“劳丽呢？”他问。

“弗兰茜，去把她抱过来。”凯蒂说。

劳丽在客厅的小摇床里睡觉。那里本来是弗兰茜的房间，不过大家一致认为那地方空气比较好，劳丽应该睡在那里。弗兰茜把熟睡的劳丽抱了起来。劳丽睁开眼睛，马上就清醒了。

“拜拜，弗兰——妮？公园？公园？”她问。

“不是的，小宝贝，我们带你认识个人。”

“一个人？”劳丽带着疑惑问道。

“是的。一个大个子男人。”

“大人！”孩子高兴地重复道。

弗兰茜抱着她来到厨房。这个小婴儿真是个可人儿。她穿着粉红色的法兰绒睡衣，一头黑色的鬈发柔软浓密，一双宽眼距的大眼睛明亮闪烁，小脸蛋泛着淡淡的玫瑰色，那水灵的模样可爱极了。

“啊，小宝贝，小宝贝，”麦克肖恩轻轻哼着，“她是一朵玫瑰花，一朵生机勃勃的野玫瑰。”

弗兰茜心想：要是爸爸在的话，他一定会唱起歌来，“我的爱尔兰野玫瑰”。她听到妈妈叹了一声气，心想妈妈是不是和自己一样，也想到了爸爸呢……

麦克肖恩接过劳丽，把她放在膝盖上，劳丽挺直了背，不挨着他，一脸疑惑地盯着眼前这个大男人。凯蒂希望她可别哭。

“劳丽！”她说，“这是麦克肖恩先生。快叫‘麦克肖恩先生’。”

劳丽低下了头，透过眼睫毛抬眼往上看，若有所思地笑了笑，然后摇摇头，说：“不叫。”

“不叫。”说完，她得意地喊了一声，“大人！”她冲麦克肖恩笑了笑，甜甜地说，“劳丽，拜拜？公园？公园？”然后，她的脸靠在他的大衣上，闭上了眼睛。

“哎哟哟，哎哟哟。”麦克肖恩低声哼唱着。

劳丽在他怀里睡着了。

“诺兰夫人，你一定想知道我今晚登门拜访的原因。我就明说了吧。我来是有一个私人问题要问。”弗兰茜和尼利起身要离开，麦克肖恩却说：“别，孩子们，你们别走，我的问题关系到你们的妈妈，也关系到你们。”他们又坐了下来，麦克肖恩清了清嗓子，说，“诺兰夫人，您的先生过世已经……”

“是的，两年半了。”

“我的太太——也已经去世一年了。我等待了很多年，现在是时候说出来了，现在说也不会对死者不敬。”

“凯瑟琳·诺兰，我请求成为你的人生伴侣。如果你不反对，我的目标是今年秋天结婚。”

凯蒂快速看了一眼弗兰茜，然后皱起了眉头。妈妈现在是怎么了？弗兰茜表情肃穆地听着。

“我有能力照顾你和三个孩子。我有退休金，在伍德黑文和列治文山那边有房产，加在一起每年有一万块钱的收入。我还有保险。我愿意供你的孩子们读完大学。过去我是个有责任感的丈夫，我保证将来也是。”

“您考虑清楚了吗，麦克肖恩先生？”

“我不需要多想了。五年前，在那次马奥尼组织的出游活动上，我第一次看到你就下定了决心，不是吗？那时候我就问你女儿，你是不是她妈妈。”

“我是个没有受过教育的清洁工。”凯蒂说这话是陈述事实，而不是在道歉。

“教育！当然了，是谁教我读书写字的？没人，我自学的。”

“但是，像您这样的男人——一位公众人物，需要一位懂社交的贤内助，她能帮您招呼那些社会名流。但我不是那样的女人。”

“我上班的地方就是我招呼这些人的地方。家是我生活的地方。我不是说你帮不了我——你会帮我成为一个更好的人。但是工作上的事，我不需要女人的帮助。我自己能搞定，谢谢你的好意。还有，我要说，我爱你……”他犹豫了片刻，直呼她的名字，“凯瑟琳，你是不是也该考虑一下？”

“不用了，我不需要考虑了。我答应嫁给你，麦克肖恩先生。不是为了你的收入。虽然我也没有忽视这一点。一年一万块钱，这是很大一笔钱。但是对我们这样的人来说，一年一千块钱也是很多钱了。我们穷过，也知道如何应对穷困。我答应嫁给你不是为了可以送孩子们上大学。有了你的帮助当然会顺利一些，可即使没有任何帮助，我知道我们也能想办法应对的。我也不是为了你的社会地位，不过有个值得骄傲的丈夫也是不错的。我愿意嫁给你，因为你是个好男人，我愿意让你做我的丈夫。”

她说的是真心话。凯蒂已经下决心嫁给他了——只要他来求婚。因为她认为如果没有一个男人来爱她，那么生活就是不完整的。这与她对约翰尼的爱无关，她将永远爱着约翰尼。她对麦克肖恩的感情更平静些。她钦佩他、尊重他，相信自己会成为他的好妻子。

“谢谢你，凯瑟琳。我何德何能，能拥有一位年轻漂亮的妻子和三个健康的孩子。”他真诚又谦卑地说。

他转向弗兰茜：“作为家里的长女，你同意这门婚事吗？”

弗兰茜看了妈妈一眼，妈妈似乎在等着她的回答。她看了看弟弟，尼利点点头。

“我想，弟弟和我希望你成为我们的……”她想到了自己的父亲，顿时热泪盈眶，下面那个词就是说不出来。

“好了，好了，”麦克肖恩安慰道，“我不会让你为难的。”他转向凯蒂。

“我不会要两个大孩子叫我‘父亲’的。他们有过自己的父亲，上天给了他们一位很棒的父亲——就说他那副好嗓子吧。”

弗兰茜觉得喉咙发紧。

“我也不会要求他们改姓氏随我的——诺兰这个姓挺好的。”

“但是我手里抱着的这个小宝贝——她从未见过亲生父亲。你能不能让她叫我父亲，让我合法地领养她，让她和你一样拥有我的姓氏？”

凯蒂看了一眼弗兰茜和尼利。他们会怎么想呢——小妹妹姓麦克肖恩，而不姓诺兰？弗兰茜和尼利点了点头，都表示同意。

“我们把这个孩子给你。”凯蒂说。

“我们不能称呼你‘父亲’，”尼利突然说，“但是或许我们会叫你‘爸爸’。”

“谢谢你们。”麦克肖恩简单地回应。他放松下来，冲他们微笑。

弗兰茜从他怀里抱走熟睡的劳丽。

“尼利，帮我一起把她放到床上。”

“为什么要我帮忙？”尼利正享受这一刻，不想离开。

“你去把毯子铺好。我抱着劳丽没法弄。”尼利怎么就这么不开窍呢？他难道想不到，麦克肖恩和妈妈想要单独待一会儿？

在漆黑的客厅里，弗兰茜轻声问弟弟：“你觉得怎么样？”

“妈妈当然可以松口气了。当然了，他不是爸爸……”

“当然不是，没有人可以代替……爸爸。除了这一点，他是个很好的人。”

“劳丽以后的日子会轻轻松松、顺顺利利的。”

“安妮·劳丽·麦克肖恩！她永远不必过我们那样的苦日子，是不是？”

“是啊，她不用受苦了。不过她也不会有我们曾经拥有过的快乐。”

“对啊！我们拥有过太多快乐了，不是吗，尼利？”

“是啊！”

“可怜的劳丽。”弗兰西同情地说。

第五卷

布鲁克林也是一场梦。

所有发生在这里的事情都是不可能发生的，

这一切都如梦如幻。

或许，这一切都真真切切地存在，真真切切地发生了，

只是她——弗兰茜在做梦吧。

第四十九章

有人拍了拍弗兰茜的肩膀，她先是惊得跳了起来，然后马上放松下来，笑了。当然了！现在是凌晨一点，她该下夜班了。她的“替班”来换她了，要接管她手头的这架电传打字机。

“让我再发一条吧。”弗兰茜请求。

“有的人可真是喜欢他们的工作啊！”“替班”笑着说。

弗兰茜满怀热情地、慢慢地打完了她的最后一条消息。她很高兴这是一则出生消息，而不是死亡通知。这条消息是她最后的道别。她要离开了，没有告诉任何人。她担心，如果挨个道别，她恐怕会忍不住崩溃哭泣。和妈妈一样，弗兰茜不喜欢在公共场合表露悲伤。

她没有直接去找自己的储物柜，而是去了大休闲室，一群女孩正在这里充分享受十五分钟的休息时间。她们围着一个弹钢琴的女孩，一齐唱歌：“你好，通讯中心，请帮我接通无人地带。”

弗兰茜走进来的时候，弹钢琴的女孩看到她穿的那身崭新的灰色秋装和灰色绒面浅口鞋，获得了灵感，弹奏起另一首曲子。女孩们唱起歌来。一个女孩用胳膊一把搂住弗兰茜，把她拉到了人群中。弗兰茜随大家一起唱起来：

在她的内心深处，我知道，她一点儿也不迟钝……

“弗兰茜，你怎么想到要穿一身灰色衣服的？”

“哦，我也不知道，可能是小时候看过某部戏里面的女演员这么穿吧。我忘了她的名字。”

弗兰茜走到大窗户前，从那儿看二十层楼下面的东河。那将是她最后一次从那扇窗户俯瞰东河了。世间所有“最后一次”都带着一丝悲壮色彩。她想：我现在看到的这一幕情景，日后无法以同样的方式看到了。哦，最后一次，看得多么清楚，就像被反光的放大镜照耀着。你悲伤，是因为曾经每天拥有它时，却没有把它攥得更紧。

外婆是怎么说的来着？她说：“对每一件事物，都要像第一次或者最后一次看到它那样来对待，那么，你在人世间的日子就充满了光彩。”

外婆最后那次生病，拖了几个月，结果还是走了。有一天，天还没亮，史蒂夫就过来告诉他们一家外婆逝世的消息。

“我会想她的，”他说，“她是一位了不起的女士。”

“你的意思是，她是一个了不起的女人。”凯蒂说。

弗兰西不解，为什么弗利特曼姨父要选择那个时候离开他的家人？她看着一艘船从桥下穿过，重新整理了思绪。是不是少了一个罗姆利家的女人，他就少了一份责任，可以去追寻自由了？还是外婆的死让他产生了逃避的念头？还是如艾薇姨妈所说，他这个人本来就无情，趁着治丧期间，浑水摸鱼逃离了家人？不管是什么原因，弗利特曼姨父已经走了。

威利·弗利特曼！

他刻苦练习，练到可以同时演奏所有乐器。后来他以单人乐队的身份参加一家电影院的业余表演者比赛，得了第一名，奖金十块钱。他没有带着奖金和全套乐器回家。那天之后，家里人就再没有见过他了。

他们偶尔会听到一些威利的消息，据说他一个人自成一支乐队，在布鲁克林的街上游荡，靠着路人施舍的小钱过活。艾薇说，雪花飘落的时候，他自然就会回家。但弗兰西对此表示怀疑。

艾薇在威利之前上班的工厂找了份差事，每周挣三十块钱，一家人的日子倒是过得去。只是到了晚上，和罗姆利家的所有女人一样，艾薇觉得没有丈夫在的日子很孤独。

弗兰茜站在窗前俯瞰河流。她回忆起弗利特曼姨父，觉得他一直都在醉生梦死。不过话说回来，许多人和事都给了弗兰茜梦一般的感觉。麦克肖恩先生这么多年一直在等着妈妈——这也是一场梦。很长一段时间，爸爸的离世像一场梦，如今他就像一个从没来过这世上的人。劳丽的出生也像一场梦——她是爸爸去世五个月之后出生的孩子，并且活下来了。布鲁克林也是一场梦。所有发生在这里的事情都是不可能发生的，这一切都如梦如幻。或许，这一切都真真切切地存在，真真切切地发生了，只是她——弗兰茜在做梦吧。好吧，等她到了密歇根就知道了。如果弗兰茜对密歇根有同样的梦幻感觉，那她就知道自己确实是在做梦了。

安娜堡！

密歇根大学就在那里。再过两天，她就要乘坐火车去安娜堡了。暑期课程结束了，她选修的四门课全都通过了。在本的帮助下，她填鸭式突击准备了一番，还通过了大学的入学考试。这意味着，十六岁半的她不但可以上大学了，还修完了大学第一年一半的课程。

她曾想过，去读纽约的哥伦比亚大学或布鲁克林的阿德菲大学，但本说，让自身适应新环境，也是教育的一部分。妈妈和麦克肖恩先生也同意这个观点。尼利甚至也说，去远一点儿的地方上大学对她来说是好事——那样才能摆脱她的布鲁克林口音。可弗兰茜并不想改掉口音，如同她不想摆脱自己的名字。有口音，意味着她是有归属的。她是个布鲁克林的姑娘，有一个布鲁克林的名字，讲话带布鲁克林口音。她可不想东变一点儿西变一点儿，最后丢失了自己。

密歇根大学是本为她选的。他说，这是一所自由派州立大学，英语系很好，学费也便宜。弗兰茜想：如果它真的那么好，为什么本自己不来这里，而要选择另一所中西部的州立大学呢？他解释，自己最终要在那个州执业，进入政界，不如现在就和将来的杰出公民做同学。

本现在二十岁了，在大学预备役军官训练团，穿上一身军装的他非常帅气。

1918年1月从高中毕业后，他就立即上了大学，修读的课程数量惊人，还利用暑假去布鲁克林继续修课。现在是1918年9月，他回到大学念大三了！了不起的本！

第五十章

星期六！这是在老房子的最后一个星期六。明天，凯蒂就要结婚了。办完了婚礼仪式，他们就直接搬去新家。搬家工人星期一早上来拿他们的东西。他们将大多数家具留给了新来的女清洁工，只带走个人物品和客厅的一些家具。弗兰茜想要带走那张印着大朵粉红玫瑰的绿色地毯、米色蕾丝窗帘和那架可爱的钢琴。这些都会放在他们新家属于弗兰茜自己的房间里。

那个星期六的早上，凯蒂坚持照常工作。她提着扫帚和水桶出门时，他们都笑了。麦克肖恩先生给妈妈开了个支票账户，在里面存了一千块钱作为结婚礼物。按照诺兰一家的标准，凯蒂现在是富婆了，什么活儿都不必干了。然而，她坚持要工作到最后一天。弗兰茜觉得，妈妈是出于对这房子的感情，想在走之前最后好好再打扫一次。

弗兰茜厚着脸皮去翻妈妈的支票簿，在精美的支票夹子里只看到唯一一张存根，上面写着：

支票号码：1

日期：1918年9月20日

支付给：伊娃[①]·弗利特曼

支付原因：她是我的姐姐

总额：一千元

本次支付：两百元

余额：八百元

①伊娃：伊娃（Eva）为艾薇（Evy）的大名。

弗兰茜好奇：妈妈为什么要寄两百块钱给艾薇姨妈？为什么不是五十块钱或者五百块钱？然后她想明白了。两百块钱是弗利特曼姨父保险的理赔金额，如果他死了，艾薇姨妈就能领到这笔保险金。凯蒂这么做，无疑是当威利死了。

凯蒂没有用支票账户的钱支付结婚礼服。她解释，钱是麦克肖恩给的，她不想在嫁给他之前，就把这些钱花在自己身上。为了买结婚礼服，她开口向弗兰茜借钱，从她给弗兰茜的储蓄账户中支取，并承诺婚礼一结束就还钱给弗兰茜。

在老房子最后的那个星期六早上，弗兰茜把劳丽放到双轮儿童推车里，绑好带子，带她去街上转悠。她在街角站了很久，看一群拖着废品的孩子从曼哈顿大道一路走到卡尼的废品回收站。她也顺着那条路，一直走到查理便宜店。等到商店没客人的时候，她走到柜台前，放了五毛钱，宣告她要把所有奖品都买下来。

“啊，瞧瞧你现在，弗兰茜！你了不得啊，弗兰茜！”他说。

“我不想浪费时间抽奖了。你就直接把板子上所有奖品都给我吧。”

“啊，这个，你听我说！”

“那盒子里其实从来都没有放什么奖品，是不是，查理？”

“老天哪，弗兰茜，人总得混口饭吃啊，这行当本来就不怎么盈利——一分一分地挣啊。”

“我一直都觉得这些奖品是假的。你真不感到羞耻啊——竟然这样骗小孩子。”

“别这么说啊。他们每花一分钱，我都给他们一分钱的糖果。加了抽奖环节是找点儿乐子。”

“你搞抽奖，孩子们就会带着希望，一直来啊。”

“你想过没有，他们如果不来我这里，就会去对面吉姆佩的商店，那来我这里不是更好？”他说。

“哦，好吧，我想你说的也有道理。对了！你有没有五毛钱的布娃娃？”

他从柜台下面掏出一个面容丑陋的布娃娃，说：“我只有一个布娃娃可以卖，六毛九分钱，不过五毛钱便宜卖给你了。”

“我买下来，前提是你得把它当奖品挂出来，让孩子们赢了去。”

“可是你看啊，弗兰茜，一个小孩赢了，其他小孩都想赢，对不对？这个先例开了，我就不好办了。”

“哎呀，就不能让某个小孩赢一次吗？”

“好吧！好吧！你别这么激动。”

“我想哪怕让一个小孩赢一次也好。”

“我会挂起来的。你走了之后，我也不把盒子里的号码拿出来。满意了吗？”

“谢了，查理。”

“我会告诉赢了奖品的小孩，这个布娃娃的名字叫弗兰茜，好不好？”

“哦，算了，千万不要！那个布娃娃那么丑。”

“弗兰茜，你知道吗？”

“什么？”

“你长成大姑娘了。今年几岁了？”

“再过几个月我就十七岁了。”

“我记得你从前是个瘦瘦的长腿小孩。嗯，我想你将来会是个容貌不错的女人——我的意思不是漂亮，而是气质独特。”

“你说了等于没说，不过还是谢了。”弗兰茜笑起来。

“这是你的小妹妹啊？”他冲劳丽点点头。

“是啊。”

“过不了多久，你就会看到她拖着废品去换钱，再带着几分钱到我的商店买糖。头一天还是童车里的孩子，第二天就站在这里抽奖了。

这个社区的孩子长得快啊。”

“她决不会去拖废品卖的，她也不会来你这里。”

“嗯。听说你们要搬家了？”

“是的，我们要搬走了。”

“好吧，祝你好运，弗兰茜。”

弗兰茜带劳丽去了公园，把她从童车里抱出来，让她在草地上肆意奔跑。一个卖椒盐脆饼的小男孩过来了，弗兰茜买了一分钱的脆饼，捏碎了，撒在草地上。一群黑压压的麻雀不知从哪里飞了过来，抢着吃这些碎末儿。小劳丽摇摇晃晃地要去追麻雀。这些麻雀似乎也觉得无聊，要逗她玩，总是等她快到眼前的时候才扑棱着翅膀飞走。每次一只麻雀飞走，小劳丽就开心得又笑又叫。

弗兰茜推着童车里的劳丽，去她从前的学校再看最后一眼。学校和她每天去的公园只相隔几个街区，可是不知为什么，弗兰茜自毕业后，就再也没回学校看看。

她感到很惊讶，学校在她的眼里变得很小。她想，学校其实一直都这么大，只不过她的眼睛看过更宽广的世界了。

“这是弗兰茜以前读书的学校。”她对劳丽说。

“弗兰茜的学校。”劳丽附和着。

“有一天，你爸爸和我一起来这儿，他还唱了一首歌。”

“爸爸？”劳丽一脸不解地问。

“我忘记了。你从没见过你的爸爸。”

“劳丽见过爸爸。男人，大男人。”她以为弗兰茜指的是麦克肖恩。

“是的。”弗兰茜表示赞同。

从弗兰茜离校到现在已经两年了。

回家的路上，她经过那座自己曾谎称住在那里的房子。那房子看起来又破又小，可弗兰茜仍旧喜欢它。

她经过麦加里蒂先生的酒吧，只是麦加里蒂不再是这里的主人了。今年夏初他就搬走了。他曾私下跟尼利说过，自己消息灵通。他密切关注局势，知道禁酒令就要来了，已经做好准备迎接时局的变化。他在长岛附近买了一块地,那块地靠近亨普斯特德的收费公路。他在地窖里有计划地储存了酒，以备不时之需。他要把酒吧开起来，连名字都想好了，取名梅·玛丽俱乐部。他的老婆每天晚上都要穿上晚礼服招待客人。这也正是她擅长的，麦加里蒂解释。弗兰茜确定，麦加里蒂太太会很开心当俱乐部的女招待。弗兰茜希望麦加里蒂先生有一天也能快乐起来。

午饭过后，她去了图书馆，这是她最后一次归还图书。图书管理员在她的卡上戳了个章，把卡推回给她，像往常一样连头都没抬一下。

“你能不能为一个小女孩推荐一本书呢？”弗兰茜问。

“多大？”

“十一岁。”

图书管理员从桌子下面拿出一本书。弗兰茜看到了书名——《如果我是国王》。

“我不想借这本书，”弗兰茜说，“我的年龄也不是十一岁。”

图书管理员第一次抬头看她。

“我从小就来这里，”弗兰茜说，“直到现在你才抬头看我一眼。”

“这里孩子这么多，”图书管理员不耐烦地说，“我不可能每个都看。你还有别的事吗？”

“我想说那个金棕色的碗……它对我很有意义……里面总是插着花。”

图书管理员看了看那个金棕色的碗，里面插着一束粉红色的翠菊。弗兰茜意识到，那图书管理员好像是第一次注意到那只碗。

“哦，那个啊！那些花是清洁工放进去的，或者别的什么人放的。你还有什么事吗?”她不耐烦地问。

“我把卡交还给你。”弗兰茜把那张皱巴巴的折角卡片推到桌子对面，卡片上戳满了日期。管理员拿起卡片，正要撕成两半，弗兰茜从她手里夺了过来。

“我想，我还是留着好了。”她说。

弗兰茜走出门，最后看了一眼这破旧的小图书馆。她知道以后再也见不到它了。眼睛一旦看到了新事物，视野就变了。以后她如果还会回来，用新的眼光看待一切事物，那又和现在不同了。她想记住它现在的模样。

不会了，她永远都不会回到这个老街区。

再说，未来也不会有一个老街区可以让她回来看看了。战争结束后，市政府打算拆除这些出租公寓和那所丑陋的学校，会在原地建造模范住宅区。在模范住宅区，阳光和空气都会被仔细衡量过，再均匀地分配给每个住户。

凯蒂把扫帚和水桶“砰”的一声扔在角落，这是最后一次，也意味着她就此收工了。然后，她又捡起那扫帚和水桶，轻轻地放回原处。

她开始穿衣服出门——她打算在最后一刻再试穿一次婚礼上要穿的那条玉绿色丝绒裙。已是九月底，天气却还没有凉爽起来。她担心结婚当天穿这条裙子会太热，不由得心烦意乱。那一年的秋天来得太迟，她很懊恼。弗兰茜坚持说已经是秋天了，凯蒂还跟她争辩了几句。

弗兰茜知道秋天来了。让风暖暖地吹，让天继续炎热吧，无论如何，秋天都来到了布鲁克林。弗兰茜知道秋天来了，因为一到夜幕降临，街灯亮起的那一刻，那个卖烤栗子的男人就在街角搭起了他的小摊位。他架起炭火，放一个平底锅，盖上盖子，在锅里烤栗子。男人一只手拿着生栗子,另一只手用钝刀在上面切出十字形口子,再放进平底锅里烤。

是的，烤栗子的男人出现，就是秋天来临之时——哪怕天气依然炎热。

弗兰茜把劳丽放进小床睡午觉，给她盖好被子。然后她开始收拾最后几样东西,把它们放进菲尔思·耐普萨牌的木制肥皂包装盒里。她把那天跟尼利的合影放进盒子。她还把爸爸当侍应生时穿过的两条围裙折好也放进盒子。她把那个印着烫金大写字母“约翰尼·诺兰”的剃须杯用一件白色乔其纱衬衫包好。那衬衫前襟的花边装饰在洗涤的过程中已被撕烂了，凯蒂都已经将它扔进“丢弃物品”的篮子里了。接下来被弗兰茜收进木盒里的，是那个叫玛丽的布娃娃和曾经装过十枚镀金分币的漂亮小盒子。她把自己为数不多的藏书也收进了木盒里:《莎士比亚全集》,一本翻烂了的《草叶集》,三本剪贴簿。

弗兰茜走进卧室，掀开床垫，从下面拿出一个笔记本，里面是她十三岁那年曾经零零星星写下的日记。床垫下面还有一个棕黄色档案信封。她跪在木盒前面，打开日记本，随手翻阅了三年前9月24日那天的日记。

她咧嘴笑着把日记本放进盒子里，又看了看那信封上的字：

内容：

本密封信件含一份毕业证书、四篇故事，请于1967年开启。

那四篇故事，是加德小姐要她烧掉的四篇。啊，说到这儿，弗兰茜记得，她曾许愿，只要妈妈能平安无恙地活下来，她就放弃写作。她遵守了自己的诺言。不过如今她对天意的理解更深了。她确定自己即使重新开始写作，上天也不会介意的。那么，也许她哪天应该重新开始写作。她把图书馆的借书卡也放了进去，在信封上标记的内容下面加上了“借书卡”，然后将信封放进了木盒里。这样，她的东西就收拾完了。除了衣服，她全部的私人物品，都收进那个盒子里了。

尼利一路跑上楼梯，吹着口哨。他直接冲进厨房，脱掉外套。

“我赶时间呢，弗兰茜。有我的干净衬衣吗？”

“有一件洗好了还没有熨烫，我这就给你熨。”

她趁熨斗加热的时候往衬衣上洒了些水，再把熨衣板架在两张椅子上。尼利从柜子里拿了擦鞋的套件，在他那双已经擦得无比光亮的鞋子上又上了一层鞋油。

“你要去哪儿啊？”弗兰茜问。

“哦，刚好有时间去看场秀。他们这次请到了范和申克。我跟你说啊，那个申克可真是有一副好嗓子啊！他是这么坐在钢琴前的。”尼利坐在厨房桌子边，演示起来，“他就这么侧身坐着，跷着二郎腿，眼睛看着观众。然后他抬起左胳膊，放到乐谱架上，选一支曲子，一边唱，一边用右手弹。”尼利忘我地模仿着偶像唱歌的样子，唱起那首《当你离家万里》。

“好了，他是很棒啦。有点儿像爸爸以前唱歌的样子……有点儿像。”

爸爸！

弗兰茜找到尼利衬衣上的工会标签，从这里开始熨烫。

（“这标签就如同一个装饰品……就像你头上戴的玫瑰花。”）

诺兰一家不论买什么东西都要买带工会标签的。他们用这种方式纪念约翰尼。

洗脸池上方有面镜子，尼利注视着镜中的自己。

“你觉得我需要刮胡子吗？”他问。

“五年之内都不用吧。”

“得了！”

尼利笑了笑，接着洗脸、脖子、胳膊和手，边洗边唱：

你梦幻的双眼里有埃及，

你的举动有开罗的气息……

弗兰西美滋滋地熨烫着衣服。

尼利总算穿好衣服了。他站在姐姐面前，穿一身深蓝色双排扣西服，刚熨烫过的白衬衣，领子是下翻软衣领，打着圆点领结。他刚刚清洗过，周身散发着一股清新的气味，一头金色的鬈发闪闪发亮。

“我这身打扮怎么样啊，小歌后？”

尼利欢快地扣上西服扣子，弗兰西瞥见他手上戴着爸爸的图章戒指。

弗兰西在那一刻看到了父亲。

“尼利，你还记得《莫莉·马隆》那首歌吗？”

他把手插进口袋，转过身，唱起来：

在美丽的都柏林，

姑娘们貌美如花……

爸爸……爸爸！

尼利和爸爸一样有着清澈、真诚的嗓音。他这么帅气，简直不可思议！他帅到什么程度呢，虽然还不满十六岁，可是他走在街上，女人们都纷纷转过头来看他。弗兰茜和他走在一起时，总感觉自己像个丑小鸭。

“尼利，你觉得我长得好看吗？”

“你为什么不学其他女孩那样，把头发剪短，烫个鬈发呢？为什么要像现在这样把厚厚的辫子盘在头上？”

“我得等到满十八岁，妈妈同意了才能剪短。你觉得我好看吗？”

“等你长胖点儿再来问我吧。”

“求求你现在就告诉我吧。”

他仔细端详了一番，说：“你的相貌过得去。”她也只得接受这个回答了。

尼利一开始说自己赶时间，可这会儿却不想走了。

“弗兰茜！麦克肖恩……我是说，爸爸，今天晚上要过来吃晚饭。我饭后要去打工。明天就是他们的婚礼了，明晚在新家有派对。星期一我要上学，我上学的时候，你就要乘火车去密歇根了。我们没有机会单独告别了，不如就此说再见吧。”

“尼利，过年我会回家的。”

“那不一样。”

“我知道。”

他等了一会儿。弗兰茜伸出右手。他把她的手推开，抱住她，亲了亲她的脸颊。弗兰茜紧紧抱着他，哭了起来。他一把推开她。

“哎哟，女孩可真是让人受不了，”他说，“总是这么多愁善感。”可他说这话的时候声音也沙哑了，好像也要哭了似的。

他转过身，跑出了公寓。弗兰茜跑到走廊，目送他下楼。他走到如井一般黑暗的楼梯脚下，停下脚步，回头望了望她。尽管那儿漆黑一片，他站立的地方似乎是明亮的。

“他和爸爸如此相像……如此相像啊。”弗兰茜喃喃自语。但是他的脸庞比爸爸更硬朗。他冲弗兰茜挥了挥手，然后就消失在黑暗中了。

下午四点。

弗兰茜决定先换好衣服，再做晚餐，这样本来接她的时候，她就整装待发了。本买了票,他们要去看亨利·赫尔演的《回家的男人》。

她穿着白色的连身衬裙，站在镜子前，抬起胳膊清洗的时候，想起小时候自己坐在太平梯上，看着对面公寓里那些女孩梳妆打扮准备外出的场景。会不会有人像她当年看别人那样，现在也在看着她呢?

她朝窗户望去。是的，隔着两个院子，她看到一个小女孩坐在太平梯上，腿上放着一本书，手里捧着一碗糖果。那小女孩透过栏杆也在看着弗兰茜。弗兰茜认识她。她只有十岁，身材瘦小，名叫弗洛莉·温迪。

弗兰茜梳了梳自己的长发，编了辫子，盘到头上。她穿了一双新丝袜，足蹬一双白色高跟鞋。

她觉得自己好像听到了弗雷伯家马车进来的声音，便把头探到窗外眺望。是的，是车子来了，只不过不再是那辆马车，而是一辆栗色机动卡车，车身两侧印着烫金的字母。忙前忙后准备洗车的人也不是那个两颊绯红的年轻小伙子弗兰克，而是一个因罗圈腿而免服兵役的男人。

她的视线穿过院子，看到弗洛莉仍透过太平梯的栏杆盯着自己。弗兰茜冲她挥挥手，喊道:“你好，弗兰茜。”

“我的名字不是弗兰茜，”小女孩喊回来，“我叫弗洛莉，你是知道的呀。”

“我知道。”弗兰茜说。

她低头看了看下面的院子。那里曾有一棵树，它的叶子呈伞状，卷曲着环绕在太平梯的四周。后来它被砍掉了，因为家庭主妇们抱怨那树的枝条和她们的晾衣绳缠绕在一起，于是房东派了两个人过来把那树砍了。

可那棵树没有死……没有死。

在那老树桩上，又长出了一棵新树来。新树的树干沿着地面生长，一路长到没有晾衣绳的地方，然后继续向着天空的方向生长。

那棵名叫安妮的冷杉树，诺兰一家一直精心照顾着，给它浇水、施肥，可它早早地生病死去了。然而院子里的这棵树——被人砍掉了，还被人烧掉树桩——它居然存活下来了！

它活下来了！什么也摧毁不了它。

弗兰茜再一次望向坐在太平梯上看书的弗洛莉·温迪。

“再见，弗兰茜！”她轻轻地说。

她关上了窗户。

思维导图

故事背景

时间、地点：20世纪初的美国布鲁克林

社会环境：贫民窟生活，社会底层人民的挣扎与奋斗

文化氛围：多元文化交融，有爱尔兰、意大利等不同文化背景的移民

主要人物

弗兰茜：好奇、敏感、聪明、富有想象力、热爱阅读

凯蒂（母亲）：坚强、勤劳、有远见、重视教育

约翰尼（父亲）：英俊、温和、有艺术气质

尼利（弟弟）：帅气、乐观、活泼

茜茜（姨妈）：热情奔放、善良、喜欢孩子

玛丽·罗姆利（外婆）：坚韧、智慧、传统、慈爱

核心情节脉络

贫困中的童年：弗兰茜一家靠救济和打工维生，捡废品换钱

父亲离世：约翰尼去世，家庭陷入危机

教育的力量：弗兰茜通过阅读和写作找到精神寄托，最终考入大学

成长与蜕变：从天真女孩到独立女性，理解生活的复杂

主人公成长记事

1901年12月15日出生

一岁： 弟弟尼利出生

两岁： 搬家到洛里默街

六岁： 搬家到格兰德街

七岁： 入学，遭遇不公正对待；转学

十岁： 与弟弟接住了社区里最大的一棵云杉树

十一岁： 职业梦想是要当一名剧作家；跟随父亲第一次出海

十三岁： 作文《冬日》被刊登在校刊上

十四岁： 父亲去世；和尼利去麦加里蒂的酒吧做临时工；妹妹劳丽出生；弗兰西毕业；弗兰西打工，先后做了花枝工、阅读工

十五岁： 在电信公司做收发电报的工作；与本 · 布莱克相识

十六岁： 通过大学入学考试，即将前往密歇根读大学

主旨

贫瘠的土壤里，也能长出参天的梦想

阅读和学习能打开更广阔的世界

家人的爱和支持是成长的根基

不要害怕未知，勇敢尝试新事物

充满希望，相信明天会更好